NEW GEPT 新制全民英檢

10回試題完全掌握最新內容與趨勢！

初級 寫作＆口說 題庫大全

解析本

全書MP3一次下載

9789864541607.zip

「iOS系統請升級至iOS13後再行下載，
下載前請先安裝ZIP解壓縮程式或APP，
此為大型檔案，建議使用WIFI連線下載，以免佔用流量，
並確認連線狀況，以利下載順暢。」

寫作能力測驗分級說明

第一部分：單句寫作級分說明

級分	說明
2	正確無誤。
1	有誤，但重點結構正確。
0	錯誤過多、未答、等同未答。

第二部分：段落寫作級分說明

級分	說明
5	正確表達題目之要求；文法、用字等幾乎無誤。
4	大致正確表達題目之要求；文法、用字等有誤，但不影響讀者之理解。
3	大致回答題目之要求，但未能完全達意；文法、用字等有誤，稍影響讀者之理解。
2	部分回答題目之要求，表達上有令人不解 / 誤解之處；文法、用字等皆有誤，讀者須耐心解讀。
1	僅回答 1 個問題或重點；文法、用字等錯誤過多，嚴重影響讀者之理解。
0	未答、等同未答。

各部分題型之題數、級分及總分計算公式

分項測驗	測驗題型	各部分題數	每題級分	佔總分比重
第一部分：單句寫作	A. 句子改寫	5 題	2 分	50%
	B. 句子合併	5 題	2 分	
	C. 重組	5 題	2 分	
第二部分：段落寫作	看圖表寫作	1 篇	5 分	50%
總分計算公式	公式：{(第一部分得分 /30) + (第二部分得分 /5)}×50 例：第一部分各項得分　A － 8 分 B － 10 分 C － 8 分 8+10+8=26 三項加總第一部分得分 － 26 分 第二部分得分 － 4 分 依公式計算如下： {(26/30) + (4/5)}×50=83　該考生得分 83 分			

口說能力測驗分級說明

評分項目（一）：發音、語調和流利度（就第一、二、三部分之整體表現評分）

級分	說明
5	發音、語調正確、自然，表達流利，無礙溝通。
4	發音、語調大致正確、自然，雖然有錯但不妨礙聽者的了解。表達尚稱流利，無礙溝通。
3	發音、語調時有錯誤，但仍可理解。說話速度較慢，時有停頓，但仍可溝通。
2	發音、語調常有錯誤，影響聽者的理解。說話速度慢，時常停頓，影響表達。
1	發音、語調錯誤甚多，不當停頓甚多，聽者難以理解。
0	未答或等同未答。

評分項目（二）：文法、字彙之正確性和適切性（就第三部分之表現評分）

級分	說明
5	表達內容符合題目要求，能大致掌握基本語法及字彙。
4	表達內容大致符合題目要求，基本語法及字彙大致正確，但尚未能自在應用。
3	表達內容多不可解，語法常有錯誤，且字彙有限，因而阻礙表達。
2	表達內容難解，語法錯誤多，語句多呈片段，不當停頓甚多，字彙不足，表達費力。
1	幾乎無句型語法可言，字彙嚴重不足，難以表達。
0	未答或等同未答。

發音、語調和流利度部分根據第一、二、三部分之整體表現評分，文法、字彙則僅根據第三部分之表現評分，兩項仍分別給 0~5 級分，各佔 50%。

計分說明：

某考生各項得分如下面表格所示：

評分項目	評分部分	得分
發音、語調、流利度	第一、二、三部分	4
文法、字彙之正確性和適切性	第三部分	3

百分制總分之計算：（4＋3）×10 分＝70 分

本書特色與使用說明

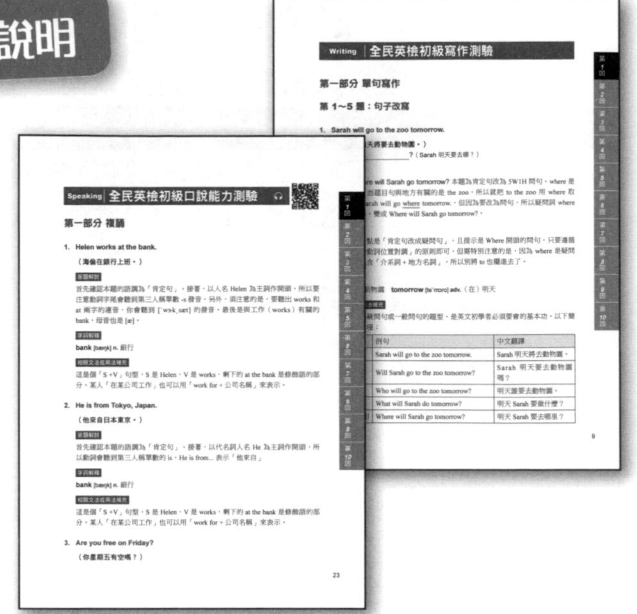

Writing | 全民英檢初級寫作測驗

第一部分 單句寫作

第 1～5 題：句子改寫

1. Sarah will go to the zoo tomorrow.

天將要去動物園。）

______?（Sarah 明天要去哪？）

re will Sarah go tomorrow? 本題為肯定句改為 5W1H 問句，where 是 而題目句與地方有關的是 the zoo，所以就把 to the zoo 用 where 取 arah will go where tomorrow.，但因為要改為問句，所以疑問詞 where ，變成 Where will Sarah go tomorrow?。

點是「肯定句改成疑問句」，且提示是 Where 開頭的問句，只要遵循 動詞位置對調」的原則即可，但需特別注意的是，因為 where 是疑問 含「介系詞＋地方名詞」，所以別將 to 也擺進去了。

tomorrow [tə`mɔro] adv.（在）明天

疑問句或一般問句的題型，是英文初學者必須要會的基本功，以下簡 理：

例句	中文翻譯
Sarah will go to the zoo tomorrow.	Sarah 明天將去動物園。
Will Sarah go to the zoo tomorrow?	Sarah 明天要去動物園嗎？
Who will go to the zoo tomorrow?	明天誰要去動物園。
What will Sarah do tomorrow?	明天 Sarah 要做什麼？
Where will Sarah go tomorrow?	明天 Sarah 要去哪里？

9

Speaking | 全民英檢初級口說能力測驗

第一部分 複誦

1. Helen works at the bank.

（海倫在銀行上班。）

首先確認本題的語調為「肯定句」，接著，以人名 Helen 為主詞作開頭，所以要注意動詞字尾會聽到第三人稱單數 -s 發音。另外，須注意的是，要聽出 works 和 at 兩字的連音，你會聽到 [`wɝk͵sæt] 的發音。最後是與工作（works）有關的 bank，母音也是 [æ]。

bank [bæŋk] n. 銀行

這是個「S＋V」句型，S 是 Helen，V 是 works，剩下的 at the bank 是修飾語的部分。某人「在某公司工作」也可以用「work for＋公司名稱」來表示。

2. He is from Tokyo, Japan.

（他來自日本東京。）

首先確認本題的語調為「肯定句」，接著，以代名詞人名 He 為主詞作開頭，所以動詞會聽到第三人稱單數的 is。He is from... 表示「他來自」

bank [bæŋk] n. 銀行

這是個「S＋V」句型，S 是 Helen，V 是 works，剩下的 at the bank 是修飾語的部分。某人「在某公司工作」也可以用「work for＋公司名稱」來表示。

3. Are you free on Friday?

（你星期五有空嗎？）

23

1

依 2021 年最新出題趨勢，精心撰寫 10 回寫作及口說模擬試題，題本編排 100% 與全民英檢正式考試相同，可作為準備全民英檢初級複試、老師課堂使用及在家自修。

2

夾帶於本書內頁的試題冊可剪下，而後面的答案紙也完全模擬正式考試格式，以方便您實際練習，並檢視與記錄自己的測驗結果。

全民英語能力分級檢定測驗

初級寫作能力測驗答案紙（不夠請自行影印）

座位號碼：　　試卷別：______

第一部分：單句寫作（50%），請依題目序號並於框線內作答，寫出完整的句子。

1. 2. 3. 4. 5. 6. 7. 8. 9. 10.

第 1 頁

11. 12. 13. 14. 15.

座位號碼：

第二部分：段落寫作（50%），請於框線內作答，勿隔行書寫。

第 2 頁　　評分用識別碼：___

3

史上最詳盡！「答題解說」+「破題關鍵」+「字詞解釋」+「相關文法或用法補充」。每一題的解析讓你從這道題目中學習相關的必考重點文法或句型，真正讓你培養實力，為下一級數與階段做準備！

5. **Waiter: How would you like your steak?**
   Tom: Well-done, please.

   （服務生：您的牛排要幾分熟？）
   （全熟，麻煩了。）
   Tom would like to ______________.（Tom 的牛排要全熟。）

   答題解說
   答案：Tom would like to have his steak well-done.。首先，看到第一句的 How，就知道它對應的是答句中的 Well-done，所以兩句可改寫成 Tom would like his steak well-done（注意 your 要改成 his），但這個句子並不正確，因為題目要求你寫出 would like to（想要），表示要再加一個動詞，你需要的是「動詞 + 受詞 + 形容詞（受詞補語）」這句型中的動詞，所以只要是「使役動詞」的 make、have、get、let 都可以是答案，不過這邊用 have 會比較符合語意。

   破題關鍵
   本題主要考點是「使役動詞 + 受詞 + p.p.」的用語，表示「讓對方／別人來做某事」，所以受詞後面要用表被動的 p.p.。因為到餐廳或飯店吃飯，是要讓別人（廚師）幫我們燒牛排。

   字詞解釋
   steak [stek] **n.** 牛排　**well-done** [ˋwɛlˋdʌn] **adj.**（牛排）全熟的；做得好的

   相關文法或用法補充
   常見的「使役動詞」主要用於五大句型中的「S + V + O + OC」，是個「不完全

★「答題解說」給你最正確的解題觀念與步驟。

★「破題關鍵」讓你知道這一題主要想測試什麼觀念。

★「相關文法或用法補充」是從這一題的答題關鍵點再進行延伸學習，讓你不僅沒有輸在起跑點，還能為下一階段超前佈署！

★符號說明

n. 名詞｜v. 動詞｜adj. 形容詞

adv. 副詞｜prep. 介系詞｜conj. 連接詞

phr. 片語

sb. = somebody｜sth. = something

* 初級程度外的字詞

4

也可以用手機掃描每一回第一頁右上方的 QR 碼，開始測驗

Speaking｜全民英檢初級口說能力測驗

第一部分 複誦

1. **Helen works at the bank.**

   （海倫在銀行上班。）

   答題解說
   首先確認本題的語調為「肯定句」。接著，以人名 Helen 為主詞作開頭，所以要注意動詞字尾會聽到第三人稱單數 -s 發音。另外，須注意的是，要聽出 works 和 at 兩字的連音，你會聽到 [ˋwɝkˏsæt] 的發音。最後是與工作（works）有關的 bank，母音也是 [æ]。

   字詞解釋
   bank [bæŋk] **n.** 銀行

5

初級複試的寫作與口說測驗的時間分別為 40 及 10 分鐘，共 50 分鐘。建議為自己設個倒數計時器後，打開試題本備應試，模擬正式上考場的心情。在進行口說測驗時，如前面提及，除了可以用手機掃描 QR 碼線上音檔之外，也利用隨書附贈的光碟來進行自我測試。本書特邀專業美籍教師做最正確的答題示範。光碟內容包含 2 個資料夾：

1. 考場真實模擬 MP3

內容是 Test_01.mp3、Test_02.mp3、Test_03.mp3 ...

完整 10回的試題音檔。播放時從第一題到最後一題，中間不會切割。模擬測驗時可嘗試使用手提播放器播放各回音檔，以確實模擬實際考式狀況。

2. 口說測驗解答範例 MP3

內容是 Test_01_ans-example.mp3、Test_02_ans-example.mp3 ⋯ Test_10_ans-example.mp3

口說測驗完畢之後，可以將自己說出來的答案錄下來，然後播放並對照各回答題示範音檔，注意是自己是不是都聽懂了測驗中播放出來的每一個單字，或漏聽了什麼關鍵字，或是明明就學過但沒有馬上聽出來的單字。另外，也要檢視自己應加強的發音、連音、語調上應停頓、上揚或收斂，哪些字詞應該唸重一些。

自我檢測

每次完成練習後，可以利用以下指標和表格檢視自己是否準備充裕：

- ☐ 我都能在時間內完成作答。
- ☐ 在寫作測驗中，我能做出正確的動詞變化。
- ☐ 在寫作測驗中，我能正確使用 5W1H 疑問詞。
- ☐ 在寫作測驗中，我能分辨詞性以及重組句子。
- ☐ 在寫作測驗中，我能理解短文寫作的題目並寫出符合字數的短文。
- ☐ 在寫作測驗中，我能根據短文寫作的相關圖片提示做答。
- ☐ 在口說測驗中，我能複誦出我所聽到的每一個單字。
- ☐ 在口說測驗中，我能正確唸出試題中的所有單字。
- ☐ 在口說測驗中，我能回答出確切的答案（Yes / No）。
- ☐ 在口說測驗中，我不會停頓太久且能很快開始回答。
- ☐ 在口說測驗中，我能避免使用 uh, umm, ah... 等無意義的單字。

學習進度表

記錄自己的成績曲線，幾天後再複習一遍，檢視學習成效。

回數	第一回	第二回	第三回	第四回	第五回
寫作測驗					
口說測驗					
扣分原因					
註解					

回數	第六回	第七回	第八回	第九回	第十回
寫作測驗					
口說測驗					
扣分原因					
註解					

進度表怎麼寫？

例 1：扣分原因。可記錄自己最常扣分的部分，像是「句子改寫」中沒注意到動詞要跟著做變化。

例 2：註解。作答時間是否超過，或口說回答問題時，是否每一題都有回答。

CONTENTS

目錄

1

GEPT
全民英檢

初級複試
中譯＋解析

Writing ｜全民英檢初級寫作測驗

第一部分 單句寫作

第 1～5 題：句子改寫

1. **Sarah will go to the zoo tomorrow.**

（Sarah 明天將要去動物園。）

Where _______________?（Sarah 明天要去哪？）

答題解說

答案：Where will Sarah go tomorrow? 本題為肯定句改為 5W1H 問句。where 是在問地方，而題目句與地方有關的是 the zoo，所以就把 to the zoo 用 where 取代。成為 Sarah will go where tomorrow.，但因為要改為問句，所以疑問詞 where 要移至句首，變成 Where will Sarah go tomorrow?。

破題關鍵

本題主要考點是「肯定句改成疑問句」，且提示是 Where 開頭的問句，只要遵循「主詞與助動詞位置對調」的原則即可，但需特別注意的是，因為 where 是疑問副詞，它包含「介系詞 + 地方名詞」，所以別將介系詞 to 也擺進去了。

字詞解釋

zoo [zu] **n.** 動物園　**tomorrow** [tə`mɔro] **adv.**（在）明天

相關文法或用法補充

肯定句改為疑問句或一般問句的題型，是英文初學者必須要會的基本功。以下簡單歸納與整理：

句型	例句	中文翻譯
肯定句	Sarah will go to the zoo tomorrow.	Sarah 明天將去動物園。
疑問句	Will Sarah go to the zoo tomorrow?	Sarah 明天要去動物園嗎？
Who 問句	Who will go to the zoo tomorrow?	明天誰要去動物園。
What 問句	What will Sarah do tomorrow?	明天 Sarah 要做什麼？
Where 問句	Where will Sarah go tomorrow?	明天 Sarah 要去哪里？

When/What time 問句	When/What time will Sarah go to the zoo?	Sarah 將要什麼時候去動物園？
Why 問句	Why will Sarah go to the zoo tomorrow?	Sarah 明天為什麼要去動物園？
How 問句	How will Sarah go to the zoo tomorrow?	Sarah 明天要如何去動物園？

2. Peter is going to play tennis this afternoon.

（Peter 今天下午會去打網球。）

What ______________?（用 do 改寫）（Peter 今天下午會做什麼？）

答題解說

答案：What is Peter going to do this afternoon? 本題為肯定句改為 5W1H 問句。what 是在問做什麼，而題目句與「做什麼」有關的是 play tennis，所以就把 play tennis 用 what 取代，但 is going to 後面一定要接一個動詞，這時候就要用 do 來替代原來的 play 就可以了，因此成為 Peter is going to do what this afternoon.，而因為要改為問句，所以疑問詞 what 移至句首後，後面一定會跟著 be 動詞或助動詞，而這裡的助動詞是 is going to，所以主詞要放在 be 動詞 is 後面。變成 What is Peter going to do this afternoon?。

破題關鍵

本題主要考點也是「肯定句改成疑問句」，只要遵循「主詞與助動詞位置對調」的原則即可。

字詞解釋

tennis [`tɛnɪs] **n.** 網球

相關文法或用法補充

「be going to + 原形動詞」是用來表達「未來式」的一種方式。表示主詞即將進行的一個動作。這個動作通常是經過預先考慮並含有已經做好準備的意思。注意：一般不常把動詞 go 和 come 用於 be going to 結構中，而常用現在進行式來代替 be going to 結構，即通常不用 I'm going to go 而用 I'm going，不用 I'm going to come 而是用 I'm coming。

3. "I don't like people who break promises," Sue says.

（Sue 說，「我不喜歡不守信用的人。」）

Sue says ________________.（Sue 說她不喜歡不守信用的人。）

答題解說

答案：Sue says (that) she doesn't like people who break promises. 本題是考「直接引述改為間接引述」，只要把相關的直接引述詞語換成間接引述詞語即可。改寫成間接引述句時，代名詞 I 要換成 she，助動詞 don't 要改成 doesn't。

破題關鍵

所謂「直接引述」就是直接重述說話者的所說的內容，在書寫時會用「引號」（"..."）表示。而「間接引述」就是將引號內容改為「that 子句」，因此要注意，直接引述改為間接引述時，要針對人稱代名詞、動詞或助動詞時態、時間副詞、地方副詞等做相應的變換。

字詞解釋

break [brek] **v.** 破壞（約束），打破　**promise** [ˋpramɪs] **n.** 承諾

相關文法或用法補充

英文裡「失信」或「不守信用」的說法，除了 break one's promise 之外，也可以說 break one's word 或 fail to keep one's promise/word。另外，我們知道「信用卡」是 credit card，所以 credit 這個字也可以用來表達一般的「信用」。例如，Do you know how bad his credit is?（你知道他的信用有多糟嗎？）

4. Jane: Is there any English homework today?
John: No, there isn't.

（Jane：今天有英文作業嗎？）
（John：不，沒有。）

They ________________.（他們今天沒有任何英文作業。）

答題解說

答案：They don't have any English homework today.。此題是對一問一答的改寫，關鍵是要弄清楚問的是什麼，答的又是什麼。第一句問「今天有英文作業嗎？」第二句回答說「不，沒有。」所以合併起來就是「他們今天沒有任何英文作業。」另外，第二句的回答是簡答，可以還原成 There isn't any English homework today. 所以合併成一句時才會出現 any 這個字。

破題關鍵

本題不僅是考句型轉換，還要注意靈活運用！儘管 There isn't any English homework today. 以及 They don't have any English homework today. 是兩個不同的

句型，但兩者要表達的意思是相同的，只是第一句（There be 句型）的主詞是 any English homework，而第二句主詞是 they。既然題目要你用 They 開頭，動詞就要用到 have 了。

字詞解釋

homework [`hom͵wɝk] **n.** 家庭作業

相關文法或用法補充

注意 homework 是不可數名詞單數，所以句中的動詞都是用單數，如 Is there any English homework today?、No, there isn't. 而答案句標示出 They 當主詞，不是第三人稱單數，所以助動詞用 don't，而不是 doesn't。

5. Waiter: How would you like your steak?
Tom: Well-done, please.

（服務生：您的牛排要幾分熟？）
（全熟，麻煩了。）

Tom would like to ______________.（Tom 的牛排要全熟。）

答題解說

答案：Tom would like to have his steak well-done.。首先，看到第一句的 How，就知道它對應的是答句中的 Well-done，所以兩句可改寫成 Tom would like his steak well-done（注意 your 要改成 his），但這個句子並不正確，因為題目要求你寫出 would like to（想要），表示要再加一個動詞，你需要的是「動詞 + 受詞 + 形容詞（受詞補語）」這句型中的動詞，所以只要是「使役動詞」的 make、have、get、let 都可以是答案，不過這邊用 have 會比較符合語意。

破題關鍵

本題主要考點是「使役動詞 + 受詞 + p.p.」的用語，表示「讓對方／別人來做某事」，所以受詞後面要用表被動的 p.p.。因為到餐廳或飯店吃飯，是要讓別人（廚師）幫我們燒牛排。

字詞解釋

steak [stek] **n.** 牛排　**well-done** [`wɛl`dʌn] **adj.**（牛排）全熟的；做得好的

相關文法或用法補充

常見的「使役動詞」主要用於五大句型中的「S + V + O + OC」，是個「不完全及物動詞」，接受詞之後一定要再接「受詞補語」，而受詞補語可以是原形動詞、過去分詞或一般形容詞。例如：

❶ He made her clean the classroom.（他叫她打掃教室。）→ 原形 V 指「受詞主動的行為」

❷ She has her dress washed.（她將她的洋裝送洗了。）→ 過去分詞指「受詞被動的行為」

❸ The witch made her face ugly.（女巫將她的臉變醜了。）

第 6~10 題：句子合併

6. **Mary was studying English last night.**
   Mary was busy last night.

   （Mary 昨天晚上在讀英文。）
   （Mary 昨天晚上很忙。）
   Mary was busy studying English last night.（Mary 昨天晚上忙著讀英文。）

答題解說

答案：Mary was busy studying English last night. 本題為兩句相同主詞的肯定句。第一句意思是「Mary 昨天晚上在讀英文。」第二句意思是「Mary 昨天晚上很忙。」因此很自然可以聯想到合併的句子要表達的是「Mary 昨天晚上忙著讀英文。」而「忙著做～」可以用「be busy + Ving」來表示。

破題關鍵

可以先用「對照刪除法」，把答案所出現的字在題目上面刪掉，會發現只剩下 studying English 及 busy 這三個字。然後就是慣用表達的認知問題了。要用形容詞 busy 來表達「忙著做什麼」時，要接動名詞（V-ing）。所以剩下來的三個字就可以合併成 busy studying English。

字詞解釋

busy [ˋbɪzɪ] **adj.** 忙碌的

相關文法或用法補充

如果要表達「今天很忙。」時，千萬別說成 Today is very busy. 因為 busy 是用來形容「人」，而非「事物」。你應該說 It has been a long day. 或 It’s a long day. 或是 I’m busy today. 都可以用來表示「我今天很忙。」

7. **Joe ate lunch at noon.**
Joe went to the movies in the afternoon.

（Joe 中午吃午飯。）
（Joe 下午去看電影。）
After lunch, Joe went to the movies.（吃完午飯後，Joe 去看電影。）

答題解說

答案：After lunch, Joe went to the movies. 先觀察一下這兩個句子有什麼必然的關聯。兩個句子有明顯的時間關聯，所以應該加一個表示時間先後的連接詞，顯然 Joe 吃午餐在前，去看電影在後，因此答案是「Joe 吃完午飯後去看電影。」

破題關鍵

兩句子有相同主詞，所以肯定是與主詞（Joe）有關的事情，而前句的時間副詞是 at noon，後句的時間副詞是 in the afternoon，因此肯定有時間上的順序，即選擇要用 after 或 before 連接兩句，注意合併的提示句已有 Joe，因此副詞子句的主詞要改成人稱代名詞 he，而變成 After he ate lunch, Joe went to the movies. 或簡化寫成 After lunch, Joe went to the movies.。

字詞解釋

lunch [lʌntʃ] **n.** 午餐　**go to the movies** 去看電影

相關文法或用法補充

「看電影」可以用 go to the movies 或 see a movie。注意前者 movie 用複數形，後者用單數形。另外，watch a movie 是「在家看電視播放的電影」，而 see a movie「是到電影院去看電影」的意思，請務必釐清兩者的不同。

8. **Jack plays the violin.**
Jack plays it well.

（Jack 拉小提琴。）
（Jack 拉得很好。）
Jack is good at playing the violin.（Jack 擅長拉小提琴。）

答題解說

答案：Jack is good at playing the violin. 本題為兩個單句的合句練習。就 Jack plays the violin. 與 Jack plays it well. 兩句來看，it 就是指 the violin，表示 Jack plays the violin well.（Jack 拉小提琴拉得很好。）然後再看看題目給的提示字詞 Jack is good at（Jack 擅長～），顯然要表達的是「Jack 擅長拉小提琴。」be good at... 就是「擅長～」的意思。

破題關鍵

本題考點是 do... well 與 be good at... 的同義詞替換，兩者都表示「擅長做某事」，須注意介系詞 at 後面要接「動名詞（V-ing）」。

字詞解釋

violin [ˌvaɪəˋlɪn] **n.** 小提琴　**good** [gʊd] **adj.** 擅長的，有本事的（主詞為「人」）

相關文法或用法補充

「擅於～」可以用 be good at / be excellent / skillful in... 來表示，注意不同的形容詞搭配不同的介系詞。相反地，「不擅於～，對於～不在行」，只要改變中間的形容詞即可，常見有 bad、lousy、awful... 等。

9. The T-shirt cost me two hundred dollars.
The short skirt cost me three hundred dollars.

（這件 T 恤花了我兩百元。）
（這件短裙花了我三百元。）

I spent five hundred dollars on the T-shirt and the short skirt.
（我花了 500 元買 T 恤和短裙。）

答題解說

答案：I spent five hundred dollars on the T-shirt and the short skirt. 題目前兩句都有 cost 這個動詞，第一個受詞也都相同，不同的是第二個受詞（two hundred dollars 與 three hundred dollars），所以兩句合併要表達的就是「花了多少錢買 T 恤及短裙」，但須注意的是，合併句以人（I）開頭，所以要用到的動詞是 spend，句型是「spend + 錢 + on + 物」最後要注意的是時態要用過去式。

破題關鍵

表「花費」的 cost 與 spend 之間的句型轉換：「物 + cost + 人 + 錢」→ 「人 + spend + 錢 + on + 物」。另外，要注意前兩句的動詞時態是過去式，spend 的過去式是 spent。

字詞解釋

shirt [ʃɝt] **n.** 襯衫，汗衫　**cost** [kɔst] **v.** 花費；**n.** 費用，成本　**skirt** [skɝt] **n.** 裙子
spend [spɛnd] **v.** 花費（金錢、時間）

相關文法或用法補充

動詞 spend 常見於「人 + spend + 時間／錢 + V-ing」，或是「人 + spend + 時間／錢 + on + 名詞」，表示「某人花了多少錢或時間在做某事」，或「某人花了多少錢或時間在某事上」。其過去式和過去分詞都是 spent。

10. John is saving money.
John wants to buy a computer.

（John 正在存錢。）
（John 想買一台電腦。）

John is saving money to buy a computer.（John 正在存錢買一台電腦。）

答題解說

答案：John is saving money to buy a computer.。就題目的前兩句的意思來看，第一句是「因」，第二句是「目的」，兩句有相同主詞（John），而第三句（合併句）空格後面是原形動詞，所以可以用不定詞（to-V）來連接兩個動作（存錢與買電腦），形成「為了買電腦而正在存錢」的語意。

破題關鍵

本題重點就在不定詞用法，不定詞可以用來表示目的，解釋成「為了…」。而第二句很明顯是第一句的「目的」，然後想想「可以用什麼來表示目的」，那麼答案迎刃而解了。

字詞解釋

save [sev] **v.** 節省　**computer** [kəm`pjutɚ] **n.** 電腦

相關文法或用法補充

「不定詞」可以當名詞、形容詞及副詞，例如：

1. 當作句子的主詞或補語
   ❶ To learn foreign languages is not easy.（學習外語不容易。）
   ❷ My plan is to save some money first.（我的計畫是先存點錢。）
2. 表達目的，作為修飾語（副詞）
   Nick came to New York to look for a job.（尼克來到紐約找工作。）
3. 作動詞的受詞
   I don't want to go to work.（我不想去上班。）
4. 修飾名詞（置於名詞後面）
   You have the right to remain silent.（你有權保持沉默。）

第 11～15 題：句子重組

11. My boss asks me to be on time every day.

（我老闆要求我每天都要準時。）

答題解說

先來看看題目吧！從提供的「__________ every day. 」以及「on time/my boss/me/to/asks/be」內容來看，唯一有可能當主詞的就是 My boss 了（me 是受格，不可當主詞），接著要找動詞。從 asks 及 be 兩個動詞來看，因為主詞是第三人稱單數的 My boss，所以動詞當然是 asks 了，而 ask 是及物動詞後面一定要加受詞，所以 me 就接在它後面。所以這句會是 "My boss asks me... every day." 就剩下的字詞（on time/to/be）來看，這是「要求某人做某事」（ask someone to do something）的句型，to 後面要接原形動詞，所以 be 就放在 to 後面，再接最後的 on time（準時的），就完成本題答案了。

破題關鍵

本題重點就在三人稱單數動詞的選擇及動詞 ask 的用法。因為題目僅提供時間副詞，所以要先把句子的基本元素找出來，也就是主詞 My boss → 動詞 asks。ask（要求）接受詞後再接不定詞。

字詞解釋

boss [bos] **n.** 老闆，雇主　**on time** 準時的

相關文法或用法補充

動詞與不定詞之間的連結主要有兩種：

❶ 動詞 + to + 原形動詞。最簡單的想法就是，在這個句型中，to 後面所表達的動作與主詞有關，例如：I arrange to have dinner outside.（我安排在外面吃晚餐。）

❷ 動詞 + 受詞 + to + 原形動詞。to 後面所連接的動作跟受詞有關，例如：I invite you to have dinner outside.（我邀請你到外面吃晚餐。）

12. Work hard and your dream will come true some day.

（努力工作，你的夢想有一天會實現。）

答題解說

先來看看題目吧！從提供的「__________ some day.」以及「and/come true/dream/your/will/work hard」內容來看，唯一有可能當主詞的就是 dream 了，

接著可以先想到 dream come true（夢想實現）這個大家耳熟能響的用法，然後再把 your 以及助動詞 will 加進去，成為 your dream will come true。就剩下的字詞（and / work hard）來看，這是「祈使句 + and + your dream will come true」的結構，所以要用原形動詞開頭，形成 Work hard and your dream will come true 的合理句意。

破題關鍵

本題的考試重點在於祈使句以原形動詞為開頭及 and 連接兩個句子的概念。如果題目沒有提供句子開頭的字詞，一般考生還是會習慣找出名詞性質的字來當主詞，所以這一題如果把唯一可以當主詞的 your dream 放在句首，而寫成 Your dream will come true and work hard...，可以發現完全邏輯不通的句子，這時候就要將 your dream will come true 以及 work hard 分開來看，很自然會了解要表達的是「努力工作，然後夢想會實現」。

字詞解釋

work hard **phr.** 努力工作　**come true** **phr.** 實現　**some day** **phr.** 終有一天

相關文法或用法補充

其實中文的祈使句與英文的祈使句的用法幾乎一模一樣，所以只要你會中文，沒有理由不會用英文的祈使句：

1. Go!	走！
2. Don't go!	不要走！／別走！
3. John, stand up! / Stand up, John!	約翰，站起來！
4. Give me some money!	給我一點錢！
5. Love me or I will die.	愛我，不然我會死。

13. I forgot to bring my lunch box.

（我忘記帶我的午餐便當盒了。）

答題解說

先來看看題目吧！從提供的「I ________________.」以及「my / bring / forgot / to / lunch box」內容來看，主詞（I）已經有了，接著就是把動詞找出來。題目提供兩個動詞，一個是過去式 forgot，一個是現在式 bring，顯然要用 to 連接這兩個動詞，所以要把原形的 bring 放在 to 後面，形成 forgot to bring，而 bring 是個及物動詞，後面一定要有名詞作為其受詞，那麼當然是把 lunch box 抓過來了，最後剩下的 my，就只有 my lunch box 才合乎句意了。

破題關鍵

本題的考點在 forget + to-V（忘記做…）的用法，因為提供了兩個動詞以及 to，應直接想到「不定詞（to-V）當動詞的受詞」。

字詞解釋

forget [fɚ`gɛt] **v.** 忘記（過去式 forgot）　**bring** [brɪŋ] **v.** 帶來

相關文法或用法補充

注意 forget（忘記）和 remember（記得）後面接 to-V 和 V-ing 的意思完全不同：

❶ forget（忘記）

① S + forget + to-V...（某人忘記去做某事。）例如：He forgot to bring his wallet.（他忘記帶皮夾了。）

② S + forget + V-ing...（某人忘記已做某事。）例如：Emily forgot buying the same coat before.（Emily 忘了之前已經買過同樣的大衣。）

❷ remember（記得）

① S + remember + to-V...（某人記得去做某事。）例如：Wendy remembered to turn off the light.（Wendy 記得要去關燈。）

② S + remember + V-ing...（某人記得已做過某事。）例如：I remember buying the same desk.（我記得已經買過同樣的書桌。）

14. There is a good movie on TV tonight.

（今天電視上有一部好電影。）

答題解說

先來看看題目吧！從提供的「________________ tonight.」以及「TV/movie/on/there/is/good/a」內容來看，有 there 和 is 這兩個字，一看就知道是要用 there be 句型。它的句型結構是：there be + 名詞，題目中有名詞 movie，是個單數可數名詞，所以前面要加冠詞 a，而形容詞 good 當然是用來修飾 movie，而不會是 TV，所以是"There is a good movie"，剩下的 on 和 TV，當然就是 on TV 的片語組合了，意思是「在電視上」。

破題關鍵

本題的考點在 there be 句型，要注意這個句型的主詞在 be 動詞後面，然後判斷主詞是「電視上的好電影」。另外，on TV（在電視上）也是個常見的片語，只要掌握這兩點，自然能寫出答案了。

字詞解釋

movie [`muvɪ] **n.** 電影　**tonight** [tə`naɪt] **adv.** 在今晚

相關文法或用法補充

There be... 的意思為「有～」，但真正的主詞是 be 動詞後的名詞，所以單複數變化也是由該名詞決定。此外，「There + be + N + Ving」的句型表示「主動」進行某個動作，這個句型乃簡化自形容詞子句。例如：There is a sheep which lives on a wide farm.（在一個寬闊的農場上住有一隻綿羊。）= There is a sheep living on a wide farm.（可省略 which + be 動詞）另外，「There + be + N + P.P.」表示被動進行某個動作。例如：There were some cakes which were eaten by the kid.（有幾塊蛋糕被這小孩給吃掉了。）= There were some cakes eaten by the kid.

15. Would you mind speaking slower?

（可以請你說慢一點好嗎？）

答題解說

先來看看題目吧！從提供的「________________?」以及「mind / slower / you / speaking / would」內容來看，首先注意最後的問號，所以這是個問句，而提供的字彙中，可以放在句首引導此問句的就是助動詞 would 了。一般疑問句的句型是「助動詞 + 主詞 + 原形動詞…？」。接著找可以當主詞的 you，動詞 mind，而 mind 後要接動名詞，正好有 speaking，如此句子基本要素都出來了，再加上剩餘的部分 slower 就是答案 "Would you mind speaking slower?" 了。

破題關鍵

「Would you mind +V-ing? 」這個句型。看到 mind 以及動名詞 speaking，就知道這兩個字一定要擺在一起。接著從問號結尾來判斷句子開頭一定是 Would you...?。

字詞解釋

mind [maɪnd] v. 介意

相關文法或用法補充

英文裡表示「請求」的說法有很多種，Would you mind...? 就是其中之一，而且是屬於比較客氣、委婉的問法。mind 表示「介意」，所以如果你願意幫忙，要「否定」回答（No...），要是不想幫忙，要用「肯定」（Yes, ...）回答。另外，mind 當名詞表示「頭腦，想法」時，常與介系詞 in 搭配。例如，I don't know what's going on in his mind.（我不知道他腦袋在想什麼？）

第二部分 段落寫作

寫作範例

Mark's favorite season is summer. He likes to do outdoor activities such as skateboarding, even during hot sunny days. After that, he would get some cold drinks and shaved ice. On a hot day, Mark likes to go to a swimming pool. Swimming helps him to stay cool too, and to make new friends.

中文翻譯

馬克最喜歡的季節是夏季。即使在晴朗炎熱的日子裡，他喜歡從事戶外活動，像是溜滑板。在那之後，他會去喝點冷飲及吃點刨冰。不過，在大熱天中，馬克最喜愛的地方是游泳池。游泳也有助於他保持涼爽，且讓他認識新朋友。

答題解說

英檢初級的這道題，幾乎都是看圖描述的題目，所以有必要先把圖案裡面出現的人事物英文表達用語準備好。例如第一張圖有溜滑板（skateboard / skateboarding）、（hot sunny days），第二張圖有冷飲（cold drinks）、刨冰（shaved ice），第三張圖有游泳／泳池（swim / swimming pool）等。另外這篇短文講的是某人的「夏季活動」，因為是「習慣性的活動」，所以全篇使用現在簡單式即可。當然，你也可以用「Mark 過去喜歡做⋯來消暑，但現在則⋯」這樣的句子，以過去式來增加文章的複雜度。但如果沒有把握的話，寧可選擇最保險的寫作方式。最後再次強調，現在簡單式一定要再次檢查第三人稱單數的 s！

關鍵字詞

favorite [`fevərɪt] **adj.** 最喜愛的 **season** [`sizn] **n.** 季節 **outdoor** [`aʊt͵dor] **adj.** 戶外的 **activity** [æk`tɪvətɪ] **n.** 活動 **skateboard** [`sket͵bord] **n.** 滑板；**v.** 用滑板滑行 **sunny** [`sʌnɪ] **adj.** 晴朗的 **drink** [drɪŋk] **n.** 飲料 **shaved ice** **phr.** 刨冰 **swimming pool** **phr.** 游泳池 **stay** [ste] **v.** 保持

第一部分 複誦

1. Helen works at the bank.

（海倫在銀行上班。）

答題解說

首先確認本題的語調為「肯定句」。接著，以人名 Helen 為主詞作開頭，所以要注意動詞字尾會聽到第三人稱單數 -s 發音。另外，須注意的是，要聽出 works 和 at 兩字的連音，你會聽到 [ˋwɝkˏsæt] 的發音。最後是與工作（works）有關的 bank，母音也是 [æ]。

字詞解釋

bank [bæŋk] **n.** 銀行

相關文法或用法補充

這是個「S +V」句型，S 是 Helen，V 是 works，剩下的 at the bank 是修飾語的部分。某人「在某公司工作」也可以用「work for + 公司名稱」來表示。

2. He is from Tokyo, Japan.

（他來自日本東京。）

答題解說

首先確認本題的語調為「肯定句」。接著，以代名詞人名 He 為主詞作開頭，所以動詞會聽到第三人稱單數的 is。He is from... 表示「他來自」

字詞解釋

Japan [dʒəˋpæn] **n.** 日本

相關文法或用法補充

很多人以為「Where are you from?」是問對方從哪裡來的，其實不然。正確的用法是：Where are you coming from?，這也是機場海關人員最常問的一句話。事實上，「Where are you from?」是用來問對方的國籍，也可以問對方出生的地方，端看對話發生的場合。

3. Are you free on Friday?

（你星期五有空嗎？）

答題解說

首先確認本題是「Yes/No 疑問句」，句尾語調上揚。接著，關鍵是聽出 free 這個形容詞，須注意 [fr] 的子音混合音，此時 f 的音會很快帶過去，稍不注意會聽不到無聲子音 [f] 的音。

字詞解釋

free [fri] **adj.** 有空的，自由的，免費的

相關文法或用法補充

問別人有沒有空也可以說 Do you have time on Friday? 或 Are you available on Friday?。

4. I am looking for the Star Theater.

（我正在找「星星戲院」。）

答題解說

首先確認本題是 I am 開頭的肯定句，時態是現在進行式的 looking for，再接受詞 Star Theater。請注意，字母組合 -ar- 的發音 [ɑr]，合唸時尾音捲舌拉長音，而 st- 的子音字母組合發音是 [sd-]，無聲的 [t] 會發出有聲 [d] 的音。另外，注意 theater 的 th- 發音，是無聲的 [θ]，它是將舌頭放在上下門牙之間發出的吐氣音。

字詞解釋

theater [ˋθɪətɚ] **n.** 戲院，電影院　**look for** **phr.** 找尋

相關文法或用法補充

I am 可以縮寫成 I'm，發音是 [aɪm]，在口語中很常見。其他「人稱代名詞 + be 動詞」的縮寫及連讀還有：we/you/they are = we/you/they're、she/he/it is = she's/he's/it's。

5. Come and have a seat!

（過來坐吧！）

答題解說

這是個祈使句或命令句，所以句子會以原形動詞開頭，且語調上會比其他部分更為大聲高亢。本句等於有兩個祈使句，一個是 Come.，一個是 Have a seat.，以對等連接詞 and 連接起來。另外，注意 "have a" 的連音，你會聽到 [hævə] 的音。"have a seat" 是很常聽到、請對方就座的表達方式。

字詞解釋

seat [sit] **n.** 座位；**v.** 使（某人）就座

相關文法或用法補充

「祈使句」在英文的文法中扮演一個相當重要的角色，通常會出現在口語會話中。基本上，祈使句省略主詞 you，以原形動詞開頭。現在就來看看哪些時候可以使用祈使句吧！

❶ 命令或要求

① Turn off the radio, please.（請關掉收音機。）

② Pass me the spoon and chopsticks, please.（請遞給我湯匙和筷子。）

❷ 邀請：Just make yourself at home.（就當作是在自己家吧！）

❸ 給予忠告、建議或指示

① Don't drink cold water when you are sick.（生病時別喝冷水。）

② First, turn left at traffic lights. Then, keep going straight. And, you will see the coffee shop on the right side.（首先，在紅綠燈的地方左轉。接著，繼續直走。然後，你會看到咖啡店在你的右手邊。）

❹ 警告：Mind the gap between the train and the platform!（小心車廂與月台間隙！）

❺ 祝福：Have a nice weekend!（祝你有個愉快的週末。）

第二部分 朗讀句子與短文

1. The people were unfriendly.

（這些人們很不友善。）

答題解說

首先確認本題的語調為「肯定句」。接著，主詞是 The people，冠詞 The 發 [ðə] 的音，而 be 動詞 were 是 are 的過去式，發 [wɝ] 的音。主詞補語 unfriendly 中的否定字首 un- 發 [ʌn] 的音，重音在第二音節。

字詞解釋

unfriendly [ʌn`frɛndlɪ] **adj.** 不友善的

相關文法或用法補充

un- 具有 not 或 no 的意思。以 un- 為字首的否定字詞，通常是形容詞或動詞的否定意味。例如，unwilling 不願意的、unlike 不同的、unsafe 不安全的、unlikely

不太可能的、undress 脫下、uncover 揭開、揭露。

2. I usually go for a walk in the evening.

（我經常在傍晚時散步。）

答題解說

首先確認本題的語調為「肯定句」。接著，主詞是 I，動詞是 go for，其受詞為 a walk，其餘 usually 及 in the evening 為修飾語。須注意 the 在母音（evening）前要發 [ði] 的音。另外，walk（散步）和 work（工作）的音很類似，要念出 [wɔk]，而非 [wɝk]。

字詞解釋

evening [`ivnɪŋ] **n.** 傍晚，晚上

相關文法或用法補充

walk 當動詞時表示「行走」，是不及物動詞，而此處的 walk 當名詞用，表「散步」，go for a walk 也可以說 take/have a walk。另外，walk 也可以當及物動詞，表示「使～走路」或「推著～走」。例如 walk a dog（遛狗）、walked his bike（牽著他的自行車走著）。

3. Everyone calls her Little Angel.

（每個人都叫她「小天使」。）

答題解說

首先確認本題的語調為「肯定句」。接著，主詞是 Everyone，動詞是 calls，要發出第三人稱單數 -s 的音。其受詞為 her 以及 Little Angel。須注意的是，“calls her”要一起念，然後稍作短暫停頓，再念出“Little Angel”。千萬別念成“Everyone calls”、“her Little Angel”，否則意思會變成「每個人呼叫她的小天使」了。

字詞解釋

little [`lɪtl] **adj.**（幼）小的 **angel** [`endʒl] **n.** 天使

相關文法或用法補充

「不完全及物動詞」是指，除了要接受詞之外，還要再接受詞補語才能表達出完整的語意。以本題動詞 call（稱呼…為…）為例：People call me Jack.（大家都叫我 Jack。）另外，「使役動詞」、「知覺動詞」以及表示「將視為」的動詞，也都是不完全及物動詞。例如：

❶ You made yourself silly.（你讓自己顯得愚蠢。）
❷ I heard him crying.（我聽到他在哭。）
❸ I consider myself a hero.（我把自己視為英雄。）

4. Dad speaks French very well.

（爸爸法文說得很好。）

答題解說

首先，確認本題的語調為「肯定句」。接著，主詞是 Dad（父親），發 [dæd] 的音，常用於口語中。動詞是 speaks，要發出第三人稱單數 -s 的音。其受詞為 French。本句可以分成 Dad speaks French 以及 very well 兩部分，特別是句尾的 well 可以稍作重音，強調「說得很棒」。最後，請注意 French 的母音是 [ɛ]，別和 France（法國）的 [æ] 搞混了。

字詞解釋

dad [dæd] **n.**【口】爸爸　**French** [frɛntʃ] **n.** 法文，法國人

相關文法或用法補充

英文裡表示「說」的動詞有好幾個，雖然中文一樣都是「說」，但英文的用法可是大不相同。其中 speak 常用來強調「說某種語言」，且強調說話的「動作」，不強調說話的內容，而 say 強調「說話的內容」，後面常接 that 子句。而 talk 一般為不及物動詞用法，意思是「交談，談話」，強調的是兩者間的相互談話。最後，tell 常見於「後面接兩個受詞的及物動詞用法」，意思是「告訴」。例如：

❶ He didn't dare to speak in public.（他不敢在眾人面前說話。）
❷ What do you say?（你說什麼？）
❸ I need to talk to you.（我要跟你談談。）
❹ Tell me the truth.（告訴我實情。）

5. The Roberts are feeding their kids in the kitchen.

（羅勃特夫婦正在廚房餵他們的小孩。）

答題解說

首先，確認本題的語調為「肯定句」。接著，主詞是 The Roberts，注意字尾 -ts 要發類似國語注音「ㄘ」的音，且最好與後面的 are 連音。另外，連音的部分還有 "kids in"，應念成 [ˋkɪd ˏsɪn]，且無聲子音 [s] 要念有聲的 [z] 音。最後應注意的是 kitchen（廚房）的發音：字母 t 不發音，而字母組 ch 發 [tʃ] 的音。

字詞解釋

Robert [ˋrabɚt] **n.** 羅勃特（姓氏） **feed** [fid] **v.** 餵食 **kitchen** [ˋkɪtʃɪn] **n.** 廚房

相關文法或用法補充

「定冠詞 the + 姓氏 s」有兩種意思：

❶ 表示「家族」。如：the Lins = the Lin family（林氏一家人）

❷ 表示「夫婦」。如：the Lins = Mr. and Mrs. Lin（林氏夫婦）

6. **In traditional Chinese culture, families were very large. But in mainland China before 2016, the government used to have a one-child policy: in most places, a family can have only one child.**

（在中國傳統文化裡，家庭一般都是一龐大的家族，不過在 2016 年以前的中國大陸，政府曾實施一胎化政策，也就是在大部分的地區，一個家庭只能生一個小孩。）

答題解說

本題有三個句子。第一句一開頭是個副詞片語，注意 culture 是不可數名詞，前面沒有冠詞（the/a），字尾也沒有 -s。第二句一開頭有“But in”的連音，要念成 [bʌ-tɪn]，而 2016 的發音是有三種：“Twenty-Sixteen”、“Two Thousand and Sixteen”或“Two Thousand Sixteen”皆可。另外須特別注意的是，“used to”中的 -d 幾乎是不發出聲音的。第三句（冒號後面）一開頭也是個副詞片語，同樣地，因為是在句子裡，most 的 -t 也是幾乎不發音的。

字詞解釋

traditional [trəˋdɪʃənl] **adj.** 傳統的 **culture** [ˋkʌltʃɚ] **n.** 文化 **mainland** [ˋmenlənd] **n.** 大陸 **government** [ˋgʌvɚnmənt] **n.** 政府 **used to-V. phr.** 曾經 **policy** [ˋpaləsɪ] **n.** 政策

相關文法或用法補充

only 是個常用的單字，可以當形容詞及副詞：

❶ 當形容詞，表示「惟一的」，「僅有的」。如：She is the only girl here who knows how to drive a car.（她是這裡唯一懂開車的女孩。）

❷ 當副詞，表示「只是」，「僅僅」。如：If you do that, it will only make things worse.（如果你那樣做，只讓事情更糟。）

第三部分 回答問題

1. What's your last name?

（你貴姓？）

答題解說

首先，要聽出 last name（姓）的意思。然後你可以先回答 My last name is... 或是 ... is my last name.。接著可以從這句話來延伸，因為你的表達內容必須符合題目意旨。比方說，如果你的「姓」很特別，可以簡單說一下有何特別之處，或這個字有何特殊意義。

參考範例及中譯

My last name is Wu. The Chinese character of it means "five". When I am lonely, I will tell myself I'm not alone. Because my family name always reminds me that there is the power of five people inside of me!

（我的姓是「伍」。這個中文字的意思是指「五個」。當我感覺到寂寞時，我就會告訴我自己我不是孤單的。因為我的姓總是提醒我有「五個人的力量」在我身體裡面。）

字詞解釋

last/family name **phr.** 姓氏　**character** [`kærɪktɚ] **n.**（漢）字，字體　**lonely** [`lonlɪ] **adj.** 孤獨的　**alone** [ə`lon] **adj.** 單獨的，獨自一人的　**remind** [rɪ`maɪnd] **v.** 提醒，使想起

相關文法或用法補充

last name 或 family name 也可以用一個字的 surname 來表示，它的發音是 [`sɝ͵nem]，而名字則是 first name。華人的姓氏在前，名字在後，外國人則相反，名字在前，姓氏在後。例如：James Brown，James 是名字，Brown 是姓氏。若是要請對方說「全名（full name）」，可以說 "Please give me your full name."。

2. Where do you come from?

（你來自哪裡？）

答題解說

這是個 5W1H 的問句。首先，一定要聽出是哪一個疑問詞。where 是問「地方」，搭配句尾的 from 就是問你「來自哪裡」，也許是 Taiwan、Taipei 或是

R.O.C.，你可以從“I come/am from...”開始，不過千萬別說成“I am come from...”了。接著再從這句話來延伸個 2～3 句。你可以表達自己所在地的特色、人文、交通等，也可以說明自己常去遊玩的附近景點。

參考範例及中譯

I come from Taiwan, which is a beautiful island in Southeast Asia. People in Taiwan are very friendly and I have a lot of good friends there. Therefore, if you have free time, you're welcome to come to Taiwan for a visit.
（我來自台灣，一個在東南亞的美麗島嶼。在台灣的人們都非常友善，而且我在那兒有很多很好的朋友。所以如果您有時間的話，歡迎來到台灣遊玩。）

字詞解釋

come from... **phr.** 來自　**Southeast Asia** **phr.** 東南亞　**friendly** [ˋfrɛndlɪ] **adj.** 友善的　**free time** **phr.** 空閒時間　**welcome** [ˋwɛlkəm] **adj.** 受歡迎的

相關文法或用法補充

“Where are you from?”也可以用來問對方是「哪一國人」。如果你在等一個朋友，而對方遲到了，等到他／她姍姍來遲之後，你想關心一下對方剛剛去哪了，可千萬別說“Where are you from?”，這樣對方會覺得你莫名其妙，而應該用進行式問“Where are you coming from?”。

3. Do you have a motorcycle?

（你有機車嗎？）

答題解說

這是個 Yes/No 疑問句，你在一開始時可以說 Yes, I do. 或是 Yes, I have one. 然後接著說 I have a red/white/black motorcycle.，或是 No, I don't have one, but I have a car. 然後再繼續相關的延伸語句。例如相較於開車的話，騎摩托車在壅擠的大城市裡比較方便等。

參考範例及中譯

Yes, I do. I have a black scooter. In fact, lots of Taiwanese have their own motorcycles because there is always too much traffic in most cities in Taiwan. Besides, driving a car can cost me a lot and parking is a big problem to me.
（是的，我有。我有一輛黑色的小綿羊。實際上，很多台灣人都有他們自己的摩托車，因為台灣大部分城市的交通總是相當壅擠。此外，開車會讓我花不少錢，且停車對我而言是個大問題。）

字詞解釋

motorcycle [ˋmotɚ͵saɪkḷ] **n.** 摩托車　**scooter** [ˋskutɚ] **n.** 速克達，輕型機車
traffic [ˋtræfɪk] **n.** 交通（量）　**cost** [kost] **v.** 花費　**problem** [ˋprɑbləm] **n.** 問題

相關文法或用法補充

台灣人最常騎的 motorcycle 或是 motorbike，是指普通重型機車，也就是 50c.c 以上，250 c.c. 以下的機車，而 scooter 是俗稱「小綿羊」的 50 c.c. 輕型機車，至於可以騎上快速道路的黃牌或紅牌重機，則稱之為 heavy motorcycle。不過也另有一個說法：只要是用坐的，都叫 scooter，像騎馬一樣用「騎」的，就叫 motorcycle/motorbike，與 c.c. 數無關。

4. Who does the housework at home?

（家裡的家事誰來做？）

答題解說

這是個 5W1H 的問句。首先，一定要聽出是哪一個疑問詞。who 是問「誰」、「何人」，所以回答時，就是以「某人」開頭（當句子的主詞），然後要注意單數主詞的動詞用 does，複數主詞的動詞用 do。接著可以再進一步說明做什麼家事，例如，掃地（sweeping）、拖地（mopping）、倒垃圾（takes out the garbage）、擦窗戶（clean the windows）、洗碗（do the dishes）、洗衣服（do the laundry）…等。

參考範例及中譯

In my family, my mother does the housework most of the time. But sometimes I take care of it . And my dad usually takes out the garbage and does the cleanup once a month.（在我家裡，大多時候都是我媽媽做家事，不過有時候我會做這件事。而我父親通常會倒垃圾還有一個月一次的大掃除。）

字詞解釋

housework [ˋhaʊs͵wɝk] **n.** 家事　**take care of phr.** 處理　**garbage** [ˋgɑrbɪdʒ] **n.** 垃圾

相關文法或用法補充

常見有關「做家事」英文有哪些？以下為您做個整理：
sweep the floor 掃地、vacuum the blanket 吸地毯、mop the floor 拖地板、scrub the floor 刷地板（注意 floor 指室內的地板，而 ground 指室外地面）、cook the meal 煮餐點、set the table 擺碗盤、clear the table 清理桌面、wipe off the table 擦桌子、put the food away 把食物收掉、do/wash the dishes 洗碗盤、rinse the dishes 沖洗碗盤、dry/wipe the dishes 擦乾/擦拭碗盤（注意：the dishes 是指吃完飯後所有的餐

具）、clean the sink 清理水槽、take out the garbage/trash 拿垃圾出去倒

5. Do you keep a pet?

（你有養寵物嗎？）

答題解說

這是個 Yes/No 疑問句，可以用 Yes, I do. 或是 No, I don't. 開頭。不過這裡的 keep 可不是「保持，保留」的意思，keep 後面如果接「寵物」的名詞時，要解釋成「養」，而 pet 雖然是很簡單的單字，但對於初級程度者，在聽力上不一定辨識得出來，須特別注意。接著，如果你的答案是肯定的，可以繼續說明寵物的種費、名字、養多久了、有何新鮮趣事等；如果你的答案是否定的，可以說明沒有養寵物的原因。

參考範例及中譯

No, I don't. Pets are not allowed in my apartment, but I do want a pet dog. Whenever I see somebody walking his or her dog, I become jealous. I hope someday I will be able to move to another apartment where keeping a pet dog is acceptable.
（不，我沒有。我的公寓是不允許養寵物的，但是我真的很想養隻狗當作寵物。每當我看到有人帶著他或她的狗去散步，我就會很羨慕。我希望將來有一天我能夠搬到另一個可以養狗的公寓去。）

字詞解釋

pet [pɛt] **n.** 寵物　**allow** [ə`laʊ] **v.** 允許　**walk** [wɔk] **v.** 蹓（狗等）　**apartment** [ə`pɑrtmənt] **n.** 公寓　**acceptable** [ək`sɛptəbl] **adj.** 可以接受的

相關文法或用法補充

關於養寵物的「養」，動詞除了用 keep 之外，也可以用 have 或 get。因為「擁有」寵物就表示養它。至於 raise，雖然常用在養育自己的小孩，但也可用在養育動物。另外動詞片語 bring up 也可用在養育人、動物或寵物。另外還有一個中級程度的 foster，常用在飼養經歷過困難的動物，例如一隻被保育人員拯救的經歷過危險的鳥，也可用在養育養子或養女，但不會用來表示養育自己的孩子，通常它的解釋是「領養」。

6. What colors do you like best?

（你最喜歡什麼顏色？）

答題解說

這是個 5W1H 的問句。首先，一定要聽出是哪一個疑問詞。what 是問「什麼」，不過要注意的是，what 後面有名詞（colors），所以這裡的 what 是「疑問形容詞」，要針對 What colors（什麼顏色）來回答。一開始時有兩種方式：

❶ ...(顏色) is my favorite color.

❷ I like...(顏色) best/most.

接著可以說明一下為什麼喜歡這顏色。

參考範例及中譯

Green is my favorite color, because I like to go for a walk in the grassland. Watching green grass always makes me calm and refreshed. Therefore I like green best.

（綠色是我最喜歡的顏色，因為我喜歡到草地上散步。看著綠色的青草總是讓我能夠冷靜下來，而且恢復精神。所以我最喜歡綠色。）

字詞解釋

color [ˋkʌlɚ] **n.** 顏色　**green** [grin] **adj.** 綠色的　**favorite** [ˋfevərɪt] **adj.** 最喜愛的 **grassland** [ˋgræsˏlænd] **n.** 草原，綠地　**calm** [kɑm] **adj.** 鎮靜的，沉著的 **refreshed** [rɪˋfrɛʃt] **adj.** 感覺清爽的

相關文法或用法補充

顏色的美式英文是 color，英式英文拼法為 colour。常見的有：black（黑色）、grey/gray（灰色）、white（白色）、red（紅色）、orange（橘色）、yellow（黃色）、green（綠色）、blue（藍色）、purple（紫色）、pink（粉紅色）、brown（棕色）…等。

7. Tell me about your family.

（告訴我關於你家庭的事。）

答題解說

這是個祈使句，其中 tell... about... 是「告訴／談談某事」之意。有關家庭（family）的事，可以先提到住家地點、家中有哪些成員、自己排行老幾以及他／她們的職業等等。

參考範例及中譯

There are four members in my family. They are my parents, my younger brother and me. My parents are both retired and my brother, Peter, is an engineer. Although I live with them, I don't often see them at home because I am always busy at work. After I get home from work, it is always their bedtime. Therefore, we always hold a family gathering on weekends.

（我的家族成員有四位。他們是我的雙親、我弟弟跟我。我的雙親都退休了，而我弟弟，彼得，則是一位工程師。雖然我跟他們住在一起，由於我總是忙於工，我不常在家裡面遇到他們。當我工作完畢回家的時候，也通常是他們的睡覺時間。因此我們在週末的時候總是會舉行家庭聚會。）

字詞解釋

member [`mɛmbɚ] **n.**（團體等的）成員，會員 **retired** [rɪ`taɪrd] **adj.** 退休的 **engineer** [ˌɛndʒə`nɪr] **n.** 工程師 **bedtime** [`bɛdˌtaɪm] **n.** 就寢時間 **gathering** [`gæðərɪŋ] **n.** 聚會

相關文法或用法補充

以下補充本題在回答時可能用到的詞彙：
elder brother/sister（哥哥／姊姊）、younger brother/sister（弟弟／妹妹）、grandpa/grandma（爺爺／奶奶）、the only son/daughter/child（獨子／獨生女／唯一的孩子）、siblings（兄弟姊妹）、office worker（上班族）、housewife/homemaker（家庭主婦／家管）

GEPT 全民英檢

初級複試

中譯＋解析

第一部分 單句寫作

第 1~5 題：句子改寫

1. There are 29 days in February this year.

（今年二月有 29 天。）

How many ______________?（今年二月有幾天？）

答題解說

答案：How many days are there in February this year? 本題為肯定句改為 5W1H 問句。從句子一開頭提示的 How many 可知，是針對 29 days 在提問的，所以 How many 後面要將 there are 倒裝成 are there，後面照抄即可。

破題關鍵

本題主要考點是「肯定句改成疑問句」，且提示是 How many 開頭的問句，只要遵循「主詞與 be 動詞位置對調」的原則即可，但需特別注意的是，There be 的句型改為疑問句時，只要將 be 與 there 位置對調即可，儘管 there 的角色並非主詞。

字詞解釋

February [`fɛbrʊˏɛrɪ] **n.** 二月

相關文法或用法補充

There be... 的意思為「有～」，但真正的主詞是 be 動詞後的名詞，所以單複數變化也是由該名詞決定。此外，「There + be + N + Ving」的句型表示「主動」進行某個動作，這個句型乃簡化自形容詞子句。例如：There is a sheep which lives on a wide farm.（在一個寬闊的農場上住有一隻綿羊。）= There is a sheep living on a wide farm.（可省略 which + be 動詞）另外，「There + be + N + P.P.」表示被動進行某個動作。例如：There were some cakes which were eaten by the kid.（有幾塊蛋糕被這小孩給吃掉了。）= There were some cakes eaten by the kid.

2. A typhoon hit Taiwan last month.

（上個月一個颱風侵襲台灣。）

Taiwan ________________.（上個月台灣遭颱風侵襲。）

答題解說

答案：Taiwan was hit by a typhoon last month. 本題為主動語態改為被動語態。題目已提示將受詞（Taiwan）置於句首，因此接著將 A typhoon hit Taiwan 改為 Taiwan was hit by a typhoon，後面的 last month 照抄即可。須注意的是，動詞 hit 三態同形。

破題關鍵

「主動語態改為被動語態」時，只要注意動詞改為「be + P.P.」，後面加 by 即可。另外，動詞 hit 的變化是 hit → hit → hit。

字詞解釋

typhoon [taɪˋfun] **n.** 颱風　**hit** [hɪt] **v.** 打擊，襲擊

相關文法或用法補充

「被動語態」是指將原來句子的主詞變成動作的承受者，其基本結構是：助動詞＋be 動詞／be 動詞＋過去分詞。使用被動語態的目的，主要是讓主動語態的受詞顯得更重要，因此把主動語態的受詞放到被動語態句子前面當主詞。另外須注意的是，「（助動詞＋）be 動詞＋過去分詞」的結構不一定都是被動語態，連綴動詞（如 be、feel、look、seem... 等）後面常跟著已轉化為形容詞的過去分詞，用作補語，表示狀態。 如：

❶ Jennifer is married.（Jennifer 結婚了。）

❷ My microwave oven is broken.（我的微波爐壞了。）

以上兩句是「S + V + C」的句型，married 及 broken 當主詞補語，它們屬於主動語態。

3. Serena will go to the States this summer.

（Serena 今年夏天將前往美國。）

What ________________?（Serena 今年夏天將做什麼？）

答題解說

答案：What will Serena do this summer? 本題是考「肯定句改成 What 問句」，要問的是「做什麼」，所以應針對第一句的動詞 go 來提問，也就是將肯定句的「將去美國」改成問句的「將去做什麼」，所以在 What 後面，只要將主詞 Serena 與助動詞 will 交換位置，然後動詞用 do 即可。

破題關鍵

本題要注意的是疑問詞為 What，且有助動詞 will，所以動詞要用 do。考生很容易誤以為問題重點在 the States（美國），而寫成 What will Serena go this summer?，但 go 應該搭配 Where 疑問詞。

字詞解釋

the States phr. 美國　**summer** [ˋsʌmɚ] n. 夏天

相關文法或用法補充

未來式用來表示未來的「事實」、「動作」或者「狀態」。只要在句中的動詞前加上 will 或 be going to 就可以形成未來式。而 will 適用於所有的主詞，be going to 中的 be 動詞則必須隨著不同的主詞做適當的變化。未來式常和表示未來的時間副詞連用，例如本題中的 this summer（今年夏天），其他像是 tomorrow, this afternoon, tonight, next week, next year, after two days, three days later, in a few days… 等，也與未來式動詞連用。

4. A: What is Peter's sister doing in the living room?

（Peter 的姐姐正在客廳做什麼？）

B: She is playing the piano.

（她正在彈鋼琴。）

Peter's ______________.（Peter 的姐姐正在客廳彈鋼琴。）

答題解說

答案：Peter's sister is playing the piano in the living room. 本題為「一組問答改為一個肯定句」的題型。這種題目的關鍵是弄清楚這組問答所表達的中心意思。顯然，playing the piano 就是問題中 What 所問的內容，除了把修飾語（in the living room）補充完整之外，主詞部分別忘了把 sister 補上去喔。

破題關鍵

看過 A 問句與 B 答句之後，很容易了解只是要表達一句話，即 Peter 的姐姐在客廳彈鋼琴。所以只要把 B 答句的 she 換成 Peter' s sister，然後再將副詞片語 in the living room 補上即可。

字詞解釋

living room phr. 客廳，起居室　**piano** [pɪˋæno] n. 鋼琴

相關文法或用法補充

為什麼「玩樂器」要用「play the + 樂器」表示，而「打球」則是「play + 球」

呢？例如：play the guitar、play baseball。可以這樣記憶：彈奏樂器，就是針對「特定的樂器」在彈奏，所以得加定冠詞 the。而打球的重點不在球本身，而是在於「玩的過程」，所以不需要 the。如果加上 the，比較像是「玩這顆球」的意味，也許是想辦法要從它身上變出點什麼似的。

5. Mr. Lee: Aren't you going to the concert?（李先生：你不去演唱會嗎？）

Joyce: Why not?（Joyce：為什麼不去呢？）

Joyce will ________________.（Joyce 會去演唱會。）

答題解說

答案：Joyce will go to the concert. 第一句問「不去演唱會嗎」，是個否定疑問句，而回答是 Why not?（為什麼不去？），雖然字面上含有否定的意味，實際上卻表達肯定的意思，也就是會去演唱會，這樣答案就一目了然了。另外需注意題目答案句的提示 Joyce will，其中 will 用來取代 are going，也就是說，題目第一句用現在進行式取代未來式。

破題關鍵

本題主要考點是「Why not?」的簡答用法，表示「為什麼不去？／當然要去。」雖然兩句話都有否定的意思，很容易誤導考生，以為要表達的是否定的意思。事實上，Why not? 相當於 Of course.。

字詞解釋

concert [ˋkɑnsɚt] **n.** 音樂會，演唱會

相關文法或用法補充

"Why not" 也常用來提出「邀請或建議」。另外，像是「Let's + 原形動詞」的句型，以及「What/How about + V-ing」也都可以用在這種情境中：

❶ Why not + 原形動詞～ → 表示「我們何不～（做某事）吧」，例如：
Why not go for a biking trip?（我們何不騎腳踏車出去逛逛？）

❷ What/How about + V-ing → 表示「～（做某事）如何？」，例如：
What/How about going for a biking trip?（我們騎腳踏車出去逛逛如何？）

第 6～10 題：句子合併

6. My mother is a music teacher.（我母親是音樂老師。）

My mother teaches in a junior high school.（我母親在一所國中教書。）

My mother teaches music in a junior high school.（我母親在一所國中教音樂。）

答題解說

答案：My mother teaches music in a junior high school. 本題答案句的開頭是 My mother teaches（我母親教～），第一句表達「～是音樂老師」，第二句表達「～在一所國中教書」，顯然合併句是「我母親教在一所國中教音樂。」

破題關鍵

本題的關鍵是要找出兩句之間的聯繫，也就是 teacher 與 teaches，接著將 "is a music teacher" 轉換為 "teaches music"，答案就一目了然了。

字詞解釋

music [ˋmjuzɪk] **n.** 音樂　**teach** [titʃ] **v.** 教，講授，教導　**junior high school** 國中

相關文法或用法補充

teach 的動詞變化是不規則的 teach - taught - taught。它可以當及物動詞，後面受詞可以接「學科」等名詞，像是 math、English、history，此時學科名詞前不加任何冠詞。另外，teach 也可以接「人」的名詞，例如 "teach you a lesson"（給你一次教訓）、"teach you how to swim"（教你如何游泳）。當然，就像本題第二句的用法，它也可以當不及物動詞，表示「教課，當老師」之意。

7. He moved to Yilan in 2018.（他在 2018 年時搬去宜蘭。）

He is still living there now.（他現在還住在那裡。）

He has been living in Yilan since 2018.（他自從 2018 年起就一直住在宜蘭。）

答題解說

答案：He has been living in Yilan since 2018. 先觀察一下這兩個句子有什麼必然的關聯。兩個句子有明顯的時間與地方的關聯。合併句的句尾有 since 2018（自從 2018 年），所以要用完成式，至於要用什麼樣的完成式，應參考第二句的 "is still living... now"（現在仍居住在…），所以要用「現在完成進行式」。

破題關鍵

本題考「時間副詞與地方副詞的合併」以及「現在完成進行式」，另外，地方副

詞跟時間副詞同時出現時，地方副詞放在前，時間副詞放在後，如本題的 in Yilan since 2018。因為題目第二句說明「目前仍住在宜蘭」，所以必須用「has / have + been + 動詞-ing」（現在完成進行式）。

字詞解釋

move to phr. 搬遷至

相關文法或用法補充

「現在完成進行式」用來表示過去某一時刻開始的動作持續到現在，並且還在進行中。例如：It has rained for three days.（雨下了三天。）這句用現在完成式，在說這句話時可能雨已經停了。若改成 It has been raining for three days.（三天來，雨持續下個不停。）則強調降雨可能還會持續下去。

8. We need a plastic bucket.（我們需要一個塑膠桶。）

It must be a large one.（它必須是大的。）

We need a large plastic bucket.（我們需要一個大的塑膠桶。）

答題解說

答案：We need a large plastic bucket. 本題為兩個單句的合併練習。題目提示合併句要用 We 開頭，就第二句來看，It 就是指 a large one，而這裡的不定代名詞 one 指第一句的 a plastic bucket，所以只要第一句照抄，然後將 large 加入 "a plastic bucket" 當中即可。兩個形容詞的排列為 large plastic。

破題關鍵

本題考的是「兩個形容詞的合併」。關鍵在於不同形容詞放在一起的順序概念，就如同中文所說「大的塑膠桶」，而不會說成「塑膠的大桶」。

字詞解釋

plastic [ˋplæstɪk] **adj.** 塑膠的　**bucket** [ˋbʌkɪt] **n.** 桶子，桶狀物

相關文法或用法補充

當遇到多個形容詞時，要注意它們彼此間的排列順序：
順位 1 是「數量」的形容詞，如 one、five。
順位 2 是「狀態、性質」的形容詞，如 beautiful、awful。
順位 3 是「形狀大小」的形容詞，如 large、thin。
順位 4 是「年齡、新舊」的形容詞，如 new、old。
順位 5 是「顏色」的形容詞，如 red、dark、blue。
順位 6 是「國籍、地區」的形容詞，如 Taiwanese、American。

順位 7 是「材料」的形容詞，如 silver、plastic。

9. Helen is twelve years old.（海倫 12 歲。）

Alan is fifteen years old.（艾倫 15 歲。）

Helen is younger than Alan.（海倫年紀比艾倫還小。）

答題解說

答案：Helen is younger than Alan. 前兩句分別表示 Helen 與 Alan 的年齡，而合併句給的提示是句首放 Helen，句尾放 Alan，中間有 than。顯然是要用形容詞比較級來表達 Helen 比 Alan 年輕。「年輕的」英文是 young，比較級直接在字尾加 -er。須注意比較級的句型是「A + be 動詞 + 形容詞比較級 + than + B」，所以合併句是 Helen is younger than Alan.。

破題關鍵

看到合併句中間有 than，應可直接確認是要寫比較級句型。若換成 Alan 當主詞時，younger 就要變成 older 了。

字詞解釋

younger [ˋjʌŋgɚ] **adj.** 較年少的，較年輕的

相關文法或用法補充

形容詞比較級的結構：帶有形容詞比較級的主要子句 + than 引導的從屬子句。而從屬子句會省略掉和主要子句相同的部分。例如：

❶ Mary is older than Jane (is).（瑪麗比簡年紀大一點。）

❷ There are more parks in Beijing than (there are parks) in Shanghai.（北京的公園比上海多。）

但有時候，當被比較的對象是很清楚明瞭或可以忽略時，其後可以不需要 than。例如：

❶ I am feeling better today.（今天我感覺好多了。）

❷ She said she will be more careful next time.（她說她下次會更加小心。）

另外，比較級前面可以加上表示「程度」的副詞。例如：My sister is two years older than me.（我姐姐比我大兩歲。）

10. Amy is very young.（Amy 年紀很小。）

Amy cannot go to school.（Amy 不能去上學。）

Amy is too young to go to school.（Amy 年紀太小了，還不能去上學。）

答題解說

從題目的前兩句即可輕易猜出合併句是「Amy 年紀太小了還不能去上學」，而合併句的開頭提示是 Amy is too...，too 是個副詞，可以修飾形容詞所以把題中唯一的形容詞 young 放在 too 的後面，接著在後面表達 cannot go to school 的意思。用 too... to... 的句構，把 go to school 直接放在 to 後面，答案差不多就出來了。

破題關鍵

本題重點就在「be 動詞 + too + 形容詞 + to-V」的句型，表示「太…而不能…」。本來的意思是「去做什麼的話，太怎麼樣了」，所以 to-V 在這裡有否定意味，把第二句的 cannot 拿掉後用 to 取代即可。

字詞解釋

go to school 上學

相關文法或用法補充

too... to... 句型是初學英文者常遇到的一個句型，而且很容易誤解它的意思，它用來表示否定。to-V 前面通常還可以加上「for + 人」，例如：It was too cold for us to go shopping.（天氣太冷了，我們不能去買東西。）、The stone is too heavy for him to move.（這塊石頭太重了，他搬不動。）但值得注意的是，當 too 後面接 glad、pleased、willing、happy 等「情緒形容詞」時，那麼句子表示「肯定」，這時 too 可等同於 very 或 so。例如：Mother was too glad to hear from her friends yesterday afternoon.（昨天下午，媽媽收到朋友的消息感到非常高興。）、Tom is too willing to study French.（湯姆很樂意學習法語。）

第 11～15 題：句子重組

11. The problem should be fixed.

（這問題應該要處理。）

答題解說

先從提供的「problem / the / be / fixed / should」這部分來看，先找出可以當主詞的 the 及 problem，而 the 要放句首，後面一定要放名詞，所以可推知是 The problem... 開頭。should（應該）是助動詞，後面一定要接原形動詞，所以 "should be" 就湊起來了，最後只剩下 fixed，當然就直接補在 should be 後面了。

破題關鍵

本題重點就在「should be + P.P.」的結構，然後理解語意：「問題」不可能自己「處理」，一定是「被處理」，所以可推知要用被動語態 should be fixed。

字詞解釋

problem [ˋprɑbləm] **n.** 問題　**fix** [fɪks] **v.** 修理，解決

相關文法或用法補充

should 雖然看起來像是過去式助動詞，但它大部分時候不用來表示過去，而用來表示「應該」或「假設，萬一」，此外 should（應該）可以用 ought to 或 be supposed to 取代。例如：

❶ You should study hard.（你應該用功唸書。）
= You ought to study hard.
= You are supposed to study hard.

❷ Should you need any help, feel free to let me know.（要是你需要任何協助，儘管讓我知道。）

12. Always ask questions and try to find answers by yourself.

（永遠都要勇於發問，並試著自己找到答案。）

答題解說

先來看看題目吧！從提供的「Always ________________.」以及「find / by yourself / try to / ask / and / answers / questions」內容來看，這是個沒有主詞的祈使句。所以在 Always 後面要放原形動詞，共有三個：find、try to 及 ask，再看一下剩下的名詞：questions 與 answers。我們把動詞和名詞作搭配，是 find questions 或 find answers 和 ask questions 或 ask answers，但按照常理應該是 find answers 和 ask questions。而 by yourself 也應該跟著 find answers，即 find answers by yourself。自己找答案往往是一件不容易的事，所以只能「試著去～」，即 try to find answers by yourself。兩個動詞是並列的關係，而且問在前，答在後，為 Always ask questions and try to find the answers by yourself，也可以把 try to 移到 ask 前面。

破題關鍵

這一題要看出是祈使句並不困難，主要是有好幾個動詞，要先找出哪一個放在最前面，那就是從它們與提供的名詞如何搭配。了解正確語意是「問問題」、「找答案」，而「問問題」是一種互動的關係，不能與 by yourself（靠你自己）放在一起，最後是 try to 要放在「問問題」還是「找答案」前面。既然「靠自己找到答案」不是件容易的事，所以 try to 當然要擺在 find answers by yourself 前面。

字詞解釋

question [ˋkwɛstʃən] **n.** 問題　**answer** [ˋænsɚ] **n.** 答案　**by oneself** **phr.** 靠自己

相關文法或用法補充

反身代名詞（myself, himself, herself, yourself, ourselves, themselves...）如果沒指定對象，就是用 oneself 表示。但有的時候，反身代名詞本身也當副詞，表示「自己來～，自行～」，但是前面有加 by 的話，更具有強調作用。例如，以 himself 為例：

He wrote the report himself.（他本人寫了這份報告。）表示是「他」寫的沒錯，但也有可能有其他人幫忙；但如果加了 by 的話，He wrote the report by himself.（他本人獨立寫了這份報告。），就強調這份報告是他自己寫的，沒有其他人幫忙。

13. The dictionary costs me three hundred dollars.

（這本字典花了我三百元。）

答題解說

從提供的「The ________________.」以及「costs / dollars / hundred / dictionary / three / me」內容來看，The 後面可以放的名詞有 dictionary、costs 以及 dollars。但如果選 costs（費用、成本）當主詞，會發現沒有動詞可用，所以 costs 是這句子唯一可以當動詞的，而且主詞必須是第三人稱單數。所以，只有 dictionary 可以當主詞。接著，me 是受格，當然要擺在動詞 costs 後面了，最後剩下 dollars、hundred 及 three 這三個字，可以組成表示「三百元」的名詞片語，這樣答案就出來了。

破題關鍵

本題的考點在「cost + 人 + 錢」的句型，動詞 cost 後面要接兩個受詞，「人」是 me，「錢」就是 three hundred dollars。

字詞解釋

dictionary [ˋdɪkʃənˌɛrɪ] **n.** 字典　**cost** [kɔst] **v.** 花費

相關文法或用法補充

動詞 spend 也可以表示某物花了某人多少錢，但這個動詞是以「人」作主詞，即「人 + spend + 錢 + on + 物」。以本題 “The dictionary costs me three hundred dollars.” 這個句子為例，可以改成 “I spend three hundred dollars on the dictionary.”。

14. My arm hurts very much.

（我的手臂好疼。）

答題解說

先來看看題目吧！從提供的「________________ much.」以及「very/arm/hurts/my」內容來看，very 是副詞，用來修飾形容詞或副詞，所以只能放在 much 前面。接著「主詞 + 動詞」的部分，是“My arm hurts”還是“My hurts arm”，答案已經很明顯了。

破題關鍵

相信 very much 是很多人可以朗朗上口的搭配詞組，剩下三個字要找出主詞 my arm 和第三人稱單數動詞 hurts 就不是困難的問題了。

字詞解釋

arm [ɑrm] **n.** 手臂　**hurt** [hɝt] **v.** 疼痛；使疼痛

相關文法或用法補充

當我們要表示「身體某部位疼痛」時，可以將身體部位（arm, hand, leg, back...）當句子的主詞，動詞用 hurt、ache... 等。例如：My head aches sometimes.（我有時頭會痛。）另外 ache 也常用於「身體部位-ache」的形式，例如：toothache（牙痛）、stomachache（胃痛）。

15. Have you ever been to Japan?

（你有去過日本嗎？）

答題解說

先來看看題目吧！從提供的「________________ Japan?」以及「you / ever / have / to / been」內容來看，首先注意最後的問號，這是個問句，而提供的字彙中，可以放在句首引導此問句的就是用於完成式的助動詞 have 了。完成式疑問句的句型是「助動詞 have/has/had + 主詞 + P.P. ...?」。接著找可以當主詞的 you，過去分詞 been，而介系詞 to 後面要接名詞，所以放在 Japan 前面，剩下的副詞 ever 當然就置於過去分詞 been 的前面做修飾了。

破題關鍵

本題考的是「完成式的疑問句型」。首先，Japan（日本）是地名，出現在句尾，又有 to，所以是 to Japan（去日本）。另一關鍵是 ever（曾經，可曾）在完成式的疑問句中，須放在 been 的前面。

字詞解釋

ever [`ɛvɚ] **adv.** 曾經，總是（多用於疑問句）

相關文法或用法補充

「have/has been to + 地方」這個用法常與「have/has gone to + 地方」做比較。誠如前面提到，「have/has been to」是問過去的經驗，而「have/has gone to」是問「當下」的狀況，也就是「已經離開往（某地）去了」

第二部分 段落寫作

寫作範例

Jack was a kind and nice boy. He liked to help the old and the weak since he was a kid. Jack dreamed of being a doctor when he was in high school, so he studied hard and later entered a medical school. Now, Jack works as a doctor and helps a lot of people every day.

中文翻譯

傑克是個善良的好男孩。從他還是個小孩子的時候，他就喜歡幫助老弱。傑克在高中時就夢想成為一位醫生，所以他用功念書，後來考進了醫學院。現在，傑克當了醫生，且每天幫助了很多的人。

答題解說

英檢初級的這道題，幾乎都是看圖描述的題目，所以有必要先把圖案裡面會用到的人事物英文表達用語都準備好。例如第一張圖是小男孩幫老婦人提包包，可以用簡單的 (willing to) help the old and the weak（幫助老弱）來表達，第二張圖是用功念書的樣子，可以想到 study hard 的用詞，第三張圖是成為一位醫師（work as a doctor、become a doctor），同時可以呼應第一張圖的 help，延伸為 help a lot of people。另外，也要注意時態的變化，前面兩張圖是描述 Jack 的過去，所以要用過去式，而最後成為醫生應該是指現在，所以要轉為現在式。

關鍵字詞

kind [kaɪnd] **adj.** 親切的，善良的　**weak** [wik] **adj.** 虛弱的　**dream** [drim] **v.** 夢想，作夢　**in high school** **phr.** 在讀高中時　**later** [ˋletɚ] **adv.** 後來，更晚地　**medical** [ˋmɛdɪkḷ] **adj.** 醫學的，醫術的　**work as** **phr.** 擔任～（職務）

相關文法或用法補充

❶ dream of... 表示「夢想，嚮往」。例如：I dream of being a super star.（我夢想成為超級巨星。）而 dream about 表示「夢到～」。例如：I dreamed about a ghost last night.（我昨晚夢到鬼。）另外，也可以用「dream + that 子句」來表示「夢到～」。例如：I dreamed that I found some money on the ground.
（我夢到我在地上撿到錢。）

❷「the + 形容詞」可用來泛指一群特定的人，其實是把後面的名詞省略掉。例如：the rich / young / elderly / poor (people)，這個省略掉名詞的名詞片語，視為複數名詞，當主詞時須搭配複數動詞。

第一部分 複誦

1. **We'd better leave early.**

   （我們最好早點離開。）

答題解說

首先確認本題的語調為「肯定句」。接著，以複數的第一人稱代名詞 We 為主詞作開頭，雖然 We'd better 的發音是 [wɪd `bɛtɚ]，幾乎是聽不到「'd」這部分，但要知道這是 had better（最好）這個片語的縮寫，自然在書寫時，也不會寫成 We better... 了。

字詞解釋

had better **phr.** 最好，必須　**leave** [liv] **v.** 離開　**early** [`ɝlɪ] **adv.** 提早，早

相關文法或用法補充

had better 是用來表達對某種狀況提出的「建議」。另外，had better 後面一律接「原形動詞」。雖然 had 是 have 的過去式，但 had better 本身要視為一個「助動詞」，用來表示對當下或未來狀況提出的建議。所以 you had better do sth. 就是你現在或之後最好做什麼（通常後面會再補上「否則…」的句子），所以千萬別把 had better 當作過去式。

2. **The dog is hungry and thirsty.**

   （那隻狗又餓又渴。）

答題解說

首先確認本題的語調為「肯定句」。接著，句子主詞是 The dog，動詞是 is，須注意的是，兩者間會以連音方式聽到 [`dɔˌgɪs]。hungry 和 thirsty 兩個形容詞都是以「子音+y」結尾，尾音字母都是 [ɪ]。其中 thirsty 的 th，在此發成無聲子音的 [θ]，舌頭夾在牙齒中間吐氣音即可。

字詞解釋

hungry [`hʌŋgrɪ] **adj.** 飢餓的　**thirsty** [`θɝstɪ] **adj.** 渴的

相關文法或用法補充

這是個「S +V + C」句型，S 是 The dog，V 是 is，C 是 hungry and thirsty。

3. What an unforgettable journey!

（多麼令人難忘的旅程啊！）

答題解說

這是個以 What 開頭的「感嘆句」，what 後面一定會接名詞，可能是單數或複數的名詞。另外，須注意 “What an” 的連音要念成 [(h)wɑtən]，而 unforgettable 的重音在第三音節 -get- 這部分。

字詞解釋

unforgettable [ˌʌnfɚ`gɛtəbl] **adj.** 令人難忘的 **journey** [`dʒɝnɪ] **n.** 旅程，（長途）旅行

相關文法或用法補充

生活中我們會遇到各式各樣令人驚嘆、讚嘆、驚訝的事。比方說，吃到美食你可能會驚呼「好好吃的～！」、看見超萌狗狗或小孩，你會說「好可愛的～啊！」、犯蠢你會自嘲「我真蠢！」，這些在英文中可以用「以 how 或 what 開頭的感嘆句」來表達。例如：How foolish I was to believe you!（我怎會笨到去相信你！）= What a foolish man I was to believe you!

4. I'm so glad that you've come.

（我很高興你來了。）

答題解說

首先確認本題是 I am 開頭的肯定句，而 I am 縮寫成 I'm 的發音是 [aɪm]，you have 縮寫成 you've，發音是 [juv]，這部分的縮寫很容被忽略而聽成 you come，其實只要專心注意一下 you 和 come 之間感覺會有稍微停頓，就知道是 you've come，而不是 you come 了。本句運用了 so... that...（如此～以致於～）的句型，須注意 glad 與 that 中的 -a- 都發 [æ] 的音。

字詞解釋

glad [glæd] **adj.** 高興的

相關文法或用法補充

I am 可以縮寫成 I'm，發音是 [aɪm]，在口語中很常見。其他「人稱代名詞 + be 動詞」可縮寫的還有：we / you / they are = we / you / they're、she / he / it is = she's / he's / it's。

5. **Everyone wants to become wealthy.**

（每個人都想要變富有。）

答題解說

這是個以第三人稱單數的 everyone 當作主詞的肯定句。首先須注意後面動詞 wants 有字尾 -s，而 become 後面接形容詞 wealthy，它的名詞形式是 wealth。

字詞解釋

wealthy [`wɛlθɪ] **adj.** 富裕的

相關文法或用法補充

字母組 -ea- 最常見的發音主要有 [ɛ]、[i] 及 [e] 三個。例如：

❶ [ɛ] → head（頭）、bread（麵包）、weather（天氣）、sweater（毛衣）、heavy（重的）…等。

❷ [i] → pea（豌豆）、sea（海）、tea（茶）、beach（海灘）、read（閱讀）、team（隊伍）、dream（夢）…等。

❸ [e] → break（斷裂）、great（偉大的）、steak（牛排）…等。

第二部分 朗讀句子與短文

1. **If I had time, I would spend a month abroad.**

（如果我有時間，我會出國一個月。）

答題解說

本題是個帶有假設語氣（條件句）的肯定句，是個「與現在事實相反」的假設句。如果一開始無法確認 if 子句中動詞是 had 或 have，也可以從主要子句的助動詞 would 來確認（如果前面是 have 後面就會是 will。另外要注意 month 的 o，要發成 [ʌ]，後面跟著的 th，要發成無聲的 [θ]。

字詞解釋

spend [spɛnd] **v.** 花（錢），花費（時間）　**abroad** [ə`brɔd] **adv.** 在國外

相關文法或用法補充

abroad 這個副詞，和 overseas 一樣，都表示「在／到國外或海外」，例如：He's currently abroad on business.（目前他在國外出差。）、She always goes abroad in the summer.（她夏天總是到國外去。）另外，abroad 常和 aboard（在船／車／飛機上）這個副詞做比較，後者的發音是 [ə`bord]。

2. Paul is such a terrible cook that no one recommends his food.

（保羅是如此糟糕的廚師，以致於沒有人推薦他的菜餚。）

答題解說

首先確認本題的語調為「肯定句」。接著，注意本句用了 such... that...（如此～以致於～）的句型，such 後面要接形容詞＋名詞，that 後面接一個子句。發音部分，注意 such a 的連音，發 [`sʌtʃə] 的音。另外，that 子句中的主詞是 no one，為第三人稱單數，所以後面動詞 recommends 的 re- 發 [rɛ]，重音在 -mend- 的部分，而字尾要發出 [-dz] 的音（子音 [d] 幾乎不發音）。

字詞解釋

terrible [`tɛrəbl̩] **adj.** 可怕的，令人討厭（或不快）的　**cook** [kʊk] **n.** 廚師
recommend [ˌrɛkə`mɛnd] **v.** 推薦，建議

相關文法或用法補充

so... that... 與 such... that... 都是相當常見的句型，兩者都是用來表達「如此地…以致於…」，但兩者在文法上是有差異的。such 是個形容詞，後面要接名詞，若是單數名詞要加冠詞 a，而 so... that... 中的 so 是個副詞，其後接形容詞或副詞。that 前面表示「原因」，而 that 用來引導表示「結果」的子句。例如：

❶ The speaker spoke so slowly that most of the audience fell asleep.（演說者說話太慢，以致於大部分聽眾都睡著了。）

❷ The suitcase is so heavy that I can't move it.（這個手提箱太重我無法搬動它。）

❸ Jack drove such a big car that it's hard for him to park it here.（傑克開一部如此大台的車子，因此他很難將車子停在這裡。）

另外，當 such 後面的名詞片語含有形容詞，且後面是單數可數名詞時，就可以用 so... that... 句型替換。以上句為例： Jack drove such a big car that it's hard for him to park it here. = Jack drove so big a car that it's hard for him to park it here:

3. There were some birds singing in a tree.

（有一些鳥在樹上唱歌。）

答題解說

這個句子是以 There 開頭，運用 there be 的句型，這裡的 be 動詞是過去式、複數形的 were，所以要注意後面的名詞（主詞）birds 尾音要發出複數 [-dz] 的音。另外，因為前面已經出現 be 動詞了，動名詞 singing 千萬別念成 sing 了。

字詞解釋

some [sʌm] **adj.** 一些，某個的　**tree** [tri] **n.** 樹

相關文法或用法補充

There be... 的意思為「有～」，但真正的主詞是 be 動詞後的名詞，所以單複數變化也是由該名詞決定。此外，「There + be + N + V-ing」的句型表示「主動」進行某個動作，這個句型主要是簡化自形容詞子句。例如：There is a sheep which lives on a wide farm.（在一個寬闊的農場上住著一隻綿羊。）= There is a sheep living on a wide farm.（可省略 which + be 動詞）另外，「There + be + N + P.P.」表示被動進行某個動作。例如：There were some cakes which were eaten by the kid.（有幾塊蛋糕被這小孩給吃掉了。）= There were some cakes eaten by the kid.

4. It is Sam's dream to travel around the world.

（環遊世界是 Sam 的夢想。）

答題解說

這是個以虛主詞 it 開頭的句子，首先注意開頭的 It is 並沒有縮寫，不要唸成 It's 了。另外，Sam's 是所有格，後面接名詞 dream，字母 dr- 的發音類似 [dʒrim] 的音，而 world 的發音千萬別和 word 混淆了，world 當中的 -l- 一定要唸出來。

字詞解釋

travel [ˋtrævl̩] **v.** 旅行　**world** [wɝld] **n.** 世界

相關文法或用法補充

it 可以當「虛主詞」來代替較長的不定詞、動名詞片語或名詞子句，主詞補語可以是形容詞或名詞：

❶ 代替不定詞，例如：It is hard for Jack to finish the homework.
（對 Jack 來說，完成功課是困難的。）

❷ 代替動名詞，例如：It's good seeing you today.
（今天與你見面很棒。）

❸ It was my fault to tell him the truth.
（告訴他實情是我的錯。）

❹ It is your mother's suggestion that we go by bus.
（我們搭公車去是您母親的建議。）

5. I'm meeting some old friends in a restaurant after work.

（我下班後要跟一些老友在一家餐廳見面。）

答題解說

本句的架構是「I'm meeting」+「some old friends」+「in a restaurant」+「after work」。句子一開頭的 I'm meeting，其中 I'm 是 I am 的縮寫，發音是 [aɪm]。接著，要注意 "friends in" 這兩個字要連音，發音是 [`frɛnd zɪn]，此處 -s 要發有聲子音 [z]。

字詞解釋

meet [mit] **v.** 與～見面　**friend** [frɛnd] **n.** 朋友　**restaurant** [`rɛstərənt] **n.** 餐廳　**after work** **phr.** 下班後

相關文法或用法補充

現在進行式（be + V-ing）除了表示「正在做什麼」，也可以用來表示「不久的未來」即將要發生的事情或動作。例如：Hurry up! The bus is arriving.（快一點。公車就要到了。）另外，也可以表示「某段特定時間」將進行的事、動作或趨勢，可能持續一個星期、幾個月、甚至一年。例如：Mary is writing another book this year.（Mary 今年會再寫一本書。）

6. The traditional greetings in Asia could be a nod or a bow. However, there are several types of greeting throughout Asia. For instance, people bow in Japan, China, and Korea, but in Japan the bow is often much lower.

（在亞洲，傳統的打招呼方式可能是點頭或鞠躬，不過亞洲各地卻有多種不同的打招呼形式。例如，雖然在日本、中國及韓國的人們見面時都會鞠躬，但在日本鞠躬通常會低得多。）

答題解說

本題有三個句子，主要敘述在亞洲一些地區的打招呼方式，因此幾個關鍵字詞必須掌握住，包括 greeting(s)、nod、bow、Asia、Japan、China、Korea 等。第一句須注意的是 greetings 與 in，以及 nod 與 or 之間的連音。第二句是 there be 的句型，主詞是 several types of greeting，types 與 of 以及 throughout 與 Asia 之間也有連音。第三句是以 and 連接的兩個對等子句。

字詞解釋

traditional [trə`dɪʃənl̩] **adj.** 傳統的　**greeting** [`gritɪŋ] **n.** 問候，招呼　**Asia** [`eʃə] **n.** 亞洲　**nod** [nɑd] **n./v.** 點頭（示意）　**bow** [baʊ] **n./v.** 鞠躬，低頭　**several** [`sɛvərəl] **adj.** 數個的　**throughout** [θru`aʊt] **prep.** 遍及，遍布　**for instance** **phr.** 例如　**lower** [`loɚ] **adj.** 較低的

相關文法或用法補充

其他打招呼（greetings）的方式還有 hug（擁抱）、shake hands（握手）、wave hands（揮手）、kiss on the cheek（親吻臉頰）、點頭微笑（nod and smile）、雙手合十（hands together）…等。

第三部分 回答問題

1. What kind of friends do you like?

（你喜歡什麼樣類型的朋友？）

答題解說

這是個 wh- 的問句，因為有助動詞 do，句尾的 like（喜歡）是動詞，而非介系詞（表示「像是～」）。首先，可以先介紹自己是什麼樣的人，所以也會喜歡結交某種特質的朋友。因此，一些可以形容「人」的形容詞是不可或缺的，例如 outgoing（外向的）、smart（聰明的）、humble（謙虛的）、rich（富有的）、friendly（友善的）、active（有活力的）…等。

參考範例及中譯

I am a talkative and outgoing person so I love to make friends with people who have similar character. Most of my friends are active in sports and outdoor activities. We hang out together every weekend.
（我是個愛講話且個性外向的人，所以我喜歡跟有類似個性的人做朋友。我大部分的朋友都很主動的參加運動跟戶外活動，每個週末我們都會一起出去。）

字詞解釋

talkative [ˋtɔkətɪv] **adj.** 喜歡說話的　***outgoing** [ˋaʊtˏgoɪŋ] **adj.** 外向的，直率的　**make friends with...** **phr.** 與～做朋友　**similar** [ˋsɪmələ] **adj.** 類似的　**character** [ˋkærɪktə] **n.**（人的）性格，個性　**hang out** **phr.** 出去玩，閒晃

相關文法或用法補充

每個人的個性都不一樣，但是當我們想用英文來描述個性時，往往想到 kind、nice、smart、stupid... 之後，就開始辭窮了。以下，把這些字詞學起來，在自我介紹或形容別人時都好用：
brave（勇敢的）、generous（慷慨的）、calm（冷靜的）、confident（自信的）、down-to-earth（腳踏實地的）、dependable（可靠的）、diligent（勤奮的）、considerate（體貼的）、easy-going（好相處的）、energetic（有活力的）、frank（坦然的）、funny（逗趣的）…

2. Which season do you enjoy most?

（你最喜愛哪一個季節？）

答題解說

首先，一定要聽出是用哪一個疑問詞的提問。which 是問「哪一個」，主要針對「數個已知的項目」來詢問「哪一項」。動詞 enjoy 相當於 love 或 like，而句尾的 most 搭配動詞 enjoy，表示「最喜愛～」。當然，題目問最喜愛的「季節」，你一定要會「春夏秋冬」的英文，也就是 spring、summer、fall/autumn、winter。不過須注意的是，季節名稱的英文前面不加任何冠詞喔！如果自己最愛的季節不會說，至少要會其中一個喔！至於回答的第一句，你可以說「I love 季節 (the) most」或是「季節 is my favorite season.」。接著可以說說你喜愛這個季節的原因，以及這個季節來時有什麼特別的節日或活動。

參考範例及中譯

Spring is my favorite season. The weather is pleasant and flowers blossom in this particular time of year. I usually take a short trip in the mountain or woods during spring.
（春天是我最喜愛的季節。每年的這個時候，天氣宜人，百花盛開。春季時我通常會跑到山上或樹林裡，來一趟短途旅行。）

字詞解釋

season [ˋsizn] **n.** 季節　**favorite** [ˋfevərɪt] **adj.** 最喜愛的　**pleasant** [ˋplɛzənt] **adj.** 令人愉快的　***blossom** [ˋblɑsəm] **v.** 開花，盛開　**particular** [pɚˋtɪkjəlɚ] **adj.** 特定的，特別的　***woods** [wʊdz] **n.** 樹林，森林

相關文法或用法補充

在哪一個季節的介系詞要用 in，其他像是世紀、年份、月份，也都是搭配 in。例如，in 21st century（在 21 世紀）、in 2021（在 2021 年）、in January（在一月時）。另外，在「一天當中的某一段時間」或是在「一段期間」中，也是用 in 這個介系詞，像是
in the afternoon（在下午時）、in this week（在這星期內）。

3. How old are your parents?

（你的父母幾歲了？）

答題解說

本題 How old...? 是問「年齡」，可以用「數字 + years old」回答，或是直接回答

數字即可。所以可以說「My father is 年齡 and my mother is 年齡.」，如果兩人同年齡，你可以說「They are both 年齡.」。另外這裡的 be 動詞也可以用 turn 來取代，例如 He's going to turn 30 next week.（他下週將過 30 歲生日。）最後，可以再補充說明父母很健康，或是已退休之類的敘述。

參考範例及中譯

My father is going to be 59 this year. My mother is three years younger than him. She's 56 years old. Though they both are in their late fifties, they look really young.
（我爸爸今年要過 59 歲生日，我媽比他小三歲，她今年 56 歲。雖然他們兩個都已經年近六十，但看起來真的很年輕。）

字詞解釋

younger [ˋjʌŋgɚ] **adj.** 較年輕的（young 的形容詞比較級） **in one's fifties phr.** 在某人五十多歲時 **really** [ˋrɪəlɪ] **adv.** 確實，實際上

相關文法或用法補充

對於初學英文的人來說，"How old are you?" 是用來問對方的年齡沒錯，不過，就像中文「你幾歲了？」這問題，有時候是令人反感的，特別是對於熟齡女性。事實上，你身邊的外國朋友如果對你說 How old are you?，他們可能不是在問你的年齡，而是要表達：「你多大了還在做這事！」雖然對於外國人來說，年齡不是太好談的話題，但彼此熟悉之後，問問也無妨，想要相互了解，可以這樣委婉的詢問：Which year were you born?（你是哪一年出生的？）或是 Would you mind telling me your age?（你介意告訴我你的年齡嗎？）

4. How much time do you spend on using your cellphone every day?

（你每天花多少時間在你的手機上？）

答題解說

How much time 是問「多久時間」，經常搭配 spend（花費）這個動詞，後面接「on + N. / V-ing」，表示「花多少時間做某事／在某事上」。回答時可以先說「I spend 數字 hours on using my cellphone.」。接著可以說明使用手機做什麼事，例如上網（surf the Internet）、看影片（watch videos/films）、線上購物（online shopping）、玩線上遊戲（play online games）、與朋友聊天（chat with friends）…等。

參考範例及中譯

I spend almost 5 to 6 hours on using my smartphone every day. I connect to the Internet and play online games or chat with my friends on LINE right after I am off work

(school). I also check my G-mail and Facebook. Finally I will visit my blog and update posts.
(我每天幾乎花五到六小使用我的智慧型手機。我下班(放學)後會馬上開啟網路玩線上遊戲或是與朋友在 LINE 上聊天。我也會查看我的 G-mail 電子信箱以及 Facebook。最後,我會到自己的部落格上更新貼文。)

字詞解釋

cellphone [`sɛlfon] **n.** 行動電話,手機 **smartphone** [`smɑrt͵fon] **n.** 智慧型手機 ***connect** [kə`nɛkt] **v.** 連結 **Internet** [`ɪntɚ͵nɛt] **n.** 網際網路 **online** [`ɑn͵laɪn] **adj./adv.** 線上的;在線上 **chat** [tʃæt] **v.** 閒談,聊天 **off work/school phr.** 下班/放學 **check** [tʃɛk] **v.** 查看,檢查 **blog** [blɑg] **n.** 部落格 **update** [ʌp`det] **v.** 更新 **post** [post] **n.** 貼文

相關文法或用法補充

如果想要加別人的 LINE,可以說 Can I add you on LINE?(我可以加你的 LINE 嗎?)要是彼此不那麼熟,想說得正式一點,可以用:May I have your LINE ID, please?,但千萬別說成 What is your LINE/line?,因為它的意思是「你從事哪一個行業?」。

5. What do you wear to an important party?

(你都穿什麼衣服去參加一個重要的派對?)

答題解說

「wear + 衣物 + to + 特殊場合/活動」的意思是「穿衣物去~(某特殊場合或活動)」的意思。開頭第一句話可以說 I usually wear/put on + 服裝。然後繼續說明為什麼要穿這樣的服裝去。比方說,這表示自己重視(care much about)這樣的場合,或者想讓自己看起來更有自信(make myself look more confident),所以希望在穿著上讓自己更帥/美(make myself more handsome/beautiful)等等。

參考範例及中譯

I usually wear a yellow shirt and black pants to an important party. I think dressing formally makes me look more handsome and confident, and that means I care much about such an occasion.
(我通常會穿一件黃色襯衫以及黑色西裝褲。我想穿著正式讓我看起來更帥、更有自信,且那意味著我重視這樣的場合。)

字詞解釋

important [ɪm`pɔrtnt] **adj.** 重要的 **shirt** [ʃɝt] **n.** 襯衫 **pants** [pænts] **n.** 長褲,西裝

褲　**dress** [drɛs] **v.** 穿著，打扮　**handsome** [ˋhænsəm] **adj.**（男子）英俊的，（女子）健美的　**confident** [ˋkɑnfədənt] **adj.** 自信的　***occasion** [əˋkeʒən] **n.** 場合，時刻，重大活動

相關文法或用法補充

在收到邀請函時，通常得先仔細看是否有「服裝要求（dress code）」，再依照場合來決定適當的穿搭。以下是一些基礎的穿著與配件的英文，對於類似的問題可以派上用場：

uniform（制服）、evening suit/dress（晚禮服）、tailcoat（燕尾服）、leather shoes（皮鞋）、tie（領帶）、bow tie（領結）、sweater（毛衣）、one piece dress（連身裙）、high heels（高跟鞋）、flats（平底鞋）

6. Where do you want to go on vacation?

（你想去哪裡度假？）

答題解說

這是個 5W1H 的問句。首先，一定要聽出是哪一個疑問詞。where 是問「哪裡」或「什麼地方」，vacation 是最關鍵的字，go on vacation 是「去度假」的意思。可以用「I want to fly to + 地方」、「I would go to + 地方 + for my vacation」或「I would enjoy my vacation in + 地方」作開頭。然後說明想去的地方有什麼特色，以及為什麼要選擇這樣的地方去度假。

參考範例及中譯

I want to fly to Bali and spend a few weeks in a beautiful villa. Vacation means relaxation to me. I would therefore choose a place where I can enjoy the beach and the breeze instead of somewhere full of malls and traffic.

（我想飛去峇里島，在一個漂亮的別墅中住幾個星期。假期對我來說就是放鬆身心，因此我會選一個可以享受沙灘與微風的地點，而不是某個滿街都是購物中心，交通擁塞的地方。）

字詞解釋

vacation [veˋkeʃən] **n.** 假期　**fly** [flaɪ] **v.** 搭飛機　**villa** [ˋvɪlə] **n.** 別墅　**mean** [min] **v.** 意指　**relaxation** [ˏrilæksˋeʃən] **n.** 放鬆　**beach** [bitʃ] **n.**海灘　**instead of phr.** 而非　**full of... phr.** 充滿～　**mall** [mɔl] **n.** 購物中心　**traffic** [ˋtræfɪk] **n.** 交通（量）

相關文法或用法補充

日常生活中，holiday 和 vacation 在口語上有「假期、度假」的意思，用來泛指任何假期，而持續時間可長可短，特別指的是安排出遊、不用工作的這段時間。如

果要說 holiday 和 vacation 兩者之間的差別，主要在於：英式英文習慣用 holiday，而美式英文則偏向使用 vacation。像是「暑假」就可以說： summer vacation (美) / summer holiday (英)。如果想說「去度假」，比較常見的說法是：on vacation (美式) / on holiday (英式)。

7. What do you usually have for breakfast?

（你早餐通常吃什麼？）

答題解說

have... for breakfast/lunch/dinner 表示「早餐／中餐／晚餐吃～」，或者你也可以說「I usually have/eat + 食物 + in the morning/at noon/in the evening.」。接著還可以提到選擇此種早餐食物的原因為何，或者吃完早餐後的感覺如何。

參考範例及中譯

Breakfast is an important meal for me. I usually have a big one. It includes a glass of milk, a green salad, a ham and egg sandwich and an apple. I feel recharged after the last bite of the apple.
（對我來說早餐是很重要的一餐，我通常會吃得很豐盛。包括一杯牛奶，一份蔬菜沙拉，一份火腿蛋三明治還有一顆蘋果。當我咬下最後一口蘋果時，我就覺得像再次充滿電一樣，活力十足。）

字詞解釋

important [ɪm`pɔrtnt] **adj.** 重要的，重大的 **include** [ɪn`klud] **v.** 包括，包含 **a glass of... phr.** 一杯～ **milk** [mɪlk] **n.** 牛奶 **green salad phr.** 蔬菜沙拉 **ham** [hæm] **n.** 火腿 **sandwich** [`sændwɪtʃ] **n.** 三明治 **recharge** [ri`tʃɑrdʒ] **v.** 再充電

相關文法或用法補充

古人說：「一日之計在於晨。」所以一天當中最重要的一餐當然就是 breakfast 了，那麼早餐為什麼叫 breakfast 呢？這裡的 break 是當動詞，當作「打破」的意思，而 fast 本來有「不進食」的意思，所以「打破一整晚都沒進食」，就是要吃早餐囉！對於初學英文的人來說，應該認識一些簡單基本的早餐食物或飲料。例如：豆漿（soybean milk）、米漿（rice and peanut milk）、奶茶（milk tea）、紅茶（black tea）、油條（fried bread stick）、燒餅（baked wheat cake）、蛋餅（egg cake）、饅頭（steamed bun）、飯糰（rice roll）、肉包（meat bun）、吐司（toast）、麵包（bread）

GEPT 全民英檢

初級複試

中譯＋解析

Writing｜全民英檢初級寫作測驗

第一部分 單句寫作

第 1~5 題：句子改寫

1. The boys play basketball for 45 minutes after school.

（男孩們放學後打了 45 分鐘的籃球。）

How long ________________?（男孩們放學後打多久的籃球？）

答題解說

答案：How long do the boys play basketball after school? 本題為肯定句改為疑問詞為首的問句。從句子一開頭提示的 How long 可知，是針對 for 45 minutes 在提問的，因為原句是用現在式動詞 play，主詞是複數的 The boys，所以 How long 後面要緊接著複數形的助動詞 do，後面照抄即可。

破題關鍵

本題主要考點是「How long（多久時間）疑問句」，只要掌握 How long 是針對哪個部分（for 45 minutes）來問即可，接著就遵循「肯定句改 5W1H 問句」的原則，注意主詞單複數、助動詞的使用即可。

字詞解釋

after school phr. 放學後

相關文法或用法補充

play 表示「參與（某種球類運動或棋牌類活動）」時，其後不加冠詞 the，直接接球類運動名稱或棋牌類活動名稱，可根據實際情況譯成「打、踢、下…」等。例如：play football（踢橄欖球）、play badminton（打羽毛球）、play cards（打牌）、play Mahjong（打麻將）。

2. I like to take a walk every evening.

（我喜歡在每天傍晚時去散步。）

My grandmother ________________.（我奶奶喜歡在每天傍晚時去散步。）

答題解說

答案：My grandmother likes to take a walk every evening. 本題考的是替換主詞後，注意「主詞與動詞數的一致」原則。所以當第一人稱的 I 改為第三人稱的 My grandmother 之後，只要在原來的動詞 like 後面加 -s，後面再照抄即可。

破題關鍵

本題主要考點是「第三人稱單數的現在式動詞」，另外需注意如果動詞字尾是 -ch、-sh、-o 等，要加 -es、「子音加 -y」要去 y 改成 ies（例如 fly → flies、try → tries）以及不規則變化的部分，例如 have → has。

字詞解釋

take a walk phr. 散步（= **go for a talk**）

相關文法或用法補充

除了「散步」的意思之外，take a walk 可用來表示「下逐客令」，意思是「出去」，或是「滾開」．所以某些時候，用 take a walk 要特別小心。例如：I don't want to listen to any more silly advice on how to run my life. Go on, take a walk - get out of here!（別再告訴我，我應該怎麼樣管理我的生活，我不要聽了。走，你給我出去，滾出去！）

3. What is your favorite dish?

（你最喜歡的菜色是什麼？）

Tell me ________________?（告訴我你最喜歡的菜色是什麼。）

答題解說

答案：Tell me what your favorite dish is. 本題是考「疑問句改成間接問句」，原句動詞為 be 動詞，在切換成間接問句時，只要把主詞跟動詞的位置對調即可，也就是把原來的 what is your favorite dish 改成 what your favorite dish is。

破題關鍵

原本題目句 "What is your favorite dish?" 一般稱為直接問句，因為這個句子是獨立的；但第二句中的 what your favorite dish is（你最喜歡的菜色是什麼）是 Tell me... 這個祈使句動詞後面的「直接受詞」（me 是間接受詞），因此稱為間接問句。

字詞解釋

favorite [ˋfevərɪt] **adj.** 最喜愛的 **dish** [dɪʃ] **n.** 碟，盤，一盤菜，菜餚

相關文法或用法補充

若原句動詞為助動詞，在切換成間接問句時，主詞跟助動詞位置對調。例如：

What will Patrick do this weekend? 改成：I have no idea what Patrick will do this weekend.；若原句動詞為助動詞 do / does / did，在切換成間接問句時，要把助動詞刪去，保留主詞與動詞，例如：Why does Lisa cry?，改成 No one knows why Lisa cries.（注意 cry 在第三人稱 Lisa 後面要去 y 加 ies）。

4. A: Does it ever snow in Kaohsiung?
B: No, never.

（高雄曾下過雪嗎？）
（不，從來沒有。）

It ________________.（高雄從來沒下過雪。）

答題解說

答案：It never snows in Kaohsiung. 本題為「一組問答改為一個肯定句」的題型。關鍵是弄清楚這組問答所要表達的中心意思。顯然，snow in Kaohsiung 就是改寫句的關鍵部分，而兩句結合在一起要表達的就是「高雄從來沒下過雪。」因為否定回答是用 never 表示「從未」，所以要在否定句中使用 never 來加強否定的語氣，而 never 可直接置於動詞前，所以把它直接放在 snows 的前面。

破題關鍵

本題的考點在於肯定句、疑問句和否定句之間的相互轉換。首先要注意助動詞的位置，否定句和一般問句中的助動詞表現出句子的時態，而後面的動詞要用原形，但本題的改寫句（是個否定句）是沒有助動詞的，所以動詞應配合主詞 It 以第三人稱單數的 snows 來表示。

字詞解釋

ever [ˋɛvɚ] **adv.** 曾經，總是　**never** [ˋnɛvɚ] **adv.** 從未，絕不

相關文法或用法補充

代名詞 it 在這裡可不是「虛主詞」，它相當於 the weather，可用來指「天氣（狀況）」。常見句型有三種：

❶ it + be + 形容詞。例如：It’s hot today.
（今天好熱。）

❷ it + be + 形容詞+ 名詞。例如：It’s a sunny day.
（那是個晴天。）

❸ it + 動詞。例如：It rained hard yesterday.
（昨天雨下得很大。）

5. Summer vacation will be over.
I will study hard.

（暑假將要結束了。）
（我會用功念書。）

When ______________ study hard.（暑假結束的時候，我會努力用功的。）

答題解說

答案：When summer vacation is over, I will study hard. 本題改寫重點是要找出兩句之間的關係，有了提示的連接詞（When）以及句尾的動詞（study hard）之後，就容易找出副詞子句與主要子句的主詞了。「用功念書」的主詞當然是「我」，而不會是「暑假」。接著重點來了！when 引導的副詞子句是單純表達一個「時間點」，所以必須用現在式（is），即使主要子句要表達的是未來的事件，此為固定用法。

破題關鍵

提示的答案句以 study hard 結尾，表示主要子句就是題目的第二句（I will study hard.），照抄即可，至於 When 子句的部分，只要掌握「副詞子句以現在簡單式代替未來式」的原則，答案就出來了。另外，副詞子句可以放在句首，也可以放在句中。但放在句首時，副詞子句和主要子句之間要有逗號隔開。

字詞解釋

vacation [ve`keʃən] **n.** 假期，休假日　**over** [`ovə] **adj.** 結束的　**study hard** **phr.** 用功念書

相關文法或用法補充

有副詞連接詞的引導句子就叫作副詞子句，而另一個子句則叫作主要子句。英文中表示時間的連接詞常見的有：when、while、before、after、as soon as...等；表示條件的連接詞則有這幾種比較常見：if、unless...等。當你遇到帶有表示「時間」或「條件」的連接詞，而主要子句動詞又是未來式時，副詞（或條件）子句必須要用現在式代替未來式。因此，He will come if you will invite him.（要是你邀請他的話，他會來。）必須改成 He will come if you invite him. 才對。

第 6～10 題：句子合併

6. **I saw Mary.（我看見瑪麗了。）**

She was watching TV.（她在看電視。）

I saw Mary watching TV.（我看見瑪麗在看電視。）

答題解說

答案：I saw Mary watching TV. 句子合併的關鍵是要找出兩句之間的關係，而答案句已提示了主詞及動詞（I saw），表達第一句話的意思，接下來要做的就是把第二句話在答案句中表達出來。如果知道 see 這個動詞的用法，答案就出來了。前兩句合併起來顯然是「我看見瑪麗在看電視。」的意思。「看見某人在做某事」的說法是 see someone doing something，所以只要把第二句的 was 去掉，其餘擺在 I saw 後面照抄即可。但即使你不會動詞 see 在這裡的用法，空格部分照抄第二句的話，也可以得到一半的分數。

破題關鍵

英文中有些動詞如 see、hear、feel、watch... 等，後面接受詞之後，必須再接現在分詞或是原形動詞，作為受詞補語，一般稱此類動詞為「知覺／感官動詞」，用於「S + V + O + OC」的句型。

字詞解釋

watch [wɑtʃ] **v.** 觀看，留意

相關文法或用法補充

上面提到「知覺動詞」接受詞之後，必須再接現在分詞或是原形動詞，但兩者有不同的意義。現在分詞著重「正在發生的動作」，而原形動詞著重「事件本身」或呈現一個「過程」。例如：I saw him get into the bus.（我看到他上了公車。）這句話強調「我有看見他上了公車。」這件事，而 I saw him getting into the bus.（我看到他正在上公車。）強調的是「我看見他的時候，他正要上公車」

7. **I don't like swimming.（我不喜歡游泳。）**

My sister doesn't like swimming, either.（我姐姐也不喜歡游泳。）

Neither my sister nor I like swimming.（我和我姐姐都不喜歡游泳。）

答題解說

答案：Neither my sister nor I like swimming. 首先把兩個句子合併在一起，把相

同的部分刪除。這樣就得到了 My sister and I don't like swimming.（請不要寫成 I and my sister...）。答案句給了 Neither 開頭的提示，就是告訴你要用 "Neither A nor B..."（A 與 B 兩者都不…）的句型來連接兩個句子。第一句是「我不喜歡游泳。」，第二句是「我姐姐也不喜歡游泳。」所以合併起來的句子要表達的是「我和我姐姐都不喜歡游泳。」但要注意的是，這個句型連接兩個主詞時，動詞必須和「最接近」的主詞一致，所以這裡的動詞要用 like，而不是 likes。

破題關鍵

前兩句的共同點是「不喜歡游泳」，都有否定意味，不同的是主詞，而在 neither A nor B 的用法中，應注意動詞和 B 一致，而不是 A。

字詞解釋

swimming [ˋswɪmɪŋ] **n.** 游泳（運動）　**either** [ˋiðɚ] **adv.** 也不

相關文法或用法補充

與 neither 對應的是 either，兩者也都具有名詞和形容詞性質：

❶ either 當名詞時，指「（二者之一的）任一」，在句中可作主詞、受詞，為單數的概念。例如： Either of the plans is equally dangerous.（這兩項計畫中不論哪一個都同樣有危險。）

❷ 當形容詞時，修飾單數名詞，例如： He can write with either hand.（他左右手都能寫字。）

❸ neither 和 either 用法相同，但意思相反，表示（二者之中）沒有任何一個」，例如：

① I tried on two dresses, but neither fit me.（我試了兩套衣服，但沒一套合適。）

② For a long time neither spoke again.（很長一段時間，他倆沒有再說過話。）

③ Neither of my friends has come yet.（我（兩個）朋友一個也沒來。）

8. The dog is running there.（這隻狗正往那邊跑去。）

The dog can catch a Frisbee.（這隻狗能抓住飛盤。）

The dog (which/that is) running there can catch a Frisbee.
（往那邊跑的那隻狗可以抓住飛盤。）

答題解說

答案：The dog (which / that is) running there can catch a Frisbee. 合併句子的題型最重要是在兩句之間重複的詞中找到句子的連結用詞。以本題來說，兩句主詞都是 The dog，而句尾已告訴你要用 can catch a Frisbee，所以只要將 is running there 放入空格內，再加一個連接詞即可，因為一個句子不能有兩個動詞。那麼這裡最適合的連接詞當然就是關係代名詞 which 或 that 了。而關係代名詞亦可省略，然後再刪除動詞 is 形成一個分詞片語，修飾 The dog 即可。

破題關鍵

本題考的是「關係子句」用法，而關係子句又可改為分詞片語，都是具有形容詞的功能。因為合併句的動詞已經告訴你要用 can catch，所以關係子句就是用第一句擺進去即可。雖然也可以用對等連接兩句 and/but/so，但會變成「這隻狗正往那邊跑過去，而且／但是／或者牠能抓住飛盤。」這樣奇怪的句意，同時會造成前後兩對等子句的動詞時態並不對等。

字詞解釋

Frisbee [ˋfrɪzbi] **n.** 飛盤

相關文法或用法補充

分詞片語是由現在分詞或過去分詞結合其他字詞所形成。分詞片語都是當作形容詞，用來修飾名詞或代名詞。像是這裡的 The dog running there can catch a Frisbee. 當中，running there 就是一個分詞片語，修飾主詞 The dog。

9. **Mandy lives on South Street.（曼蒂住在南街。）**

Her door number is 269.（她的門牌號碼是 269。）

Mandy lives at No. 269 South Street.（曼蒂住在南街 269 號。）

答題解說

答案：Mandy lives at No. 269 South Street. 第一句說明 Mandy 住在什麼街上，第二句是她的門牌號碼（door number），顯然合併起來的句子要表達的是 Mandy 住在什麼街道幾號上。這時候我們要知道「住址」前面要用介系詞 at。而原本在 South Street 前面的介系詞 on 則要去掉。

破題關鍵

本題考 on South Street 與 door number 269 的合併。英文地址跟中文的寫法顛倒，從 floor（樓層）開始，接下來是 door number（門號）及街道名，所以可推知這裡合併後應寫成“No. 269 South Street”。另外，有時 No. 也可以省略不寫，直接寫成“Mandy lives at 269 South Street.”即可。

字詞解釋

south [saʊθ] **n.** 南方　**door number** **phr.** 門牌號碼

相關文法或用法補充

英文的地址寫法與中文不同，由最小的單位（號或是幾樓之幾），往越大的區域（區、縣市、省）單位來寫，每個單位間以逗號 (,) 隔開即可。例如：8F, No.9, Alley 10, Lane 100, Sect.1, Roosevelt Rd., Da-an District, Taipei（台北市大安區羅斯福路一段 100 巷 10 弄 9 號 8 樓）

地址內容	說明	範例
樓	以~F 表示 (F=floor)	8 樓 → 8F
號	以 No.~ 表示 (No. = number)	500 號 → No.500
弄	以 Aly.~ 表示 (Aly = alley)	14 弄→Aly.14
巷	以 Ln.~ 表示 (Ln = lane)	11 巷 → Ln.11
路	以~Rd.表示 (Rd=road)	中正路 → Zhongzheng Rd.
區	以~Dist. 表示 (Dist=district)	西區 → West Dist.
縣市	以~County（縣）或~City（市）表示，郵遞區號則放一個空白鍵後直接接在縣市的後面	嘉義市 → Chiayi City 600
國家	直接寫國家名稱即可	中華民國 → Taiwan, R.O.C.

10. Vince is promoted.（文斯獲得升遷。）

The news surprises everyone.（這消息讓大家很驚訝。）

It surprises everyone that Vince is promoted.

（令大家驚訝的是，文斯獲得了升遷。）

答題解說

從前兩句的意思可輕易了解合併起來要表達的是：「文斯獲得升遷的這消息讓大家很驚訝。」所以合併起來應寫成 “The news that... surprises everyone.”，不過，提示句已告訴我們要用 It 開頭，也就是要運用「It + V + O + that 子句」的句型，因此這裡的 V 就是 surprises，O 就是 everyone，接 that 之後，只要將 “Vince is promoted” 放在 that 後面即可。

破題關鍵

本題重點就在「It + V... + that 子句」的句型，其中 It 是「虛主詞」，代替真正的主詞，也就是後面的 that 子句（that Vince is promoted）。

字詞解釋

promote [prə`mot] **v.** 使晉升，促進　**surprise** [sɚ`praɪz] **v.** 使吃驚

相關文法或用法補充

虛主詞 It 放在句首引導「強調句型」，也就是「It is/was 被強調部分 + that 子句」。這種強調句型是用來加強語氣，目的是強調句中的「某個部分」。被強調的部分若是指人，則可用 who 或 whom 來代替 that。這種句型中的"it"沒有實質意義，只是用來改變句構，使句子的某一部分獲得強調，而被強調的部分可以主詞、受詞、副詞、補語等。在翻譯的時候，可在被強調部分之前加上「就是～，正是～，是～」等詞來表示強調。例如：

❶ 原句：Columbus discovered America in 1492. → 強調句：It was Columbus that discovered America in 1492.（就是哥倫布在 1492 年發現美洲的。）

❷ 原句：I love you. → 強調句：It is I who/that love you.（愛你的人是我。）

另外，此句型中，動詞的部位也適用一般動詞。例如本題這句：It surprises everyone that Vince is promoted.

第 11～15 題：句子重組

11. I <u>don't dance, nor does my sister.</u>

（我不跳舞，而我妹妹也是。）

答題解說

從提供的「my sister / don't / does / dance / nor」以及已提供的主詞 I 來看，這是個以對等連接詞 nor 連接的兩個對等子句，且第二個對等子句的主詞是 my sister。助動詞 don't 顯然應放在主詞 I 這句，而 does 應放在主詞 my sister 這句。所以答案句會是：I don't ________________ my sister does ________________。我們可以試著把動詞 dance 放在第一個空格，就變成 I don't_dance my sister does ________________；這樣就剩下 nor 了，但若放在最後的這個空格又怪怪的，應該放在哪呢？因為這裡需要一個連接詞且剩下 nor，所以這裡的 nor 是連接詞，表否定，放在第二句句首，句子要倒裝，且因為它位於這個「合句」的第二句，可省略相同動詞 dance，所以應改成"... nor does my sister"。

破題關鍵

本題重點是 nor 的用法。雖然 nor 常用於 neither... nor...（既不是…也不是…）的慣用句型中，但這裡考你它單獨使用，置於句首，強調否定的語氣。所以看到 nor 但沒看到 neither 時，就要知道會用到「nor 倒裝句」的用法。

字詞解釋

dance [dæns] **v./n.** 跳舞　**nor** [nɔr] **conj.** 也不

相關文法或用法補充

nor 可以和 neither 連用，連接兩個並列的結構，可以是主詞、動詞、補語、受詞，或是完整子句。例如：

❶ Neither he nor I am interested in dancing.
（他和我對跳舞都不感興趣。）→ 連接兩個主詞

❷ He has neither talent nor the desire to learn.
（他既無天分也不想學習。）→ 連接兩個受詞

12. Lisa is one of my best friends. / One of my best friends is Lisa.

（麗莎是我最好的朋友之一。／我最好的朋友之一是麗莎。）

答題解說

先來看看題目吧！從提供的「my / is / Lisa / friends / one / best / of」內容來看，主詞可以是 Lisa，也可以是 "one of my best friends"，兩者之間再放入動詞 is 即可，因為兩者都是單數主詞。

破題關鍵

本題主要重點在於將 my 以及 friends / one / best / of 組合成有意義的名詞片語。「one + of + 複數可數名詞」是很基礎的文法結構，表示「～之一」，整個是個單數名詞，須搭配單數動詞。這裡的 best 是形容詞最高級，用來修飾名詞 friends。

相關文法或用法補充

one 本身是個不定代名詞，也是個數量代名詞，其他像是 two、both、any、some、many、most、all... 等，也都是數量代名詞，後面接「of + (one's +) 複數可數名詞」時，動詞必須根據 of 前面的代名詞單複數做變化。不過 of 後面也可以接不可數名詞，此時動詞就必須用單數。

13. I saw him kissing the girl.

（我看見他親吻那女孩。）

答題解說

從提供的「________________ girl.」以及「him / saw / the / kissing / I」內容來看，唯一的動詞是 saw（see 的過去式），且主詞只有 I 是唯一選擇，受格的 him 當然要擺在及物動詞 saw 後面，形成 I saw him ----- girl。剩下冠詞 the 與分詞 kissing 就很容易解決了。

破題關鍵

看到 saw 以及 kissing 這兩個字，就知道考點在「see + 受詞 + V-ing」的句型，表示「看見正在做某事」，所以只要先將「saw him kissing」拼湊起來，答案就差不多完整了。

相關文法或用法補充

所謂「知覺／感官動詞」就像是 see、hear、watch、feel... 等，常用於「S+V+C」及「S+V+O+OC」兩種句型中。而部分此類動詞運用於 S+V+O+OC 的句型時，就像是「使役動詞」一樣，接受詞之後，可接原形動詞或分詞作為受詞補語。例如：I heard her cry/crying out loudly at midnight.（我半夜聽見她哭得很大聲。）至於用 cry 或 crying 的差別在於，只聽到一聲，用 cry，如果是聽到「一直在哭」，就要用 crying。

14. My advice is that you leave her alone.

（我的建議是你不要打擾她。）

答題解說

從提供的「My ________________.」以及「is / that / you / advice / her / alone / leave」內容來看，My 後面一定要接名詞，所以這句子的主詞就是 My advice，而後面的動詞可能是 be 動詞 is 或一般動詞 leave，但接 leave 不合邏輯（「建議」不會長腳「離開」），而 leave... alone 可以形成一個動詞片語，表示「不要打擾～」，所以句子是 My advice is ------ leave ----- alone.。有兩個動詞（is、leave），所以要有個連接詞，只有 that 具有此功能，應置於 is 後面，引導名詞子句，最後剩下受格的 her 及 you，都可以擺在動詞 leave 後面，但 that 子句還需要一個主詞，her 不能當主詞，所以只能擺在 leave 與 alone 中間了。

破題關鍵

本題考「從屬連接詞 that 引導名詞子句」。句首的 My 與 advice 形成主詞之後，再看到「her / alone / leave」的，大概可以知道要表達的就是「我的建議是，你不要打擾她」。leave someone alone 是指「不要打擾某人」，故可推知是 leave you alone（you 既可以是主詞也可以是受詞）或 leave her alone，但由於 that 子句是個名詞子句，而名詞子句的結構是「主詞 + 動詞 + 受詞」，故只有 you leave her alone 能成立（受詞 her 不可成為主詞）

字詞解釋

advice [əd`vaɪs] **n.** 建議，忠告　**leave... alone phr.** 讓～（某人）獨處一下，不打擾～（某人）

相關文法或用法補充

以 that 引導的名詞子句相當常見，它可以當 be 動詞後面的主詞補語，也可以當及物動詞的受詞。許多動詞如 say, think, see, suggest, believe, agree, hope, wish, explain, hear, feel, wonder, know, note, mean... 等，其後都可以接 that 引導的名詞子句作為其受詞。如：The teacher said that there would be a test next week.（老師說下週會有考試。）

15. I give up arguing with you.

（我放棄跟你爭辯了。）

答題解說

從提供的「give / you / I / with / arguing / up」內容來看，首先，在確定主詞要用 I 還是 you 之前，可以很明顯知道動詞是 give up（放棄），後面要接動名詞當受詞，介系詞 with 要擺在 arguing 後面，然後接受詞。受詞當然不能選主格的 I，所以是 give up arguing with you，那麼最後就只剩下 I，當然擺在主詞的位置了。

破題關鍵

本題考的是「動詞後面接動名詞（gerund）」。及物動詞 give up 後面必須接 V-ing，因此連接的方式為 give up arguing with。最後剩下人稱代名詞的 I 及 you，只有 you 可以擺在 with 後面當受詞。

字詞解釋

give up phr. 放棄　**argue** [ˋargjʊ] v. 爭論

相關文法或用法補充

「動名詞」的作用跟名詞一樣，具備名詞特有的「存在性」及「持久性」，所以當我們表達一種「持續」的狀態、事實或習慣等，要用 V-ing。比如這裡的 give up arguing（放棄爭論）。常見後面接動名詞的動詞還有：admit 承認、mind 介意、miss 想念、quit 戒除、avoid 避免、enjoy 享受、can't help 忍不住、risk 冒～的風險、consider 考慮、keep 保持、practice 練習、suggest 建議…等。

第二部分 段落寫作

寫作範例

It was late one Sunday night. Daniel was driving home. His phone rang and he answered it without knowing he ran through the red light. All of a sudden, he heard a woman screaming. He hit someone! Several minutes later, Daniel was taken to the police station. He felt very sorry for what he had done.

中文翻譯

那天是星期天的深夜。丹尼爾正開車回家。他的手機響了，他接起電話，沒有注意到自己闖了紅燈。突然間，他聽到一名女子大叫。他撞到人了！幾分鐘後，丹尼爾被帶到警察局。他對自己所做的事感到非常抱歉。

答題解說

英檢初級的這道題，幾乎都是看圖描述的題目，所以有必要先把圖案裡面出現的人事物英文表達用語準備好。例如第一張圖是一名男子邊開車邊講電話（talking on the phone while driving），第二張圖是車禍（car accident）、闖紅燈（run through the red light）、撞到一個女孩（hit a girl）；第三張圖是在警局（at the police station）作筆錄（take a statement）或說明事情經過（explain what happened）、感到懊悔（feel sorry/regret）…等。其他像是 it was a... day/night（那是個…夜晚）、should be punished（該受罰）、get a ticket（收到罰單）…，可增加文章的故事性，可視需求而作增減。

關鍵字詞

drive home phr. 開車回家　**ring** [rɪŋ] v.（電話、鈴等）響起　**run through** phr. 闖過　**red light** phr. 紅綠燈　**all of a sudden** phr. 突然間　**scream** [skrim] v. 尖叫　**hit** [hɪt] v. 碰撞，打擊　**police station** phr. 警察局

相關文法或用法補充

❶「搭乘交通工具」可以用「ride/take/drive + 冠詞 + 交通工具」來表示，後面可以再接「to + 地方」。當然，動詞必須依照交通工具的類型而有所變化：

① ride 用於可跨坐式或搭乘的交通工具。如：腳踏車、機車以及馬（bike, bicycle, scooter, motorcycle, horse...）等

② take 用於一般可搭載乘客的交通工具。如：train, bus, HSR, MRT, taxi, car, plane, boat... 等。

③ drive 是「駕駛」的意思，也就是自行操作方向盤的概念，像是 truck, car, taxi, bus... 等。

❷ 表示「聽」的 listen 與 hear 是很容易令人混淆的動詞。有人會問，英文裡的「聽力測驗」為什麼不是 hearing test，而是 listening test？其實，英文裡的 hearing test 是做健檢時的「聽力測驗」。另外，hear 是及物動詞，而 listen 是不及物動詞，後面通常搭配 to。

Speaking | 全民英檢初級口說能力測驗

第一部分 複誦

1. I'll let you know if I visit.

（如果我要去拜訪我會讓你知道。）

答題解說

首先確認本題的語調為「肯定句」。接著，以第一人稱代名詞的 I 為主詞作開頭，雖然 I'll 的發音是 [aɪl]，但可能不易聽到尾音 [l] 這部分，或者可能無法馬上確定是 I'll 還是 I'd，但從後面 If 子句中的動詞是現在簡單式（visit）來判斷，句子開頭應該是 I will 的縮寫 I'll。另外，要注意 let you 的連音近似 [lɛ-tʃju]，以及 if I 的連音是 [ɪ-faɪ]。

字詞解釋

let [lɛt] **v.** 允許，讓　**visit** [ˋvɪzɪt] **v.** 拜訪，探望

相關文法或用法補充

if 是一個從屬連接詞，可以引導條件子句，意思是「假設，如果」。這個條件子句可置於句首，也可以置於句末。if 引導的條件句可用來表達「假設語氣」，也可以用來表達「直述句」。由於「假設語氣」牽涉的範圍較廣且難度較高，在此僅列舉「假設直述句」的例子做說明：

❶ I won't go out if it rains tomorrow.（要是明天下雨我就不出門。）
→ 條件句用現在簡單式，主句用未來式，表示陳述一件事實。

❷ If you don't study hard, you won't pass the exam.（如果你不努力，就無法通過考試。）
→ 條件句用現在簡單式，主句用未來式（will、won't），表示「很有可能發生的事」。

2. Hang the socks on the rope in pairs.

（把襪子一對對地掛在繩子上。）

答題解說

首先確認本題是以原形動詞開頭的祈使句，所以一開頭的 Hang 就要下重音，-ng 是帶有鼻音的 [ŋ]；sock 的 o 要讀成母音的 [ɑ] 。另外就是要注意連音的部分，

有 socks on 以及 rope in 這兩部分，分別是發 [sɑk-sɑn] 以及 [ro-pɪn] 的音。這句子有兩個常用的片語：hang... on...（把…掛在…上面）以及 in pairs（成雙成對地），若能熟知一些常見片語或慣用語，更有助於作答。

字詞解釋

hang [hæŋ] **v.** 把～掛起　**sock** [sɑk] **n.** 短襪　**rope** [rop] **n.** 繩子　**pair** [pɛr] **n.** 一對，一雙

相關文法或用法補充

英文裡有不少經常以複數形式出現的特殊名詞，特別是一些「成雙成對的名詞」，例如 socks（襪子）、trousers（褲子）、pants（長褲）、glasses（眼鏡）、shoes（鞋子）、sunglasses（太陽眼鏡）、scissors（剪刀）……這些單字可以用 a pair of / pairs of 等來修飾。另外，也有一些字尾 -s 的、看起來是複數名詞，但其實並不是，例如 news（消息）、means（手段）……等。

3. We're staying at Grandma's tonight.

（我們今晚要住外婆家。）

答題解說

句首的 We're 發音是 [wɪr]，也許在聽覺上不容易分辨，因為 We're、We'll、We've 或是 We'd 也許聽起來都很像，但可由後面的「動詞-ing」（staying）判斷，只有 We're 是可能的答案。接著是 at Grandma's，grandma 就是 grandmother（外婆，奶奶），而 Grandma's 其實是指 Grandma's house (place)， 即「外婆家，奶奶家」的意思。另外，stay 中的字母 -t-，雖然書寫上是 [ste]，但發音上要念成接近 [sde] 的音。

字詞解釋

stay [ste] **v.** 暫住，停留　**grandma** [ˋgrændmɑ] **n.**【口】奶奶，外婆

相關文法或用法補充

英文 sp、st、sc 這幾個雙子音念的時候會念作 [sb-]、[sd-]、[sg-]，因為無聲子音加無聲子音時，第二個無聲子音要轉音唸作有聲子音會比較好念。例如：

❶ 發 [sg-] 音：字母 sc-、sch-、sk-、sq-。例如：school、scale、scan、screen、skate、skip、skin、sky、square...

❷ 發 [sb-] 音：字母 sp-。例如：space、spell、spring

❸ 發 [sd-] 音：字母 st-。例如：study、still、storm、student

另外，tr- 的字母組中的 t，也發近似有聲的 [tʃ]，而 dr- 的字母組中的 d，也發近似有聲的 [dʒ]。例如：try、tree、strong、dream、drive... 等。

4. The post office is across from the train station.

（郵局在火車站對面。）

答題解說

這個句子在聽覺上有三個主要成分：post office（郵局）、across from（在～對面）以及 train station（火車站）。但由於在“ office is across”這部分有兩處連音，應念成 [ɔfɪ-sɪ-zə-krɔs]，所以必須分辨出 be 動詞前後分別有 office 以及 across，否則一般聽力不是那麼好的考生可能不易分辨出來。另外，train 的 tr- 以及 station 的 st- 的發音規則，在上一題當中都有說明，務必牢記清楚。

字詞解釋

post office [ˋpos͵tɔfɪs] **phr.** 郵局　**across from** [əˋkrɔs͵frɑm] **phr.** 在～對面　**train station** [ˋtren ˋsteʃən] **phr.** 火車站

相關文法或用法補充

英文裡表達「位置」時，我們會使用介系詞 + 受詞的型態，來表達主詞與受詞之間的相對位置，那麼這些（片語）介系詞有哪些呢？常見如下：

❶ in front of（在～之前）
❷ behind（在～的後面）
❸ to the left / right of（在～的左邊 / 右邊）
❹ next to / by（在～的旁邊）
❺ close to / near（在～附近）

須注意的是，「next to / by」與「close to / near」的差別，「next to / by」中主詞與受詞的距離非常近，幾乎要碰在一起；而「close to / near」則有一段距離，並且不會碰在一起。

5. May I ask you a question?

（我可以問你個問題嗎？）

答題解說

這是個以助動詞 may 開頭的疑問句，須注意 ask you 的連音部分，要念成 [ˋæs͵kju]。另外，question 當中字母 -t- 的發音是 [tʃ]，字尾 -tion 發成 [-tʃən] 的音。最後請記得，因為是問句，句尾語調應上揚。

相關文法或用法補充

May I...? 通常是在當下提出請求、詢問許可的問句，但它跟 Can I...? 有何差別呢？比方說，Can I ask you a question？或 May I ask you a question?，其實兩者意

思都一樣，而差別在於，May I... 的語意較婉轉、客氣及有禮貌，所以後者較為常見，也就是說 May 是比較客氣有禮貌的用法。而 Can 是比較直接的表達！

第二部分 朗讀句子與短文

1. These buses don't run on Sundays.

（這些公車星期天沒有營運。）

答題解說

首先注意主詞是個複數名詞，these 的 th- 是有聲的音，念成 [ðiz]，而 buses 字尾的 -es 發音是 [ɪz]，所以 buses 要念成 [`bʌsɪz]。最後要注意的是，這裡的「星期天」用的是複數名詞，而 Sundays 字尾的 -s 是有聲音 [z]，所以要念成 [`sʌndez] 或 [`sʌndɪz]。

字詞解釋

run [rʌn] **v.**（車，船）行駛，營運　**Sunday** [`sʌnde] **n.** 星期日

相關文法或用法補充

表示「星期幾」的專有名詞，其前不加冠詞 the。此外，當它前面有形容詞（例如 this、last、next... 等）修飾時也不加任何介系詞。另外，在星期幾、日期、或節日等特定的日子，前面會搭配的介系詞是 on。例如：on Thursday（在星期四）、on Thanksgiving（在感恩節）、on July 27th（在 7 月 27 日）。

2. Can the dog come into this room?

（這隻狗可以進入這房間嗎?）

答題解說

首先確認本題為「疑問句」，注意句尾語調的上揚。接著，come into 兩字之間有連音，應念成 [kʌ-mɪn-tu]，原本 come 字尾的尾音是合嘴的鼻音，因為後面緊接母音 [i]，所以要改為「母音前發音」的 [m]，相當於國語注音的 ㄇ。

字詞解釋

come into phr. 進入

相關文法或用法補充

字母組 -oo- 的發音，一般來說有兩種：[u] 的長母音或 [ʊ] 的短母音。

❶ -oo- 發長母音 [u]：cool（涼爽的）、food（食物）、fool（傻子）、mood（心

情）、moon（月亮）、noon（中午）、pool（池子）、room（房間）、soon（很快地）、too（太過於）、tool（工具）、zoo（動物園）

❷ -oo- 發短母音 [ʊ]：book（書）、cook（煮飯）、foot（腳）、good（好的）、look（看）、poor（貧困的）、took（take 過去式）、wood（木材）

不過，也有一些 -oo- 碰上字母 r 時以及 d 時，會變成 [o]、[ʌ] 的音。例如：door（門）、floor（地板）、blood（血液）、flood（洪水）。

3. The boy sitting next to you has a bad record.

（坐在你隔壁的男孩紀錄不良。）

答題解說

這個句子的主詞部位是 The boy sitting next to you（坐在你隔壁的男孩），其中 sitting next to you 是 The boy 的修飾語。在發音上要注意的是 next 的字尾 -t 幾乎不念出聲音。另外，has a 要念出 [hæ-zə] 的連音。

字詞解釋

next to phr. 在～旁邊／隔壁　**record** [ˋrɛkɚd] **n.** 紀錄

相關文法或用法補充

record 這個字可以當名詞，也可以當動詞，意思分別是「紀錄」與「記錄」，不過要注意的是，兩者發音不一樣。當名詞時是 [ˋrɛkɚd]，重音在第一音節；當動詞時是 [rɪˋkɔrd]，重音則在第二音節。類似字彙列舉如下：

❶ present → [ˋprɛznt] n. 禮物 → [prɪˋzɛnt] v. 出示

❷ project → [prəˋdʒɛkt] v. 投射 → [ˋprɑdʒɛkt] n. 專案，計畫

❸ produce → [prəˋdjus] v. 生產 → [ˋprɑdjus] n. 農產品

❹ contact → [kənˋtækt] v. 與～接觸／聯繫 → [ˋkɑntækt] n. 接觸，聯絡人

❺ conduct → [kənˋdʌkt] v. 操縱 → [ˋkɑndʌkt] n. 行為

❻ object → [əbˋdʒɛkt] v. 反對 → [ˋɑbdʒɪkt] n. 物件，對象

4. I usually watch TV or listen to music when I'm bored.

（我無聊時通常看電視或聽音樂。）

答題解說

這個句子是以對等連接詞 or 連接兩個對等子句，再加上一個 when 引導的副詞子句，總共有三個動詞：watch、listen to 以及 be 動詞 am，其中縮寫的 I'm 的發音是 [aɪm]。須特別注意的是，watch 與 TV 之間，以及 listen to 與 music 之間都沒有任何冠詞喔！

字詞解釋

listen to phr. 注意聽　**bored** [bor] adj. 感到乏味的

相關文法或用法補充

bored 是「感到乏味的」意思，用來修飾「人」，如果是 boring 的話，表示「令人乏味的」，用來修飾「事物」。-ed 與 -ing 的差別，是很多類型考試的最愛之一。只要記住一點：-ed 表示「感到～」，-ing 表示「令人～」；是「人」才會「感到～」，是「事物」才會「令人～」。

5. **Since it was cold outside, we decided not to go hiking.**

（由於外面很冷，我們決定不去健行了。）

答題解說

本題有兩句。一句是 since it was cold outside 這個表示原因的副詞子句，一個是表結果的主要子句 we decided not to go hiking。注意別一聽到 since 就以為會出現完成式喔！這裡的 since 相當於 because。而 “Since it was...” 這部分也要注意發出標準的連音。

字詞解釋

since [sɪns] conj. 因為；自從　**outside** [`aʊt`saɪd] adv. 在外面　**decide** [dɪ`saɪd] v. 決定　**go hiking** phr. 去健行

相關文法或用法補充

「go+Ving」常用來表示「從事某種活動」，特別是指休閒活動。例如：go shopping（去購物）、go hiking（去健行）、go mountain climbing（去爬山）、go bowling（去打保齡球）、go camping（去露營）、go cycling（去騎單車）、go dancing（去跳舞）、go picnicking（去野餐）、go skating（去溜冰）、go sightseeing（去觀光）、go surfing（去衝浪）、go fishing（去釣魚）、go skiing（去滑雪）、go swimming（去游泳）、go traveling（去旅行）……等。

6. **Paul always forgot things. Sometimes he forgot his keys, and sometimes he forgot his wallet. One day when he was reading a book at home, his friends came to his house with a big cake. “Surprise!” they said. Paul felt really surprised. Suddenly, he realized that day was his birthday!**

Paul 總是忘東忘西。有時候他忘記鑰匙，有時候他忘記他的皮包。有一天他正在家中看書時，他的朋友們帶了個大蛋糕來到他家。他們說「意外吧！」。Paul 真的感到驚訝。突然間，他了解到，那天是他的生日！

答題解說

首先，應注意本題雖然有 always、sometimes 等常用於現在式的頻率副詞，但內容描述的是過去，因此動詞皆用過去式，包括 forgot、was reading、came、said、felt、realized 等。另外第三句的主詞是複數 his friends，可以從後面 "they said" 這部分確認。

字詞解釋

forgot [fɚ`gɑt] **v.** forget 的動詞過去式　**wallet** [`wɑlɪt] **n.** 皮夾，錢包　**surprise** [sɚ`praɪz] **n.** 驚奇，驚訝　**really** [`rɪəlɪ] **adv.** 真地，確實　**suddenly** [`sʌdnlɪ] **adv.** 意外地，忽然　**realize** [`rɪə͵laɪz] **v.** 了解

相關文法或用法補充

forget（忘記）和 remember（記得）這兩個反義動詞後面接 to-V 和 V-ing 的意思完全不同：

❶ forget（忘記）

① S + forget + to-V...（某人忘記去做某事。）例如：He forgot to bring his wallet.（他忘記帶皮夾了。）

② S + forget + V-ing...（某人忘記已做某事。）例如：Emily forgot buying the same coat before.（Emily 忘了之前已經買過同樣的大衣。）

❷ remember（記得）

① S + remember + to-V...（某人記得去做某事。）例如：Wendy remembered to turn off the light.（Wendy 記得去關燈。）

② S + remember + V-ing...（某人記得已做過某事。）例如：I remember buying the same desk.（我記得已經買過同樣的書桌。）

第三部分 回答問題

1. Who do you look like, your father or your mother?

（你長得比較像誰，是你的爸爸還是媽媽？）

答題解說

這是個 who 問句，而且只能回答（比較）像 my father 或 my mother，或者也可以回答「兩個都像或都不像」，因此也可能用到 both (... and...) 或 neither (... nor...)，所以第一句的回答可以明確說出 I look like my... more.（我比較像⋯）。接著可以繼續說明與父母相像的部位，也許是大大的眼睛（big eyes）、直挺的鼻子（straight nose）、自然捲的頭髮（naturally curly hair）⋯等。

參考範例及中譯

Everyone says I look like my father. They envy my beautiful eyebrows and straight nose, which look exactly like my dad's. But I think I was born with good appearance of my mother, too. She has big eyes and soft hair, so do I.

（每個人都說我長得像我爸，他們羨慕我那漂亮的眉毛與直挺的鼻子，那跟我爸爸的簡直是一個模子刻出來的。不過我覺得我也遺傳了我媽媽的美貌，她有一雙大眼睛以及柔軟的頭髮，而我也是。）

字詞解釋

look like phr. 看起來像～ **envy** [ˋɛnvɪ] v. 妒忌，羨慕 **eyebrow** [ˋaɪˌbraʊ] n. 眉毛 **straight** [stret] adj. 挺直的 **nose** [noz] n. 鼻子 **exactly** [ɪgˋzæktlɪ] adv. 確切地，精確地 **be born with** phr. 天生就有～ **appearance** [əˋpɪrəns] n. 外表；露面

相關文法或用法補充

形容容貌的字詞有：

big eyes 大眼睛，small eyes 小眼睛，round eyes 圓的眼睛，straight nose 直挺的鼻子，flat nose 塌鼻子，big nose 大鼻子，small nose 小鼻子，big mouth 大嘴巴，small mouth 小嘴巴，thick lips 厚嘴唇，thin lips 薄嘴唇，juicy lips 水嫩欲滴的嘴唇，beautiful forehead 漂亮的額頭，beauty tip 美人尖，beauty spot 美人痣，long hair 長頭髮，short hair 短頭髮，straight hair 直髮，curly hair 捲髮

2. Have you ever gone to a movie alone?

（你曾經一個人去看電影嗎？）

答題解說

這是個以現在完成式來詢問「個人經驗」的問題，回答時可以用現在完成式、也可以用過去式，注意題目句尾的關鍵字 alone（獨自地）。如果回答是否定的，也就是「從來沒有」，可以回答 No, I never did. 或者最簡單直接的 No, never. 即可。然後繼續說明為何不選擇一個人看電影的原因。如果回答是肯定的，可以用「Yes, I have done that + 次數.」或是「Yes, I + 頻率副詞 + go to the movies alone.」

參考範例及中譯

❶ No, I have never done that before. I see no reason to do this because it is boring to be alone. You find no one to share your feelings when you walk out of the cinema.

（沒有，我從來沒有做過這種事。我覺得沒有理由這樣，做因為一個人會很無聊。當你走出電影院時，你找不到人分享你的心情。）

❷ Yes, I went to the movies by myself several times. Actually, I like to be in the theater alone so that I am completely taken away by the story. This is the time I can truly relax.
（有，我一個人去看電影好幾次。其實，我喜歡一個人在電影院，如此我可以完全地被故事情節給牽引。這是我能真正放鬆的時刻。）

字詞解釋

alone [ə`lon] **adv.** 單獨，獨自 **go to a movie**（**go to the movies**）**phr.** 去看電影 **reason** [`rizn] **n.** 理由，原因 **boring** [`borɪŋ] **adj.** 令人生厭的 **share** [ʃɛr] **v.** 分享，分攤 **cinema** [`sɪnəmə] **n.**【英】電影院 **by oneself** **phr.** 靠某人自己 **actually** [`æktʃʊəlɪ] **adv.** 實際上 **theater** [`θɪətɚ] **n.** 劇場，戲院 **completely** [kəm`plitlɪ] **adv.** 完整地，完全地 **take away** **phr.** 帶走，使著迷 **relax** [rɪ`læks] **v.** 放鬆，鬆懈

相關文法或用法補充

「去（電影院）看電影」最道地且標準的講法是 see a movie、go to (see) a movie 或 go to the movies。這裡的 the movies 是指「電影院」，即 movie theater，因為現在的電影院在同一時間都不會只上映一場電影，所以 movie 要用複數。另外，see a movie 和 watch a movie 都是「看電影」，但兩者的意思不盡相同喔！see a movie 是指在電影院看電影，而 watch a movie 則是在電視上、電腦上或其他可觀賞影片的裝置上看電影。所以，我們可以說 watch movies/videos online（看線上影片），但不能說 see movies/videos online。

3. Please describe your bedroom.

（請描述一下你的房間。）

答題解說

本題是個祈使句。首先一定要聽出 bedroom 這個字。它是由 bed 與 room 合成的名詞，所 -dr- 的發音近似 [dʒr]。如果你擁有自己的房間，可以用「I have a + 形容詞 + bedroom. It... 」開頭，如果是與兄弟姊妹共用房間，就可以說 I don’t have my own bedroom. I share it with my ...。接著可以說明房間內有什麼家具、牆壁的顏色、窗簾、面山或海及其他擺飾等。

參考範例及中譯

I don’t have my own bedroom. I share a big room with my sister. There are two single beds, two desks and two closets in our bedroom. I painted it blue and hung up white curtains. What a nice place to sleep in!

（我沒有自己的臥室，我跟我姐姐共用一個大房間。有兩張單人床、兩張書桌跟兩個衣櫥在我們的房間。我把房間漆成藍色，掛上白色窗簾。對睡覺來說是多麼棒的地方！）

字詞解釋

describe [dɪˋskraɪb] **v.** 描述　**bedroom** [ˋbɛdˏrʊm] **n.** 臥室，房間　**share... with phr.** 與～共用　**single bed phr.** 單人床　**closet** [ˋklɑzɪt] **n.** 衣櫥　**paint** [pent] **v.** 油漆，上漆　**hang up phr.** 掛上（**hang → hung → hung**）**curtain** [ˋkɝtn] **n.** 窗簾

相關文法或用法補充

其他家庭房間內常見的設備或修飾用詞還有：mirror（鏡子）、blind（百葉窗）、air conditioner（冷氣機）、TV set（電視機）、double bed（雙人床）、king-size（特大號的）、air purifier（空氣清淨機）、carpet（地毯）、rug（毛毯）、floor lamp（落地燈）、heating system（暖氣系統）

4. Are you a responsible person?

（你是一個負責任的人嗎？）

答題解說

本題的答題關鍵當然是要聽出 responsible 這個形容詞了，可以用 Yes, I think so. I ... 或是 Yes, I sure am. I ... 作開頭。接著可以從自己如何表現出 responsible 的行為來做說明。例如「行事謹慎（do things carefully）」、「信守承諾（keep one's promises/words）」、「準時（on time）」、「不找藉口（not make excues）」…等。

參考範例及中譯

Yes, I am a responsible person. I do things carefully and always keep my promises. I hand in my work on time and don't make any excuses if it is my mistake.
（是的，我是個負責任的人。我做事很謹慎，總是信守承諾。我準時繳交作業，而且如果是我的錯誤，我不會找任何藉口。）

字詞解釋

responsible [rɪˋspɑnsəbḷ] **adj.** 負責任的　**carefully** [ˋkɛrfəlɪ] **adv.** 小心謹慎地　**promise** [ˋprɑmɪs] **n.** 承諾，諾言　**on time phr.** 準時　**excuse** [ɪkˋskjuz] **n.** 辯解，藉口

相關文法或用法補充

responsible 的反義字是 irresponsible（不負責任的），常用於 be responsible

for...（對～負起責任）的片語中，也可以用名詞 responsibility 來表達，可以說 take / bear responsibility for。另外一種說法是「be in charge of + 受詞」也是負責任的常見說法，且經常用於工作上，意思是對某項工作或任務負責任，例如 She is in charge of the product. 的意思是「他對這項產品負責任。」

5. What would you say to refuse an invitation?

（你會說什麼來拒絕邀請？）

答題解說

本題的答題關鍵是要聽出 refuse 與 invitation 這兩個字。refuse（拒絕）就是 say no to...（向～說不）的意思，而 invitation 是 invite（邀請）的名詞，有「邀請」及「邀請函」的意思。因為拒絕可能造成彼此關係不佳或傷害到人，建議回答的方式是以「委婉拒絕」的表達為主，所以開頭第一句可以說 I would say, "I'm sorry, but I ..." 或是 "I would say no politely by saying..."，接著可以表示「我真的希望可以去，但是…（I wish I could come but...）」，最後記得再補上「感謝您的邀請（Thanks for your invitation.）」、「下次會去（will make it up next time）」之類的話。

參考範例及中譯

I would refuse it in a polite way. I would say, "I'm really sorry. I wish I could come, but I already have other plans that day. Many thanks to you for your invitation. I will make it up next time."
（我會有禮貌地拒絕。我會說：「真的很抱歉，我希望能過去，不過那天我已經有其他安排。非常感謝你的邀請，我下次會出席。」）

字詞解釋

refuse [rɪˋfjuz] **v.** 拒絕，拒給　**invitation** [ˌɪnvəˋteʃən] **n.** 邀請（函）**polite** [pəˋlaɪt] **adj.** 有禮貌的，客氣的　**make up** **phr.** 補償

相關文法或用法補充

另外其他婉拒邀請之理由有：
I am not available that day.（我那天沒空。）
I have a meeting / date that day.（我那天有會議 / 約會。）
I am out of town (city) that time.（我那時到外地去了。）

6. How do you go to school or work?

（你如何去上學或上班？）

答題解說

"How do you go to..." 就是問你「搭什麼交通工具去…」，所以回答時可能會用到「by + 交通工具」、「take + 冠詞 + 交通工具」或是「走路去（on foot、walk to...）」的詞彙。接著可以再說明原因。例如「公司／學校在捷運站附近（near the MRT station）」、「可以避免塞車（avoid heavy traffic）」…等。

參考範例及中譯

❶ I usually take the MRT to work. It's just a five-minute walk from my place to the MRT station. It's convenient and I can avoid the heavy traffic on the street.
（我通常坐捷運上班。從我家走到捷運站只要五分鐘，坐捷運很方便，而且我可以避開街上擁塞的交通。）

❷ I walk to school every day. It takes me about 15 minutes to get there. On rainy days or scorching hot days, my mom will drive me to school.
（我每天走路上學，到學校大概花我十五分鐘的時間。在下雨天或炎熱的日子，我媽媽會開車載我上學。）

字詞解釋

walk [wɔk] **n.** 步行距離 **MRT** **n.** 大眾捷運系統（= **Mass Rapid Transit**）**station** [`steʃən] **n.** 車站 **convenient** [kən`vinjənt] **adj.** 方便的，便利的 **avoid** [ə`vɔɪd] **v.** 避開，避免 **heavy traffic** **phr.** 擁擠／壅塞的交通 **drive... to work/school** **phr.** 開車載～去上班／上學

相關文法或用法補充

「搭乘交通工具」可以用「ride / take / drive + 冠詞 + 交通工具」來表示，後面可以再接「to + 地方」。當然，動詞必須依照交通工具的類型而有所變化：

❶ ride 用於可跨坐式或搭乘的交通工具。如：腳踏車、機車以及馬（bike, bicycle, scooter, motorcycle, horse...）等

❷ take 用於一般可搭載乘客的交通工具。如：train, bus, HSR, MRT, taxi, car, plane, boat... 等。

❸ drive 是「駕駛」的意思，也就是自行操作方向盤的概念，像是 truck, car, taxi, bus... 等。

7. How often do you exercise?

（你多久運動一次？）

答題解說

how often 是用來詢問「次數、頻率」，可以用 once、twice、數字 + times…等，

或是 every day/week 等副詞來回答。另外，exercise 有「運動」及「練習（題）」的意思，但當動詞時表示「運動」，千萬別當作是「多久做一次功課」喔！回答次數時，還可以再加上「至少（at least）」或「頂多（at most）」等副詞修飾語。接下來可以舉出一些自己喜愛的運動，像是 go swimming（去游泳）、go biking（去騎單車）、play basketball（打籃球）…等，以及通常會去做這項運動的時間。

參考範例及中譯

I exercise at least twice a week. Riding a bicycle is one of my favorites. I go biking on Saturdays. Sunday is my basketball day. I usually play from 4 in the afternoon till 8. And when I am free on Friday night, I will go to the gym.
（我一星期至少運動兩次。騎腳踏車是我最愛的運動之一，星期六我都去騎車。星期天是我的籃球日，我通常從下午四點打到八點。而如果我星期五晚上有空，我會去健身房。）

字詞解釋

exercise [ˋɛksə͵saɪz] **v.** 運動，鍛鍊 **at least** **phr.** 至少 **twice** [twaɪs] **adv.** 兩次，兩回 **favorite** [ˋfevərɪt] **n.** 最喜愛的人事物 **go biking** **phr.** 去騎單車 **gym** [dʒɪm] **n.** 健身房，體育館

相關文法或用法補充

❶ exercise 是「運動」，現在比較流行的字是 workout，指「健身，鍛鍊身體」。例如：She does a 30-minute workout every morning.（她每天早上健身 30 分鐘。）另外，biking = cycling（騎自行車）。

❷ 可與動詞 play 搭配的運動：baseball 棒球、volleyball 排球、dodgeball 躲避球、badminton 羽毛球、golf 高爾夫球、table tennis 桌球、tennis 網球、soccer 足球、rugby 英式橄欖球、hockey 曲棍球

❸ 可與動詞 go 搭配的運動：hiking 遠足、camping 露營、fishing 釣魚、mountain climbing 爬山、rock climbing 攀岩

GEPT
全民英檢

初級複試
中譯＋解析

第一部分 單句寫作

第 1～5 題：句子改寫

1. **Learning a second language is not easy.**

   （學習第二種語言並不容易。）

   It ______________ to ______________.

   答題解說

   答案：It is not easy to learn a second language. 本題為動名詞當主詞改為「虛主詞 It 為首的句型」，而答案句中間有提示要用 to，表示真主詞的部分要用不定詞。所以只要把 “is not easy” 移到 It 後面，再接 “to learn a second language” 即可。

   破題關鍵

   題目句是個「以動名詞為主詞」的句子，提示 It 開頭表示要考的是虛主詞 It 取代真主詞（不定詞片語），而後面又有 to，顯然是要用 to-V 取代 Ving。

   字詞解釋

   language [ˋlæŋgwɪdʒ] **n.** 語言

   相關文法或用法補充

   「虛主詞 it 」的常見句型：「It + be + adj. (+for + 人) + to-V」。形容詞（adj.）為修飾 to-V 的「動作或行為」，「for+人」是指對某人而言。例如，It is important for you to take good care of your health.（照顧好你的健康，對你來說很重要。）另外，形容詞若修飾的是「人內心的狀態」介系詞要用為 of。例如，It is very kind of you to help me with homework.（你人真好，幫我做功課。）

2. **We don’t have to fill in this form.**

   （我們沒必要填寫這份表格。）

   There’s no need ______________.

   答題解說

答案：There's no need for us to fill in this form. 答案句的“There's no need”（沒有需要）正好與題目句的“don't have to...（沒必要～）是一樣的意思，所以基本上“to fill in this form”直接擺在名詞 need 後面即可，不過因為原本的主詞 We 還是要在改寫句中表現出來，因此可以用「for + 人」的方式，也就是 for us，放在 need 後面再接不定詞“to fill in...”即可。

破題關鍵

題目提示為 There's no need，其實相當於前一題「虛主詞 it 」開頭的句型，只是如果用 It 的話，no need 也可以用 not necessary 取代。而形容詞 necessary 或名詞 need，後面都只能用不定詞（to-V）

字詞解釋

have to-V phr. 必須～　**fill in phr.** 填寫（表格等）　**form** [fɔrm] **n.** 表格，表單

相關文法或用法補充

雖然 in 跟 out 是相反意思，但 fill in 跟 fill out 用於表單或申請表時，都同樣是「填寫」的意思！若是硬要分，fill in 比較偏向將小的空格填滿，而 fill out 的範圍比較大，像是整張申請表或是問卷。

3. Sue swims quickly, but Jane swims more quickly.

（Sue 游得很快，但 Jane 游得更快。）

Sue ______________ quickly ______________.（Sue 游泳游得沒有 Jane 快。）

答題解說

答案：Sue swims less quickly than Jane. 本題很明顯要考「副詞比較級」的用法。第一句已經告訴你副詞 quickly 的比較級是 more quickly（比較快），而根據句意，後者 Jane 是比前者 Sue 更快的，且第二句主詞是 Sue，中間提示要用 quickly（而不是 slowly）所以改寫句就是「Sue 游泳游得沒有 Jane 快」。「沒有比較快」可以用 less quickly 來表示。

破題關鍵

quickly 為副詞，作用是修飾動詞 swim，而副詞的比較級只要在其前面加上 more（更…）或 less（少於…）即可。

字詞解釋

swim [swɪm] **v.** 游泳　**quickly** [ˋkwɪklɪ] **adv.** 快，迅速地

相關文法或用法補充

副詞的比較級和形容詞的比較級，主要差別還是在於「修飾對象」，形容詞主要

用來修飾「人事物」，而副詞則是修飾「動作」為主。例如：

❶ The boy is happy.（這男孩很開心。）

❷ The boy sings happily.（這男孩開心地唱著。）

在這裡，形容詞 happy 用來修飾名詞，也就是最前面的主詞 The boy，而副詞 happily 則用來修飾動詞，也就是 sing 這個動作。因此，可以進一步來看下面兩個比較級的句子：

❶ The boy is happier than the girl.

❷ The boy sings more happily than the girl.

這裡形容詞 happy 比較級是 happier，但副詞 happily 比較級是 more happily。

4. Bill is a good boy, and so is Paul.

（Bill 是個好男孩，而 Paul 也是。）

Both ______________.（Bill 和 Paul 都是好男孩。）

答題解說

答案：Both Bill and Paul are good boys. 首先，一看到 so is Paul.，就可以想到前後兩句的主詞補語是相同的，前一句的補語是 a good boy，那麼後句當然也是 a good boy 了，唯一的區別只是主詞不同，一個是 Paul，一個是 Bill，我們要做的只是把這兩個主詞結合成一個主詞。改寫句開頭要用表示並列的 Both（兩者都～），句型是 both... and...，接著 be 動詞要用複數的 are，而補語的名詞 boy 當然要加 -s 了。

破題關鍵

本題主要考點是 both A and B（A 與 B 兩者都～），因為是「兩者」，後面的動詞和名詞都要用複數形態了。

相關文法或用法補充

本題中的 so is Paul 在文法中稱為「附和句」，也可以寫成 Paul is, too 分成肯定與否定附和句兩種用法：

❶ 肯定用法：

① A: I'm Taiwanese.（我是台灣人。）B: Me too. / I am, too. / So am I.（我也是。）

② A: I like tea.（我喜歡茶。）B: I do, too. / So do I.（我也是。）
而如果第一句用助動詞（will / would / can / could / may / might / should / shall...）或是完成式（have / had + V-pp）時，則附和句就要使用同樣的時態做回覆。例如：A: I have been to Japan.（我去過日本。）B: I have, too. / So have I.（我也去過。）

❷ 否定用法：

① A: I'm not Taiwanese.（我不是台灣人。）B: Me either. / I am not, either. / Neither am I.（我也不是。）

② A: I don't like tea.（我不喜歡茶。）B: I don't, either. / Neither do I.（我也不喜歡。）

5. The weather is cold, so I don't want to go biking.

（天氣很冷，所以我不想出去騎單車。）

If ______________, I would ______________.

（如果天氣暖和的話，我才會想出去騎單車。）

答題解說

答案：If the weather were warm, I would (want to) go biking. 題目句具有因果關係的意思，「天氣冷」是因，而「不想出去騎單車」是果，所以在改寫句中，If 引導的條件句要針對「因」的部分去修改，而主要子句要針對「果」的部分修改。而由於主要子句已提示要用 I would，所以要改寫成「如果天氣暖和的話，我會想出去騎單車。」接著是「假設語氣」的用法了。因為題目句用的是「現在式」，改成假設句時，必須用「與現在事實相反」的假設規則，所以 If 的條件句動詞 is 要改成 were，而主要子句的助動詞 would 後面要接原形動詞。

破題關鍵

本題考點是「與現在事實相反的假設語氣」（句型是「If + 主詞 + were..., 主詞 + would/should + 原形 V」），在假設語氣的文法中尚屬初級程度，只要注意題目的動詞時態及相關提示字眼，了解題目要你怎麼改之後，就很容易寫出正確句子了。

字詞解釋

weather [`wɛðɚ] **n.** 天氣　**biking** [`baɪkɪŋ] **n.** 騎單車（運動）

相關文法或用法補充

if 是個副詞子句連接詞，用來表示「條件」，意思是「假設，如果」。條件子句可置於句首，也可以置於句末。if 引導的條件句可用來表達「假設語氣」，也可以用來表達「直述句」。由於「假設語氣」牽涉的範圍較廣且難度較高，在此僅補充說明「假設直述句」：

❶ I won't go out if it rains tomorrow.
（要是明天下雨我就不出門。）→ 條件句和主句都用現在簡單式時，表示陳述一件事實。

❷ If you don't study hard, you won't pass the exam.
（如果你不努力，就無法通過考試。）
→ 條件句用現在簡單式，主句用未來式（will、won't），表示「很有可能發生的事」。

第 6~10 題：句子合併

6. Alice moved to California two years ago.（Alice 兩年前搬去加州了。）
Alice still lives in California now.（Alice 現在還住在加州。）

Alice has lived in California for two years.（Alice 已在加州住了兩年。）

答題解說

答案：Alice has lived in California for two years. 句子合併的關鍵是要找出兩句之間的關係，而合併句已提示要用「現在完成式」（Alice has...）。第一句是「兩年前搬去加州」，第二句是「現在還住在加州」，顯然要你寫出「Alice 已在加州住了兩年。」最後要注意的是，完成式常與「for + 一段時間」連用，因為第一句有 two years ago（兩年前），所以合併句最後要加上 for two years。

破題關鍵

現在完成式表示從過去的某一時間開始，一直延續到現在，並有可能繼續延續下去，所以看到提示的"Alice has"就應知道要用現在完成式（has lived），以及「與完成式連用的副詞片語」（for two years）。

字詞解釋

move to phr. 搬遷至～

相關文法或用法補充

過去簡單式與現在完成式的比較：
一般過去式表示過去發生的事情，而現在完成式也多表示發生在過去的事情，但兩者的重點不同。一般過去式只是單純敘述過去發生的事情，而現在完成式則強調過去發生的事持續到現在，或是對於現在造成的影響，主要把重點放在說明現在的情況。例如：

❶ I have read the book. → 強調對書的內容是瞭解的
❷ I read the book when I was in middle school. → 強調過去讀過這本書
❸ Father has turned off the television. → 說明電視機從關上到現在都沒打開
❹ Father turned off the television about ten minutes ago. → 說明關閉電視機的時間

7. **Mr. Chen is old.（陳先生老了。）**
Mr. Chen is healthy.（陳先生很健康。）（用 although 合併）

Although Mr. Chen is old, he is healthy.（雖然陳先生年事已高，但他很健康。）

答題解說

答案：Although Mr. Chen is old, he is healthy. 題目已經提示要用連接詞 although 合併，although 可以放在句首或句中，所以答案有兩種寫法：「雖然陳先生年事已高，但他很健康。」以及「陳先生很健康，雖然他年事已高。」但須注意的是，雖然中文會說「雖然…，但是…」，不過英文的 although 不可和 but 連用，也就是一個句子中只能有一個連接詞。

破題關鍵

本題考「although 句型」，且很明顯是要抓學生習慣把 although 和 but 放在一起用的毛病。

字詞解釋

healthy [ˋhɛlθɪ] **adj.** 健康的

相關文法或用法補充

在英文裡，though 和 although 都是 雖然，儘管」的意思，但 although 較為正式，而 though 則在口語中較常用，可置於句首或句中，而 though 也可當副詞，表示「不過…」，置於句末。其句型為：Though / Although + S1（主詞）+ V1（動詞）, S2（主詞）+ V2（動詞）. =S2（主詞）+ V2（動詞）, though / although + S1（主詞）+ V1（動詞）.

❶ Although/Though it was raining heavily, I insisted on walking to the factory.（雖然下著大雨，我父親仍堅持步行去工廠）= I insisted on walking to the factory although/though it was raining heavily.

❷ Tom said he would study hard. He sleeps and plays video game all day long, though.（Tom 說過會用功念書。不過他仍整天睡覺和玩電動。）

8. **They are golf players.（他們是高爾夫球員。）**
One of them is Thomas.（其中一位是 Thomas。）

One of the golf players is Thomas.（其中一位高爾夫球員是 Thomas。）

答題解說

答案：One of the golf players is Thomas. 合併句子的題型最重要是在兩句之間重複的字詞中找到句子的連結用詞。以本題來說，兩句的連結是 They 與 them，都是指 golf players（高爾夫球員），而提示的合併句是要用 One 開頭，也就是告訴你要用「one of + 複數名詞（the golf players）」當主詞，那麼動詞當然要用單數的 is 了。所以答案句就是「其中一位高爾夫球員是 Thomas。」

破題關鍵

本題考「主詞跟動詞一致」的概念。one of 後面不論是接複數名詞或複數受格代名詞，動詞都必須用單數。另外，both of、many of 或 a few (of) 等，由於本身就有複數之意，所以後面都要接複數名詞與複數動詞。

字詞解釋

golf player phr. 高爾夫球員　**one of...** phr. 其中之一的～

相關文法或用法補充

「數量代名詞」是用來表達一定數量的不定代名詞，同時用來代替前面出現過的名詞，分為可數及不可數的數量代名詞，舉例如下：

❶ 數量代名詞後接複數可數名詞、單數動詞：one、each、every one、any、none。例如：One of the books is novel.（其中一本書是小說。）

❷ 數量代名詞後接複數可數名詞、複數動詞：two/three...、all、most、both、several、some、many。例：All of the books are novels.（有的書都是小說。）

❸ 數量代名詞後接不可可數名詞、單數動詞：all、most、any。例：Most of work is very difficult.（大多數工作都很困難。）

❹ 數量代名詞後接單數名詞、單數動詞：some、much、none。例：Most of it is very difficult.（大多都很困難。）

9. The T-shirt is too small.（這件汗衫太小了。）
I can't wear it.（我不能穿。）

The T-shirt is too small for me to wear.（這件汗衫對我來說太小了，沒辦法穿。）

答題解說

答案：The T-shirt is too small for me to wear. 從提示的合併句中的“too... to...”可知，本題要考的是「太～而不能～」的句型，也就是要表達「這件汗衫太小，我不能穿」的句意。所以只要將第一句（The T-shirt is too small）照抄，to 後面接原形動詞 wear 就差不多了，但別忘了原本第二句的主詞 I，要轉成 for me 擺在不定詞 to wear 前面，表示「對我來說」。最後要注意的是，雖然第二句句尾有 it，但因為合併句的主詞是 The T-shirt，就是第二句句尾的 it，所以如果合併句再加上 it 的話，就成為一個贅字了。

破題關鍵

「too... to...」的結構是「be 動詞 + too +形容詞 + to + 原形動詞」，所以填入主詞（The T-shirt）之後，只要將形容詞（small）和原形動詞（wear）的部分填入即可。

字詞解釋

T-shirt [ˋti͵ʃɝt] **n.** 短袖圓領汗衫　**wear** [wɛr] **v.** 穿，戴

相關文法或用法補充

本題的考點是 too... to... 的句型，意思是「太…而不能…」，而「too... for + 人 + to+ V... → 表示「對某人而言太～而不能～」，具有否定意味，例如：The bag is too heavy for her to carry.（這個袋子都她來說太重了而背不起來。）如果改成 so... that ... 的話，表示「如此～以致於～」，就變成：The bag is so heavy that he can't carry it.。

10. You can clean the floor.（你可以清理地板。）
You can use this vacuum cleaner.（你可以使用這台吸塵器。）

（用 to 合併）

You can use this vacuum cleaner to clean the floor.

（你可以用這台吸塵器來清理地板。）

答題解說

答案：You can use this vacuum cleaner to clean the floor. 從前兩句的意思可輕易了解合併起來要表達的是：「你可以用這台吸塵器來清理地板。」原本兩句合起來是"You can clean the floor and you can use this vacuum cleaner."，但已提示用 to 合併，也就是以不定詞片語來表達「清理地板」這動作，所以只要將第二句照抄之後，刪除重複的"You can"，然後接 to clean... 即可。

破題關鍵

本題考「副詞片語合併」。use something to do something 是指「用某物去做某事」，如果沒有限制要用 to 合併，本題也可以合併成"You can clean the floor with this vacuum cleaner."。

字詞解釋

floor [flor] **n.** 地板　**vacuum cleaner phr.** 吸塵器

相關文法或用法補充

不定詞是「動狀詞」的一種，它是由動詞演變而來，在句中具有名詞、形容詞、

第1回 第2回 第3回 第4回 第5回 第6回 第7回 第8回 第9回 第10回

或副詞的作用。本題當中的 to clean... 屬於副詞的用法，表示「目的」。另外，也可以用「for + 名詞」來取代。例如本句可改成 You can use this vacuum cleaner for floor cleanup.

第 11～15 題：句子重組

11. If he had asked me, I would have gone with him.

（如果他有問我，我就會跟他去。）

答題解說

從提示「If he ________________, ________________.」來看，這是個假設語氣的句子，而提供的單字（would / gone / asked / had / him / I / me / have / with）中，有可以組成過去完成式的「had、asked/gone」，以及形成「助動詞 + have + p.p.」的「would、have、asked/gone」，因此可斷定這是個「與過去事實相反的假設句」。不及物動詞的 gone 後面要接 with，不能直接接受詞，至於 me 與 him 這兩個受詞擺在哪裡，可以從 If 子句的主詞 he 來看，me 要擺在這個子句的動詞後面，所以句子是「If he had ________________ me, I would have ________________ him.」最後剩下 asked 與 gone with 兩個動詞，顯然要表達的是「如果他有問我，我就會跟他去。」的意思。

破題關鍵

本題從幾個關鍵字詞就可以判斷出是「與過去事實相反的假設語氣」。剩下的，就是判別「合理句意」的問題了。是「如果他有問我，我就會跟他去。」還是「如果他有跟我去，我就會問他。」？顯然後者是不合邏輯的。

相關文法或用法補充

與過去事實相反的假設語氣句型有：

❶ If + 主詞 + had + 過去分詞，主詞 + would + 原形動詞
（直到現在都有影響）

❷ If + 主詞 + had + 過去分詞，主詞 + would + have + 過去分詞
（在過去造成影響）

12. Put all your textbooks away.

（把你們所有的課本都收起來。）

答題解說

從提供的詞彙（all / textbooks / put / your）以及可能的句意來看，這是個祈使句，所以原形動詞 put 要擺在句首，所有格形容詞 your 後面一定要有名詞，所以是 "your textbooks" ，最後剩下的 all 擺在 your 前面，形成「你們所有的課本」的意思。另外，如果將 "all your textbooks" 放在句首當主詞，句子就變成 All your textbooks put away.（你們所有的課本擺在一邊）這樣不合邏輯的句意，因為課本不會自己擺到一邊去。

破題關鍵

本題考「動詞片語 put away 及祈使句」用法。put away 屬可拆開使用之動詞片語，所以如果沒有限制，也可以寫成 Put away all your textbooks.。

相關文法或用法補充

有一些動詞片語是不可拆開使用的，例如: look after 照顧、arrive at 抵達、result in 導致、go over 複習、run into 遇見……等。

13. Neither John nor I am interested in geography.

（約翰跟我都不喜歡地理。）

答題解說

題目已提示這個句子用 Neither 開頭，顯然是要寫出「Neither... nor...」的句型。另外，這個句型如果連接的是兩個主詞，那麼動詞應跟著最接近的主詞，從提供的 am 來看，句子主詞是 "Neither John nor I" ，剩下的 geography、interested 及 in 三個字，當然就不難排列了。介系詞 in 後面要有名詞（geography）且與 interested 形成「對～感興趣」的意思。

破題關鍵

本題考「Neither ... nor ... 句型」。am 一定是跟著 I，所以可推知 Neither 後面先放 John。接著 "interested in..." 表示故「對～有興趣」，最後再接上剩下唯一可以當受詞的 geography。

字詞解釋

interested [ˋɪntərɪstɪd] **adj.** 感興趣的　**geography** [ˋdʒɪˋɑgrəfɪ] **adj.** 地理（學）

相關文法或用法補充

neither 也可以當副詞，表示「否定」 置於句首時，句子需倒裝。例如：He can't play the piano.，用於簡答時也是，例如：Neither can I.（他不會彈鋼琴，我也不會。）

第1回 第2回 第3回 第4回 第5回 第6回 第7回 第8回 第9回 第10回

14. My parents like someone who drives carefully.

（我父母喜歡開車小心的人。）

答題解說

從提供的「My ______________.」以及「like / drives / someone / parents / carefully / who」內容來看，My 後面一定要接名詞，所以這句子的主詞是 My parents，是複數名詞，所以後面的動詞只有 like 可選，like 是及物動詞，後面一定要有受詞，也只有 someone 一個選擇，剩下的 drives、carefully 與 who，正好可以構成一個 who 引導的關係子句，修飾 someone，也就是 who drives carefully。

破題關鍵

本題考關係代名詞 who 的用法。因為是個肯定句，又有 who，顯然要抓一組「關係子句」出來，而可以和 My 形成主詞的也只有 parents，所以這個關係子句必然是用來修飾 someone 這個代名詞了。

字詞解釋

carefully [ˋkɛrfəlɪ] **adj.** 小心謹慎地

相關文法或用法補充

「關係代名詞」具有連接詞和代名詞兩大功能，而所謂「關係」，也就是兩個句子中間的關聯，為同一個人事物的概念。關係代名詞所引導的關係子句具有形容詞的作用，所以又稱為「形容詞子句」，用來修飾或補充說明其先行詞。關係代名詞當主詞時，關係子句的動詞單複數，必須跟隨關係代名詞所代替的先行詞。

15. There's too much noise coming from my neighbor.

（有太多噪音從我鄰居那邊傳過來。）

答題解說

答案句已提示 There's 開頭，顯然本題要考的就是「There be」的句型，再從提供的「neighbor / noise / my / coming / too / from / much」內容來看，由於 There's 後面要接名詞，有 neighbor 與 noise 可選，但句意是「有噪音從鄰居那邊傳來」，而不會是「有鄰居從噪音那邊來」吧。剩下的「my / coming / too / from / much」就很容易排列了。much 一定是擺在不可數名詞 noise 前面，my 要擺在 neighbor 前，前面再加上分詞 coming from，形成一個分詞片語，修飾 noise。

破題關鍵

「there + be 動詞」是指「有～」的意思，主詞是 too much noise。noise 是不可數

名詞，所以 too much 要跟在它前面。有 coming 又有 from ，那當然兩個也要擺在一起了，故可以推知是 too much noise coming from... 的組合。coming from 後面一定是關於「某人」或「某地方」，所以把 my neighbor 放在最後最為恰當。

字詞解釋

noise [nɔɪz] **n.** 噪音，干擾 **neighbor** [ˋnebɚ] **n.** 鄰居

相關文法或用法補充

分詞片語是由現在分詞或過去分詞結合其他字所形成。分詞片語都是當作形容詞，用來修飾名詞或代名詞。像是這裡的"There's too much noise coming from my neighbor." ，"coming from my neighbor"就是一個分詞片語，修飾不可數名詞 noise。

第二部分 段落寫作

寫作範例

Today was the last weekend of summer vacation. I wanted to have fun with my best friend. We decided to spend an exciting day in the amusement park. To start off, we rode on the roller coaster. It was just running at a super speed and we played twice in a row. Then we played the free-fall, the merry-go-round and the pirate boat. We felt a bit tired but happy, and we went home with smiling faces and ice cream.

中文翻譯

今天是暑假的最後一個週末。我想跟我的好朋友玩個痛快。我們決定在遊樂園痛快地玩上一天。首先，我們去坐雲霄飛車。它速度超快，我們連續玩了兩次。接下來我們玩了自由落體、旋轉木馬還有海盜船。我們感到有點累了，但很開心，且我們則帶著滿臉的笑意及冰淇淋回家去。

答題解說

英檢初級的這道題，幾乎都是看圖描述的題目，所以有必要先把圖案裡面出現的人事物英文表達用語準備好。例如第一張圖是男孩和女孩到遊樂園（amusement park）玩，可以看到有雲霄飛車（roller-coaster）和旋轉木馬（merry-go-round）。第二張圖是搭乘（ride on...，ride 過去式 rode）雲霄飛車與自由落體（free-fall）。第三張圖是他們開心地（happily）離開了遊樂園，並吃著冰淇淋（ice cream）。其他像是 running at a super speed（速度超快）、play twice/three times in a row（連續玩了兩／三次）、go home with smiling faces（帶著滿臉的笑意）…，都可以增加文章的故事性，可視需求而作增減，但注意全文時態應一致。

關鍵字詞

have fun **phr.** 玩得愉快 **exciting** [ɪk`saɪtɪŋ] **adj.** 令人興奮的 ***amusement** [ə`mjuzmənt] **n.** 樂趣，娛樂 **roller coaster** **phr.** 雲霄飛車 **speed** [spid] **n.** 速度 ***in a row** **phr.** 連續地 **free-fall** **phr.** 自由落體 ***merry-go-round** **phr.** 旋轉木馬 ***pirate** [`paɪrət] **n.** 海盜，海盜船

相關文法或用法補充

amusement 本來是「娛樂」或「消遣」的意思，動詞 amuse 就是「使～（某人）感到愉快」之意，類似意思的還有 entertainment 與其動詞 entertain，雖然都是初級程度以外的單字，但可以先學起來，日常生活中也很常見到。此外，類似場所還有 theme park（主題樂園）、waterpark（水上樂園）等，都會用到 park 這個字。常見遊樂設施，除了前面提到過的，像是 bumping car（碰碰車）、Ferris wheel（摩天輪）、teacups（旋轉茶杯）等，也可以一併學起來喔！

Speaking | 全民英檢初級口說能力測驗

第一部分 複誦

1. I have no trust in those people.

（我不信任那些人。）

答題解說

首先確認本題的語調為「肯定句」。接著，以第一人稱的 I 為主詞作開頭，動詞是 have，其受詞為 no trust。另外，要注意 trust in 的連音，要唸成 [trʌ-stɪn]。

字詞解釋

trust [trʌst] **n.** 信任

相關文法或用法補充

英文裡表示「信任」或「信心」的動詞或名詞，都與介系詞 in 搭配。例如：
We always believe/trust in her honesty.（我們一向信賴她的誠實。）
= We always have trust/faith/belief/confidence in her honesty.

2. The sheep are shipped to Thailand.

（這些羊被以船運送到泰國。）

答題解說

這是個被動語態的句子，而且 sheep 與 ship 幾乎同音，有點繞口令的意味，但前者的 -ee- 為長音 [i]，後者的 -i- 為短音的 [ɪ]。首先，注意 sheep are 也是「子音尾+母音頭」的連音。而動詞用的是 are，因為 sheep 的複數形還是 sheep。過去分詞 shipped 的字尾 -ed 要發無聲的 [t]。最後，Thailand（泰國）中的 -h- 不發音，Thai 就是發類似「泰」的音。

字詞解釋

sheep [ʃip] **n.** 羊，綿羊　**ship** [ʃɪp] **v.** 用船運，裝運

相關文法或用法補充

「單複數同形」屬於「名詞不規則變化」的一環。除了 sheep 之外，還有 deer（鹿）、cattle（牛）、swine（豬）、species（物種）、corps（軍團）等。

3. Do you think you'll take a vacation this summer?

（你認為你今年夏天會去度假嗎？）

答題解說

這是個以助動詞 Do 為首的疑問句，因此念到句尾時的語調應上揚。接著要注意的是連音的部分，包括 think you 以及 take a，要唸成 [θɪŋ-kju] 以及 [te-kə]，另外，you'll 是 you will 的縮寫，發音是 [jul]。如果不確定是 you 還是 you'll（畢竟只差一個 [l] 的尾音），可以想想句尾的 this summer，就知道子句的時態應該用未來式。

字詞解釋

vacation [veˋkeʃən] **n.** 假期　**summer** [ˋsʌmɚ] **n.** 夏季

相關文法或用法補充

對於未來式的句型，只要在句子中的動詞前面加上 will 或 be going to ，就可以形成未來式了。而 will 適用於所有的主詞，be going to 中的 be 動詞則必須隨著不同的主詞做適當的變化。未來式常和表示未來的時間副詞連用。例如：tomorrow, this afternoon, this summer, tonight, next week, next year, after two days, three days later, in a few days… 等。

4. I've waited for over an hour.

（我已經等了超過一個小時了。）

答題解說

I've 是 I have 的縮寫，如果不確定是否有 've 的部分（因為尾音 [v] 通常不容易辨識），或者不確定是 I'd 或是 I'll，可以從後面的 waited 以及「for + 一段時間」（for over an hour）來確定動詞是現在完成式。另外，waited 的字尾 -ed 發 [ɪd] 的音，而 hour 前面的不定冠詞是 an，因為 -h- 不發音。

字詞解釋

wait for phr. 等候

相關文法或用法補充

冠詞中又分為「不定冠詞」以及「定冠詞」兩類。顧名思義，「定冠詞 the」的使用時機在於你所提到的單數名詞是"那一個""這一個"特別指定的目標物，反之如果沒有特定的指稱對象就只要用「不定冠詞 a/an」就可以了。但如果一個字以「母音」開頭（不一定是母音字母），則必須使用 an，而不是 a，像是 an hour、an honor... 等。所以「一所大學」要用 a university，「一個有用的工具」

是 a useful tool，但「一個醜女」是 an ugly woman。須注意單字字首是母音還是子音。

5. How was your science test?

（你的自然科學考得如何？）

答題解說

這是個以疑問詞 How 開頭的問句，須注意 was your 的連音部分，要念成 [wɑ-ʒjur]。另外，science 當中字母 -c- 不發音。最後請記得，因為是問句，句尾語調應上揚。

字詞解釋

science [`saɪəns] **n.** 科學，自然科學

相關文法或用法補充

英文裡的「學科」是 subject，而 science 正是其中之一，意思是「自然科學」。常見的科目（subject / course）有國文（Chinese）、英文（English）、數學（math/mathematics）、理化（Physics & Chemistry）、社會（Social Science）、地理（Geography）、歷史（History）、生物（Biology）、地球科學（Earth Science）、工藝（Arts & Craft）、美術（Fine Art）、音樂（Music）、體育（PE / Physical Education））、家政（Domestic Science）、電腦課（computer studies）、健康教育（Health Education）、公民與道德（Civics & Virtue）、軍訓（Military Training）…等。

第二部分 朗讀句子與短文

1. They joined the soccer team.

（他們加入這支足球隊。）

答題解說

首先注意主詞 They 的 -Th- 要發有聲的 [ð]，動詞 joined 用過去式，-ed 發 [d] 的音。一般來說，如果句子是在敘述一個事件，而非「常態」，動詞要用過去式，所以即使字尾 -ed 不容易聽出，也可以用這個基本觀念來判斷是 joined，而非 join。

字詞解釋

join [dʒɔɪn] **v.** 加入，成為～的一員　**soccer** [`sakɚ] **n.** 足球　**team** [tim] **n.** 隊，組，班

相關文法或用法補充

「球類運動」也常與動詞 play 連用，表示「參與（某種球類運動或棋牌類活動）」，其後「不加冠詞 the」，直接接球類運動名稱或棋牌類活動名稱，可根據實際情況譯成「打、踢、下…」等。例如：play football（踢橄欖球）、play badminton（打羽毛球）、play cards（打牌）、play Mahjong（打麻將）。

2. Could you tell me which is your apartment?

（你可以告訴我哪一棟是你的公寓嗎？）

答題解說

首先確認本題為「疑問句」，注意句尾語調的上揚。接著，Could you 與 which is your 兩字之間有連音，分別應念成 [kʊ-ʒu] 與 [hwɪ-tʃɪs-jʊr]。which 在此不是關係代名詞，而是疑問代名詞，表示「哪一個」。

字詞解釋

apartment [ə`partmənt] **n.** 公寓

相關文法或用法補充

which 也可以當疑問代名詞，也可以當疑問形容詞，引導直接問句或間接問句。但須記得，間接問句的動詞若為一般動詞，主、動詞排列應依照「肯定句」的結構。例如：

❶ Which song is your favorite?（哪一首歌是你的最愛？）
→ Could you tell me which song your favorite is / which is your favorite song?（你可以告訴我哪一首歌是你的最愛嗎？）

❷ How long has he lived here?（他住在這裡多久了？）
→ Do you know how long he has lived here?（你知道他住在這裡多久了嗎？）

3. The handsome guy playing piano is my brother.

（彈鋼琴的那位帥哥是我的哥哥。）

答題解說

這個句子的主詞部位是 The handsome guy playing piano（彈鋼琴的那位帥哥），其中 playing piano 是 The handsome guy 的修飾語。在發音上要注意的是，handsome 當中的 -d- 是不發音的，以及 piano 的重音在第二音節的母音字母 -a-。

字詞解釋

handsome [ˋhænsəm] **adj.**（男子）英俊的 **guy** [gaɪ] **n.**【口】傢伙，人 **piano** [pɪˋæno] **n.** 鋼琴

相關文法或用法補充

分詞片語是由現在分詞或過去分詞結合其他字所形成。分詞片語都是當作形容詞，用來修飾名詞或代名詞。像是這裡的 The handsome guy playing piano is my brother.，playing piano 就是一個分詞片語，修飾名詞 The handsome guy，可以還原成形容詞子句的 The handsome guy who is playing piano...。

4. It's dangerous to drive in bad weather.

（在天氣不佳時開車很危險。）

答題解說

這個句子是以虛主詞 It 開頭，句型是「It + be 動詞 + 補語（名詞或形容詞）+ 不定詞…」，所以一開頭要寫的是 It's 而不是 It，儘管可能兩者不容易分辨。另外 drive in 的連音是 [draɪ-vɪn]，這裡的無聲子音 [d] 要唸類似 [dʒ] 的音。

字詞解釋

dangerous [ˋdendʒərəs] **adj.** 危險的 **weather** [ˋwɛðɚ] **n.** 天氣

相關文法或用法補充

weather（天氣）是「不可數名詞」，當要表示「～的天候狀況」時，weather 前面通常不加冠詞 the，例如：in fine/windy/rainy / cold weather（在好／有風／有雨／寒冷的天候狀況中）。

5. If you call the office in the morning, the boss will be there.

（如果您早上打電話到辦公室來，老闆會在。）

答題解說

本題有兩句。一句是 If you call the office in the morning 這個表示條件的副詞子句，一句是主要子句 the boss will be there。注意 If 子句的動詞 call 是現在式，即使 call 與 called 在聽覺上不易識別，但後面的 will be 應不難聽出，從這地方可以判斷是用 call，所以在複誦時，不必稍微停頓。另外，冠詞 the 後面的名詞（office）是母音開頭，所以要唸成 [ði] 而不是 [ðə]；office in 這部分的連音（[ˋɔfɪ-sɪn]）也要特別注意。

相關文法或用法補充

動詞 call 當「打電話」的意思時，後面的受詞必須是「人」或「電話號碼」，而本題中 call 的受詞是 "the office"（辦公室）是否有誤呢？當然不是，因為 office 也可以解釋成「辦公室裡的人」，所以 call the office 本來是「打電話給辦公室裡的人」，進而解釋成「打電話到辦公室來」。

6. **Yao Ming was born on September 12, 1980. He grew up in a small apartment in Shanghai, China. Yao doesn't have any brothers or sisters. He is an only child. When he was nine, he attended the Youth Sports School in Shanghai.**

姚明出生於 1980 年 9 月 12 日。他在中國上海一戶小公寓裡長大。姚明沒有任何兄弟姐妹。他是個獨子。在他九歲的時候，他進了上海青年體育學校。

答題解說

首先，應注意本題雖然是描述人物的短文，但一開始提到出生（was born）以及在哪裡成長（grew up）時，動詞的時態應用過去式。接著提到家庭狀況，因為是事實陳述，應用現在簡單式。最後是關於他過去的就學，所以要用過去式。注意過去式動詞 attended 的字尾 -ed 發音是 [ɪd]。要注意的連音部分包括 up in、apartment in、have any、brothers or、is an（發 [ɪ-sæn] 的音）等。其他要注意的發音部分，包括 September 12 當中的 12，是「序數」的 twelfth，要唸成 [twɛlfθ]，而 sports 的字尾 -ts 要發出類似國語注音「ㄘ」的音。

字詞解釋

grow up phr. 成長，長大　**Shanghai** [ˋʃæŋˋhaɪ] n. 上海　**only child** phr. 獨子
attend [əˋtɛnd] v. 參加，出席　**youth** [juθ] n. 青年（時期）**sports** [spɔrts] n. 運動

相關文法或用法補充

born 是出生的意思，若要表示某人出生於何時或何地，就要用過去式的 be 動詞（was/were）再加上 born，後面再接時間副詞或地方副詞。例如：She was born in 1950.（她生於 1950 年。）、I was born on the Moon Festival.（我是在中秋節出生的。）但如果要表示「某人生來就是～」，born 後面可接不定詞（to-V）來表示。例如：He was born to be a talent.（他天生就是個天才。）

第三部分 回答問題

1. What did you do on your last vacation?

（你上一次度假時做了什麼？）

答題解說

題目問的是上次度假做什麼，因此要先注意的是，回答要用過去式。可以先把上次去度假的時間點出來，例如 last summer/winter（去年夏天／冬天）或 last month（上個月）... 等。接著當然是「去哪裡」度假，或者是跟「何人」去度假。其他像是一些與「去度假」相關的基本表達用語，如 go to... with...、take a trip to...、go on a ... tour、feel really relaxed... 等，也可以派上用場。

參考範例及中譯

❶ On my last vacation, I went on a sightseeing tour to Canada. I went with my mother. I bought many beautiful post cards there.
我上一次度假時，我加入一個加拿大觀光團。我和我媽媽一起去的。我在那兒買了很多漂亮的明信片。

❷ During my last summer vacation, I took swimming classes at a sports center downtown. At first, I couldn't swim very well. After a lot of practice, I made much improvement, and I felt very happy.
去年暑假期間，我去上一個市區運動中心的游泳課。剛開始時，我游得不是很好。在經過多次練習之後，我已進步許多，且覺得非常開心。

字詞解釋

vacation [veˋkeʃən] **n.** 假期　**sightseeing** [ˋsaɪtˏsiɪŋ] **n.** 觀光　**post card** **phr.** 明信片　**sports center** **n.** 運動中心　**downtown** [ˏdaʊnˋtaʊn] **adv.** 在（或往）城市的商業區　**practice** [ˋpræktɪs] **n.** 練習，實踐　**improvement** [ɪmˋpruvmənt] **n.** 改進，改善

相關文法或用法補充

說到假期，有人去了幾個景點參訪或踏青（go for a walk），有人待在家追劇（binge-watching），也有人趁此空檔自我進修。可以學起來的實用相關詞彙有 take a hot spring bath（泡溫泉）、go hiking in the mountains（去山間健行）、go mountain climbing（去爬山）、enjoy the peace and quiet in nature（享受大自然的靜謐）、go to a karaoke bar（去唱卡拉 OK）、stay home（待在家）、be glued to the screen（全神貫注盯著螢幕）、TV series（電視劇）、streaming service（串流平台）、watching shows on the Internet（在網路上看劇）……等。

2. How much do you spend on clothing each month?

（你一個月花多少錢買衣服？）

答題解說

How much...? 就是問「～多少錢？」，「spend + 金額（多少錢）+ on + 東西」是個慣用句型，表示「花多少錢買某物」。可以用「I spend around / about / no more than + 金額+ on clothing.」開頭。當然，如果你的衣服都是別人買給你的，或者自己本身就很少在買衣服的話，一開始就可以回答 I don't spend much on clothing...。其他也可以提到通常何時會去買衣服，例如 when the shopping malls have big sales（購物中心有大特價時），或者在宅經濟的年代，逛逛網路商店（online malls/shopping）還可以拿到更優惠的價格（get better deals）。

參考範例及中譯

❶ I spend almost 8,000 NTD on clothing every month and a few thousand more at the year end when the malls have big sales. I used to shop at stores but lately I am crazy about the online malls. They have good and cheap clothes.
（我每個月大概花台幣 8,000 元在衣服上，而在年底購物中心有大特價時，會多花幾千元。我以前習慣到實體店裡購物，不過最近我迷上了網路商店，他們的衣服物美價廉。）

❷ I spend less than 3,000 buying clothes each month. I am never in the mood for shopping. I don't care what to put on and I just buy things when I need them.
（我每個月買衣服花不到 3,000 元。我總是沒有買衣服的心情。我不在意要穿什麼，我只是當有需要時才會去買東西。）

字詞解釋

mall [mɔl] **n.** 購物中心，商場 **big sale n.** 特賣會 **lately** [ˋletlɪ] **adv.** 近來，最近 **crazy** [ˋkrezɪ] **adj.** 著迷的，瘋狂的 **in the mood for... phr.** 有～的心情 **put on phr.** 穿，戴

相關文法或用法補充

動詞 spend 常見於「人 + spend + 時間／錢 + V-ing」，或是「人 + spend + 時間／錢 + on + 名詞」，表示「某人花了多少錢或時間在做某事」，或「某人花了多少錢或時間在某事上」。其過去式和過去分詞都是 spent。例如：

❶ I am going to spend the whole week preparing for the exam.
（我將花整整一週的時間準備這考試。）

❷ I spent 700,000 dollars on this van.
（我花了七十萬塊在這部貨車上。）

3. What do you think of your neighborhood?

（你覺得自己的鄰近地區如何？）

答題解說

首先，題目一定要聽懂，否則答非所問，努力回答了一堆卻文不對題就慘了。這裡的 think of 相當於 think about，表示「認為～」，而 What do you think of/about... 是要詢問「你認為～如何？」你可以在一開始直接針對問題回答說 I like/don't like my neighborhood because...（我喜歡／不喜歡我的鄰近地區，因為…）。接著可以針對住家附近有什麼便利設施或好去處、好玩的地方做延伸，像是 fancy restaurant（高級餐廳）、MRT station（捷運站）、funny shop（好玩的商店）、U-bike stop（微笑單車站）... 等，或是如果不喜歡居住環境的話，可能的原因是 too noisy/crowded...等，所以想搬去必較安靜的地方（move to a quiet place）等等。

參考範例及中譯

❶ I like my neighborhood, because there are many good restaurants and funny shops. It's very easy to go anywhere by bus. So I think it is a nice place.
（我喜歡我的居住環境，因為這裡有很多很棒的餐廳及好玩的商店。搭公車很容易就可以去任何地方。所以我覺得這是個好地方。）

❷ I lived in Shihlin and I think it's too crowded and noisy. There are always so many people coming and going. If I could, I would like to move to a quieter place.
（我住在士林，我覺得這是個太壅擠且吵雜的地方。這裡總是有很多人來來去去。如果可以的話，我想要搬去一個比較安靜的地方。）

字詞解釋

neighborhood [`nebɚ͵hʊd] **n.** 鄰近地區　**restaurant** [`rɛstərənt] **n.** 餐廳，餐館　**funny** [`fʌnɪ] **adj.** 有趣的　**crowded** [`kraʊdɪd] **adj.** 擁擠的　**come and go** **phr.** 來來去去　**quieter** [`kwaɪətɚ] **adj.** 較安靜的（**quiet** 的比較級）

相關文法或用法補充

如果要說自己住的地方「交通便利」，可別說成 The traffic is convenient.，因為這句子聽起來就是個「中式英文」。交通方便，一般是指大眾運輸系統便利，你可以說：The area has a good public transport network.（這地區有很好的大眾運輸系統。）或是 There is good public transport.（交通便利）。如果真要用 convenient，可以說 It has a very convenient bus service.（這裡搭公車很方便。）因為 convenient 不用來形容「交通」，它可以用來說明一項服務。

4. Have you ever donated money?

（你曾經捐過錢嗎？）

答題解說

本題的答題關鍵當然是要聽出 donate 這個動詞了，可以用 Yes, I have. I ... . 或是 No, I have never donated money. I ... . 作開頭。如果有捐過的話，可以繼續說明何時捐多少錢（donate + 金額），或因為什麼樣的原因捐給哪個機構，以及捐款之後自己有什麼感覺。如果沒捐過，可以說明未來如果有機會的話，會想盡自己棉薄之力（try to do one's little best）做出一點貢獻（make a little bit donation）之類的話語。

參考範例及中譯

Yes, I donated some money a few weeks ago. It was a small amount of money but it really feels good to give a hand. I will keep this good habit.
（有，我幾星期前捐過一些錢。雖然只是很小的數目，不過能幫助人感覺真好。我會繼續保持這個好習慣。）

字詞解釋

donate [ˋdonet] **v.** 捐獻，捐贈　**donation** [doˋneʃən] **n.** 捐獻，捐贈（物）**give a hand** **phr.** 提供協助　**habit** [ˋhæbɪt] **n.** 習慣

相關文法或用法補充

donate 是個及物動詞，後面的受詞可以是「錢（money）」、「血（blood）」或是「物資（goods）」等，後面可以再接「to + 機構」。另外，donate 也有不及物動詞的用法，表示「捐獻」，例如：Many companies donated to political parties.（許多公司會給政黨政治獻金。）

5. What activities do you usually do to relax?

（你通常做什麼活動來放鬆一下？）

答題解說

本題的答題關鍵是要聽出 activities 與 relax 這兩個字。開頭第一句話可以回答「I usually + 動詞 + 休閒活動 when I'm free.」或是 My favorite activity is 休閒活動（名詞.）。接著可以繼續說明為什麼從事這樣的活動讓自己感到放鬆（feel relaxed），或者可以分為室內、室外（indoor/outdoor）的活動。

參考範例及中譯

I like to walk in the countryside or go hiking up the mountains. It's just refreshing to

breathe in the fresh air and get close to nature. If the weather is not good, I will stay home and watch my favorite DVDs.
（我喜歡到鄉下或到山上去健行。呼吸新鮮空氣，接近大自然真的令人心曠神怡。如果天氣不好，我就會待在家看我最愛的 DVD。）

字詞解釋

countryside [ˋkʌntrɪˏsaɪd] **n.** 鄉間，農村　**go hiking** **phr.** 去登山，健行
refreshing [rɪˋfrɛʃɪŋ] **adj.** 提神的，心曠神怡的　**breathe** [brið] **v.** 呼吸，呼氣

相關文法或用法補充

DVD 雖然是 digital video disk 的縮寫，但整個可視為可數名詞，所以當複數時要加 s 。另外，表示「看」的動詞主要有 look, see, watch, read，但其實「此看非彼看」，每一個「看」所要表達的意義都不同。例如，「看」報紙或雜誌，要用 read，而「看」黑板要說 look at the blackboard；看電視要用 watch TV，去電影院看電影是 see a movie，如果是在家看電視播出的電影，還是要用 watch，所以這裡的「看 DVD」所搭配的「看」要用 watch。

6. What's your view on environmental protection?

（你對環保的看法為何？）

答題解說

首先，對於 view 這個名詞的理解，是本題的答題關鍵。view 在這裡表示「觀點，看法」，而不是「風景」的意思。“What's your view on...”就是問對方「你對於～有什麼看法？」而 environmental 是 environment（環境）的形容詞。一開頭可以說 I think environment protection is everyone's responsibility... 或是 Environment protection is a global problem... 等等。

參考範例及中譯

I think environmental protection is a global concern. Each of us has the responsibility to make the world better. We should start to protect our earth in our daily lives by saving more energy and making less trash.
（我認為環保是全球所關心的事。我們每個人都有責任讓世界更美好。我們應該要在日常生活中，靠著節省多一點的能源，製造少一點的垃圾，開始來保護我們的地球。）

字詞解釋

environmental [ɪnˏvaɪrənˋmɛntl] **adj.** 環境的　**protection** [prəˋtɛkʃən] **n.** 保護，防護
global [ˋglobl] **adj.** 全世界的　**concern** [kənˋsɝn] **n.** 關心的事　**responsibility**

[rɪˏspɑnsəˋbɪlətɪ] **n.** 責任　**energy** [ˋɛnɚdʒɪ] **n.** 能源，活力

相關文法或用法補充

global 是「全球性的」，也可以說 worldwide。concern 在此指「所關心的事」，而 be concerned about... 的意思是「對～表示關切」。save 指「節省，儲存」，我們可以說 save time（省時），save space（省空間），save money（省錢，存錢）。trash = garbage（垃圾），但如果我們說「不要隨地丟垃圾」，則說 Don't litter. 。

7. Would you like to be a teacher? Why or why not?

（你會想當老師嗎？為什麼？）

答題解說

這是個 Yes/No 的疑問句，後面的 Why or why not? 只是提示你要繼續說明「原因」。所以一開頭要用 Yes, I... 或 No, I... 來回答。

參考範例及中譯

❶ Yes, I would like to be a teacher because I like to help other people learn. I have met some good teachers and they have taught me many things. I would like to do that, too.
（是的，我會想當老師，因為我喜歡幫助他人學習。我遇到過很多好老師，而且他們教了我許多事。我也想那樣做。）

❷ No, I would not like to be a teacher. I think being a teacher is a good job, but I don't think I would be good at it, because I am always afraid of speaking in front of so many people.
（不，我不會想當老師。我認為當老師是個好工作，但我想我無法當個好老師，因為我總是害怕在太多人面前說話。）

字詞解釋

would like to-V phr. 想要～（做某事）**be good at...** phr. 對～擅長　**be afraid of...** phr. 害怕～（做某事）**in front of...** phr. 在～面前

相關文法或用法補充

有些動詞後面一定是接「不定詞」，例如：want、need、decide、learn、plan、would like...；有些動詞後面一定是接「動名詞」，例如：enjoy、finish、practice、keep... 等。有些動詞後面可接「不定詞」或「動名詞」，且意思差不多。這類動詞有 begin、start、try、like、love、hate ... 等，而有些動詞接「不定詞」或「動名詞」意思完全不同。由於篇幅有限，請先記得這樣的基本概念即可。

GEPT
全民英檢

初級複試
中譯＋解析

Writing | 全民英檢初級寫作測驗

第一部分 單句寫作

第 1~5 題：句子改寫

1. This electronic dictionary is Pam's.

（這電子字典是 Pam 的。）

________________ is this?（這電子字典是誰的？）

答題解說

答案：Whose electronic dictionary is this? 答案句句尾提示是 is this 及問號「？」，可知改寫的句子一定不是以 be 動詞開頭的 Yes/No 的疑問句。題目句說「電子字典是 Pam 的」，所以改寫的疑問句就是要問「這電子字典是誰的？」但可別急著把 who 擺進去喔！whose 如同一般所有格一樣，後面必須接名詞，所以可推知 whose electronic dictionary 為一組，即可求得答案。

破題關鍵

本題是考「Whose 疑問句型」。首先看到 "... is this?" 即可推知，要找到一個適當的「疑問詞」，而從第一句的 "...is Pam's" 即可推知，疑問詞要用所有格的 whose。

字詞解釋

electronic [ɪlɛk\`trɑnɪk] **adj.** 電子的 **dictionary** [\`dɪkʃən͵ɛrɪ] **n.** 字典，辭典

相關文法或用法補充

「所有格代名詞」是用來代替人稱代名詞的所有格及其所修飾的名詞，也就是「所有格 + 名詞」。人稱代名詞的所有格（my, our, her...）後面一定要有名詞，而所有格代名詞（mine, ours, hers...）後面則不能再有名詞。例如：my book = mine／your pen = yours／his parents = his／her dog = hers／its fate = its ／our house = ours／their car = theirs。如果是一般名詞的所有格代名詞，只要用「N's」表示即可，就像本題中的 Pam's（= Pam's dictionary）。

2. Father bought milk and bread yesterday.

（爸爸昨天買了牛奶跟麵包。）（改成否定句）

____.

答題解說

答案：Father didn't buy milk and bread yesterday. 本題考「過去式否定句」。原句動詞為 bought，改寫成否定句時需加上助動詞 did not（或 didn't），要注意的是，無論助動詞的時態為何，後面的動詞一律用原形。所以本題中的 bought 要改成 buy。

破題關鍵

助動詞的過去式沒有「人稱」的差別，一律用 did 或 didn't，後面搭配原形動詞使用。

字詞解釋

milk [mɪlk] **n.** 乳，牛奶　**bread** [brɛd] **n.** 麵包

相關文法或用法補充

助動詞 do、does、did 可以形成一般疑問句以及否定句，例如：Do you speak English?（你說英文嗎？）還有 He didn't eat anything for lunch.（他午餐什麼都沒吃。）但是助動詞的妙用可不只有這樣喔，它還可以代替已經出現過的動詞，例如這句：My mom cooks dinner sometimes, but usually my dad does it.。如果把同樣的 cooks dinner 再重複一次，會使得整個句子冗贅，因此可以把後者以 does 來替換。

3. No student in the class is as clever as Rita.

（這個班上沒有一個學生像 Rita 一樣聰明。）

Rita ________________.（Rita 是班上最聰明的學生。）

答題解說

答案：Rita is the cleverest student in the class. 原句 No student in the class is as clever as Rita. 的意思是「班上沒有學生像 Rita 一樣聰明。」，也就是說「Rita 是班上最聰明的」，所以要用 clever 的最高級 the cleverest 來表示。

破題關鍵

本題的考點是「形容詞最高級」。雖然兩個音節以上的形容詞，大部分以 more 及 most 來表示比較級及最高級，但 clever 的比較級及最高級為 cleverer 及 cleverest，雖然也可以在其他教材或字典中看到 more clever 及 most clever 的用法，也不能算錯，但 cleverer 及 cleverest 還是比較普遍及安全的寫法。

字詞解釋

clever [ˋklɛvɚ] **adj.** 聰明的

相關文法或用法補充

「形容詞最高級」是用來比較三個或三個以上的人、事或物。例如：

❶ The dog is the cutest of all his pets.
（那隻狗是他所有寵物中最可愛的。）

❷ The motorbike is the most expensive of all the motorbikes in the shop.
（那輛摩托車是店裡所有摩托車中最昂貴的。）

4. The teacher came early.

（這位老師很早就到了。）

How ________________!（這位老師真早到！）

答題解說

答案：How early the teacher came! 首先，一看到句首的 How 以及句尾的驚嘆號（!）即可推知，本題是要把句子改寫成一個「感嘆句」，因此這裡的 How 後面要緊接著放入形容詞或副詞，所以是 How early... !。接著要放的是「主詞 + 動詞」，也就是 the teacher 以及過去式動詞 came。

破題關鍵

本題主要考點是「感嘆句的轉換」，關鍵在於感嘆句中主詞與動詞應以「肯定句的結構」排列，也就是「主詞 + 動詞」，並非 How 出現在句首就一定是疑問句，必須特別注意。

相關文法或用法補充

疑問副詞（5W1H）開頭的句子一定都是問句嗎？那可不一定。它也可能是感嘆句，以驚嘆號（！）結尾。中文常常會用「這隻小狗真可愛！」、「天氣真好！」、「真好吃！」來特別強調某種情緒，那麼用英文來表達的話，主要有兩種方式：

❶ What a/an + 形容詞 + 單數名詞！
What an inspiring talk! 真是激勵人心的演說啊！
What a lovely day! 今天天氣真好！

❷ How + 形容詞 +（主詞 + 動詞）！
How 的後面接形容詞或副詞，而 What 接名詞。
How lovely (the baby is)!（這寶寶真可愛！）
How smart!（真是聰明啊！）

5. **I didn't know either of the two girls.**

（我不認識這兩個女孩。）（用 neither 改寫）

________________________________. （這兩個女孩我都不認識。）

答題解說

答案：I knew neither of the two girls. 當改用 neither 時，因為它本身就有「兩者皆非」的否定之意，所以將原題目中 either 改為 neither 之後，前面用來表達否定的 didn't 必須刪除，因為動詞部分不需否定，否則會變成雙重否定的肯定意義。

破題關鍵

本題考「neither 當代名詞的用法」。neither 的真正意思是「兩者當中無一」，本身即具否定意味，因此不能與其他否定副詞（如 not）連用。

字詞解釋

either [ˋiðɚ] **pron.**（兩者之中）任何一個　**neither** [ˋniðɚ] **pron.**（兩者之中）無一個

相關文法或用法補充

neither 的反義字就是 either，它們皆可當連接詞、副詞、形容詞和代名詞用，以下列舉 neither 當形容詞和代名詞的用法，表示兩者中沒有任何一個，即「兩者都不」。例如：

❶ Neither answer is correct.（兩個答案都不對。）
→ 因為 neither 是「兩者中無一的」意思，所以修飾的是「單數名詞」，並搭配單數動詞。

❷ Neither of the (two) answers is/are correct.（兩個答案都不對。）
→ 改為代名詞用法。這時候動詞用單、複數皆可。但須注意的是，不可改為 Both (of the) answers are not correct.，因為 both 僅用於「肯定句」。

第 6～10 題：句子合併

6. **Reading is a good hobby.（閱讀是一種不錯的嗜好。）**
So is exercising.（運動也是。）

Not only reading but also exercising is a good hobby.
（不只是閱讀，運動也是一種不錯的嗜好。）

答題解說

答案：Not only reading but also exercising is a good hobby. 合併句已提示要用「Not only A but (also) B」（不僅 A 而且 B）這個對等連接詞開頭，因此 A 與 B 必須是對等的結構，也就是 reading 與 exercising，接著後面只要放進 "is a good hobby" 即可。

破題關鍵

本題考「以對等連接詞（coordinating conjunctions）合併」的概念。因為是對等連接詞，所以 not only 後面接什麼詞類或結構，but also 後面也要跟著接同樣的詞類或結構。

字詞解釋

hobby [ˋhɑbɪ] **n.** 愛好，嗜好　**exercising** [ˋɛksɚˏsaɪzɪŋ] **n.** 運動，鍛鍊

相關文法或用法補充

以「Not only A but (also) B」句中 A 和 B 的重要性來說，相較之下會更強調後者。可以連接對等的單字、片語或子句。例如：She is not only beautiful, but she is (also) kind.（她不止漂亮，而且善良。），連接 beautiful、kind 兩個形容詞。另外，當它連接二個動作時，別忘了前後時態也必須一致。例如：She has not only finished her paper but has also graduated from college.（她不只已經完成她的報告，也從大學畢業。）另外需注意的是，not only 放在句首連接兩個對等句子時，需使用倒裝句型，不過雖然本題也是 not only 在句首，但它連接的是兩個名詞（主詞），所以不必使用倒裝句。例如：Not only did Tom arrive late, but he (also) forgot to bring his homework.（Tom 不只遲到，還忘記帶他的回家作業。）

7. I wasn't able to pass the test.（我無法通過這個考試。）
I needed your help to pass the test.（我需要你的幫忙才可以通過這個考試。）
（用 without）

I wouldn't have been able to pass the test without your help.
（我沒有你的幫忙無法通過這個考試。）

答題解說

答案：I wouldn't have been able to pass the test without your help. / Without your help, I wouldn't have been able to pass the test. 題目已經提示要用介系詞 without 合併，表示將兩句合併為「如果沒有…，我就…」的條件句。without 可以放在句首或句中，但若置於句首，後面必須加上逗號（,）。

破題關鍵

本題考「without 的用法」。without 是介系詞，可以引導「表示條件的副詞片語」，相當於 "If... not..." 。最關鍵的地方在於「時態」。因為敘述的是過去發生的事，且以 without 來引導假設語氣，因此動詞必須遵照「與過去事實相反的假設語氣」，使用「would have + 過去分詞」。

字詞解釋

be able to-V **phr.** 能夠

相關文法或用法補充

without 置於句首引導假設語氣時，可以用 But for... 取代。例如：Without / But for your help, we wouldn't have got that deal.（若不是有你的幫忙，我們當時那筆生意就不會成交。）

8. It is summer.（現在是夏天。）
My sister wears shorts and sandals.（我姐姐穿短褲與涼鞋。）

My sister wears shorts and sandals in summer.（我姐姐在夏天穿短褲與涼鞋。）

答題解說

答案：My sister wears shorts and sandals in summer. 第一句指出現在的季節（夏天），而第二句點出人物的行為（穿短褲與涼鞋），且合併句提示句尾是 summer，所以顯然要表達的是「在夏天穿短褲與涼鞋」。另外，「在夏天」的英文是 in summer。

破題關鍵

本題考的是「併入時間副詞」。時間副詞常常放在句尾。不過，不同類型的時間副詞，有其擺放順序：
順位 1 是「幾點」。例：at twelve o'clock
順位 2 是「早／午／晚」例：in the morning
順位 3 是「星期幾」例：on Tuesday
順位 4 是「月份」例：in January
順位 5 是「季節」例：in winter
順位 6 是「年份」例：in 2021
例如：We are going to meet at 2:30 in the afternoon this Sunday.，但 afternoon 也可以去掉前面的介系詞，直接跟 Sunday 結合，寫成 We are going to meet at 2:30 this Sunday afternoon.。

字詞解釋

shorts [ʃɔrts] **n.** 短褲　**sandals** [ˋsændl̩z] **n.** 涼鞋；室外拖鞋

相關文法或用法補充

如果「時間副詞與地方副詞合併使用」的話，那麼地方副詞必須放在前而時間副詞在後，例如：He has lived in Hualien since 2005.（他自從 2005 年起就住在花蓮了。）

9. You speak with your mouth full.（你滿嘴食物地說話。）
It is impolite.（那是不禮貌的。）

Speaking with your mouth full is impolite.（滿嘴食物地説話是不禮貌的。）

答題解說

答案：Speaking with your mouth full is impolite. 第一句指出人物的行為（你滿嘴地食物說話），而第二句點出對於此行為的看法（此作為是不禮貌的），且合併句提示以 Speaking 開頭，顯然要以「動名詞當主詞」，表達「滿嘴食物地說話是不禮貌的」句意。

破題關鍵

本題考「動名詞當主詞的用法」。動名詞（V-ing）雖從動詞衍生而來，但具有名詞的性質，所以可以當主詞用，視為第三人稱單數，搭配單數動詞（is），最後再放補語 impolite。

字詞解釋

with one's mouth full phr. 滿嘴食物地　***impolite** [ˏɪmpəˋlaɪt] **adj.** 不禮貌的

相關文法或用法補充

這裡的 with your mouth full 有個相當常見且很重要的文法：with 引導表「附帶條件或說明」的副詞片語。雖然更精確的說法是「獨立分詞構句」，但這對於英檢初級的考生來說是難了點，因此現階段只要記住「with + 名詞」的後面，可能會接形容詞、V-ing（表主動）或 P.P.（表被動）。例如：She felt surprised, with her mouth wide open.（她感到驚奇，嘴巴張得開開的。）、He took a break on the sofa, with his eyes closed.（他在沙發上休息，眼睛閉著。）

10. The little boy has big eyes.（這個小男孩有雙大眼睛。）
They are brown.（它們是咖啡色的）

The little boy has big brown eyes.
（這個小男孩有雙大大的咖啡色眼睛。）（合併形容詞）

答題解說

從前兩句的意思可輕易了解合併起來要表達的是：「這小男孩有雙大大的咖啡色眼睛」，原本兩句合起來是 " The little boy has big eyes and they are brown." ，但已提示要合併形容詞，也就是不能使用對等連接詞 and 來連接以上兩句，所以要思考的就是正確答案會是「大且咖啡色的眼睛」還是「咖啡色且大的眼睛。」

破題關鍵

本題考點是「形容詞的擺放順序」。兩個形容詞間的正確排列順序是「大且咖啡色的」。當遇到多個形容詞時，考生要注意它們彼此之間的排列順序：
順位 1 是表示「數量」的形容詞，如 one、five。
順位 2 是表示「狀態、性質」的形容詞，如 beautiful、awful。
順位 3 是表示「形狀大小」的形容詞，如 large、thin。
順位 4 是表示「年齡、新舊」的形容詞，如 new、old。
順位 5 是表示「顏色」的形容詞，如 red、dark、blue。
順位 6 是表示「國籍、地區」的形容詞，如 Taiwanese、American。
順位 7 是表示「材料」的形容詞，如 silver、plastic。

字詞解釋

brown [braʊn] **adj.** 褐色的，棕色的

相關文法或用法補充

關於 small 與 little 的差別，兩字都可以表示「小」，但 small 是形容一個東西的實際尺寸，或物理上的大小。衣服的尺寸也是用 small、medium、large。little 則是形容數量少、程度低、帶有感情的成分在。其中最大的差別在於，若當形容詞用時，little 用於不可數名詞，而 small 則是接可數名詞。另外，little 與 small 還有個差別是，little 常用來形容「人」，而 small 通常用來形容「物」。例如：The boy is too little to drink.（這個男孩年紀太小，不能喝酒。）這時候就不能用 small 來取代 little 了。

第 11～15 題：句子重組

11. What are we going to eat tonight?

（今天晚上我們要吃什麼？）

答題解說

從提供的「________________?」以及「are / going / eat / what / we / to / tonight」

來看，首先，注意本題句尾已指示用問號（?），所以疑問詞 what 應置於句首，那麼 be 動詞 are 要放在主詞 we 前面了，接著加上 going to 形成一個詞組，後面要接原形動詞 eat，tonight 是時間副詞，擺在句尾，所以正確句子是 What are we going to eat tonight?。

破題關鍵

本題考「What 問句以及 be going to 的用法」。(be) going to 是未來式的一種寫法，就題目來說，裡面有疑問詞 What，所以我們可推知是 What are we going to ... 的疑問句。

相關文法或用法補充

「be going to + 原形動詞」是用來表達「未來式」的一種方式。表示主詞即將進行一個動作。這個動作通常是經過預先考慮並含有已經做好準備要做的意思。注意：一般不常把動詞 go 和 come 用於 be going to 的句型之中，而常用現在進行式來代替 be going to 句型，即通常不用 I'm going to go... 而用 I'm going...，不用 I'm going to come... 而是用 I'm coming...。

12. That garden was built by my father.

（那花園是我爸爸建造的。）

答題解說

從提供的「________________ father.」以及「by / garden / was / my / that / built」來看，有兩個過去式動詞（was 與 built），顯然要構成被動語態 was built（被建造），後面再接「by + 人」，那麼這裡的「人」當然是 father 而不會是 garden 了，所以句子主詞是 garden，最後是 that 與 my 的位置，如果是 My garden was built by that father.，顯然是比較不合常理的，故正確句子是 That garden was built by my father.。

破題關鍵

本題考點是「被動語態」，其結構為「 be 動詞 + 過去分詞 + by」，所以我們可先推知句中會有 was built by 的組合，接下來是 garden 跟 father 的位置。by 後面一般是接做這件事的「某人」，所以可知是 was built by my father。剩下的 that garden 則應擺在句首。

相關文法或用法補充

使用主動語態的時候，可以立即看出「誰」對「什麼東西」做了「什麼」，相較於被動語態，表達上會更為直接。例如：Sophia wrote this book.（蘇菲亞寫了這本書。），而被動語態用於強調受詞，當我們使用被動語態時，原先的受詞被挪到最前面，成為了整句話所強調的重點。例如：This book was written by Sophia.。受詞「書」挪到了句首，成為整句話的重點，用以強調「書」是 Sophia 寫的。

第1回 第2回 第3回 第4回 第5回 第6回 第7回 第8回 第9回 第10回

13. I have sent an email to Grandmother.

（我已經寄了一封電子郵件給奶奶。）

答題解說

從提供的「________________」以及「I / Grandmother / an / to / email / have / sent」來看，首先，可別以為字首大寫的 Grandmother 一定要擺在句首喔！那麼主詞應該是誰呢？從 have 來判斷，主詞一定是 I，後接現在完成式 have sent，然後從提供的「an / to / email」來看，an 與 email 是一組的，後接介系詞 to，剩下最後一個字，當然就是 Grandmother 了。

破題關鍵

本題考點是「授予動詞」。本句也可以寫成 I have sent Grandmother an email.，但因為提供的字中有 to，所以 to 要擺在間接受詞 Grandmother 的前面。本題另一個陷阱是 Grandmother，若看到 Grandmother 的大寫 G，而把它放在句首，那麼就會掉到出題陷阱內。因為如果主詞為 Grandmother，後面的助動詞應該是 has 而不是 have，要特別注意。

字詞解釋

grandmother [ˋgrændˏmʌðɚ] **n.** 祖母，外祖母

相關文法或用法補充

當 mom/dad/pop/grandpa/grandma/father/mother... 等前面有所有格（his、my、their、your、Karen's...）時，必須用小寫形式。例如：Tom phoned his dad.（Tom 打電話給他爸爸。）但如果這些字前面沒有這些「限定詞」，就要用大寫的形式。例如：My brother phoned Dad.（我弟弟打了電話給爸爸。）

14. Wash your hands before you eat.

（吃東西前先洗手。）

答題解說

從提供的「Wash ________________」以及「before / wash / you / your / hands / eat」來看，這是個祈使句，及物動詞 wash 後面要有受詞，顯然只能放 your hands。接著，因為還有一個動詞 eat，所以 before 一定是當連接詞，而不是介系詞，所以是 before you eat。

破題關鍵

本題主要考「before 的用法」。before 指「在～之前」，可以當連接詞、副詞或介系詞。但要注意的是，提供的字彙中有個動詞 eat，所以在 before 當連接詞用的情況下，後面必須接主詞，可以當 eat 主詞的當然是 you 了。

相關文法或用法補充

before 及 after 都是常見的「表時間順序」的連接詞，不過兩者也都可以用來表示「空間／位置的前後」。例如：

❶ There is a fountain before the library.
（圖書館前方有一座噴水池。）→ 這裡的 before 相當於 in front of。

❷ N comes after M in the alphabet.
（在字母中，N 在 M 的後面。）

15. Everybody is excited about the good news.

（每個人對於這個好消息都很興奮。）

答題解說

從提供的「＿＿＿＿＿＿＿＿ news.」以及「is / excited / the / about / everybody / good」來看，主詞只有 everybody 可選了，那麼動詞就是 is，和 excited 與 about 形成 "is excited about"，剩下 the 和 good，就和最後面的名詞 news 組成 the good news，作為 about 的受詞。

破題關鍵

本題主要考「excited about 用法」，表示「對～感到興奮」。be 動詞 is 放在 excited 前面，主詞是 Everybody，最後再把 the good news 接上即是正確答案。

字詞解釋

excited [ɪk`saɪtɪd] **adj.**（感到）興奮的

相關文法或用法補充

excited 是「感到興奮的」意思，用來修飾「人」，如果是 exciting 的話，表示「令人興奮的」，用來修飾「事物」。-ed 與 -ing 的差別，是很多考試最愛考的類型之一。只要記住一點：-ed 表示「感到～」，-ing 表示「令人～」；是「人」才會「感到～」，是「事物」才會「令人～」。

第二部分 段落寫作

寫作範例

My friend James was overweight. He made up his mind to go on a diet for losing weight. For the past few weeks, he ate nothing but salad and vegetables for his meals. Also, he went running every morning and went to the gym after work. A month later, he lost five kilograms! He is healthy and looks more handsome now.

中文翻譯

我的朋友 James 之前體重過重。他下定決心要節食減重。過去數週以來，他三餐除了沙拉與蔬菜外什麼都不吃。而且，他每天早上去跑步，下班後去健身房。一個月後，他減掉了五公斤！現在他很健康，看來也更帥氣。

答題解說

在英檢初級的這部分，幾乎都是看圖描述的題目，因此必須先把圖案裡面出現的人事物的英文表達準備好。在題目上方的敘述中已經告訴你要描述「減重過程」，因此與「減肥（lose weight）」有關的詞彙可以先想一下。例如，overweight（體重過重）、go on a diet（節食），其他可以想到的表達用語，像是 make up one's mind 或 determine 等表示「下定決心」的詞彙也可能會用到。

第一張圖是男子在吃沙拉與蔬菜（salad and vegetables），第二張圖是與運動（exercise）有關的跑步（go running），第三張圖是減掉了五公斤（lose five kilograms）。另外應注意時態的問題。通常敘述故事用過去式，如果有提到「現在」的結果，應用現在式來表示。

關鍵字詞

overweight [ˋovɚ͵wet] **adj.** 超重的，過重的 **made up one's mind phr.** 某人下定決心 **go on a diet phr.** 進行節食 **lose weight phr.** 減重，減肥 **nothing**

but... **phr.** 只有，只是（= **only**）**salad** [ˋsæləd] **n.** 沙拉（用的蔬菜）**vegetable** [ˋvɛdʒətəbl] **n.** 蔬菜　**go running** **phr.** 去跑步　**gym** [dʒɪm] **n.** 健身房；體育館 **after work** **phr.** 下班後　**healthy** [ˋhɛlθɪ] **adj.** 健康的　**handsome** [ˋhænsəm] **adj.**（男子）英俊的；（女子）健美的

相關文法或用法補充

很多人都很注重自己的身材與健康，那麼還有哪些單字或片語跟健康、減重有關呢？

❶ to watch what you eat（注意吃的東西）。例如：Hey, you're on a diet. You need to watch what you eat.（喂，你正在節食。你要注意自己吃的東西。」

❷ to count the calories（計算健康熱量／卡路里），例如：You'd better count the calories to make sure you don't take in too much of it.（你最好算卡路里，以確保沒有攝取過多。）

❸ You are what you eat.
這句話是比較委婉表達對方「不健康」。亦即，「你吃下的東西會呈現在你的身材上」—— 如果吃了健康、營養的東西，身材就會好；如果吃了不健康的食物，身材就不那麼理想。

Speaking | 全民英檢初級口說能力測驗

第一部分 複誦

1. Jason had a date with Cathy.（傑森與凱西有過一次約會。）

答題解說

首先確認本題的語調為「肯定句」。接著，有兩個人名要分辨出來。這類題型如果有出現人名，都是很常見、很基礎的名字。注意 Jason 的 -a- 發長音 [e]，而 Cathy 的 -a- 發 [æ] 的音。而這裡的 date 母音也是 [e]。最後注意 "had a" 以及 "date with " 的連音。

相關文法或用法補充

英文裡的 date 主要有兩種意思：「日期」與「約會」。另外，date 也可以當動詞，表示「與～約會」，是及物動詞，受詞是「約會對象」，所以「date + 人」=「have a date with + 人」。例如：Lucy dated her ex-boyfriend again.（露西又跟她的前男友約會了。）另外，date 也可當不及物動詞。例如：The pair are dating.（這一對正在約會。）

2. What were you doing when the doctor called?

（醫生打電話來時你在做什麼？）

答題解說

這是個帶有副詞子句的 wh- 問句，首先要注意時態。主要子句動詞是 were，所以要注意副詞子句動詞的部分是過去式的 called，雖然 call 與 called 在發音上幾乎難以分辨，但還是要特別注意以稍微停頓來表現過去式。另外也要注意 "What were" 的連音，以及問句的尾音應上揚。

相關文法或用法補充

「過去進行式」是指過去某個時刻正在發生或持續的動作。例如這裡的 What were you doing when the doctor called?，詢問「醫生打電話來」的這個時間點，「在做什麼」。但必須注意的是，過去進行式不能「單獨使用」，也就是說，它必須有一個過去的時間參考點才行。所以不能回答說 I was cooking. 而應該說 I was cooking when the doctor called.。

3. This steak you made is wonderful.（你做的這份牛排很棒。）

答題解說

“This steak”兩字當中，第一個字的字尾是 -s，而第二個字開頭也是 s-，所以 -ss- 只會發一個 [s] 的音，這也是「連音」的一環。而“steak you”以及“made is”也有連音的部分，要特別注意。

字詞解釋

steak [stek] **n.** 牛排　**wonderful** [ˋwʌndɚfəl] **adj.** 極好的；驚人的

相關文法或用法補充

所有代替「受格」的關係代名詞都可以省略，就像本題這句 This steak (which/that) you made is wonderful.。另外，也可以一起省略「關係代名詞 + be 動詞」。例如：The child (who is) eating ice cream looks very happy. = The child eating ice cream looks very happy.（吃著冰淇淋的孩子看起來非常開心。）

4. The girl in the red dress is my niece.

（穿著紅色洋裝的女孩是我的外甥女。）

答題解說

red 與 dress 的母音都是 [ɛ]，而 dress 的 d- 要發出類似 [dʒ] 的音。另外要注意連音的部分：“dress is”要念成 [drɛ-sɪs]。

字詞解釋

dress [drɛs] **n.** 連衣裙，洋裝　**niece** [nis] **n.** 姪女；外甥女

相關文法或用法補充

除了形容詞外，介系詞片語也可用來修飾名詞，緊接在所修飾的名詞後面。其句型為「主詞 + 介系詞片語（on/in/with/after/⋯ + the/a(n)+ 名詞）+ 動詞～」例如：The girl in white shoes is my sister. → 介系詞片語中的「單數可數名詞」前通常會加 the 表「特定」來達到「辨識」的目的；用 a、an 則純粹描述數量，較無辨識個體的作用。

5. I'll probably take the subway.（我可能會搭地鐵。）

答題解說

注意 I will 的縮寫 I'll 念法是 [aɪl]。另外，probably 中的兩個有聲子音 b 的發音要發清楚，以及 subway 中的母音字母 -u- 發音為 [ʌ]，而 -b- 就不必清楚發出聲音

了。

字詞解釋

probably [ˋprɑbəblɪ] **adv.** 或許，很可能　**subway** [ˋsʌbˏwe] **n.** 地鐵

相關文法或用法補充

「搭乘交通工具」可以用「ride/take/drive + 冠詞 + 交通工具」來表示，後面可以再接「to + 地方」。當然，動詞必須依照交通工具的類型而有所變化：

❶ ride 用於可跨坐式或搭乘的交通工具。如：bike, bicycle, scooter, motorcycle, horse... 等

❷ take 用於一般可搭載乘客的交通工具。如：train, bus, HSR, MRT, taxi, car, plane, boat... 等。

❸ drive 是「駕駛」的意思，也就是可自行操作方向盤的交通工具，像是 truck, car, taxi, bus... 等。

第二部分 朗讀句子與短文

1. Never cheat and steal.（絕對不可以欺騙及偷竊。）

答題解說

首先注意這是個祈使句，因此句首第一個字 Never 的發音要加重音或唸得更清楚。另外，cheat 與 steal 的 -ea- 都發長音 [i]。其他發音要注意的還有 "cheat and" 的連音，以及 steal 當中的 -t- 要發有聲的 [d]。

字詞解釋

cheat [tʃit] **v.** 欺騙；作弊　**steal** [stil] **v.** 偷竊

相關文法或用法補充

祈使句（或「命令句」）通常用來表示「命令、建議、禁止、請求」等意思，且因祈使句所指涉的對象通常是第二人稱 you，所以主詞常會省略，而單以原形動詞呈現。另外，祈使句也有「肯定」與「否定」句，肯定句也可以加上 please 等字來表達客氣，而否定句除了用 Don't 之外，也可以直接以「否定副詞」（如本題的 Never）來呈現。例如：

❶ Think before you make your move.
（在你行動前先想想。）

❷ Don't leave the meeting room without closing the doors.
（離開會議室的時候要關門。）

2. What do you think of the weather in Taiwan?

（你覺得台灣的天氣如何？）

答題解說

首先確認本題為「wh- 問句」，注意句尾語調須上揚。接著要注意，think of 之間有連音，應念成 [θɪŋ-kɔv]。What do you think of... 是用來詢問「意見、看法」的常見表達方式。

字詞解釋

weather [`wɛðɚ] **n.** 天氣

相關文法或用法補充

「詢問他人意見」的用語還可以說“What do you think about...?”、“How do you see it?”、“What's your view on...”、“Let's have your opinion of/on/about...”等。

3. Ken didn't finish his homework; neither did I.

（Ken 沒有完成他的回家作業，我也沒有。）

答題解說

本題有兩個句子，第一句是否定句（有 didn't），第二句是「（否定）附和句」，其中 neither 的母音 -ei- 發長音 [i]，而 -th- 發有聲的 [ð]，最後還是要注意一下“did I”的連音喔！

字詞解釋

finish [`fɪnɪʃ] **v.** 結束，完成　**neither** [`niðɚ] **adv.** 也不

相關文法或用法補充

「附和句」分成肯定與否定的兩種用法：

❶ 肯定用法：

① A: I'm Taiwanese.（我是台灣人。）B: Me too. / I am, too. / So am I.（我也是。）

② A: I like tea.（我喜歡茶。）B: I do, too. / So do I.（我也是。）

而如果第一句用助動詞（will / would / can / could / may...）或是完成式（have / had + V-pp）時，則附和句就要使用同樣的時態回覆。

例如：A: I have been to Japan.（我去過日本。）
B: I have, too. / So have I.（我也去過。）

❷ 否定用法：

① A: I'm not Taiwanese.（我不是台灣人。）

B: Me either. / I am not, either. / Neither am I.（我也不是。）

② A: I don't like tea.（我不喜歡茶。）

B: I don't, either. / Neither do I.（我也不喜歡。）

4. It's time for lunch, isn't it?

（午餐時間到了，不是嗎？）

答題解說

這是個「附加問句」。首先，句首 It's 的發音是 [ɪts]，其中兩個無聲子音的組合 [ts] 要發類似國語注音的 ㄘ 音，而 isn't it 的語調有兩種，it 上揚跟 it 下降皆屬於正確的語調，但語意卻不一樣。it 上揚表示說話者對資訊不確定，所以用附加問句來再次確認；it 下降表示說話者對資訊的正確性有把握，用附加問句只是在徵求他人的附和及同意。

相關文法或用法補充

「附加問句」是由 be 動詞／助動詞與代名詞組成的一種很短的問句（如 is he? 或 isn't it?），附加在「直述句」後面，用來尋求對方的認同、確認或澄清事實。若直述句是肯定，則後面的附加問句要用否定的縮寫形（如 don't、didn't、isn't、wasn't... 等），若直述句是否定，則後面的附加問句要用肯定形式。附加問句一般寫法是直述句在前，然後逗號，小寫開頭的肯定或否定的助動詞，接著代名詞，最後以問號結尾。例如：We hardly ever do anything interesting, do we?（我們幾乎從來沒有做什麼有趣的事情，是吧？）→ 注意這裡的 hardly 與 not 一樣，都是「否定副詞」，因此附加問句要用「肯定」。

5. It is pleasant walking along the beach.

（沿著海灘走著感覺很舒服。）

答題解說

這是個以虛主詞 it 開頭的句子，代替真主詞 walking along the beach。須注意的是，pleasant 中的 -ea- 發 [ɛ] 的音，而 beach 的 -ea- 發 [i] 的音。另外，It is 的連音要念成 [ˋɪ-tɪs]。

字詞解釋

pleasant [ˋplɛzənt] **adj.** 令人愉快的；舒適的　**beach** [bitʃ] **n.** 海灘

相關文法或用法補充

虛主詞（又稱「假主詞」）就是「虛構的主詞」，它的作用是取代「太長的主詞」，讓閱讀時能夠更清楚明瞭。例如：It is really not easy to get up early in cold winter.（在寒冷的冬天起個大早真的不容易。）就是用 it 代替「不定詞片語」的例子，但 it 也能代替動名詞片語，所以這一句也可以改成 It is really not easy getting up early in cold winter.。

6. Last summer, my husband and I went to Paris for the first time. It was wonderful; we did so many things. Every night, we listened to music and went to bed late. And every morning, we got up late. During the day, we walked on the streets, sat in cafes, drank coffee, and watched the world go by.

去年夏天，我和我先生第一次去了巴黎。這趟旅程非常棒；我們做了很多事。每天晚上，我們聽著音樂且很晚才上床睡覺。而每天早晨，我們都起得很晚。白天我們去逛街、坐在咖啡廳裡、喝著咖啡，且看著人來人往。

答題解說

首先，應注意本題是描述過去事件的短文（以 Last summer... 開頭），所以必須全部使用過去式。另外要注意的字詞發音的部分：Paris 以及過去式動詞 drank 的母音 -a- 都發 [æ] 的音，而不是 [ɑ]；過去式動詞 listened 字尾 -ed 的 [d] 音、walked 字尾 -ed 的字尾 -ed 的 [t] 音，都只要輕輕點到為止即可。最後，請務必注意連音的部分：husband and I、went to、got up、sat in。

字詞解釋

husband [`hʌzbənd] **n.** 丈夫　**Paris** [`pærɪs] **n.** 巴黎　**for the first time** **phr.** 首度，第一次　**wonderful** [`wʌndəfəl] **adj.** 極好的，精彩的　**listen to music** **phr.** 聽音樂　**go to bed** **phr.** 去睡覺　**cafe** [kə`fe] **n.** 咖啡廳　**watch the world go by** **phr.** 看著人來人往

相關文法或用法補充

「對等連接」是很常見的結構，像是這裡的“listened to music and went to bed late”以及“walked on the streets, sat in cafes, drank coffee, and saw people”，必須特別注意前後詞性及動詞時態須一致。比方說“I like apples, oranges, and going to the zoo.”就是個不正確的句子，因為 going to the zoo 無法與 like 後面的 apples 與 oranges 形成「對等連接」，必須改成“I like eating apples, eating oranges, and going to the zoo.”→ 形成三個動名詞片語的對等連接結構。

第三部分 回答問題

1. **How do you feel when there is an earthquake?**

   （地震來時你有什麼感覺？）

答題解說

題目問的是當地震發生時會有什麼感覺。一開頭可以回答說 I feel... when there is an earthquake、I'm afraid of earthquake. I... 或是 I always feel nervous and may rush out of... 等。可以先把一些可能會用到的表達用語準備好，例如：stay calm（保持鎮定）、scared to death（被嚇死了）、frightened / terrified（嚇壞的）、screaming（尖叫）、rush to a safer place（趕緊到比較安全的地方）……等。另外，由於這是描述日常的經驗，所以用現在簡單式就可以了。

參考範例及中譯

I am always frightened by earthquakes. It wakes me up at once or forces me to rush out of my room. I try not to scream because it will only make things worse.
我總是被地震嚇到。地震來時我會馬上被搖醒或被迫衝到房間外頭。我試著不尖叫，因為這只會讓情況更糟。

字詞解釋

frightened [`fraɪtnd] **adj.** 受驚的，害怕的　**wake up** **phr.** 叫醒　**at once** **phr.** 立刻
force [fors] **v.** 強迫，迫使　**rush** [rʌʃ] **v.** 衝，奔，闖　**scream** [skrim] **v.** 尖叫
make things worse **phr.** 讓事情更糟

相關文法或用法補充

如何用英文表達「害怕」呢？除了要認識 afraid、fear 或 scared 等字彙之外，也要知道這些單字的慣用表達方式！它們常與介系詞 of 連用喔！像是 He is afraid/fearful/scared/frightened/terrified of taking an English test.（他很怕考英文。）、I have a fear of heights.（我怕高。）另外，也可以加上副詞來修飾害怕的程度，例如：I am really afraid/scared of being alone.（我真的很怕一個人獨處。）

2. **When is Valentine's Day?（情人節在何時？）**

答題解說

題目問的是情人節在什麼時候。我們一年會過兩次情人節，一次是二月十四日的西洋情人節（Valentine's Day），一次是農曆七月初七的中國情人節（Chinese Valentine's Day），所以 "One... and the other..." 這個表達方式就可以派上用場

了。這一題最好是兩個日期都要回答出來才算完整。至於「農曆」的說法，只要在日期後面加上 on the lunar calendar 即可。另外，可以再補充西洋情人節之後的一個月，也就是三月十四日是白色情人節（White Valentine's Day）。最後，可以再簡略提一下通常人們在這些日子會做什麼。

參考範例及中譯

In Taiwan, there're two Valentine's Days in a year. One is on the 14th of February and the other is on the 7th day of July on the lunar calendar every year. Besides, people have a White Valentine's Day on the 14th of March. On Valentine's Day girls make chocolates for the boys they like, and on White Valentine's Day the boys have to return gifts if they got chocolates from the girls.
（在台灣，一年有兩個情人節。一個是在每年的二月十四日，另一個是在農曆七月七日。此外，人們還有個白色情人節，在三月十四日。在西洋情人節當天，女孩會為自己心儀的男生做巧克力，而在白色情人節，如果男孩子之前有收到女孩子的巧克力，他們必須要回送禮物。）

字詞解釋

***valentine** [ˋvæləntaɪn] **n.** 情人　**Valentine's Day phr.** 情人節　***lunar** [ˋlunɚ] **adj.** 陰曆的；月的　**calendar** [ˋkæləndɚ] **n.** 日曆　**chocolate** [ˋtʃɑkəlɪt] **n.** 巧克力

相關文法或用法補充

注意英文日期前的介系詞用法：
on the 14th（單一日期前用 on）in February（單一月份前用 in）
in 2009（單一年份前用 in）on 14th Feb（只要有日期，都用 on）
on 14th Feb, 2009（只要有日期，都用 on）

3. What did you buy last week?

（你上星期買了什麼？）

答題解說

題目問你上個星期（last week）買了什麼，因為是上個星期，應注意回答時要用過去式動詞來表達。另外，buy 的過去式是 bought，所以一開頭可以用「I bought + 東西 + last week.」其他可能用到的表達還有 on sale（特價）、at a nice price（以不錯的價格）、shopping mall（購物商城）、cost me a lot（花了我不少錢）、very cheap/expensive（非常便宜／貴）…等。

參考範例及中譯

Last week happened to be the yearly Computer Exhibition. I bought a laptop and a

printer at a very nice price. My friend wants a laptop too, so we are going to the World Trade Center again this week.
（上星期剛好是一年一度的電腦展，我以很漂亮的價錢，買了一台筆電跟印表機。我朋友也想買一台筆電，所以這星期我們打算再去世貿中心一趟。）

字詞解釋

happen to-V phr. 碰巧，剛好　***exhibition** [ˌɛksəˋbɪʃən] n. 展覽　***laptop** [ˋlæptɑp] n. 筆記型電腦，膝上型輕便電腦　**printer** [ˋprɪntɚ] n. 印表機　**at a... price** phr. 以～的價格　**World Trade Center** phr. 世貿中心

相關文法或用法補充

happen to 指「碰巧，正好」，to 後面要接原形動詞。exhibition 是「展覽」，也可以說成 exhibit 或 exposition。筆電一般說成 laptop 或用 notebook，簡稱 NB ，但若直接用 notebook 常被外國人誤會成真正的「筆記本」，除非在一些特定場合，例如筆電賣場等，就可以簡略說成 notebook ，否則一般情況下，建議在後面加上 computer 變成 notebook computer 以減少誤會。

4. Have you ever been to the U.S.?

（你去過美國嗎？）

答題解說

本題的答題關鍵是要聽出 have been to 這個用法，它的意思是「曾經去過」，但即使不了解這個用法，也可以從 ever（曾經）這個副詞來判斷句意。另外，這是個 Yes/No 問句，所以回答時可以用「Yes, I have been to the U.S. + 次數」或是「No, I haven't been to the U.S. before.」開始。如果有去過的話，可以繼續說明「跟誰去」、「何時」、「為何去」……等，或是去了美國的什麼地方；如果沒有去過的話，可以繼續說明未來可能在何時去，或是未來沒有打算去的原因等。

參考範例及中譯

❶ Yes, I have been to the States twice. I went there for the first time with my parents at the age of fourteen. It was a great trip. And last year was my second visit. I went to New York on business by myself.
（有，我去過美國兩次。第一次是我十四歲那年跟父母一起去，那次旅行非常棒。而去年是我第二次到美國，我一個人到紐約出差。）

❷ No, I haven't been to the USA before. I like traveling and America is my dream stop. I am saving every penny so hopefully my dream will come true next year.
（沒有，我從沒去過美國。我很愛旅行，而美國是我夢想要去的地方。我現

在正努力存下每一塊錢，所以但願明年我能美夢成真。）

字詞解釋

twice [twaɪs] **adv.** 兩次；兩倍 **for the first time phr.** 首度，第一次 **at the age of... phr.** 在～歲的時候 **on business phr.** 出差 **by oneself phr.** 獨自，靠自己 **save every penny phr.** 努力存錢 **hopefully** [ˋhopfəlɪ] **adv.** 但願 **come true phr.** 實現，變成真的

相關文法或用法補充

twice = two times（兩次），once = one time（一次），如果是「三次」，可以用 thrice 或是 three times，通常置於句尾，注意 two times 或 three times 可直接做副詞用，前面不加任何介系詞。若要表示「第二次到某地」，除了說 my second time to go (somewhere)，也可以說 my second visit to + 地方。「第三次去」就是 my third visit，visit 在這裡都是名詞。on business 就是「出差」，也可在後面再加 trip，那麼就形成可數名詞了，例如 She's now on a business trip to Japan.（她現在正在日本出差。）。penny 在美國是指「一分錢」，在英國是「便士」（貨幣單位），幣值都很小，所以 save every penny 的意思就是「把每分每毫都存起來」。

5. What are you good at?

（你擅長什麼？）

答題解說

本題的答題關鍵是要聽出並理解 good at（擅長）的意思，也就是詢問「個人專長」或「特殊技能」的部分。舉凡唱歌（singing）、跳舞（dancing）、游泳（swimming）、心算（mental calculation）、球類運動（ball games）……等。接著可以繼續說明曾經參加過的課程，或是如何獲得家人或朋友的讚揚或肯定等。

參考範例及中譯

I am good at singing. I take singing lessons every week. My family and friends say my voice is special and beautiful. I will try my best to become a singer.

（我很會唱歌。每個星期我都會上歌唱課程。我家人跟朋友都說我的聲音既特別又美妙。我會盡我最大努力成為一名歌手。）

字詞解釋

be good at... phr. 擅長～ **take a... lesson phr.** 上～的課程 **voice** [vɔɪs] **n.** 聲音，嗓子 **try one's best to-V phr.** 盡某人最大努力（去做～）

相關文法或用法補充

「擅長做某事」除了 be good at... 之外，可以這麼說：

❶ be an expert at/on/in...（在～方面是個專家）。例如：He is an expert on/at/in painting.（他在畫畫這方面是個專家。）

❷ have a talent for...（有～的天賦）。例如：He has a talent for music.（他具有音樂方面的天賦。）

❸ have a way with...（善於與～打交道）。例如：I have a way with people.（我很擅長跟人打交道／處理人際關係。）

6. What are you afraid of?

（你害怕什麼？）

答題解說

對於 afraid of 這個片語的理解，是本題的答題關鍵，開頭可以直接說 I am afraid of...。注意 of 後面可以接名詞或動名詞。令人感到害怕的東西，可能是蟑螂（cockroach）、蛇（snake）、螞蟻（ants）……等，或是「孤獨」（being alone）、高度（height）……等抽象事物。接著再補充一兩句自己過去的相關經驗即可。

參考範例及中譯

I am afraid of insects. Yes, all kinds of insects from worms to cockroaches make me feel scared. I try to calm down whenever I see one of those tiny creatures but I usually fail.

（我很怕昆蟲。沒錯，從毛毛蟲到蟑螂的所有昆蟲蜘蛛都令我感到害怕。每當我看到這種小生物，我都試著要冷靜，但通常都以失敗收場。）

字詞解釋

afraid [afred] **adj.** 害怕的 **insect** [`ɪnsɛkt] **n.** 昆蟲 ***worm** [wɝm] **n.** 蠕蟲，寄生蟲 **cockroach** [`kɑk͵rotʃ] **n.** 蟑螂 **spider** [`spaɪdɚ] **n.** 蜘蛛 **scare** [skɛr] **v.** 使驚嚇 **calm down** **phr.** 冷靜下來 **tiny** [`taɪnɪ] **adj.** 微小的 ***creature** [`kritʃɚ] **n.** 生物 **fail** [fel] **v.** 失敗

相關文法或用法補充

如果「害怕的對象」是昆蟲、動物類等，表達時必須以「複數形」且前面不加冠詞擺在介系詞 of 的後面，例如：I am afraid of dogs / mice / snakes.（我怕狗 / 老鼠 / 蛇。）而 scare 則是「使～（某人）感到害怕」，afraid 可以用 scared 取代。calm down 指「冷靜下來」，也可以說 cool down。tiny 用來表示比 small 或 little「更小」。creature 可以用來指「植物以外的任何生物」。

7. What do people do on Mid-Autumn Festival?

（人們在中秋節做何事？）

答題解說

要注意的是，題目問的是 What do people do...?，所以應以第三人稱複數的立場來敘述。「中秋節」的英文除了 Mid-Autumn Festival 之外，也可以說 Moon Festival。mid-（中間的）常置於一些單字前面，形成一個複合字，有時候沒有「-」的符號。例如 midday（正午）、midterm（期中考）等。開頭可以說 People ______________ on Mid-Autumn Festival. 或 On Moon Festival, people ______________.。至於中秋節的活動，可以提到「烤肉（have a barbeque）」、「賞月（enjoy the full moon）」、「吃月餅（eat moon cakes）」、「家人團圓相聚（family get-together）」等。

參考範例及中譯

In Taiwan, people have a barbeque (BBQ) outside their houses or in parks with their families on Mid-Autumn Festival. Enjoying the lovely full moon, people share desserts such as moon cakes and fruit like pomelos. It's a day of family reunions.
（在台灣，中秋節人們會與家人在家門外或公園烤肉。在賞月之際，人們會分享像是月餅等甜點以及柚子等水果。這是全家團圓的日子。）

字詞解釋

autumn [`ɔtəm] **n.** 秋季，秋天（= **fall**）**festival** [`fɛstəvl] **n.** 節日　**barbecue (BBQ)** [`bɑrbɪkju] **n.** 烤肉　**lovely** [`lʌvlɪ] **adj.** 可愛的　**full moon phr.** 滿月　**dessert** [dɪ`zɝt] **n.** 甜點　**moon cake phr.** 月餅　***reunion** [ri`junjən] **n.**（親友等的）團聚，重聚

相關文法或用法補充

日常生活對話中，難免都會聊到各種佳節或節日，有時候也會出現在聽力的考題中，如果聽不懂這些字，會讓答題自信度降低不少喔！以下就來看看一些重要節日的說法：

New Year's Day（新年、元旦）、Chinese (Lunar) New Year's Eve（除夕）、Lantern Festival（元宵節）、Valentine's Day（情人節）、Tomb Sweeping Day（清明節）、Mother's Day（母親節）、Dragon Boat Festival（端午節）、Father's Day（父親節）、Mid-Autumn Festival（中秋節）、Teacher's Day/Confucius' Birthday（教師節）、Double Tenth Day（雙十節）、Halloween（萬聖節前夕）、All Saints' Day（萬聖節）、Thanksgiving Day（感恩節）、Christmas Eve/Xmas Eve（聖誕夜）、Christmas (Day)/Xmas（聖誕節）

GEPT 全民英檢

初級複試

中譯＋解析

Writing | 全民英檢初級寫作測驗

第一部分 單句寫作

第 1～5 題：句子改寫

1. The child asked, “Why can planes fly in the sky?”

（那小孩問，「為什麼飛機可以在天上飛？）

The child asked ________________.（那小孩問為什麼飛機可以在天上飛。）

答題解說

答案：The child asked why planes could fly in the sky. 本題考「直接引述句改寫成間接引述句」。改成間接引述句時要先把引號拿掉，但要注意的是，去掉引號後，要把原來在引號中的動詞往後推一個時態，亦即現在式要變成過去式，過去式要改成過去完成式。如本題原引用句子為 can fly，所以去掉引號後 can 要改為過去形態的 could。另外，由於變成了間接問句，所以助動詞 could 的位置要移到 planes 的後面。

破題關鍵

引號裡面的句子稱為直接引述句（direct speech），改寫成間接引述句（indirect speech）時要注意「時態」及「語態」的變化。例如本題中，引號內是個問句，句尾有冒號，而去掉引號之後，要改為「肯定句」的語態，形成一個 why 引導的名詞子句，作 asked 的受詞。

相關文法或用法補充

直接引述句本身就是個「肯定句」，其主要動詞的受詞若是 that 子句，則 that 可省略。例如：He said, “It’s a nice day.” → He said (that) it is a nice day.。另外，人稱代名詞也必須跟著改變。例如：He said to Ann, “I have to go.” → He told/said to Ann that he had to go.。最後，容易被忽略的就是「相對概念」的變化。例如：this → that、these → those 以及 here → there。例如：Tom said, “I like this girl.” → Tom said he liked that girl.

2. Is that your ring or his ring?

（那是你的戒指還是他的戒指？）

Is _______________ his?（那是你的戒指還是他的？／那枚戒指是你的還是他的？）

答題解說

答案：Is that your ring or his? / Is that ring yours or his? 本題考「所有格代名詞」。從第一句的 your ring or his ring 來看，顯然第二個 ring 是個贅字，可以直接將它刪除，也就是把句中原來的「所有格 + 名詞」改為「所有格代名詞」即可，或者也可以寫成 Is that ring yours or his?，這裡的 yours 與 his 皆為所有格代名詞。

破題關鍵

本題沒有提示，乍看之下也許一時之間不曉得題目要你改什麼，但只要念念看第一句的 your ring or his ring，就可以感覺到第二個 ring 是多餘的，進而聯想到要改成「所有格代名詞」了。

字詞解釋

ring [rɪŋ] **n.** 戒指，環形物，鈴聲

相關文法或用法補充

「所有格代名詞」是用來代替人稱代名詞的所有格及其所修飾的名詞，也就是「所有格 + 名詞」。人稱代名詞的所有格（my, our, her...）後面一定要有名詞，而所有格代名詞（mine, ours, hers...）後面則不能再有名詞。例如：my book = mine／your pen = yours／his parents = his／her dog = hers／its fate = its ／our house = ours／their car = theirs。

3. She has no relatives in Taipei.

（她在台北沒有親戚。）

She _______________ any _______________.（她在台北沒有任何親戚。）

答題解說

答案：She doesn't have any relatives in Taipei. no 跟 any 都有「沒有」的涵義，前者 no 用在肯定句，後面接名詞，而 any 必須與否定句（not, never... 等否定副詞連用）。故本題必須把原句中的 has no 改成否定式 doesn't have 才能跟 any 連用。

破題關鍵

因為改寫句已提示用 any，所以本題要考你的是「no 與 not... any 的轉換」，也就是「have/has no + 名詞」=「（助動詞 +）not have/has any + 名詞」。

字詞解釋

relative [ˋrɛlətɪv] **n.** 親戚，親屬

相關文法或用法補充

no 與 not 都有否定的意思，但 no 可以當形容詞與副詞，而 not 只能當副詞，所以必須用形容詞時一定是 no。例如：I have no (=not any) money.（我沒錢。）→ 不可寫成 I have no much (no any) money. (X)

4. I drove to work yesterday.

（我昨天開車去上班。）

I ______________ by ______________.

答題解說

答案：I went to work by car yesterday. 題目句是「開車去上班」，而改寫句已提示用介系詞 by，顯然要考的是「by + 交通工具」。drove 是 drive（開車）的過去式，所以改寫句的 go 也必須改成過去式 went。

破題關鍵

「by + 交通工具」是很基本且常見的用法，但注意「交通工具」前面不加任何冠詞：drive = go... by car。

相關文法或用法補充

「搭乘交通工具」可以用「ride/take/drive + 冠詞 + 交通工具」來表示，後面可以再接「to + 地方」。當然，動詞必須依照交通工具的類型而有所變化：

❶ ride 用於可跨坐式或搭乘的交通工具。如：腳踏車、機車以及馬（bike, bicycle, scooter, motorcycle, horse...）等

❷ take 用於一般可搭載乘客的交通工具。如：train, bus, HSR, MRT, taxi, car, plane, boat... 等。

❸ drive 是「駕駛」的意思，也就是自行操作方向盤的概念，像是 truck, car, taxi, bus... 等。

5. I have never seen such a wonderful view.

（我從未見過如此美好的景色。）

This ______________ I have ever seen.（這是我看過最美好的景色。）

答題解說

答案：This is the most wonderful view I have ever seen. 題目句是「我從未見過

如此…的景色。」，而改寫句是「這是我看過… 」，從改寫句後面提供的 I have ever seen（我曾經看過）可知，前面的空格一定會用到形容詞最高級。wonderful 有三個音節，所以它的最高級是 the most wonderful（最美好的），前面再加上一定要有的動詞 is 就可求得答案。

破題關鍵

本題考「形容詞最高級與完成式的連用句型」，關鍵字是後面的 ever。副詞 ever 在形容詞子句中常與完成式連用，如果主要子句用現在式，則形容詞子句用現在完成式，而如果主要子句用過去式，則形容詞子句用過去完成式。例如：He was the most handsome guy I had ever met then.（他是我當時所遇到過最帥的男生。）

字詞解釋

wonderful [ˋwʌndɚfəl] **adj.** 極好的，驚人的　**view** [vju] **n.** 視野，景色

相關文法或用法補充

ever 也可以用在「疑問句」與「否定句」，並與現在式連用中。例如：

❶ Have you ever been to New York?（你去過紐約嗎？）

❷ Do you ever dream about winning the lottery?（你夢想過中樂透嗎？）

❸ No one ever told me John had moved to Taipei.（沒有人告訴過我約翰已搬到台北。）

第 6～10 題：句子合併

6. You have fifty dollars.（你有 50 元。）
I have fifty dollars, too.（我也有 50 元。）

I have as much money as you (do/have).（我有跟你一樣多的錢。）

答題解說

答案：I have as much money as you (do/have). 從合併句提供的 as ... as ... 來看，本題考「as ... as ... 句型」。兩個 as 中間要放形容詞，來描述「一樣多」以及用名詞來描述「錢一樣多」。money 是不可數名詞，所以要用 much 來表示「多」，不可用 many。「錢一樣多」就是 as much money as。而第二個 as 後面可以寫 you 或 you do 或 you have 皆可。

破題關鍵

本題考「as ... as ... 句型」。第一個 as 是副詞，第二個 as 是連接詞。在正式書寫的場合中，第二個 as 後面要接「主格＋動詞」，但一般在非正式或口說的情況

中，也可以用「主格」的代名詞即可。若第一句是 he has... 的情況，則合併句的第二個 as 後面可以寫 he has / he does / he。

相關文法或用法補充

as...as...（和...一樣）在文法中稱為「原級比較句型」，可用於肯定及否定句。如果句子的動詞是 be 動詞，兩個 as 中間要放形容詞，如果句子的動詞是一般動詞，則兩個 as 中間要放副詞。例如：

❶ Tom is as tall as his girlfriend (is).（Tom 和她女友一樣高。）

❷ I didn't run as fast as you (do).（我跑的沒有你快。）

❸ I got as good grades as she (did).（我得到的成績和她一樣好。）

→ 這裡的形容詞 good 和 名詞 grades 不可以分開，因為形容詞用來修飾名詞的，所以若寫成：I got grades as good as she. 是錯誤的。

7. My sister dances in her bedroom.（我姐姐在她的房間跳舞。）
We often see her do so.（我們常看到她這麼做。）

We often see my sister dance / dancing in her bedroom.
（我們常看到姐姐在她的房間跳舞。）

答題解說

答案：We often see my sister dance / dancing in her bedroom. 合併句提示用 We 開頭，所以第二句後面的 often see 照抄，這時候看到 see 應該就聯想到「看到某人做某事」的句型：see + 人 + do / doing something。而這裡「人」是 my sister（不可寫成人稱代名詞的 her）的「do / doing something」就是 dance/dancing in her bedroom。

破題關鍵

本題考的是「感官動詞 + 受詞 + 原形動詞／現在分詞」的用法。see 為感官動詞，後面可接原形動詞來強調動作的「事實」，或現在分詞（V-ing）來強調動作的「進行中」。

相關文法或用法補充

所謂「感官動詞」亦稱「知覺動詞」，就像是 see、hear、watch、feel... 等，常用於 5 大句型中的「S+V+O + OC」。不過像是 look、sound、feel... 等，表示「看起來／聽起來／感覺上…」時，常用於 5 大句型中的「S+V+C」。例如：

❶ I heard her cry/crying out loudly at midnight.（我半夜聽見她哭得很大聲。）

❷ The noise sounded strange.（這噪音聽起來很怪。）

8. Amy is very young.（Amy 年紀很輕。）
Amy cannot go to school.（Amy無法去上學。）

Amy is too young o go to school.（Amy 年紀太小孩無法去上學。）

答題解說

答案：Amy is too young o go to school. 從提示的合併句一開頭的 “Amy is too...” 可知，本題要考的是「太～而不能～」的句型，也就是要表達「年紀太小，無法去上學」的句意。所以只要將第一句（Amy is very young.）的 very 改成 too 變成 Amy is too young之後，再接 to，形成「Amy is too young to + 原形動詞」的結構，最後再將第二句的 go to school 接上去即可。

破題關鍵

「too... to...」的結構是「be 動詞 + too +形容詞 + to + 原形動詞」，所以只要將形容詞 young 擺在 too 後面，而第二句的 cannot go 改成 to go，其他照抄就可以了。

相關文法或用法補充

「too... to...」（太…以致於不能…」常拿來和「so... that...」（如此…以至於能…」做比較。須注意的是，too 與 so 後面都可以接形容詞或副詞，而 that 後面要接一個子句。例如：

❶ This stone is too heavy to be carried by one person. = This stone is so heavy that it can't be carried by one person.（這石頭太重了，一個人扛不了的。）

❷ The team performed too poorly to get into the final. = The team performed so poorly that they couldn't get into the final.（這支隊伍表現太差而無法晉級到決賽。）

9. Aunt Susan is supposed to make breakfast.
She doesn't feel like doing it today.

（Susan 阿姨今天應該要做早餐。）
（她今天不想做這件事。）

Aunt Susan doesn't feel like making breakfast today.
（Susan 阿姨今天不想做早餐。）

答題解說

答案：Aunt Susan doesn't feel like making breakfast today. 本題考「feel like 的用法」。feel like 是個及物動詞片語，表示「想要～（做某事）」，後面要接動名詞（V-ing）昨為其受詞。由前後兩句看來，可推知第二句的 doing it 其實是代替前面的 to make breakfast，但基於前面的原則，make 要改成 making 才能接上去。

破題關鍵

本題關鍵處在第二句的“feel like doing”，而這裡的 doing 其實已經告訴你，feel like 後面要接 V-ing 形式的受詞。

字詞解釋

be supposed to-V **phr.** 應該～（做某事） **feel like** **phr.** 想要

相關文法或用法補充

feel like 常拿來和 would like 做比較。兩者意思相同，但前者後面可接 V-ing 而後者是接 to-V 作為其受詞。不過，因為 feel 本身也是個「感官動詞」，後面接 like 之後，可以接名詞或 that 子句，用來表達「感覺像是…」。例如：

❶ It feels like silk.（這東西摸起來像絲綢。）

❷ I feel like (that) I want to cry.（我覺得我想哭。）

10. When Kevin woke up, he found something.
The door was open.

（當 Kevin 醒來時，他發現某事。）
（門是開著的。）

When Kevin woke up, he found (that) the door (was) open.

（當 Kevin 醒來時，他發現是開著的。）

答題解說

答案：When Kevin woke up, he found(that) the door(was) open. find 在此為「發現」的意思，本題只要將第二句直接取代第一句的 something 即可，也就是第一句的“When Kevin woke up, he found”照抄，後面再接 the door was open 答案就出來了。

破題關鍵

本題考「find 後面的接法」。當 find 表示「發現」的意思時，後面可以接「受詞 + 受詞補語（通常為形容詞）」或「that 子句」。在本題如果寫 found the door open 是「受詞 + 受詞補語」的寫法，如果寫 that the door was open 則是「that 子句」的寫法，其中 that 可以省略。

字詞解釋

wake up **phr.** 醒來 **open** [`opən] **adj.** 打開的

相關文法或用法補充

found 是 find 的過去式及過去分詞，不過 found 本身還有「創立，創辦」的意思。例如：Sam Smith founded Uncle Sam's Ice Cream in 2012.（山姆史密斯於 2012 年創立山姆叔叔的冰淇淋。）

第 11～15 題：句子重組

11. You are allowed to choose either one.

（你可以二者選其一。）

答題解說

從提供的「You ______________.」以及「choose / one / are / to / either / allowed」來看，You 的動詞有 are、allowed 及 choose 可選，但 to 後面要接原形動詞，所以後面只能放 choose，而 choose 是及物動詞，只能將 either one 放在它後面，形成 You ______________ to choose either one.。剩下 are 和 allowed 正好形成被動式動詞 are allowed。

破題關鍵

本題考「被動語態」。You 後面一定要接動詞，are、allowed、choose 看起來都符合。allowed 不是原形，所以 to 只能跟在 allowed 後（allowed to）或 choose 前（to choose），因此我們可推知 You are allowed to choose 為一組。either one 是指「兩個的其中一個」。

相關文法或用法補充

either 和 neither 皆具有名詞和形容詞性質：

❶ either 當名詞時，是指「（二者之一的）任一」，在句中可作主詞、受詞，為單數的概念。例如：Either of the plans is equally dangerous.（這兩項計畫中不論哪一個都同樣有危險。）

❷ 當形容詞時，修飾單數名詞，例如：He could write with either hand.（他左右手都能寫字。）

❸ neither 和 either 用法相同，但意思相反，表示（二者之中）沒有任何一個」，例如：

① I tried on two dresses, but neither fit me.（我試了兩套衣服，但沒一套合適。）

② For a long time neither spoke again.（很長一段時間，他倆沒有再說過話。）

③ Neither of my friends has come yet.（我（兩個）朋友一個也沒來。）

12. The soup which I made tastes so terrible.

（我煮的湯真的很難喝。）

答題解說

從提供的「The ________________________________.」以及「terrible / soup / I / which / tastes / made / so」來看，The 後面只能放名詞，所以只有 soup 可選（taste 當名詞的話為單數不可數），接著動詞可選第三人稱單數的 tastes 或過去式的 made，但也只有感官動詞 tastes 較適合，因為單字選項中有形容詞 terrible 可作為補語，如果選 made 的話，後面要有受詞，但選項中已經沒有名詞可以當其受詞了。所以是 The soup... tastes... terrible.。which 在這裡可以作為引導形容詞子句的關係代名詞，為受格，子句的主詞與動詞就是 I made，最後剩下的副詞 so 當然就只能放在形容詞 terrible 前面作修飾了。

破題關鍵

本題考「形容詞子句的合併」。先找出關代 which，接下來動詞是 tastes，可推知 tastes terrible 為一組，故已組成 The soup tastes terrible，其實此句已是完整的句子。剩下的 which I made 則是要表示湯是「我做的」，所以放在 The soup 後面，在這個形容詞子句內，which 是 I made 的受詞，代替 The soup。

相關文法或用法補充

關係代名詞主要有 who/whom、which、that 三者，當主詞時，關係子句的動詞單複數，必須跟隨關係代名詞所代替的先行詞。當受詞時可以省略，但在有部分特殊情況（表示「僅、只、第一、最後…等「極端」意思時）中，只能使用 that。

13. The young girl considered dyeing her hair yellow.

（那位少女考慮把她的頭髮染成黃色。）

答題解說

從提供的「________________ yellow.」以及「young / the / dyeing / her / girl / hair / considered」來看，首先，針對句尾 yellow 以及 dyeing（染髮）判斷，dyeing her hair yellow 可歸為一組，而名詞只剩下 girl 了，可置於主詞的位置，前面再加冠詞 the，所以是 The girl ________________ dyeing her hair yellow.，剩下的 considered 當然就擺在動詞的位置了。補充：consider 當「考慮」的意思時，後面接 V-ing 作為其受詞。

破題關鍵

本題主要考「動詞＋受詞＋受詞補語」。動詞 dyed 的意思是「染色」，後面必須接受詞及受詞補語，才能完整表達出合理的句子，因此最後一個字的形容詞 yellow 可作為受詞 her hair 的補語。

字詞解釋

consider [kən`sɪdɚ] **v.** 考慮　***dye** [daɪ] **v.** 把～染上顏色

相關文法或用法補充

有一些動詞被稱為「不完全及物動詞」，後面接受詞還不夠，必須再接「受詞補語」（OC），才能讓語意完整。常見如 ask（要求）、consider（認為）、find（發現）、see（看見）、hear（聽見）…等動詞，皆可運用於此句型。

14. Whether it rains or not / Whether or not it rains, we're going to eat in the garden.

（無論是否下雨，我們都會在花園用餐。）

答題解說

從提供的「Whether ________________」以及「eat / not / it / or / rains / we're / the / garden / going / to / in」的內容來看，這是個以 whether（是否）引導的副詞子句開頭，後面再接上 we're 開頭的主要子句。首先，or not 要先抓過來和 whether 一起，有兩種寫法：Whether... or not 或是 Whether or not...。句意是「無論是否下雨，我們都會…」。所以 it rains 要擺在 whether 引導的副詞子句中。主要子句的「主詞 + 動詞」是 we're going to eat，最後剩下的 the、garden、in 可形成一個地方副詞片語擺在句尾。

破題關鍵

本題考「whether... or not 句型」。whether ... or not 指「無論…（都會…）」。這個子句中要放入的是「受限制的條件」，所以可以用 Whether it rains or not 或 Whether or not it rains 來表示「就算有下雨這個限制的條件」。are going to 是「將要做…」的意思，所以可知 we're going to eat 為一組，最後放入 in the garden 的地方副詞。

相關文法或用法補充

whether 可以用來引導「副詞子句」，置於句首或句中，也可以引導「名詞子句」，當主詞或受詞。whether 常與 or not 連用，而 or not 亦可省略。引導名詞子句時，也可以和 if 替換，但 if 不可置於句首，且也不可與 or not 連用。

15. Let's have a technician fix the machine.

（我們找個技師來修理這機器吧。）

答題解說

從提供的「________________ machine.」以及「let's / technician / the / fix / have / a」來看，let's 以及 have 都是動詞，但沒有連接詞，所以可以將 let's (= let us) 置於句首，形成祈使句，後面再接一個原形動詞，這時候要用 have 或 fix 呢？既然句尾已經給你 the machine 了，那麼前面肯定是要接動詞 fix，形成 fix the machine。所以是 Let's have ________________ fix the machine.，最後當然就是填入 a technician 就完成了。

破題關鍵

本題考「使役動詞」。只要了解 technician 跟 machine 的意思便可解題，當 have 作為「使某人做某事」的使役動詞使用時，其句型為「have / has + 受詞+ 原形動詞」，所以可推知是 have a technician fix。而既然要 fix（修），那一定是 fix the machine。

字詞解釋

***technician** [tɛk`nɪʃən] **n.** 技師，技工 **fix** [fɪks] **v.** 修理，使固定 **machine** [mə`ʃin] **n.** 機器

相關文法或用法補充

let 和 make、have 一樣，都是「使役動詞」，接受詞可接原形動詞。例如：

❶ My father let me turn down the radio.（爸爸讓我把收音機聲音調小。）

❷ The sister made her younger brother clean the house.（姐姐讓弟弟打掃房子。）

❸ I'll be glad to have you come here.（能把你請過來這裡的話，我會很開心的。）

第二部分 段落寫作

寫作範例

A classmate of Mary's had a serious fever. He was asked to stay in the hospital for two weeks. Mary went to visit him a few days ago. He was getting better but still weak. Mary brought him a book and some fruit he liked. They chatted happily about their school and other classmates. He said he missed school. Mary told him all classmates missed him, too.

中文翻譯

瑪莉的一位同學嚴重發燒。他被要求住院兩個星期。幾天前瑪莉去探望他。他康復許多，不過還是很虛弱。瑪莉帶給他一本書跟他愛吃的一些水果。他們開心地聊他們的學校以及其他同學。他說他想念學校。瑪莉告訴他所有的同學也很想念他。

答題解說

題目上方的敘述中已經告訴你要描述「同學生病，瑪莉前往探病」，因此應全程使用過去式。根據圖一，可以想出 He was sick.、He was ill. 或 He was sick and stayed in the hospital. 等句子。根據圖二，可以想到 Mary brought him a book and some fruit (which / that) he likes. 之類的句子。根據圖三，可以想到 Mary went to the hospital and chatted with him.、Mary went to visit him. 或 They chatted and ate fruit. 之類的句子。範文中的 He was asked to stay 用了被動語態（was asked），意思是「他被要求住院」。而have/catch a fever 表示「發燒，感冒」（= catch a cold），「getting better 是指「好轉，越來越好」。

關鍵字詞

serious [ˋsɪrɪəs] **adj.** 嚴重的　**fever** [ˋfivɚ] **n.** 發燒　**hospital** [ˋhɑspɪtḷ] **n.** 醫院　**visit** [ˋvɪzɪt] **v.** 拜訪，探望　**get better** **phr.** 好轉，情況改善　**weak** [wik] **adj.** 虛弱的　**chat** [tʃæt] **v.** 閒談，聊天　**miss** [mɪs] **v.** 想念；錯過

相關文法或用法補充

探病（visit a patient）是日常生活中很常遇到的情境，但你知道該怎麼用英文開口關心對方嗎？你可以這麼說：How are you feeling?（你覺得如何？／還好嗎？）、We're all praying for your speedy recovery.（我們都祝你早日康復。）、I'll come see you tomorrow.（我明天再來看你。）、Now you get some rest.（你現在休息一下吧。）、I hope you feel better soon.（希望你很快就能痊癒。）、Hope you get out of the hospital soon.（希望你很快就能出院。）

Speaking | 全民英檢初級口說能力測驗

第一部分 複誦

1. I haven't seen you for a long time.

（我已經很久沒見到你了。）

答題解說

首先應注意的是，本題動詞時態為否定的現在完成式，haven't 的發音是 [`hævn̩t]，seen 是 see 的過去分詞，要念成 [sin]。

字詞解釋

for a long time phr. 很長一段時間（= **for long**）

相關文法或用法補充

搭配完成式的字詞常見的有「for + 一段時間」（例如本題的 for a long time）、so far（目前為止）、up to now（直到現在）、since （自從）、ever/never（曾經／從不）、already（已經）、just（剛才）、recently（最近）…等。

2. Are we going to have noodles again?

（我們又要吃麵嗎？）

答題解說

這是個 be 動詞 are 開頭的問句，所以句尾的尾音應上揚。另外注意 noodles again 兩字間的連音，noodles 字尾 -s 發有聲的 [z]。

字詞解釋

noodle [`nudl̩] **n.**（常複數）麵條

相關文法或用法補充

在英文裡，主要有兩種「表達未來」的方式：「will + 原形 V」與「be going to + 原形 V，初學英文的人都會認為兩者沒有差別，但其實它們的使用時機與要表達的意思是不太一樣的，尤其是「做決定的時機」不同：be going to 通常表示「早已經有計畫，已決定好」要去做某件事；但 will 時通常表示在「講話的當下才做這個決定」，或是對於這件事「並沒有明確的計畫」。所以就「時間點」來看，"I'm going to ... (future plan)." 通常指較「短期」的未來，可能馬上就要去做了；而 I will ... (future plan). 通常指較「長期」的未來。例如：

❶ I will see a doctor.（我將要去看醫生）→ 說話當下的決定

❷ I am going to see a doctor.（我就要去看醫生了。）→ 在說話之前就決定好了。

3. The boy got lost in the zoo.

（這男孩在動物園裡迷路了。）

答題解說

句子的時態是過去式，注意 got 與 lost 的母音字母 -o- 發音不同。前者是 [ɑ] 而後者是 [ɔ] 的音。另外，也要注意 got lost in 三個字的連音：got 的字尾 -t 幾乎不發音，而 lost in 要唸成 [lɔs-tɪn]。

字詞解釋

get lost phr. 迷路（= **be lost**）

相關文法或用法補充

文法裡有所謂「連綴動詞」，get 就是其中之一，常用於「S + V + SC」的句型結構（也就是「S + V」的延伸句型）。另外像是 be 動詞、become、感官動詞等，也都屬於連綴動詞，或是稱為「不完全不及物動詞」，動詞後面必須再接補語，句意才算完整。

4. I was entering home when the phone rang.

（電話響起時，我正進入家門。）

答題解說

首先，本句可分為 I was entering home 以及 when the phone rang 兩段來記憶。整體來說，這是個帶有副詞子句的肯定句，首先要注意時態的問題。主要子句動詞是過去進行式的 was entering，所以副詞子句動詞的部分，要注意是過去式的 rang（現在式是 ring）。另外要注意 phone 的 ph- 是無聲子音的 [f]，而 o-e 的組合一般唸成 [o]。

字詞解釋

enter [ˋɛntɚ] v. 進入，參加　**phone** [fon] 電話

相關文法或用法補充

「was/were + 現在分詞」就是「過去進行式」的結構。除了用來表示「某個動作在過去某時間點正在進行中之外，也可表示兩個動作在過去某時間點同時發生。例如：My girlfriend was making dinner while I was studying.（我在唸書時，我女友

正在做晚餐。）

5. We're having a good time.（我們玩得很開心。）

答題解說

注意這是個現在進行式的時態。we're 是 we are 的縮寫，發音是 [wɪr]，如果不確定是 we're 或是 we'll，可以後面的 having 來判斷就知道了。另外，good time 中 good 的字尾 -d 點到為止，幾乎不發音。

字詞解釋

have a good time **phr.** 玩得開心（= **have fun**）

相關文法或用法補充

現在進行式（be + Ving）除了表示「正在做什麼」，也可以用來表示「不久的未來」即將要發生的事情或動作。例如：Hurry up! The bus is arriving.（快一點。公車就要到了。）另外，也可以表示「某段特定時間」將進行的事、動作或趨勢，可能持續一個星期、幾個月、甚至一年。例如：Mary is writing another book this year.（Mary 今年會再寫一本書。）

第二部分 朗讀句子與短文

1. Kevin usually gets up at six-thirty on weekdays.

（Kevin 平日通常六點半起床。）

答題解說

人名 Kevin 的第二個母音子母 -i- 發 [ə] 的音，而不是一般 [ɪ] 的短母音。另外，usually 的 -s- 是比較特殊的 [ʒ] 音，而 thirty 的 -th- 要唸成 [θ] 的無聲子音。gets up 這部分有連音，要唸成 [gɛ-tsʌp]，其中兩個無聲子音的 [ts] 發類似國語注音的ㄘ。

相關文法或用法補充

一般來說，-ay- 的字母組合唸 [e] 的音，像是 play [ple] 玩耍、tray /tre/ 托盤、pay [pe] 付款、May [me] 五月、bay [be] 海灣、way [we] 方法…等

2. I live far away from your home.（我住的地方離你家很遠。）

答題解說

注意這裡的 live 是動詞，要唸成 [lɪv]，如果當形容詞表示「活著的」或當副詞表示「現場，即時地」時，則要唸成 [laɪv]。另外，far away from 是個常見的片語，-ar- 發 [ɑr] 的音，而 from 的 -o- 發常音的 [ɑ]。

字詞解釋

far away from **phr.** 遠離～

相關文法或用法補充

live 當動詞時還有「生存，活著」的意思，例如：Human cannot live without water.（人類沒有水就無法存活。）
當形容詞時，-i- 發雙母音的 [aɪ]。例如：live band（現場表演的樂隊）→ live 表示「現場的」；a real live lion（一隻活生生的獅子）。當副詞時，-i- 也是發雙母音的 [aɪ]。例如：He will sing the song live from his home.（他將在自己家中現場唱這首歌。）

3. He wrote a story about the French.

（他寫了一篇關於那個法國人的故事。）

答題解說

動詞 wrote 是 write 的過去式，如先前提過，o-e 的字母組合唸成 [o] 的長音。story 的雙無聲子音 [st] 中，[t] 要發出有聲的 [d] 音。French 的字尾 -ch 發 [tʃ] 的音，母音 -e- 發 [ɛ]；如果是 France（法國），母音 -a- 發 [æ] 的音。最後，連音的部分是 wrote a [ro-tə]，注意 wr- 的 w 不發音；以及 about the 這部分，about 字尾的 t 幾乎不發音。

字詞解釋

French [frɛntʃ] **n.** 法國人，法語

相關文法或用法補充

在英文裡，很多「某一國的人」的英文，都是「國家名稱」後面加 -ese 或是 -(i)an。例如：Taiwan → Taiwanese；Japan → Japanese；China → Chinese；Vietnam → Vietnamese 等；Korea → Korean；Malaysia → Malaysian；Indonesia → Indonesian；Russia → Russian；America → American。不過，France → French 算是比較特殊的例子，所以必須特別注意。

4. You're not coming, are you?

（你沒有要來，是吧？）

答題解說

這是個「附加問句」。首先，句首 You're 要唸成 [jur]，相當於 your 的發音。而 are you 的語調有兩種，you 上揚跟 you 下降皆屬於正確的語調，但語意卻不一樣。are 上揚表示說話者對資訊不確定，所以用附加問句來再次確認訊息；are 下降表示說話者對資訊有把握，用附加問句只是在徵求他人的附和及同意。

相關文法或用法補充

附加問句擺在直述句後面，一般寫法是直述句在先，然後逗號，小寫起頭的肯定或否定的助動詞，接著代名詞，最後以問號結尾。針對本題這句的回答，如果認同對方所說的「你不會來」，可以回答說 No, I am not coming. 或 No, I am not.；如果不認同，可以回答說 Yes, I am coming. 或 Yes, I am.。

5. I make it a rule to practice speaking English every day.

（我每天固定練習說英文。）

答題解說

"make it a rule to-V" 是個常見的慣用句型，意思是「例行性地做某事」。rule（規則）的發音是 [rul]，注意這裡 make it 的連音，要唸成 [`me͵kɪt]，而 practice speaking 當中 practice 字尾 -ce 原本要發 [s] 的無聲氣音，因為下一個字也是 [s] 開頭的音，所以 -ce 在此幾乎不發出聲音，這也是連音規則的一環。

字詞解釋

practice [`præktɪs] **v.**（反覆地）練習，實踐

相關文法或用法補充

it 當虛受詞時，在句中通常會有對應的「真受詞」，例如 "make it a rule to-V"（例行去做～）這個慣用句型中，it 是虛受詞，代替 to-V 這個真受詞。但有時候 it 也可以是「具有共識的虛受詞」。例如：Take it easy.（放輕鬆。／別緊張。）；I can't stand it any more.（我再也受不了。）；Damn it.（可惡！／真該死！）。

6. Joyce not only works hard, but keeps early hours every day. Besides, she is friendly to everyone in her trade company and likes to help others. After work, she goes to a language center to learn English two days a week, because she thinks that English is very important for her job.

Joyce 不僅努力工作，而且每天睡早起。此外，她對她貿易公司中的每個人都很友善，且她喜歡幫助別人。下班後，她每星期有兩天會到一家語言中心去學英

文，因為她認為英文對她的工作而言非常重要。

答題解說

首先，應注意本題是描述的是 Joyce 的日常生活，所以從頭到尾都是用現在式，動詞在發音上，要注意第三人稱單數的使用，包括 works hard、keeps、likes、goes、thinks 等。另外要注意的發音部分：not only、keeps early、hours every、help others、days a、English is，這些「子音尾＋母音頭」的連音狀況。

字詞解釋

work hard phr. 努力工作 **keeps early hours** phr. 早睡早起 **friendly** [ˋfrɛndlɪ] adj. 友善的 **trade** [tred] n. 貿易 **language** [ˋlæŋgwɪdʒ] n. 語言

相關文法或用法補充

「對等連接」是很常見的結構，像是這裡的 "not only works hard, but (also) keeps early hours"。not only... but also...（不僅…而且…）是個基礎且常見的「對等連接詞」，前後連接兩個「對稱結構」，這裡連接的是 works hard 與keeps early hours。又例如：He found out not only where the smartphone was hidden but also who hid it there.（他不只找到這支智慧手機被藏在哪裡，也發現是誰將它藏在那裡。）這裡連接的是 where the smartphone was hidden 以及 who hid it there 兩個名詞子句。

第三部分 回答問題

1. What do you use a computer for?

（你用電腦來做什麼？）

答題解說

題目問的是用電腦來做什麼。一開頭可以回答：「(As a + 職位名稱,) I use a computer for + N／to-V。等。可以先把一些可用到的表達用語準備好，例如：watch videos（看影片）、send emails（發送電子郵件）、surf the Internet（上網）、look for information I want（找尋我要的資料）、go online shopping（上網購物）、look for a good deal（尋找好價錢）…等。另外，由於這是描述日常的經驗，所以用現在簡單式就可以了。

參考範例及中譯

As an art editor, I usually use my (notebook) computer to draw pictures and design products. But during my free time, I also use it to watch videos, send emails or go

第1回 第2回 第3回 第4回 第5回 第6回 第7回 第8回 第9回 第10回

online shopping hopefully for a good deal.
身為美術編輯人員，我通常用我的（筆記型）電腦來繪圖以及設計產品。但在空閒時，我也會用它來看影片、發送電子郵件或上網購物，希望可以找到個好價錢。

字詞解釋

art editor **phr.** 美術編輯　**draw** [drɔ] **v.** 畫，繪製　**design** [dɪ`zaɪn] **v.** 設計，構思　**product** [`prɑdəkt] **n.** 產品　**online** [`ɑn͵laɪn] **adj.** 線上的　**go shopping** **phr.** 去購物　**hopefully** [`hopfəlɪ] **adv.** 懷抱希望地　**deal** [dil] **n.** 交易，待遇

相關文法或用法補充

電腦這東西，就像手機一樣，與我們日常生活息息相關，但它各種配件的英文你都知道了嗎？以下為您列舉常見且實用的：
monitor 顯示器、LCD 液晶顯示器、mouse 滑鼠、mouse pad 滑鼠墊、touchpad 觸控板、compact disk (CD) 光碟、headset 頭戴式耳機、earphone 耳機、power cable 電源線、keyboard 鍵盤、webcam 網路攝像機 speaker 喇叭、printer 印表機、scanner 掃描機、modem 數據機、hub 集線器

2. How many hours do you sleep every day?

（你一天睡幾小時？）

答題解說

題目問的是幾小時（How many hours...?），開頭可以直接用數字來回答，數字前面可以加上 about、more than、less than... 等修飾詞，或者用完整句子 I sleep about + 數字 + hours，最後再加上 every day 或 a day。接著可以繼續說明平日與假日睡眠時數的差別，因此 weekdays 及 weekends 或 holidays 等字彙也可能會用到。

參考範例及中譯

On weekdays, I sleep around 6 to 7 hours a day. I tend not to stay up late so that's enough for me. On weekends, I definitely sleep in and don't get up till noon.
（星期一到星期五，我一天大概睡六到七個小時。我傾向不熬夜，所以這對我來說很足夠。到了週末，我絕對會賴床，而且不到中午都不起床。）

字詞解釋

weekday [`wik͵de] **n.** 平日，工作日　***tend to-V** **phr.** 傾向於　**stay up** **phr.** 熬夜　**weekend** [`wik`ɛnd] **n.** 週末　**surely** [`ʃʊrlɪ] **adv.** 一定，當然　**sleep in** **phr.** 睡到很晚起床，賴床　**noon** [nun] **n.** 正午

相關文法或用法補充

問對方「有多少～」可以用 How many... 或 How much...，many 後面必須接「可數名詞」，而 much 後面接「不可數名詞」。例如：How many pens do you have?（你有幾枝筆？）、How much water do you drink every day?（你每天喝多少水？）

3. Why are you taking this test?

（你為什麼要參加這次考試？）

答題解說

題目問你為什麼要參加這次考試。注意時態用的是現在進行式，表示是針對你當下所參加的這場 GEPT 考試。一開頭可以說 I am taking this test for work's sake.，或是 I want to improve my English.。接著可以用英文的重要性來做延伸

參考範例及中譯

This test is a general examination of my ability in English. I am able to know my strengths and weaknesses by taking the test. More importantly, it is useful for my career.
（這個考試是我的英文能力的整體測試。藉由參加這個考試，我能夠知道自己的強項及弱項。更重要地，這對我的職場生涯很有幫助。）

字詞解釋

general [ˋdʒɛnərəl] **adj.** 一般的，整體性的 **examination** [ɪgˏzæməˋneʃən] **n.** 檢查，考試 ***strength** [strɛŋθ] **n.** 實力，強度 **weakness** [ˋwiknɪs] **n.** 弱點，缺點 **career** [kəˋrɪr] **n.**（終身的）職業

相關文法或用法補充

ability 指「能力，能耐」，在此也可以用 skill（技巧）、proficiency（熟練度）來替換，GEPT 中的 P 就是 proficiency。be able to 也可用 can、「be capable of + V-ing」或 have the ability to-V 來取代 ，是「有能力～」的意思，例如：He is able to fall asleep within 3 seconds.（他可以在三秒鐘內入睡。）

4. Who does the cooking in your family?

（在你家裡誰煮飯？）

答題解說

本題的答題關鍵是要聽出 does the cooking 這個用法，它的意思是「煮飯」，通

常考生聽到 Who does... 就會預期後面會有原形動詞，但這個問句中的 does 並非助動詞，而是第三人稱（主詞是 Who）單數動詞。題目既然是問 Who，那麼就可以用「人」當開頭來回答，後面直接接 do(es) the cooking，但如果是「輪流煮飯」，可以用 take turns to do the cooking 表示，或者如果自己一個人住，開頭可以說 I live by myself. Sometimes I... and sometimes...。另外，「外食」可以用 eat out 表示。

參考範例及中譯

❶ My mom cooks for us. She is a housewife and takes care of the meals. Sometimes Dad will give her a hand on holidays.
（我媽媽煮飯給我們吃。她是家庭主婦，且負責我們的三餐。放假的時候，爸爸有時候會幫忙她。）

❷ I live on my own and seldom cook. I neither like to cook nor want to cook. I eat out every day. That's the perfect way for me.
（我一個人住，很少下廚。我既不喜歡煮菜也不想煮。我每天都在外面吃，這對我來說是最完美的方法。）

字詞解釋

housewife [ˋhaʊsˏwaɪf] **n.** 家庭主婦 **take care of phr.** 處理，照料 **give sb. a hand phr.** 助某人一臂之力 **on one's own phr.** 獨自，靠自己 **seldom** [ˋsɛldəm] **adv.** 不常，很少 **neither... nor... phr.** 既不～也不～ **eat out phr.** 外出用餐 **perfect** [ˋpɝfɪkt] **adj.** 完美的

相關文法或用法補充

meals 就是指「三餐」。give someone a hand = help someone = assist someone（幫助某人）。「自己一個人住」可以說 live on one's own、live by oneself 或 live alone。neither ... nor ... 是「既不…也不…」的意思，需連接李個對等結構，動詞必須跟著最接近的主詞。例如：Neither Mary nor I like to cook.（瑪莉和我都不喜歡煮飯。）

5. What did you do last night?

（你昨天晚上做什麼？）

答題解說

本題問的是昨晚（last night）做什麼，所以答案也許不只一件事情，但務必記得要用過去式的時態來表達。開頭可以說「I + 做什麼事 + last night.」或是「Last night, I...」。接著可以繼續說明做這些事情後的感受，以及直到什麼時候等。

參考範例及中譯

Last night I got off work early to attend my best friend's wedding. Everything was excellent and I really enjoyed myself. It was almost 12 A.M. when I arrived home.
（昨天晚上我很早下班，去參加我好朋友的婚禮。一切都非常棒，我真的很盡興。我回到家時已經差不多十二點了。）

字詞解釋

get off work phr. 下班　**attend** [ə`tɛnd] v. 參加，出席　**wedding** [`wɛdɪŋ] n. 婚禮　**excellent** [`ɛksl̩ənt] adj. 傑出的　**enjoy oneself** phr. 玩得愉快（= **have a good time**）　**arrive** [ə`raɪv] v. 抵達

相關文法或用法補充

get off work 就是「下班」，也可說 I am off work，「放學」的話是 leave school 或 come/return home from school。attend 是指「參加，出席」，如果要說「去寺院參拜」，可以說 attend a ceremony at a temple，或是 make a formal visit to...。如果是「去補習」就可以說 go to the cram school。

6. What's your usual week like?

（你一整個星期通常如何安排？）

答題解說

本題乍聽之下可能一時之間不懂題目要問什麼，但關鍵在於 What is... like? 相當於 How is...?，字面意思是問「如何度過一個星期」或是「如何安排一個星期的活動或事情」。因為問的是日常生活，所以動詞要用現在簡單式。如果是學生的話，一開頭可以說 I go to school from Monday to Friday. On weekends, I ________________. 或是 On Saturday, I ________________ and on Sunday I ________________。如果是上班族的話，開頭可以說 I go to work on the weekdays and ________________ during the weekend/on weekends.。要是某一天有特別的事情安排，例如看醫生之類的，也可以提一下。

參考範例及中譯

I work from Monday to Friday like most people do. On Wednesday and Friday nights, I take English lessons. And on Sunday afternoons, I spend time with my parents back home.
（像大部分的人一樣我星期一到星期五上班，星期三跟五晚上我上英文課，而星期天下午，我會回家陪爸爸媽媽。）

字詞解釋

usual [ˋjuʒʊəl] **adj.** 通常的，平常的　**take a lesson** **phr.** 去上課　**spend time with** **phr.** 花時間與～（某人）相處

相關文法或用法補充

「上…課」的動詞可以用 have/take/attend，而「課」可以用 class、course 或 lesson。class 這個字是從「班級」引申出學生一起上課，也有（一）節／堂課的意思。例如：We have four English classes per week.（我們一個星期有四堂英文課。）course 則是指會在一段時間內教完或學完的完整課程，例如：She's taking a chemistry course this semester.（她這學期選修了化學課。）至於 lesson 指的是教材中的一課或每次授課的單位時間，也可當「課程」，例如：Lessons begin at 9 : 00 every morning.（每天早上九點鐘開始上課。）

7. Are you a morning person or an evening person?

（你是早睡早起的人還是夜貓族？）

答題解說

首先，要了解 morning person 以及 evening person 的意思。如果理解成「早上的人」以及「下午的人」，可能就不知道題目要問你什麼了。前者是指「起得早的人」，而後者是指「夜貓子」，也可以說 night person、night owl，但可別說成 night cat 了。回答時可以說 I am surely a morning person. I...，或是 Evening person, for sure. I...。接著在簡單補充自己是早起的人或夜貓子的原因。

參考範例及中譯

I am no doubt an evening person. My working hours start at 2 in the afternoon and I finish by ten-thirty. I only begin to feel sleepy at around 3 A.M. and I get up at noon the next day.

（我毫無疑問的是夜貓族。我的工作時間從下午兩點開始，一直到晚上十點半才結束。我大概到凌晨三點才開始覺得睏，然後第二天中午才起床。）

字詞解釋

no doubt **phr.** 毫無疑問地　**working hours** **phr.** 工作時數　**sleepy** [ˋslipɪ] **adj.** 想睡的　**the next day** **phr.** 隔天，翌日

相關文法或用法補充

本題的回答也可能用到 go to bed late、sleep late、stay up late，都有「晚睡」、「熬夜」的意思。通常學生了考試常常「挑燈夜戰」或「開夜車」，可以用 burn the midnight oil 這個慣用語來表達。

7

GEPT 全民英檢

初級複試

中譯＋解析

第一部分 單句寫作

第 1～5 題：句子改寫

1. Did the children take a nap just now?

（孩子們剛要睡覺嗎？）

Were ________________ a nap just now?（孩子們剛才在睡午覺嗎？）

答題解說

答案：Were the children taking a nap just now?。從改寫句的句首 Were 以及句尾照抄的 a nap just now 來看，僅僅是以 be 動詞 were 取代過去是助動詞 Did，所以只要再將題目中的原形動詞 take 改為現在分詞 taking 即可。

破題關鍵

本題考「過去式改為過去進行式」，而受詞與時間副詞的部分都沒變。「過去進行式」的結構為「was/were + V-ing」。

字詞解釋

take a nap phr. 小睡片刻

相關文法或用法補充

「過去進行式」是指過去某個時刻正在發生或持續的動作。例如 Yesterday evening, when I drove on my way home, I was sending a message to my girlfriend.，這表示在「開車回家的路上」這個時間點，「正在使用手機發送訊息」。但必須注意的是，過去進行式不能「單獨使用」，也就是說，它必須有一個過去的時間參考點才行，而本題中的 just now（剛才）就是一個過去的時間點。所以不能說 Were the children taking a nap?

2. He is excited about the good news.

（他對這件好消息感到興奮。）

The good news is ________________.（這件好消息令他覺得興奮。）

答題解說

答案：The good news is exciting to him. 注意第一句的主詞是人稱代名詞 He，第二句的主詞是表「事物」的 The good news（即第一句的受詞）。人感到興奮時，形容詞（主詞補語）用過去分詞的 excited，若是事物令人興奮，則主詞補語用現在分詞的 exciting。

破題關鍵

這題考的是 excited 和 exciting 的用法。因為是 The good news（好消息）這個事物當主詞，所以要用 exciting。表達「人對～感到興奮」，句型是「be excite about＋事物」，表達「事情令人興奮」，句型是「be exciting to＋人」。

字詞解釋

excited [ɪk`saɪtɪd] **adj.** 感到興奮的 **exciting** [ɪk`saɪtɪŋ] **adj.** 令人興奮的

相關文法或用法補充

-ed 與 -ing 的差別，是很多類型考試的最愛之一。只要記住一點：-ed 表示「感到～」，-ing 表示「令人～」；是「人」才會「感到～」，是「事物」才會「令人～」。另外，news（消息）是不可數名詞，視為單數，所以 be 動詞用 is。

3. My mom asked me to take out the trash.

（我媽媽叫我去倒垃圾。）

My mom had me ________________.（我媽媽要我去倒垃圾。）

答題解說

答案：My mom had me take out the trash.。請注意第一句和第二句的主詞（My mom）與受詞（me）都一樣，差別在於動詞，題目是 asked，改寫句是 had（have 的過去式）。ask 的慣用句型是「ask +人+ to-V」，表示「要求某人去做某事」，而 have 是「使役動詞」，其慣用句型是「have + 人+ 原形V」，所以只要將題目句的 to take 改成 take，後面照抄即可。

破題關鍵

本題考的是「使役動詞」的用法，只要記住「使役動詞 + 受詞 + 原形動詞」的句型，答案就出來了。常見的使役動詞主要有 make、have、let，而此型中的原形動詞是受詞補語，也可以是形容詞（片語）。

字詞解釋

take out **phr.** 帶～出去

相關文法或用法補充

「要／叫某人去做某事」的動詞除了用 make、have 之外，也可以用 get，不過要注意的是，get 接受詞之後，後面必須接不定詞（to-V）作為受詞補語。例如：Mom got me to do the dishes.（媽媽要我去洗碗。）另外，make 和 have 除了上面提到的當作「使役動詞」的用法外，要注意它們還有其它的意思：像是make 還有「製造、製作」的意思；have 則有「有、舉行、吃、喝」等的意思，所以看到題目，不能只直覺反應 make 或 have 一定是「使役動詞」後面加原型動詞的用法，因此還是要看上、下文意思小心判斷。

4. My friend sent me a birthday card.

（我朋友寄給我一張生日卡片。）

My friend _______________ me.（我朋友寄了一張生日卡片給我。）

答題解說

答案：My friend sent a birthday card to me. 兩句的主詞都是 My friend，差別在句尾，一個是「物（a birthday card）」，一個是「人（me）」。從題目句的動詞 sent（send 過去式）來看，符合「授予動詞」的用法，也就是「S + V + IO + DO」的句型，其中「間接受詞（IO）」是 me，直接受詞（DO）是 a birthday card，此句型也可以改成「S + V + DO + prep. + IO」。而改寫句的句尾 me 正好是題目句的「間接受詞（IO）」，因此只要將 a birthday card 移至 sent 後面，再加介系詞 to 即可。

破題關鍵

題目句動詞 sent 後面有兩個受詞（me 與 a birthday card），很明顯已經透露出「授予動詞」的用法，所以只要熟悉它的兩種慣用句型（「S + V + IO + DO」及「S + V + DO + prep. + IO」）即可。

相關文法或用法補充

常見的授予動詞有：ask（詢問）、allow（允許）、cause（導致）、give（給）、lend（借）、pay（支付）、sell（賣）、buy（買）、send（寄送）、show（顯示）、teach（教）、tell（告訴）、write（寫）、bring（帶來）、find（找到）、leave（留下）、get（取得）、make（製作）、pick（挑選）…等。

5. We can go out if it stops raining.

（如果雨停的話，我們就可以出去。）

We _______________ unless _______________.（我們不能出去，除非雨停。）

答題解說

答案：We can't go out unless it stops raining. 從改寫句的 unless 可知，這題考

的是把「if 如果」換成「unless 除非…」的用法。兩句的主詞都是 we。第一句用 if 連接，是假設「雨停的話，就可以出去」的語意，而第二句用 unless 連接，表示「除非雨停，否則我們不能出去」，有否定意味，所以只要把主要子句中的 can 改為 can't 即可。

破題關鍵

本題考 if 與 unless 的轉換，也就是 if = not... unless。unless 是「除非～，否則～」的意思，也就是「如果不～」的意味。但須注意的是，unless 不適用於非事實的假設，所以 unless 引導的子句即使是在描述未來的事，也不能加 will，而要以現在式代替未來式。

字詞解釋

unless [ʌn`lɛs] **conj.** 如果不，除非

相關文法或用法補充

雖然 unless 的用法幾乎等於 if... not，但 unless 不能用於疑問句，必須以 if... not 來表示條件句。例如：What will you do if you fail to pass the test?（如果你沒通過考試，你該怎麼辦呢？）此時不能寫成 What will you do unless you fail to pass the test?（×）

第 6～10 題：句子合併

6. Derek can't swim.（Derek 不會游泳。）
Eric can't swim, either.（Eric 也不會游泳。）

Neither Derek nor Eric can swim.（Derek 和 Eric 都不會游泳。）

答題解說

答案：Neither Derek nor Eric can swim. 第一句提到「Derek 不會游泳。」，第二句提到「Eric 也不會游泳。」，可知要合併成「Derek 和 Eric 都不會游泳」。Neither 和 nor 的後面分別放主詞 Derek 和 Eric 。我們可以把 Neither A nor B 理解為「既不是 A 也不是 B」。Neither... nor... 表示否定意味，所以不必再用否定意義的 can't，要改為 can，答案就出來了。

破題關鍵

從第三句可知，本題考 Neither... nor... 的用法。這是個對等連接詞，意指「不是A也不是 B」或「A 和 B 兩者都不是或沒有」，專用在否定的狀況中，表示「兩者皆非」，後面接兩個對等的單字、片語或是子句。

相關文法或用法補充

neither... nor... 有個特殊的規則叫「就近原則」，意思就是在以 neither... nor... 開頭的句子中，主要動詞的單複數要根據「比較接近」的主詞而定。因為 neither 後面會接一個主詞，nor 後面會接另一個主詞，但動詞比較靠近 nor 後面的主詞，所以會根據此主詞來決定單複數。例如：Neither the students nor the teacher knows the answer.（這群學生和這位老師都不知道答案。）

7. **I saw him.（我當時看到他。）**
He was cheating on the test.（他當時在考試時作弊。）

I saw him cheat/cheating on the test.（我當時看到他在考試時作弊。）

答題解說

答案：I saw him cheat/cheating on the test. 合併句提示用 I saw him 開頭，可直接聯想到「看到某人做某事」的句型：see + 人 + do / doing something。所以只要將第二句後面的 cheating on the test 照抄即可。另外，cheating 也可以用 cheat 取代。

破題關鍵

本題考的是「感官動詞 + 受詞 + 原形動詞／現在分詞」的用法。see 為感官動詞，後面可接原形動詞來強調動作的「事實」，或現在分詞（V-ing）來強調動作的「進行中」。

相關文法或用法補充

「感官動詞」包括 see、hear、watch、feel... 等，可用於 5 大句型中的「S+V+O + OC」。但像是 look、sound、feel... 等這些感官動詞，要表示「看起來／聽起來／感覺上…」時，常用於「S+V+C」的句型。例如：

❶ I felt the rain dropping on my face.（我感覺到雨落到我的臉上。）

❷ The rain felt so good after a long time of drought.（在長期乾旱之後，這場雨感覺好棒。）

8. **He likes a girl.（他喜歡一個女生。）**
A girl has long hair.（一個女孩留著長髮。）

He likes a girl with long hair.（他喜歡長頭髮的女生。）

答題解說

答案：He likes a girl with long hair. 第一句是「他喜歡一個女生」而第二句是「一個女孩留著長髮」，所以合併起來就是「他喜歡長頭髮的女生」。合併句提示要用介系詞 with 合併，表示「（某人）有著～」，因此這裡的 with 要取代第二句的動詞 has，因為後面都接名詞，所以其餘照抄即可。

破題關鍵

本題考的重點是介系詞片語「with +名詞」的後位修飾用法。第三句的主詞是 He，動詞是 likes，因此受詞是 a girl。with 後面接 long hair。因此整個受詞是 a girl with long hair。

相關文法或用法補充

若題目改用關係代名詞 who 合併句子，答案就是：He likes a girl who has long hair.

9. This is the shop.（就是這家店。）
I bought the phone here.（我在這裡買電話的。）

This is the shop where I bought the phone.（這家店就是我買這支電話的地方。）

答題解說

答案：This is the shop where I bought the phone. 第三句的主詞與動詞跟第一句一樣，都是 This is...，句尾的 phone 也出現在第二句中，而且要用 where 連接前兩句。從合併句可知，要強調的是「在這間店」買了手機，所以一開始先寫 This is the shop...。用 where 來指稱買電話的地方，也就是 the shop，即 This is the shop where...（這家店是……的地方）。where 後面接的子句表示在這個地方所做的事情，這個地方是 the shop，所做的事情是「買這支電話」，所以就是 This is the shop where I bought the phone。

破題關鍵

本題考的是關係副詞 where 的用法，後面必須接「完整句」，也就是 I bought the phone，而用了 where 之後，後面就不需要再寫 here。

相關文法或用法補充

關於關係副詞 where 的用法，請見以下例句：

❶ The Internet is a place where you can make friends with people from all over the world.（網路是你可以跟來自世界各地的人交朋友的地方。）

❷ That is the hotel where we will be staying.（那間飯店是我們要住的地方。）

10. Sam went to bed.（Sam 上床睡覺。）
He didn't take a shower.（他沒有洗澡。）

Sam went to bed without taking a shower.（Sam 沒有洗澡就上床睡覺了。）

答題解說

答案：Sam went to bed without taking a shower. 第三句的主詞與動詞跟第一句一樣（Sam went...），句中的 without 有否定意味，呼應第二句的 didn't，所以 without 後面接第二句的內容。without 是介系詞，後面要接動名詞（V-ing），所以要把第二句的動詞 take 換成 taking。without taking a shower 就是「沒有洗澡」或「不洗澡」的意思。

破題關鍵

本題考「介系詞＋動名詞（V-ing）」的用法。合併句提示用 without（沒有～），也就是用 without 來取代 didn't，因此只要將 take 改成 taking 即可。

字詞解釋

go to bed phr. 上床睡覺　**take a shower** phr. 洗澡，沖澡

相關文法或用法補充

類似用介系詞合併句子的題目還有：

He makes some money.

He sells used books.（用 by 合併句子）

答案是：He makes some money by selling used books.

第 11～15 題：句子重組

11. Can someone <u>show me how to use this</u> machine?

（有人可以教教我如何使用這部機器嗎？）

答題解說

從提供的「Can someone ________________ machine?」以及「me / this / how / to / show / use」來看，句中已經有助動詞 Can 和主詞 someone，所以後面要有原形動詞。選項中可能是動詞的有 show 和 use。若選擇 use 的話，就會變成 Can someone use，卻會發現沒有適合的受詞，雖然 Can someone use this machine? 是正確的句子，但剩下的單字會沒地方放。所以動詞是 show。show 後面可以接受詞 me，表示「示範給我看」的意思，後面接名詞片語（how to + 動詞），以表示「示範給我看要如何做？」。最後，將原形動詞 use 擺在 how to 後面，再填入 this，與句尾已給的 machine 形成一 use 的受詞之後，就大功告成了。

破題關鍵

本題主要考「授予動詞 show」以及「how to + 原形動詞」的用法。show 後面要

有兩個受詞。記住，間接受詞通常是「人」，直接受詞通常是「事物」。而「疑問詞 + 不定詞」= 名詞片語，而不定詞的部分要注意後面是否需要接受詞

相關文法或用法補充

「疑問詞 + 不定詞（to-V）」= 名詞片語，它簡化自「疑問詞引導的名詞子句」。例如 I don't know how I can help you. 可以簡化成 I don't know how to help you.。不過前提是，主要子句與疑問詞子句的主詞必須是同一個人。

12. It is so kind of you to help me.

（你人真好，來幫我的忙。）

答題解說

從提供的「It is ________________ me.」以及「you / kind / of / help / to / so」來看，因為找不到 It 可以代替哪個名詞，所以 It 是虛主詞，動詞是 is，後面要接形容詞作為補語，而只有 kind 是形容詞，其前可以放副詞 so 來加以修飾，所以是 It is so kind...，表示「如此友善的」。此時要注意到有個介系詞 of，可構成「so + 形容詞 + of + 人」的句型。剩下 to 和 help 的部分，前面提到「你人如此友善」，後面要提到「做某件事」，所以後面接 to help me。

破題關鍵

本題考「It is + 形容詞 + of + 人 + to-V」的句型，表示「某人做某事給人的感受如何」，而句尾已提示是 me，所以前面需要擺一個及物動詞，也只有 help 可選，其餘只要按照上述句型去擺放即可。

相關文法或用法補充

常與「It is + adj. + of + 人」做比較的另一個句型是「It is + adj. + to + 原形動詞」，用來形容「做某件事」如何。例如：It is important to study hard.（用功念書很重要。）因此，第一個句型當中的形容詞是用來修飾「人」，而第二個句型當中的形容詞是用來修飾「事情」。句尾是 lunchtime，前面用介系詞，during lunchtime 表示「在午餐時間」的意思。

13. The restaurant is always full of people during lunchtime.

（這家餐廳在午餐時間總是客滿。）

答題解說

從提供的「The restaurant ________________.」以及「full / people / during / always / of / is / lunchtime」來看，句子先提供了主詞，可以當動詞的只有 is，接著是可

當主詞補語的形容詞 full，所以是 The restaurant is full...，表示「這家餐廳充滿…」。因為字詞選項中又有 of，所以可聯想到 be full of 的片語。full of 後面接名詞 people，以表示「到處都是人」的意思。最後剩下的副詞 always，就擺在形容詞 full 前面修飾即可。

破題關鍵

本題主要考 be full of... 的用法。full of 以及 during 後面要放有意義的名詞，所以分別是 people 以及 lunchtime。

字詞解釋

be full of **phr.** 充滿　**lunchtime** [ˋlʌntʃ͵taɪm] **n.** 午餐時間

相關文法或用法補充

be full of 和 be filled with 意思一樣，都可表示「充滿」、「裝滿」。所以此句和本題同義：The restaurant is always filled with people during lunchtime.

14. The Internet is a place where you can get free information.

（網路是一個你可以取得免費資訊的地方。）

答題解說

從提供的「The Internet is a place ________________.」以及「you / where / information / can / free / get」的內容來看，一開始已經給了一個完整句 The Internet is a place（網路是一個地方），可知後面要有連接詞或關係詞。看到 place 之後，若後面要接一子句，就要想到用關係副詞 where 來連接，而 where後面要接有主詞、動詞等的完整句子，所以是 you can get free information（你可以得到免費資訊）。

破題關鍵

本題考關係副詞 where 的用法。where 後面要接「完整句」，了解此一概念之後，剩下的 you / information / can / free / get 就很容易組成一個完整句子了。

相關文法或用法補充

關係副詞出現在「名詞」之後，主要有表「地方」的 where、表「時間」的 when、表「原因」的 why 三種。關係副詞前面的名詞稱為「先行詞」，這個觀念與關係代名詞如出一轍，但因為關係代名詞本身會扮演主詞或受詞的角色，所以後面都是接不完整句，而關係副詞在關係子句是修飾語的功能，所以其後一定是接完整句子。

15. The birds can be heard singing in the morning.

（在早上可以聽得到鳥兒在唱歌。）

答題解說

從提供的「The birds ________________ morning.」以及「in / be / singing / can / heard / the」來看，主詞是 The birds，所以後面要有動詞，只有 can 與 be 可組成動詞部位，所以先寫下 The birds can be...。be 後面要接主詞補語，有 singing 和 heard 可考量，但就語意和文法上來看，The birds can be heard singing 會比 The birds can be singing heard 來得合理。最後剩下的 in 與 the 可以和句尾的 morning 形成時間副詞片語 in the morning。

破題關鍵

本題考「被動語態（be ＋ p.p.）」用法。選項單字中可形成被動式動詞的是 can be heard（可被聽到），後面接動名詞 singing 當作補語，表示「被聽到在唱歌」。

字詞解釋

heard [hɝd] **v.** 聽見（**hear** 的動詞過去式、過去分詞）

相關文法或用法補充

使用被動語態的主要目的是讓原本主動語態的受詞顯得更重要。將原本的受詞放到被動語態句子的最前面當主詞，以彰顯此受詞的重要性甚於原本動作的執行者。比方說：Students clean the classrooms every evening. 這句改成 The classrooms are cleaned every evening. 時，要表達的是「教室被打掃乾淨了。」至於是誰把它打掃乾淨，並不重要，所以也可以把 by students 省略掉。

第二部分 段落寫作

寫作範例

Miss Chen went shopping in a department store. She saw a pair of shoes she liked, so she decided to buy it. When she opened the box at home, she got a surprise. One shoe was bigger than the other. She went back to the store angrily. The clerk said sorry and gave her a new pair.

中文翻譯

陳小姐到一家百貨公司購物。她看到一雙她喜歡的鞋子，所以她決定買了下來。當她回家打開盒子時，她嚇了一跳。一隻鞋子比另外一隻還要大。她生氣地回到那家店，店員道了歉，並換了一雙新的鞋子給她。

答題解說

英檢初級的這道題，幾乎都是看圖描述的題目，所以有必要先把圖案裡面出現的人事物英文表達用語準備好。從題目文字已知，主角是 Miss Chen，她去百貨公司買鞋子，後來發現兩隻鞋子的尺寸不同，便回到百貨公司理論。只要根據每張圖寫一、二個關鍵句子，再把這些句子串聯起來，即可成為一篇短文。從第一張圖來看，她指著一雙鞋子，從店員的對話框中提到金額可知，女士在問這雙鞋的價錢，因此可聯想的字詞有：went shopping in a department store、a pair of shoes；從第二張圖來看，她打開盒子後，發現兩隻鞋子的尺寸不一樣大，表情很驚訝。可聯想的字詞有：surprised、one... the other、different in sizes；從第三張圖來看，。女士表情生氣，手裡拿著那雙尺寸不對的鞋子。店員向女士道歉，並換一雙正確的鞋子給她。可聯想的字詞有：angry/angrily、back to the store、clerk、say sorry / apologize... 等。

關鍵字詞

shopping [`ʃɑpɪŋ] **n.** [U] 買東西，購物　**department store** **phr.** 百貨公司　**a pair of** **phr.** 一雙的，一對的　**decide** [dɪ`saɪd] **v.** 決定　**surprise** [sɚ`praɪz] **n.** 驚奇，詫異　**angrily** [`æŋgrɪlɪ] **adv.** 憤怒地，生氣地　**clerk** [klɝk] **n.** 店員，職員

相關文法或用法補充

表示驚訝的情緒反應，除了用 she was surprised 之外，也可以用這裡的 she got a surprise 的表達，字面上是「她買／得到了一個驚喜」，也就是感到驚訝的意思，或者用 she couldn’t believe her eyes（她不敢相信她的眼睛），To her surprise, ...（讓她感到驚訝的是…）等等，來讓文章更有深度又具張力。

Speaking｜全民英檢初級口說能力測驗

第一部分 複誦

1. Watch out for that scooter behind you!

（小心你後面的機車。）

答題解說

注意這句話是為了要提醒對方的祈使句，請盡可能模仿提醒意味的口氣，若語調平平反而會很奇怪。本句在聽取時可按 watch out、for that scooter 以及 behind you 三段來記憶，免得一字一字記憶時，記得了前面而忘了後面。另外要注意的是連音部分：watch out 以及 behind you，前者要念成 [wɑˋtʃaʊt]，後者要念成 [bɪˋhaɪn-dju]，其中 [dj] 要發類似 [dʒ] 的音。最後，切勿把 scooter 聽成 school 了。

字詞解釋

watch out for phr. 留心注意～　**scooter** [ˋskutɚ] n. 速克達（一種小型摩托車）

相關文法或用法補充

behind 和 after 都有「在～之後」的意思，但兩者用法有很大的差別：

❶ after 當介系詞時，通常指「時間」的「之後」。例如：
We're going to leave at half after ten.（我們打算十點半離開。）
After you, please.（您先請。）

❷ after 當作副詞時表示「之後，以後」，主要是指時間的先後。此時 after 通常會與其他字構成副詞片語。例如：Tom left at ten o'clock and Sam did so soon after.（Tom 在十點時離開，隨後不久 Sam 也離席了。）

❸ behind 當介系詞或副詞時，通常指「位置」的「之後」。例如：
Don't hide behind the door.（別躲在門後。）
The policeman seize the thief from behind.（警察從背後抓住了小偷。）

❹ after 和 behind 只有在當介系詞表示「隨～之後」時，才可劃上等號： I came in after/behind John.（我在約翰後面進來。）

2. I need to go to the hospital.

（我必須到醫院去。）

答題解說

句中有兩個 to，會唸得很小聲，在聽取時要特別注意。而且 need to 會唸成像是 [ni-tə] 的音，因為 [d] 和 [t] 的發音位置一樣，[d] 音根本聽不到。在複誦時，就跟聽到的一樣，need to 要盡量唸得像是 [ni-tə]，而不是每個音都唸得很清楚，像是 [nid-tu]，to 的發音也不需要特別強調而唸得太大聲。

字詞解釋

hospital [ˋhɑspɪtḷ] **n.** 醫院

相關文法或用法補充

need 可當一般動詞，也可以當助動詞，表示「必須」、「需要」之意。但 need 當助動詞時只用於疑問句及否定句。例如：

❶ You need not pay me anything.（你無需付我任何酬勞。）

❷ Need I pick you up at the airport?（需要我去機場接你嗎？）

3. People in Taiwan are friendly to foreigners.

（在台灣的人對外國人很友善。）

答題解說

本句聽取時可分成 People in Taiwan、are friendly、to foreigners 三部分來分辨。介系詞 in 和 to 會唸得很小聲，聽起來會像是 People [n] Taiwan 以及 [t] foreigners。另外，friendly 只有兩個音節，若太強調 friend 的 d，就會唸成不自然的 frien＋[də]＋ly 三個音節，因此 d 可以輕輕帶過，唸成像是 frien＋ly。最後注意 foreigners 字尾的 -s 唸有聲的 [z]。

字詞解釋

friendly [ˋfrɛndlɪ] **adj.** 友好的，友善的 **foreigner** [ˋfɔrɪnɚ] **n.** 外國人

相關文法或用法補充

在英文裡，字尾 -ly 的單字很多都是副詞，但其實也有很多 ly 結尾但卻不是副詞的，最常見的大概就是 friendly 了！其他像是 lonely（寂寞的）、lovely（可愛的）、silly（愚蠢的）、ugly（醜的）、likely（可能的）、timely（即時的）、costly（昂貴的）、oily（油膩膩的）、heavenly（天堂的）、deadly（致命的）…等，也都是 -ly 結尾的形容詞。

4. The bookstore is on the sixth floor.

（這間書店在六樓。）

答題解說

首先，在聽取時要先注意到 is on 的連音， 會聽到 [ɪzɑn] 的音。唸 sixth 時，外國人會把尾音 [θ] 唸出來，雖然會唸得很小聲，但在發音上不可省略為 six。在複誦時，由於 [θ] 和 [f] 的發音有些接近，剛好唸完 sixth 的 [θ] 之後又要唸 floor 的 [f]，建議唸完 sixth 後稍微停頓，再唸 floor。

字詞解釋

bookstore [ˋbʊkˏstor] **n.** 書店　**floor** [flor] **n.** 樓層，地板

相關文法或用法補充

floor 與 story 都有「樓層」的意思，但 floor 是指「單一層樓」，而 story 則是指「建築物全部樓層」。例如：

❶ Please carry this box to the fifth floor of this apartment.
（請將這箱子搬到這棟公寓的 5 樓。）

❷ The 30-story building is the landmark of this area.
（這棟 30 層樓的建築物是這地區的地標。）

5. Don't you understand?

（你不明白嗎？）

答題解說

注意此句為否定疑問句，語意上為表示不耐煩的口氣，所以 understand 的 stand 會被拉長，而且尾音會上揚。另外要注意的是 Don't you 的連音，要念成近似 [don-tʃju] 的音，而 understand 當中的無聲 [t] 要發有聲的 [d] 音。

相關文法或用法補充

否定疑問句是指一般疑問句的否定形式，問句僅多了 not，但很多人對於回答可能感到困惑。其實只要記住一個原則：無論是一般問句或否定疑問句，只要問題的「事實」是肯定的，便回答 yes；反之，若事實是否定的，則回答 no。比方說，針對問句 Do you love her? 與 Don't you love her? 的回答，只要事實為「我愛她」，就回答 Yes, I do.；而事實若是「我不愛她」，便回答 No, I don't.。

第二部分 朗讀句子與短文

1. This song was sung by many popular singers.

（這首歌當時由許多知名歌手一起演唱。）

答題解說

sung 是 sing 的過去分詞，發音是 [sʌŋ]。本句可分為 This song was sung 以及 by many popular singers 兩段來朗讀。另外，注意在唸 This song 時，This 字尾與 song 字首都是 [s]，發音位置一樣，外國人一般不會分開來唸成 [ðɪs sɔŋ]，而是連音唸成 [ðɪ~sɔŋ]，[ðɪ] 的母音會拉長。was 字尾為 [z] 的發音，而 sung 字首是 [s] 的發音，也是一樣要連音，唸作 [wɑz~sɔŋ]，[z] 音會拉長再轉變成 [sɔŋ]。

字詞解釋

popular [ˋpɑpjələ˞] **adj.** 受歡迎的　**singer** [ˋsɪŋə˞] **n.** 歌手

相關文法或用法補充

sing 的過去式為 sang，唸作 [sæŋ]，過去分詞為 sung，唸作 [sʌŋ]。類似的變化有：

中文意思	原形動詞	過去式	過去分詞
唱歌	sing	sang	sung
響起	ring	rang	rung
游泳	swim	swam	swum
喝，喝酒	drink	drank	drunk
開始	begin	began	begun

2. **The girl cried out as soon as she saw the cockroach.**

（女孩一看到蟑螂就大叫。）

答題解說

本句可分為 The girl cried out 以及 as soon as she saw the cockroach 兩段來朗讀。首先要注意，在唸 cried out 時要連音，唸成 [kraɪ daʊt]。在唸 as soon as 時，因as 字尾為 [z] 的發音，而 soon 字首是 [s] 的發音，連音時會唸作 [æz~sun]，[z] 音會拉長再轉變成 [sun]。

字詞解釋

cry out **phr.** 喊叫出聲　**as soon as** **phr.** 一～就～　**cockroach** [kɑkrotʃ] **n.** 蟑螂

相關文法或用法補充

遇到沒學過的單字，可利用自然發音的規則試著唸。lock 或 block 的 ock 念作 [ɑk]，所以 cock 唸 [kɑk]；coach 唸 [kotʃ]，所以 roach 唸作 [rotʃ]，所以 cockroach 唸作 [ˋkɑkˏrotʃ]。

3. Tell me what you want, and I'll get it for you.

（告訴我你要什麼，我會買給你。）

答題解說

本句可分為 Tell me what you want 以及 and I'll get it for you 兩段來朗讀。what 和 you 一起唸時，會習慣性地連音念成 [`hwɑtʃu]，[tʃu] 唸起來像 choose 字首的 [tʃu]。而在唸 I'll 時，先唸 [aɪ]，接著舌頭馬上頂住上顎發 [l] 音。另外，外國人會習慣地把 get it 連音唸成 [gɛtɪ]，而且 get 的 [t] 音會唸得像是 [d]，it 的 [t] 幾乎聽不到。

相關文法或用法補充

我們經常看到在祈使句後，跟著 and 或 or，來表示有條件的正面或負面用法：

❶ 祈使句, + and... (正面用法)。例如：Study hard, and you will succeed.（努力用功，你一定會成功。）

❷ 祈使句, + or... (負面用法)。例如：Shut up, Nancy, or I'll throw you out.（Nancy，給我閉嘴，否則我會把你轟出去。）

4. Will you be free to join us for dinner tomorrow night?

（明天晚上你有空跟我們一起吃晚餐嗎？）

答題解說

本句可分為 Will you be free、to join us for dinner 以及 tomorrow night 兩段來朗讀。join 和 us 的連音唸成 [dʒɔɪ nəs]。另外，這是個助動詞 will 開頭的問句，所以句尾的尾音應上揚。

相關文法或用法補充

如何用英文提出「邀請或建議」？除了「Will you be free to join us for...」的說法之外，也可以用「Let's + 原形動詞」、「Why not + 原形動詞」以及「What/How about + Ving」等句型：

❶ Let's + 原形動詞 → 表示「我們去～（做某事）吧」，例如：Let's go for a biking trip.（我們騎腳踏車出去逛逛吧。）

❷ What/How about + Ving → 表示「～（做某事）如何？」，例如： What/How about going for a biking trip?（我們騎腳踏車出去逛逛如何？）

❸ Why not + 原形動詞（= Why don't you + 原形動詞）→ 表示「何不～（去做某事）」，例如：Why don't you go for a biking trip with me? =Why not go for a biking trip with me?（何不跟我出去騎腳踏車？）

5. Please do not talk during the test.

（考試的時候請不要講話。）

答題解說

這是個 Please 開頭的祈使句，請想像自己是監考老師對著學生講話的口氣。要特別注意的是，do not 這部分，不是縮寫形式的 don't，所以要唸 do not [du nɑt]，且要在 not 的位置加重音。在唸 do not talk 時，not 的 [t] 音幾乎聽不到，像是突然停頓一下後再唸 talk，聽起來像是 [du nɑ tɔk]。

字詞解釋

during [ˋdjʊrɪŋ] 在…期間　**test** [tɛst] **n.** 測驗

相關文法或用法補充

因為這句用在一個比較嚴肅的場合，為表示鄭重，所以不用較為口語的 don't，而是把 do not 分開來唸。就像是「請勿…」的告示牌會用 Do not... 而非 Don't...。

6. Susan is in seventh grade. This is her first year in junior high school. She is worried because her parents keep telling her that life in junior high school is very different from life in elementary school. There are more subjects to study and the tests are more difficult.

蘇珊現在念七年級。這是她在國中的第一年。因為她的父母一直告訴她說，國中的生活跟國小的生活很不一樣，所以她很擔心。會有比較多科目要讀，而且考試也比較難。

答題解說

表示順序的序數 seventh，在唸的時候要把 th 的 [θ] 音唸出來，雖然 [θ] 音很小聲，但不能只唸 seven grade。唸 first year 時會連音唸作 [fɝs tjɪr]，[t] 音會唸得像 [d] 音。different 有三個音節 [dɪfərənt]，不過也有外國人會省略為兩個 [dɪfrənt]，把中間的 -ferent 唸成 [frənt]。elementary 有五個音節 [ɛ-lə-mɛn-tə-rɪ]，不過也有外國人會省略為四個音節 [ɛ-lə-mɛn-trɪ]，把-tary 唸成 [trɪ]。唸 life in 時會連音唸作 [laɪ fɪn]。

字詞解釋

seventh [ˋsɛvənθ] **adj.** 第七的　**junior** [ˋdʒunjɚ] **adj.** 較年幼的　**different** **adj.** [ˋdɪfərənt] 不同的　**elementary** [ɛləˋmɛntərɪ] **adj.** 基礎的　**subject** [ˋsʌbdʒɪkt] **n.** 科目　**difficult** [ˋdɪfəˏkəlt] **adj.** 困難的

相關文法或用法補充

在跟外國人介紹自己或自己的小孩讀幾年級的時候，必須先知道求學各階段的說法，像是 preschool（幼兒園）、kindergarten（幼稚園）、elementary school（國小）、junior high school（國中）、senior high school（高中）、university（大學）、graduate school（研究所）、doctoral program（博士班）。另外，從國小一年級到高中三年的的說法是 first grade、second grade... twelfth grade。而大一至大四是 freshman、sophomore、junior、senior。至於研究所以及博士班，只要在前面加上 first/second... year of graduate school 或是 ... of doctoral program 即可。

第三部分 回答問題

1. Do you have a Facebook account? How often do you use it?

（你有臉書帳號嗎？你多久使用一次？）

答題解說

聽到 Do you have ~ Facebook 和 How often ~ use 可知，主要是問是否有臉書以及使用頻率，就算你聽不懂 account 的意思，也能完整回答問題。大多數人應該都會說有臉書帳號，可提出有 Facebook 之後很方便，跟老同學、多年不見的朋友開始保持聯絡。開頭可以說 Yes, I do, and I check my FB/Facebook every day...。那如果你沒有臉書帳號也無妨，照實說就好。例如，I don't have a Facebook account because I think...，或者也可以順便提出個人對於 Facebook 的一些看法。

參考範例及中譯

❶ Of course I do. Who doesn't have one nowadays? I check my Facebook every day. I post pictures and messages. I also read my friends' messages and watch some funny videos.
（當然有。現在誰沒有？我每天都會看我的臉書。我在上面貼照片和訊息。我也讀朋友的訊息，看一些有趣的影片。）

❷ I don't have a Facebook account. I see my friends use it, but I think it is a waste of time. Maybe I will use it in the future, but now I have to study hard.
（我沒有臉書帳號。我看我的朋友都在用，但我認為是浪費時間。也許我以後會用，但現在我必須用功讀書。）

字詞解釋

***account** [ə`kaʊnt] **n.** 帳戶　**nowadays** [`naʊə͵dez] **adv.** 現今，時下
check [tʃɛk] **v.** 查看，檢查　**post** [post] **v.** 張貼（文章、訊息），發布
message [`mɛsɪdʒ] **n.** 訊息　**waste** [west] **n.** 浪費

相關文法或用法補充

疑問詞 how 常用來與另一個副詞形成詢問特殊目的的問句，像是「How far / How much / How many / How fast / How long...，後面接「助動詞 + 主詞 + 原形動詞？」或是「be 動詞 + 主詞 + 過去分詞/現在分詞？」例如：

❶ How far can this thief run?（這小偷可以跑多遠？）

❷ How fast is the earth moving?（地球移動的速度有多快？）

❸ How much water should we drink every day?（我們每天應該喝多少水？）

❹ How many people are there in your family?（你家裡有多少人？）

2. What do you usually do on Chinese New Year's Eve?

（除夕當天你通常會做什麼？）

答題解說

首先，一定要聽懂 Chinese New Year's Eve 是「除夕」的意思。而 What ~ usually do ? 主要是問通常會做什麼。除夕當天可以做的事情還真不少，你可以說在廚房幫媽媽的忙（help my mom with cooking in the kitchen），或是佈置（decorate）家裡之類的。建議挑比較容易的事情來說。如果「貼春聯」太難不會說，就改為「佈置家裡」，如果「守歲」不會說，就改為「很晚睡（go to bed late）」、「跟家人聊天（chat with my family members）」等等。另外，因為問的是日常的習慣，記得要用現在簡單式來表達。

參考範例及中譯

❶ This is a special day. My family always have a big dinner, so I help out in the kitchen. My mom is very busy, so I give her a hand.
（這是特別的一天。我們一家人都會享用大餐，所以我會在廚房幫忙。我的媽媽會很忙，所以我會幫她的忙。）

❷ My mom doesn't want me in the kitchen, so I help to decorate the house. After dinner, I watch TV and play cards with my cousins. We go to bed late.
（我媽不想要我在廚房，所以我會幫忙佈置家裡。晚餐之後，我會跟我的表／堂兄弟姊妹們看電視、玩牌。我們很晚才睡。）

字詞解釋

usually [ˋjuʒʊəlɪ] **adv.** 通常，慣常地　**eve** [iv] **n.**（節日等的）前夜，前夕
special [ˋspɛʃəl] **adj.** 特別的，特殊的　**help out** **phr.** 幫忙，幫到底　**give sb. a hand** **phr.** 助某人一臂之力，幫忙　**decorate** [ˋdɛkəˏret] **v.** 裝飾，布置
go to bed **phr.** 去睡覺

相關文法或用法補充

「頻率副詞」通常搭配現在簡單式，依據頻率大小排列，主要有 always、usually、often、sometimes、seldom、hardly/rarely、never 等。其中 seldom / hardly/ never 為「否定」的頻率副詞，本身為否定意味，不與 not 連用。通常置於 be 動詞之後，一般動詞之前。例如：

❶ You are usually happy.（你通常快樂。）

❷ He always goes to school late.（他總是上學遲到。）

3. Did you ever tell a lie?

（你曾經說過謊嗎？）

答題解說

題目問句中的 tell a lie 是「說謊」的意思，基本上每個人都說過謊，但重點是，要舉一個比較容易用英文解釋的說謊經驗。例如，跟媽媽說在用電腦做功課，但其實是在跟朋友聊天。或者是，某位朋友問了你某個問題，但你說了個善意的謊言（a white lie）。如果你真的是那種一言既出，駟馬難追的人，可以說你不喜歡說謊，因為謊言終有一天會被戳破（to see through a lie），而且好朋友之間不應該說謊（shouldn't lie to good friends）。

參考範例及中譯

❶ I guess I did. Sometimes my friends asked me about their clothes and hairstyles. I told them the clothes were beautiful, but it was a white lie.
（我想我有說過吧。有的時候，我的朋友會問我關於他們的衣服和髮型。我告訴他們說衣服很漂亮，不過其實是善意的謊言。）

❷ I hate to tell lies because honesty is the best policy. Sometimes you forget the lies you tell and people will know. Good friends should not lie to one another.
（我討厭說謊，因為誠實為上策。有時候你會忘記你說過的謊，這樣的話人們就會知道你在說謊。好朋友之間不應該說謊。）

字詞解釋

lie [laɪ] **v.** 撒謊 **n.** 謊言　***white lie** **phr.** 善意謊言　**hate** [het] **v.** 討厭，恨
honesty [`ɑnɪstɪ] **n.** 正直，誠實　***policy** [`pɑləsɪ] **n.** 政策　**one another** **phr.** 彼此

相關文法或用法補充

如果已經忘了當初為什麼要說謊，也可以把別人說謊的經驗說出來。可以這麼回答：

I seldom told lies. But my mother does. She often bought something I like to eat. But she never bought it for herself. She said she was not hungry. In fact, she wanted to save money.（我很少說謊。但我媽常說謊。她常買我喜歡吃的東西，但她從來不買她喜歡吃的。她都說她不餓，但事實上，她是想省錢。）

4. What is your father like? How does he look?

（你爸爸是什麼樣的人？他看起來怎麼樣？）

答題解說

本題其實有兩個問題要回答。聽到 What is... like? 可知，要問的是，對於某人的看法如何，而 How does... look? 是問你外表給人的感覺，可以回答說 He looks young. 或是 He is very tall... 等等。所以除了年紀、外貌、身高，還可以提到此人的個性等，例如 kind（仁慈的）、friendly（友善的）、polite（有禮貌的）、patient（有耐心的）、serious（嚴肅的）... 等。只需要提出一點，再利用例子加以補充說明即可。

參考範例及中譯

❶ My father looks young. Sometimes people think he is my brother. He is friendly and kind. He is very patient when he talks with old people.
（我爸爸看起來很年輕。有的時候，別人以為他是我的哥哥。他很友善，人也很好，當他跟老人家說話時，他很有耐心。）

❷ What can I say? My father always looks serious and strict. He doesn't allow me to use the cell phone or computer. He always calls my teachers and checks what I do in school.
（怎麼說呢？我爸爸總是看起來嚴肅且嚴格。他不允許我用手機或電腦。他總是打電話給我的老師，確認我都在學校做些什麼。）

字詞解釋

friendly [ˋfrɛndlɪ] **adj.** 友善的 **patient** [ˋpeʃənt] **adj.** 有耐心的，能忍受的 ***strict** [strɪkt] **adj.** 嚴格的；嚴厲的 **allow** [əˋlaʊ] **v.** 允許 **cellphone** [ˋsɛlfon] **n.** 行動電話 **check** [tʃɛk] **v.** 查看

相關文法或用法補充

遇到這種談論家人的題目，如果有什麼難言之隱，不願意多談，除了實話實說之外（例如：我沒有父親），其實還可以用假設語氣的 I wish I could 句型，表達自己希望有什麼樣的爸爸。I wish I could have a father who could be very good to me and to my mom. I wish he could share everything with me, tell me some jokes, and play with me.（真希望我能有一位對我和我媽媽很好的爸爸。我希望他能和我分享所有事情，說笑話給我聽，跟我一起玩。）

5. What do you want to do after you graduate from school?

（你畢業之後想要做什麼？）

答題解說

聽到 What ~ you ~ do after ~ graduate 可知，主要是問畢業之後想要做的事。如果已經想好了，可以解釋為什麼要做這個選擇，這個選擇的優點是什麼。如果不曾想過，可以先交代自己的興趣，預留伏筆，甚至說不排除到國外留學、工作之類的選擇。如果已經不是學生，可以回想自己當時畢業之前的想法。

參考範例及中譯

❶ I love to cook, so I want to be a chef. To me, it is very interesting. I hope I can have my own restaurant in the future.
（我喜歡烹飪，所以我想當廚師。對我來說這很有趣。我希望未來我能擁有自己的餐廳。）

❷ I have no idea. I enjoy reading and writing. Maybe I can study in America after I graduate.
（我不知道。我喜歡閱讀和寫作。或許畢業之後我可以到美國念書。）

字詞解釋

graduate from **phr.** 畢業於～ **chef** [ʃɛf] **n.**（餐館等的）主廚 **interesting** [ˋɪntərɪstɪŋ] **adj.** 有趣的，引起興趣的 **restaurant** [ˋrɛstərənt] **n.** 餐廳，餐館 **future** [ˋfjutʃɚ] **n.** 未來 **have no idea** **phr.** 不知道，沒有想法

相關文法或用法補充

回答本題時，也許會用到一些與職業有關的英文，以下列舉一些有用的詞彙供您參考：

actor / actress（男演員 / 女演員）、author / writer（作家）、banker（銀行員）、baker（麵包糕點師傅）、barber / hairdresser（理髮師／髮型設計師）、broadcaster（廣播員）、flight attendant（空服員）、coach（教練）、clerk（店員）、dancer（舞者）、decorator （裝潢師）、dentist（牙醫）、designer（設計師）、bus/taxi driver（公車／計程車司機）、doctor（醫生）、editor（編輯人員）、engineer（工程師）、fire fighter（消防員）、judge（法官）、lawyer（律師）、librarian（圖書館員）、model（模特兒）、musician（音樂家）、nurse（護士）、policeman / police officer（警察／警官）、postman（郵差）、professor（教授）、sales（業務員）、secretary（秘書）、security guard（保全人員）、scientist（科學家）、singer（歌手）、teacher（老師）、tour guide（導遊）、waiter / waitress（男服務生 / 女服務生）、zookeeper（動物園管理員）

6. Your friend, Lucy, wants to lose weight. Tell her how to do it.

（你的朋友 Lucy 想要減肥。告訴她該怎麼做。）

答題解說

聽到 Your friend ~ wants ~ lose weight ~ tell ~ how to do ~ 可知，要問的是，假設你有一個想要減肥的朋友，希望你可以給她一些減肥的建議。關於減重方面的建議有：多運動（do more exercise）、少吃某些食物（avoid / keep away from some kinds of food）、睡眠要充足（have a good night's sleep / have enough sleep）等。除了建議之外，也可以提到要趕快進行相關計畫。

參考範例及中譯

❶ I know it is easy to say but hard to do. Try to exercise at least twice a week. Keep away from fried food, especially French fries. Make sure you have enough sleep.
（我知道說很容易，但做起來很難。試著一週運動至少兩次。避開油炸食物，尤其是薯條。睡眠務必要充足。）

❷ I think you already know what to do. I will not repeat the things you already know. What you need now is a plan. Write it down and follow it.
（我想你已經知道要做什麼了吧。我不想重複你已經知道的事。你現在需要的是一個計畫。把計畫寫下來並且去遵守。）

字詞解釋

lose weight **phr.** 減重，減肥 **keep away from** **phr.** 避開，遠離 **fried** [fraɪd] **adj.** 油炸的 **French fries** **phr.** 薯條 **repeat** [rɪˋpit] **v.** 重複 **follow** [ˋfɑlo] **v.** 跟隨，仿傚

相關文法或用法補充

「疑問詞（5W1H）+ 不定詞（to-V）」其實是從「疑問詞 + S + 助動詞+ 原形動詞」簡化而來，當名詞用，在句中扮演主詞或受詞的角色。例如：
where to go（到哪兒去）when to do it（什麼時候做這件事）
how to do it（如何做這件事）what to do（做什麼）
whom to talk to（要跟誰說話）which to buy（要買哪一個）

7. You are at a post office. You want to send a package to a friend who lives overseas. Tell the clerk what you want to do.

（你現在在郵局，你想要寄包裹給一位住在國外的朋友。請試著告訴櫃台人員你要做的。）

答題解說

聽到 You ~ at ~ post office ~ send ~ package ~ friend ~ overseas 以及 tell ~ clerk ~ what ~ want to do 這些字眼就可以知道，本題要你假想自己去郵局寄包裹給朋友，並試著跟郵局櫃檯人員進行相關對話。所以回答時可以先禮貌性地問候（Excuse me...），接著可以先重複題目中提到的訴求（want to send a package to...），再額外補充一些細節，例如要寄到哪一個國家之類的資訊。也可以詢問一些常見的問題，例如郵資多少錢（How much is the postage?）、多少天會送到（How long does it take?）、要寫什麼等等。另外，若要表示「以平信／掛號／限時／航空郵件⋯」等寄出的話，可以說 send... by ordinary mail / registered mail / prompt delivery mail / airmail...。

參考範例及中譯

❶ Hello. I want to send this package to a friend in the UK. It includes some books and clothes. What should I do? Do I need to buy a box?
（你好。我要寄這個包裹給一位在英國的朋友。它包括一些書和衣服。我該怎麼做呢？需要買箱子嗎？）

❷ Excuse me. I want to send this package to a friend in the US. How much is it? How many days will it take? What do I need to write here? I don't have my friend's telephone number.
（請問一下。我要寄這個包裹給一位在美國的朋友。這樣要多少錢？需要幾天才會到？這裡需要寫什麼？我沒有我朋友的電話號碼。）

字詞解釋

post office phr. 郵局　**package** [`pækɪdʒ] n. 包裹　**overseas** [`ovɚ`siz] adv. 在（或向）海外　**clerk** [klɝk] n. 職員，店員

相關文法或用法補充

去國外郵局辦事時，必須了解的一些郵政相關英文如下：domestic express mail（國內快捷郵件）、international express mail（國際快捷郵件）、ordinary mail（平信）、regular mail（regular mail）、registered mail（掛號信）、prompt delivery mail（限時郵件）、prompt registered mail（限時掛號郵件）、airmail（航空郵件）、postcard（明信片）、stamp（郵票）、postage（郵資）、parcel（包裹）、small package（小包裹）、cash-on delivery（貨到付款）、postal order（郵政匯票）

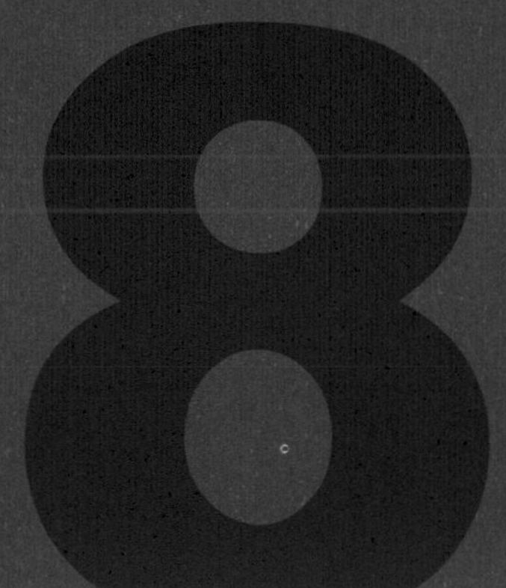

GEPT 全民英檢

初級複試

中譯＋解析

第一部分 單句寫作

第 1～5 題：句子改寫

1. What you need is here.

（你要的東西在這。）

Here ________________.（這是你要的（東西）。）

答題解說

答案：Here is what you need. 從第二句開頭的 Here 以及第一句結尾的 here 來看，就知道要改為地方副詞置於句首的倒裝句。後面接「be 動詞 + 主詞」。這裡的 be 動詞是 is，主詞是 what you need。

破題關鍵

本題要考的是「Here 置於句首」的倒裝句型，意思是「你要的～在這／這是你要的～」。here 是地方副詞，置於句首時，如果主詞是一般名詞，後面直接接「be 動詞 + 一般名詞（主詞）」，但如果主詞是「代名詞」，則 Here 後面要先接主詞，再接 be 動詞。

相關文法或用法補充

倒裝句的 Here it is. 與 Here you are. 都有「東西在這；給你」的意思。但在表示「給別人東西」時，Here it is. 著重於東西本身，強調「東西在這裡」，而 Here you are. 著重於對方這個「人」，強調「給你」的這個行為。

2. It took us two days to decorate the house.

（佈置這間房子花了我們兩天的時間。）

How ________________ to decorate the house?

（佈置這間房子花了你們多久時間？）

答題解說

答案：How long / much time did it take you to decorate the house? 本題是針對 two days 的問句，也就是要問，布置房子花了多少時間。以 How 開頭的問句很多，可能是問方式、時間長短、狀況如何、多少錢等等，從第一句的 took us two days（花了兩天）可知，是問時間長短，所以原問句為「How long did it take + 某人 + to-V？」句型。助動詞 did 後面的動詞要用原形動詞，took 改為 take。所以就完成了 How long did it take you...?（花了你多久⋯？）。後面再接 to decorate the house（佈置房子）來完成。

破題關鍵

看到第二句的疑問詞 How 和句尾的問號（?）可知，這題考的是「It takes 某人 + 時間 + to V」的原問句。題目的動詞 took 為過去式，原問句的助動詞要用 did。

字詞解釋

decorate [ˋdɛkəˏret] **v.** 裝飾，布置

相關文法或用法補充

若題目的動詞改為 spend 要怎麼回答呢？請見以下例題：

It took us two days to decorate the house.

How ________________ spend decorating the house?

正解 1：How long did you spend decorating the house?

正解 2：How much time did you spend decorating the house?

因為動詞 spend 要以人當作主詞，所以原問句的主詞用 you（你們），而疑問詞可以用 How long 或 How much time。

3. A lady said, "Could you give me a hand?"

（一位女士說「你可以幫我一個忙嗎？」）

The lady asked me if ________________ hand.

（那位女士問我是否能幫她一個忙。）

答題解說

答案：The lady asked me if I could give her a hand? 第一句呈現的是某人所說的話，從引號內容 "Could you give me a hand?" 可知是請求協助。而第二句則用主詞、動詞、受詞與連接詞 if 呈現一個直述句，由此可推測，要用換句話說以間接問句的方式寫出第一句的大意。用中文來理解的話就是：「那位女士問我是否能幫她」，所以要把引號中的 me 改為 her。要把引號內的內容變成間接問句，就要用 if，後面再接有主詞、動詞的完整子句，即 if I could...。

破題關鍵

本題考「ask... if S + V」的間接問句。第二句的受詞為 me，可知 "Could you give me a hand?" 這句話是對「我 (me)」說。give her a hand 或 lend her a hand 是「對她伸出援手」、「幫她一個忙」的意思。

字詞解釋

give sb. a hand **phr.** 對某人伸出援手，幫忙某人

相關文法或用法補充

一般來說，if 是「如果」的意思，常用來引導「條件子句」，構成假設語氣。不過這裡的 if 是「是否」的意思，用來引導名詞子句，作 ask 的受詞，相當於 whether。

4. **I can't help you because I am very busy right now.**

（我無法幫你，因為我現在很忙。）

I am ________________, so ________________.（我現在很忙，所以我無法幫你。）

答題解說

答案：I am very busy right now, so I can't help you. 要注意的是，會用到 because 或 so，表示此句中兩個子句有因果關係，其中一子句在說明原因。說明原因的子句放在 because 的後面，或放在 so 的前面。原因的內容是「我現在很忙」，即 I am very busy right now。so 後面寫結果，結果是「我不能幫你」，即 so I can't help you。

破題關鍵

從第二句的 so 和第一句的 because 可知，這題考的是從 because 改為 so 的用法。要注意一個重點，在一個句子裡面只能用一個連接詞，不是用 because，就是用 so，無法兩者都用。

字詞解釋

right now **phr.** 現在

相關文法或用法補充

right now 和 right away 都有「現在」的意思，有時候可以互相替換使用，但有時候又不行。Right now 的意思其實就等於 now（現在），只不過加了 right 這個強調詞，語氣聽起來比較強，可以用來說明某人事物的「當下狀態」。例如：We had better leave right now / right away, or we will miss the train.（我們最好馬上離開，不然我們會錯過火車。）如果要表達「在其他某時間點要馬上做某事」，沒有要強調「現在、當下」就要做，那就只能用 right away，例如：When you see David today, tell him to call me right away.（你今天如果有看到 David，告訴他馬上打電話給我。）

5. There are more than two hundred languages in the world.

（世界上有兩百多種語言。）

How many ______________?（世界上有多少種語言？）

答題解說

答案：How many languages are there in the world? 第一句提到 There are more than two hundred languages...，two hundred languages 指「兩百種語言」的意思，原問句就是「有多少種語言」，所以 How many 後面接複數形的 languages。因為是問句，所以要把 there are 改為倒裝的 are there。最後將地方副詞片語 in the world 放在最後即可。

破題關鍵

看到第二句的疑問詞 How many 和問號（?）可知，這題考的是原問句。要用「How many + 可數名詞 + are there... ?」的句型來回答。

字詞解釋

language [ˋlæŋgwɪdʒ] **n.** 語言

相關文法或用法補充

若要問的主題是不可數名詞，就用「How much + 不可數名詞 + is there... ?」句型來造原問句。例如：How much money is there in my wallet?（我的錢包裡有多少錢？）

第 6～10 題：句子合併

6. Mr. Wang is a dentist.（王先生是一位牙醫。）
Mrs. Wang is a dentist, too.（王太太也是一位牙醫。）

Both Mr. and Mrs. Wang are dentists.（王先生和王太太倆都是牙醫。）

答題解說

答案：Both Mr. and Mrs. Wang are dentists. 首先要知道 Both 後面接兩個主詞，兩主詞用 and 連接，所以合併兩句的主詞，即第一句的 Both Mr. 以及第二句的 Mrs. Wang。王先生和王太太兩人為複數，Be 動詞改為 are。而因為兩人都是牙醫，所以 dentist 要改為複數 dentists。

破題關鍵

從第三句開頭的 Both，以及第一、二句的補語都是 dentist 可知，這題考的是

Both... and... are...（兩者都…）的用法。因為動詞是 are，所以記得後面的 dentists 要加 -s。

字詞解釋

dentist [ˋdɛntɪst] **n.** 牙醫

相關文法或用法補充

Both... and... are（兩者都是）的否定表達為 Neither... nor... is（兩者都不是）。另外一個句型 Either... or... is，要表達的是「兩者其中之一是…」，也就是「其中一個不是」的意思。例如：

❶ Neither Mr. Wang nor Mrs. Wang is a dentist.（王先生和王太太都不是牙醫。）
❷ Either Mr. Wang or Mrs. Wang is a dentist.（王先生或王太太其中一位是牙醫。）

7. This diamond ring is so cheap.（這鑽戒真便宜。）
It can't be real.（它不可能是真的。）

This diamond ring is too cheap to be real.（這鑽戒太便宜了，不太可能是真的。）

答題解說

答案：This diamond ring is too cheap to be real. 第三句一開頭用 This，可知合併句的主詞是 This diamond ring，動詞是 is。too 後面接形容詞當主詞補語，即第一句的 cheap。因為有 too 就不需要 so，所以 so cheap 改為 too cheap。在 too... to-V 句型中，to-V 本身就帶有否定意味，正好呼應第二句的 can't be real 的否定句意，所以 to 後面接原形動詞 be 和 real，不用再寫 can't。

破題關鍵

從第三句的 too 和 to 可知，這題考的是 too... to V...（太～而不能～）的句型。接著用 too cheap 取代 so cheap，用 to be real 取代 can't be real。

相關文法或用法補充

若這題是考 so... that...（太～以至於～）句型，that 後面要接主詞和動詞。so... that... 並不帶有否定意味，所以要寫出 can't，也就是：This diamond ring is so cheap that it can't be real.

8. Sandy is 165 cm tall.（Sandy 165 公分高。）
Her mother is also 165 cm tall.（她媽媽也是 165 公分高。）

Sandy is as tall as her mother.（Sandy 跟她的媽媽一樣高。）

答題解說

答案：Sandy is as tall as her mother. 一開始可看到主詞 Sandy，與第一句相同，所以直接照抄寫 Sandy is...。這時要知道 as... as 中間用形容詞，因為動詞是 is。既然 Sandy 和媽媽都是「165 公分高」，可見兩人一樣高，所以是 as tall as。as tall as 後面接要比較的對象，也就是第二句的 her mother。

破題關鍵

從第三句的兩個 as 可知，這題考的是 as... as...（和～一樣～）的用法。兩個 as 中間要放形容詞或副詞，關鍵在句子的動詞是 be 動詞還是一般動詞。

相關文法或用法補充

as...as...（和～一樣～）是英文中同等比較時常用的句型，其基本句型是「as + 原級（形容詞/副詞）+ as...」。如果要表達「否定」時，as 可以用 so 來替換。例如：I don't run as/so fast as my younger brother (does).（我跑的沒有我弟弟快。）另外原級形容詞後面也可以接名詞。例如：I have as many shoes as she (does).（我和她擁有一樣多的鞋。）但需注意的是，這裡的形容詞 many 和 名詞 books 不可以分開，因為形容詞是用來修飾名詞的，所以若寫成：I have shoes as many as she. 是錯誤的。

9. Study hard for the test.（為考試努力用功吧。）
You may fail it.（你可能會不及格。）

Study <u>hard for the test</u> or <u>you may fail it</u>.
（努力用功準備考試，否則你可能會不及格。）

答題解說

答案：Study hard for the test or you may fail it. 第一句和第二句是條件關係，而第三句和第一句都是祈使句，所以合併之後會有「要去做⋯，否則⋯」的意思。合併句和第一句一樣，都用 Study 開頭，所以 or 前面先照抄，寫出條件，也就是「為考試努力用功（Study hard for the test...）」。然後 or 後面接「要是不這麼做的話，後果為「你可能會不及格」，所以要寫 you may fail it。

破題關鍵

從第三句的 or 可知，這題考的是連接詞 or（否則）的用法。第一句是「條件」（Study hard for the test），第二句是「結果」（you may fail it）。這裡的 it 是指 the test。

相關文法或用法補充

若將本題的 or 改成 so that（這樣才能⋯），就用 you may pass it（及格）。例如：

第1回 第2回 第3回 第4回 第5回 第6回 第7回 第8回 第9回 第10回

Study hard for the test.

You may pass it.

Study ________________ so that ________________.

→ Study hard for the test so that you may pass it.
（為考試努力用功吧，這樣你才能過關。）

10. He is happy today.（他今天很開心。）
He got many presents.（他拿到很多禮物。）

Because he got many presents, he is happy today.
（因為他拿到很多禮物，他今天很開心。）

答題解說

答案：Because he got many presents, he is happy today. Because 後面的子句寫原因，即「他得到很多禮物」，Because he got many presents。逗號之後寫結果，同時要注意：有 Because（因為），就不需要 so（所以）。因此逗號之後直接寫 he is happy today。不過要注意 Because 子句用的是過去式，而主要子句用現在式。

破題關鍵

從第三句的 Because 可知，這題考的是連接詞 because 的用法。可知第一、二句為因果關係。因：得到禮物，果：很開心。

字詞解釋

present [ˋprɛzn̩t] **n.** 禮物，贈品

相關文法或用法補充

because 有時也會出現在句子中間，because 後面說明原因。例如：He is happy today because he got many presents.。另外，也有 because of 的用法，當介系詞用，後面接名詞（片語）。所以這句也可改為：He is happy today because of his getting many presents.

第 11～15 題：句子重組

11. Give me a call if there is a problem.

（有問題的話，打通電話給我。）

答題解說

從提供的「Give ________________ problem.」以及「there / if / a call / a / is / me」來看，從一開始的 Give 可知這是一個祈使句。give 是授予動詞，用於兩種句型：1. give + 間接受詞 + 直接受詞；2. give + 直接受詞 + to + 間接受詞。因為單字選項中沒有 to，所以可推定要用前述第 1 個句型，直接寫下 Give me a call。看到 if（如果），就知道後面接條件子句，我們可以從 there、a、is 這些單字以及句尾的 problem 構成一子句，即 there is a problem。

破題關鍵

這題考的是授予動詞 give 的用法，並搭配表示條件的連接詞 if。give 後面要有兩個受詞。記住，間接受詞通常是「人」，直接受詞通常是「事物」。if 是連接詞，後面要接完整句，所以就是 there is a problem。

相關文法或用法補充

「條件句」主要是描述一些必然發生的結果、可能發生的結果或是說話者希望能發生的結果，這種語法類似中文常見的「如果〔情況〕，就會〔結果〕」句型，但是英文條件句涉及不同的時態，也是文法考試中的一大重點。不過以英檢初級的程度來，只要先學會「假設與氣直述法」即可，也就是針對「可能發生的情況」。例如：If you <u>don't</u> hurry, you <u>will</u> miss the train.（如果不快一點，你會錯過火車。）

12. The house <u>cost him more than ten million dollars</u>.

（這房子花了他超過一千萬元。）

答題解說

從提供的「The house ________________.」以及「dollars / more than / ten / him / cost / million」來看，主詞為物品（The house），單字選項中有金額（dollars），可推測此句跟「這房子值多少錢」有關，趕緊找與花費、價值等等相關的動詞。選項中最適合的是 cost，所以先完成了 The house cost。這時要知道 cost 後面接「人物」名詞，所以是 The house cost him（這房子花了他）。後面要寫與價格相關的表達，即 ten million dollars（一千萬元），more than 放在前面作為修飾語，也就是 more than ten million dollars。

破題關鍵

這題考的是「物＋cost ＋人＋錢」的句型。「物」是 The house，「人」是 him，「錢」是 ten million dollars。剩下的 more than 後面通常接數字，所以放在 ten million 前面。

相關文法或用法補充

cost 用於花費「金錢」，主詞有兩種可能用法，其後若有第二個動作要表達，則只能用「不定詞」形式。其慣用句型為：

❶ It + cost(s) + 人 + 金錢 + to-V → 買（某物）花了某人多少錢。例如：It cost(s) me two thousand dollars to buy a doll.（買洋娃娃花了我兩千元。）

❷ 物 + cost(s) + 人 + 金錢 →（物）花了某人多少錢。例如：The dresses cost her five thousand dollars.（這洋裝花了她五千元。）

請注意，cost 的三態皆為 cost，因此 it costs 跟 it cost 都是對的，但意思有點不同，it costs 是表示「花了多少錢」的「事實」（現在簡單式），而 it cost 是表示「當時花了多少錢」（過去簡單式）。

13. Never have I tasted such delicious food!

（我從來沒嚐過如此美味的食物！）

答題解說

從提供的「Never ________________ food!」以及「delicious / have / tasted / such / I」來看，句子一開頭用否定副詞 Never，這意味有兩種可能的表達：1. 祈使句，即「Never＋原形動詞」，表示「絕對不要～」；2. 倒裝句，就是把原本的 S + V「倒」過來，改為 V + S 結構，也就是「Never＋助動詞＋主詞＋動詞」，以表示「（主詞）從未／絕不～」。若朝祈使句的方向思考，Never 後面要接動詞原形 have，再接受詞，不過這樣就會有其他單字無法填入，所以不正確。所以要往倒裝句的方向思考。Never 後面先找到助動詞，唯一適合的是 have，作為現在完成式的助動詞。主詞是 I，後面接動詞的過去分詞 tasted，就完成了 Never have I tasted。剩下的 such 接在 delicious food 前面。such delicious food 表示「如此美味的食物」。Never have I tasted... 原本應是 I have never tasted... 。

破題關鍵

這題考的是以否定副詞 Never 開頭的倒裝句。單字選項中有現在完成式的構成要素，所以要先放助動詞 have 再接主詞（I），後面才放過去分詞 tasted。 tasted 是及物動詞，其後須緊接受詞。先找到名詞 food 之後，再將它的修飾語 such delicious 擺在前面即可。

字詞解釋

taste [test] **v.** 品嘗　**delicious** [dɪˋlɪʃəs] **adj.** 美味的

相關文法或用法補充

「否定副詞」放到句首，後面句子倒裝，其句型為「否定副詞 + be 動詞／助動詞/ have, has, had + 主詞」。常見否定副詞有表達「幾乎不／沒有」的 never, hardly, seldom, rarely, little，以及「絕對不，不可能」的 by no means, in no way 等。若句子本來只有一般動詞，沒有 be 動詞或助動詞的話，就要自行己加入 do/does/did 作為助動詞。例如：We hardly saw each other after graduation.（倒裝前）→ Hardly did we see each other after graduation.（倒裝後）

14. My mother <u>does all the housework by herself.</u>

（我媽媽自己一人做所有的家事。）

答題解說

從提供的「My mother ________________.」以及「housework / herself / the / all / does / by」的內容來看，句子以主詞 My mother 開頭，所以後面要找到動詞。選項中最適合的是 does，正好也符合第三人稱單數的動詞變化。My mother does...（我的媽媽做～）後面要接受詞，選項中可當受詞的是 housework 和 herself，但 does housework 會比 does herself 合邏輯，所以 does 的受詞是 housework。選項中還有 all / the，可用來修飾名詞 housework，所以就完成了 My mother does all the housework。剩下的 by 和 herself 放在句尾就完成了。

破題關鍵

這題考的是反身代名詞「herself」的用法。by oneself 表示「靠某人自己」。找到動詞 does 之後，剩下housework、the、all 自然形成其受詞。

相關文法或用法補充

一般用反身代名詞表示「～自己」時，介系詞 by 可省略，這時候反身代名詞當副詞，如：My mother does all the housework herself.

15. His boss <u>had him work until midnight.</u>

（他的老闆要他工作到半夜。）

答題解說

從提供的「His boss ________________.」以及「him / work / until / had / midnight」來看，主詞為 His boss（他的老闆），接著要找出動詞。選項中可能的是 work 或 had，但因為 His boss 是第三人稱單數，動詞現在式要加 s 或者用過去式，因此動詞不會是 work，而是 had。had 可以當一般動詞（可表示「有、吃、使～」），或者過去分詞（Vp.p.）的助動詞，但因選項中沒有過去分詞（Vp.p.），所以是作為一般動詞的過去式。had 後面接受詞，若寫成 His boss had work 或 His boss had midnight，語意不順，而且會讓剩下來的單字無法填入，所以 had 後面接 him。若 had 後面接 him，表示 had 為使役動詞，him 後面要接原形動詞work，表示「使／要他工作」的意思。時間副詞 until midnight 放在句尾，而且整個句子也符合邏輯。

破題關鍵

本題考的是使役動詞「have（使）＋人＋原形動詞」。其中 have → had；人→ him；原形動詞 → work。

字詞解釋

midnight [ˋmɪdˏnaɪt] **n.** 午夜，子夜

相關文法或用法補充

若此題的選項把 had 改為 asked，後面的動詞就要改成不定詞 to-V，例如：His boss asked him to work until midnight.

第二部分 段落寫作

寫作範例

One day, a foreigner asked Peter a question. She needed to buy a mouse. However, Peter took her to a pet shop. He pointed to the mice in the cage. The foreigner looked confused. She explained that she needed a computer mouse, not a real mouse. Finally, Peter realized what she needed.

中文翻譯

有一天，一個外國人問 Peter 一個問題。她需要買滑鼠（mouse）。然而，Peter 卻帶她到寵物店。他指著籠子裡的老鼠。那位外國人看起來很疑惑。她解釋說她需要的是電腦滑鼠，不是真的老鼠。最後，Peter 才搞懂她需要的是什麼。

答題解說

從題目文字已知，主角是一位外國女子與一位名叫 Peter 的男生，對話的主題是

關於買滑鼠。由於英文的 mouse 可以表示動物的「老鼠」與電腦的「滑鼠」，因而造成兩人的誤解。只要根據每張圖寫一、兩個關鍵句子，再把這些句子串聯起來，即可成為一篇文章。圖一可能用到的詞彙包括 foreigner（外國人）、ask... a question（詢問⋯一個問題）、pet shop（寵物店）；圖二可能用到的詞彙包括 gave sb. directions to + 地方（告訴她如何前往⋯）、point to the mice in the cage（指著籠子裡的老鼠）；圖三可能用到的詞彙包括 confused（感到困惑）、computer mouse, not a real mouse（是電腦用的滑鼠，不是真正的老鼠）等。另外，三張圖所描述的是事件，都是已經發生過的，所以每一張圖的時態都用過去式。

關鍵字詞

mouse [maʊs] **n.** 鼠 **foreigner** [`fɔrɪnɚ] **n.** 外國人 **take sb. to...** 帶某人去～ **point** [pɔɪnt] **v.** 指向，對準 **mice** [maɪs] **n.** 名詞（**mouse** 的複數） **cage** [kedʒ] **n.** 籠子 **confused** [kən`fjuzd] **adj.** 困惑的 **explain** [ɪk`splen] **v.** 解釋，說明 **realize** [`rɪəˌlaɪz] **v.** 領悟，了解

相關文法或用法補充

❶ need to-V 需要做～。例如：She needed to buy a mouse.（她需要買一個滑鼠。）

❷ take... to... 帶～去～。例如：Peter took her to a pet shop.（Peter 帶她去寵物店。）

❸ look + adj（連綴動詞＋形容詞）看起來⋯。例如：The foreigner looked confused.（那位外國人看起來疑惑。）

❹ explain + that S + V（名詞子句）解釋～。例如：She explained that she needed a computer mouse, not a real mouse.（她解釋說她需要的是電腦滑鼠，不是真的老鼠。）

Speaking | 全民英檢初級口說能力測驗 

第一部分 複誦

1. **What a perfect day for a picnic!**

   （真是個野餐的美好日子啊！）

答題解說

這是個 what 開頭的感嘆句，請特別注意語調並跟著模仿。句中有不定冠詞 a，可能因連音而聽不到 a 的存在。What a 會念成 [hwɑ-tə]，而這裡 [t] 的音會接近有聲的 [d]，for a 會念成 [fɔ-rə]。另外，picnic 中間的 c 要輕輕念出，不強調 c [k] 的音，所以有兩個音節的 picnic 千萬別念成像是「匹克你克」的四音節。

字詞解釋

perfect [`pɝfɪkt] **adj.** 完美的，理想的　**picnic** [`pɪknɪk] **n.** 郊遊，野餐

相關文法或用法補充

中文常常會用「這小 Baby 真可愛！」、「好好吃喔！」、「天氣好熱！」來特別強調情緒，但英文要如何表達這樣的感嘆語句呢？主要有 3 種方法：

❶ What a/an +（形容詞）+ 單數名詞！例如：What a lovely day!（真是美好的一天啊！）

❷ How + 形容詞 +（主詞 + 動詞）！例如：How cute (the baby is)!（這寶寶，真可愛啊！）

❸（主詞 + be 動詞）Such a + 形容詞 + 單數名詞！例如：(It's) Such a good idea!（真是個好點子！）= This idea is so good!

2. **Well, any questions?**

   （嗯，有什麼問題嗎？）

答題解說

在聽力測驗中常會聽到英文題號，像是 For question number one, please look at picture A.，因此 question 應該不難聽出，只是要注意這裡 questions 字尾的 -s。由於本題是疑問句，請試著模仿題目疑問句的語調，尾音一般是略為上揚。在唸完 Well 之後暫時停頓，接著唸 any questions，要強調的是 questions，所以要稍加重音。

相關文法或用法補充

any 一般用於否定句或疑問句，也可以用在肯定句，後面可以接不可數名詞或是可數名詞的複數形。

❶ Do you have any white shirts?（你有任何白色襯衫嗎？）

❷ I don't have any money to lend you.（我沒有任何錢可以借你。）

❸ Any kid can do this.（任一個小孩都能做到這件事。）

3. This news is too good to be true.

（這個消息真是太棒了，讓人難以相信是真的。）

答題解說

本句聽取時可分成 This news is too good 以及 to be true 兩部分來分辨。news（新聞）為單數名詞，所以你聽到的 This news is 並沒有錯。只是要注意連音的地方， news is 會唸成 [nju zɪz]，而且 is 部分會唸得小聲。to be true 中的 to 也會唸得很小聲，要注意。另外要注意 too（太…）會被強調，因為 too 有具體的意義，在句意上也有其強調的功能，所以複誦時也要強調，但 to 沒有具體意義，輕輕帶過即可。

字詞解釋

news [njuz] **n.** 新聞，消息

相關文法或用法補充

有一些名詞雖然是以 -s 結尾，看似複數，其實都是不可數名詞，因此後面都要用單數動詞。例如：athletics（體育）、economics（經濟學）、mathematics（數學）、damages（賠償金）、physics（物理學）、politics（政治）…等。

4. This night market is famous for its stinky tofu.

（這個夜市以它的臭豆腐聞名。）

答題解說

本句聽取時可按 This night market、is famous 及 for its stinky tofu 來分段記憶。首先要注意會唸得很小聲的詞彙，如 is 和 for its，除非題目有特別強調，不然會因為不強調或連音而幾乎聽不到。像是 market is 會唸成 [`mɑrkɪ tɪz]，[t] 音會唸得像 [d]。stinky 的尾音是 [kɪ]，不要唸成 king [kɪŋ]。雖然 tofu 是從中文「豆腐」音譯成英文的單字，但中文的「豆」，發音卻變成了 [to]，唸起來像是中文的「偷」，所以務必注意發音，要唸成 [`tofu]。

字詞解釋

night market **phr.** 夜市　**famous** [ˋfeməs] **adj.** 著名的　***stinky** [ˋstɪŋkɪ] **adj.** 臭的，發惡臭的

相關文法或用法補充

夜市中有很多飲食選擇（food options），且可以同時品嚐（taste）各種不同食物。像是豬血糕（pig's blood cake）、蚵仔煎（oyster omelet）、鴨血（duck blood）、滷肉飯（braised pork rice）、蔥油餅（scallion pancakes）、地瓜球（sweet potato balls）、胡椒餅（pepper bun）、刈包（pork belly bun）…等。

5. Heavy rains are expected this weekend.

（這個週末預計會有豪雨。）

答題解說

本句聽取時可按 Heavy rains、are expected 及 this weekend 來分段記憶。嚴格來說，rain（雨）是可以數的，表示有好幾場雨的意思，所以你聽到的 rains are 在文法上是正確的。同時也要注意到這裡的連音，rains are 會唸成 [ren-zɑr]。另外要注意的是 expect，ex 要唸 [ɪks] 或唸 [ɛks]，[s] 音幾乎聽不到，只是暫時停頓而已，最重要的是唸起來要通順。其中 -p- 要發成有聲的 [b] 音，而非無聲的 [p]。

字詞解釋

heavy [ˋhɛvɪ] **adj.** 劇烈的　**expect** [ɪkˋspɛkt] **v.** 預計，預期

相關文法或用法補充

expect 當「預期，預料」的意思時，並不是期盼某件事會發生，而是已預先知道或清楚明白某件事將會發生。例如：

❶ I'm expecting a call.（我在等一通電話。）

❷ House prices are expected to rise sharply this year.（今年房價預計會急遽地上漲。）

❸ As expected, the project was a great success.（如同原先預期的，這計畫很成功。）

第二部分 朗讀句子與短文

1. Something's wrong with that sign on the door.

(門上的那個標誌有點問題。)

答題解說

朗讀句子與短文時，考生只會看到英文文字，無法像「複誦」一樣聽到音檔，所以無法照樣模仿，得自己想像句子該怎麼唸，因此句子該如何斷句、哪幾個單字必須強調、語調的高低都要在唸的時候先考慮好。本句可分為 Something's wrong、with that sign 及 on the door 兩段來念，句尾 on the door 語調應下降。另外，一開始的 Something's 是 Something is 的縮寫，唸做 [`sʌmθɪŋz]，字尾的 s 是 [z] 的發音。而唸 with that 時需要連音，with 字尾的 -th 與 that 的字首 th- 都發 [ð] 的音，所以其中一個不念，發音是 [wɪ-ðæt]。後面接sign 時，聽起來會像是 [wɪ-ðæ-saɪn]，that 的 [t] 音幾乎聽不到，只是暫時停頓而已。

字詞解釋

wrong [rɔŋ] **adj.** 錯誤的，不對的

相關文法或用法補充

介系詞 with 常與一些形容詞或名詞搭配，用來表示「原因」。例如：

❶ What's the problem with your car?（你的車出了什麼問題？）

❷ There's nothing wrong with my computer.（我的電腦沒有問題。）

❸ They are excited with the news.（他們對於這消息感到興奮。）

2. Passengers are not allowed to eat or drink on the MRT train.

(乘客不准在捷運列車上吃東西或喝東西。)

答題解說

本句的斷句（以｜表示），強調單字（以粗體字及底線表示）及語調（↗ 表上升 ； ↘ 表下降）：**Passengers** are **not allowed** | to **eat or drink** | on the **MRT train**. ↘

passenger 唸作 [`pæsṇdʒɚ]，前面就像唸 pass [pæs] 一樣。唸 passengers are 時要連音，字尾的 s 會跟 are 唸成像是 [zɑr]；其他連音的部分還包括 eat or drink on，要念成 [i-tɔr-drɪŋ-kɑn]。唸 the MRT 時要注意，因為 MRT 是以一個字母一個字母地唸成 [ɛm ɑrti]，the 後面接的是以 [ɛ] 開始的母音，所以 the 在這裡唸作 [ði]。

字詞解釋

passenger [`pæsndʒɚ] **n.** 乘客　**allow** [ə`laʊ] **v.** 允許

相關文法或用法補充

台灣的 MRT 是 Mass Rapid Transit 的簡稱，當然也包括「地下化」的路線，所以部分路段在外國人眼裡，就是 subway（地鐵）的意思。而國外的捷運，最常見的英文說法是 metro、underground 跟 subway。另外，underground 是英式用語，一般特指倫敦地鐵，要說得更清楚，也可以用 underground railroad。subway 則是美式用法，但要注意，subway 這個字在英式用法的情況下大多指你要過街的地下通道，可完全不是地鐵的意思！不過，在美國，也不是所有城市的地鐵都叫 subway。

3. My sister is always reading and sending messages on her smartphone.

（我姐姐總是用她的智慧手機閱讀和發送簡訊。）

答題解說

本句的斷句（以｜表示），強調單字（以粗體字及底線表示）及語調（↗ 表上升；↘ 表下降）：My **sister** is always **reading** ｜ and **sending messages** ｜ on her **smartphone**. ↘

單數的 message 為兩個音節的發音，尾音 [dʒ] 輕輕帶過即可，但複數的 messages 為三個音節，尾音為 [dʒɪz]。唸 messages on 時要連音唸成 [`mɛsɪdʒɪ-zɑn]，另外，唸 is always 時要連音唸成 [`ɪ -zɔlwez]。

字詞解釋

always [`ɔlwez] **adv.** 總是　**send** [sɛnd] **v.** 寄送　**message** [`mɛsɪdʒ] **n.** 訊息

相關文法或用法補充

頻率副詞多半和現在簡單式連用，但是也有例外，有時會和現在進行式連用，表示煩人的習慣，也可以用在過去式，表示過去的習慣，也可以跟現在完成式連用，表示過去一直到現在一直…，另外要記得頻率副詞放在一般動詞前，be 動詞後面。

4. How can you believe such a silly story?

（你怎麼會相信如此愚蠢的故事？）

答題解說

本句可分為 How can you believe 以及 such a silly story 兩段來朗讀。其中 believe 與 silly story 是強調單字。因為是問句，句尾音調須上揚。另外，such a 可以連

音，聽起來像是 [sʌ-tʃə]。

相關文法或用法補充

such 常用於 「such a + adj. + N.」的句型，可以替換成「so + adj + N. + that」。當 such 後面的名詞片語含有形容詞，且後面是單數可數名詞時，就可以用 so... that... 句型替換。例如：Jack drove such a big car that it's hard for him to park it here. = Jack drove so big a car that it's hard for him to park it here.

5. We'd better hurry or we will be late for school.

（我們最好快點，不然上學要遲到了。）

答題解說

本句可分為 We'd better hurry 以及 or we will be late for school 兩段來朗讀，其中 hurry 以及 late 應稍加重音。had better 可省略為 'd better，在唸 We'd better 時，[d] 的發音幾乎會聽不到，只是稍為停頓一下，聽起來會像是 [wi `bɛtɚ]。

字詞解釋

had better aux. 最好～（去做某事） **hurry** [`hɝɪ] v. 趕緊；匆忙 **be late for...** phr. 去～（某處）遲到

相關文法或用法補充

had better 是「最好～（去做某事）」的意思，整個應視為一個「助動詞」，後面須接原形動詞，而且它沒有時態、單複數及人稱的差別，所以看到 had 別以為是過去式，它也沒有 has/have better... 的用法！

6. Do girls have to wear skirts to school? This question used to lead to a lot of discussion on the Internet. Many people thought that girls had the right to wear either pants or skirts. Schools should not make wearing skirts a rule. However, others thought it is reasonable.

（女生必須穿裙子去上學嗎？這個問題在網路上引起許多討論。許多人認為女生有權利穿褲子或裙子。學校不應該把穿裙子列為一項規定。然而，其他人認為是合理的。）

答題解說

本句的斷句（以｜表示），強調單字（以粗體字及底線表示）及語調（↗ 表上升 ； ↘ 表下降）如下：

Do **girls**↗have to wear **skirts** to **school**?↗This question led to a lot of **discussion** on the Internet. ↘ Many **people thought** that girls have the **right** to wear either **pants**↗or **skirts**.↘Schools **should not** make wearing skirts a **rule**.↘**However**, others think it is **reasonable**.↘

在唸 have to 時，聽起來會像 [hæv tə]，不會去強調 to。used to 要唸成 [jus tə]，[d] 音幾乎不出聲。唸 a lot of 時會連音唸成 [ə lɑ təv]，[t] 音會唸得有點像是 [d]。另外，針對複數的字尾 s，girls 和 others 的 s 為 [z] 的發音，因為前面的 r 和 l 為有聲子音，而 skirts、pants 的 s 為 [s] 的發音，因為前面的 t 為無聲子音，ts 會聽起來像是無聲的「ㄘ」。

字詞解釋

skirt [skɝt] **n.** 裙子　**lead to** **phr.** 導致　**discussion** [dɪˋskʌʃən] **n.** 討論　**right** [raɪt] **n.** 權利　**pants** [pænts] **n.** 長褲　**rule** [rul] **n.** 規則　**however** [haʊˋɛvɚ] **adv.** 然而，無論如何　**reasonable** [ˋriznəbl] **adv.** 合理的

相關文法或用法補充

要表達「穿衣服」時，最簡單的動詞就是 wear，它的動詞三態是不規則的 wear/wore/worn。若要表示「穿什麼衣服去某地」時，則用「wear + 衣服 + to + 地方。」另外，wear 也可以用動詞片語 put on 取代。

第三部分 回答問題

1. Have you ever been to a concert? If not, would you like to go someday?

（你曾經去過演唱會嗎？如果沒有，你有朝一日會想去嗎？）

答題解說

從 Have you ~ been a concert? 可知，是問關於去演唱會的經驗。如果去過，就說演唱會現場有多好玩、多刺激，而且很想再去。如果沒去過，可以說明原因，例如沒時間、門票太貴、要煩惱住的地方、交通不便…等等。

參考範例及中譯

❶ Yes, I went to a Mayday concert last year. It was really fun and exciting. The music was great, and it felt totally different from watching a concert on TV.
（有，我去年去過五月天的演唱會。很好玩、很刺激。音樂很棒，而且跟在電視機前所看到的感受完全不同。）

❷ No, never. I don’t have time. The tickets are too expensive, and another thing is, I live in a small town, so it is not very convenient.

（沒有，不曾。我沒有時間。門票太貴，還有另外一點是，我住在小鎮裡，所以不是很方便。）

字詞解釋

concert [`kɑnsɚt] **n.** 演唱會 **someday** [`sʌm͵de] **adv.** 有朝一日 **exciting** [ɪk`saɪtɪŋ] **adj.** 令人興奮的 **totally** [`totl̩ɪ] **adv.** 完全，整個地 **different from** **phr.** 不同於～ **expensive** [ɪk`spɛnsɪv] **adj.** 昂貴的 **convenient** [kən`vinjənt] **adj.** 方便的

相關文法或用法補充

have been to...表示曾經去過某地，但現在不在那兒。如：Have you ever been to Greece？（你去過希臘嗎?）如果是"have gone to..."就表示「已經去了…」，所以現在不在這裡。例如：He has gone to Greece.（他已經去希臘了。）

2. Do you believe in ghosts? Are you afraid of ghosts?

（你相信有鬼嗎？你害怕鬼嗎？）

答題解說

從 Do you believe ~ ghosts ~ afraid of ghosts? 可知，詢問是否相信有鬼這件事，以及是否怕鬼。面對這種奇怪的問題，也只能照實回答，不過不要把想說的內容弄得太複雜。只需要說雖然沒看過，但還是相信這個世界有鬼。你也可以說你並不相信有鬼，純粹是人們的想像（imagination）而已。

參考範例及中譯

❶ I believe there are ghosts in the world, although I have never seen one before. There are many things that science can't explain.
（我相信這個世界有鬼，雖然我從來沒有看過。有很多科學無法解釋的事情。）

❷ Many of my friends do, but I don't. I think ghosts are just part of our imagination. I am not afraid of ghosts because I did nothing wrong.
（我很多朋友都相信，但我不相信。我認為鬼只是我們想像力的一部分。我不怕鬼，因為我沒做什麼不對的事。）

字詞解釋

ghost [gost] **n.** 鬼，鬼魂 **be afraid of** **phr.** 害怕～ **science** [`saɪəns] **n.** 科學 **explain** [ɪk`splen] **v.** 解釋，說明 ***imagination** [ɪ͵mædʒə`neʃən] **n.** 想像，幻想

相關文法或用法補充

如果說完「不相信」之後就不知道要說什麼，可以用別人的例子來增加內容。例如：No, I don't think there are ghosts. But some of my friends told me some ghost stories. These stories sounded real but interesting.（我不認為有鬼，但我的一些朋友告訴過我一些鬼故事。這些故事聽起來很真實，但也很有趣。）

3. What do you hope to get for your birthday?

（你希望得到什麼生日禮物？）

答題解說

聽到 What ~ get... birthday 可知，是問生日希望收到的禮物為何。你可以回答說希望收到一支最新的智慧型手機，順便說明為什麼要選擇這個禮物。如果有很多東西都想要，也可以都說出來，然後說你拿不定主意。

參考範例及中譯

❶ I hope to get a new smartphone. The phone I am using now is very old, and the camera can't work well. I hope I can get a latest iPhone.
（我希望得到一支新的智慧型手機。我目前在用的手機很舊了，而且照相功能不太好。我希望可以得到一支最新款的 iPhone。）

❷ Let me see. There are many things I want. Sport shoes, a smartphone, a computer, a Nintendo Switch. I can't make up my mind but I hope to have them all.
（我想想。有很多東西都是我想要的。運動鞋、智慧型手機、電腦、任天堂 Switch 遊戲機。我沒辦法拿定主意，但我希望全都能擁有。）

字詞解釋

smartphone [ˋsmɑrt͵fon] **n.** 智慧手機 **work well** **phr.** 運作良好 **latest** [ˋletɪst] **adj.** 最新的，最近的 **make up one's mind** **phr.**（某人）下定決心

相關文法或用法補充

如果不曾想過這個問題，或根本沒有收到過生日禮物，也可以說平安健康就是最好的禮物。例如：I have never thought about this. I don't celebrate for Christmas Day. Maybe health and happiness are the best presents to me.（我從來沒有想過這個問題。我沒在慶祝聖誕節的。或許健康和快樂是我最好的禮物。）

4. Is there anything you would like to learn?

（有沒有什麼是你想要學習的？）

答題解說

聽到 anything ~ learn 可知，主要是問想學的事物為何。想學的東西可能包含外語（foreign languages）、運動（sports）、或者是任何生活上有用的（useful）東西，舉出一項你想要學的，並補充說明所學的事物對你有什麼幫助，或是你打算如何學習。

參考範例及中譯

❶ I would like to learn Japanese because I love Japanese comics. Japanese is also a useful language. Taiwan is not far from Japan, so many people visit there for sightseeing.
（我想要學日文，因為我喜歡日本漫畫。日文也是一個有用的語言，而且台灣離日本不遠，很多人去那邊觀光。）

❷ I want to learn how to swim. It looks fun, and more importantly, I can save myself or others if I can swim well.
（我想要學游泳。看起來很有趣，更重要的一點是，如果我很會游泳，我還可以救自己或救其他人。）

字詞解釋

would like to-V phr. 想要～（做某事） **comic** [ˋkɑmɪk] n. 連環漫畫 **useful** [ˋjusfəl] adj. 有用的，有益的 **importantly** [ɪmˋpɔrtntlɪ] adv. 重要地 **save** [sev] v. 拯救

相關文法或用法補充

如果還沒真正想過這個問題，那就講一些生活上簡單的能力，像是跑步很快之類的能力。例如：I want to learn how to run faster. If I can run faster, my brother will not be able to beat me. Besides, I won't be afraid of dogs.（我想要學會如何跑得再快一點。如果我能跑得再快一點，我的哥哥就打不到我了，此外，我也不用再害怕狗了。）

5. Do you eat vegetables every day?

（你每天都有吃蔬菜嗎？）

答題解說

聽到 eat vegetables every day 可知，主要是問是否每天吃青菜。除了回答是與否或不一定之外，也可以說明一下吃青菜的好處（be good for...），或是說你喜歡吃炸雞（fried chicken）也行。如果一時之間不知道要說什麼的情況下，可以把爸爸媽媽搬出來，用「我爸／媽說吃青菜很好」等來加強內容。

參考範例及中譯

❶ Yes, there are always vegetables for lunch in school. We also have vegetables for dinner. My mom says eating vegetables is good for health.
（有，在學校午餐都會有青菜。我們晚餐也吃青菜。我媽媽說吃蔬菜有益健康。）

❷ Yes, but I hate it. I don't enjoy eating vegetables. Some vegetables taste funny. I like to eat fried chicken. I know it is not healthy, so I will try my best to eat more vegetables.
（有，但我很討厭。我不喜歡吃蔬菜。有些蔬菜吃起來怪怪的。我喜歡吃炸雞。我知道不健康，所以我會盡量吃多青菜。）

字詞解釋

vegetable [ˋvɛdʒətəbl] **n.** 蔬菜，青菜　**health** [hɛlθ] **n.** 健康　**hate** [het] **v.** 討厭
taste [test] **v.** 嘗起來　**funny** [ˋfʌnɪ] **adj.** 古怪的，有趣的　**fried chicken phr.** 炸雞
try one's best to-V phr. 盡某人最大努力去做～

相關文法或用法補充

如果自己本身就吃素，也可以如實說明。不過如果不知道「吃素」的英文怎麼講，那就說自己不吃肉，因為吃肉的話會不舒服。例如：I eat vegetables every day. I don't eat meat and eggs because that makes me feel sick. Only vegetables make me healthy. Now, more and more people eat vegetables only.（我每天吃蔬菜。我不吃肉和蛋，因為會讓我感到噁心。只有蔬菜讓我身體健康。現在，有越來越多的人只吃蔬菜。）

6. You want to buy a computer. Ask your uncle for advice.

（你想要買一台電腦。試著向你的叔叔／伯伯詢問建議。）

答題解說

聽到 You ~ buy ~ computer. Ask ~ uncle for advice.可知，題目是要你用英文詢問某人關於買電腦的建議。避開一些技術面或不知道要如何用英文表達的部分，著重在價格（price）、品牌（brand）、大小（size）等比較容易講的內容上。也可先拍馬屁奉承一下虛構中的叔叔，然後問他一些與購買相關的常見問題。

參考範例及中譯

❶ Uncle Tom, Mom agreed to let me buy a computer. Which one should I buy? Which brand is better? Should I get a bigger one or a smaller one?
（湯姆叔叔，媽媽答應讓我買電腦了。我應該買哪一款呢？哪一個品牌比較好？我應該買大一點的，還是小一點的呢？）

❷ Uncle Tom, you know a lot about computers. Can you give me some advice? When is the best time to buy it? What kind of computer should I buy?
（湯姆叔叔，你對電腦懂很多。你可以給我一些建議嗎？什麼時候買最好？我應該買什麼樣的電腦？）

字詞解釋

ask... for advice phr. 徵詢～（某人）的意見　**agree** [ə`gri] v. 同意　**brand** [brænd] n. 品牌　**know a lot about...** phr. 對於～懂很多

相關文法或用法補充

advice 屬於「不可數名詞」，前面不可以加 an，如要表達它的數量，就得用 some、a lot of、much、a bit of、a great deal of 之類的量詞來表達，要更確切的話還可以用 a cup of、a bag of、1kg of、two liters of、a handful of、a pinch of、an hour of、a day of 等量詞或測量單位。如果想詢問數量，可以用「How much...?」來問。

7. A stranger stopped you and asked to borrow your cellphone. What will you say to him?

（一個陌生人攔住了你，想要跟你借手機。你會對他說什麼？）

答題解說

聽到 ~ stranger ~ asked to borrow ~ cellphone 這些字眼就可以知道，本題要你假想如果有不認識的人跟你借電話，你會對他說什麼。基本上，一般人不太會把手機借給陌生人（lend your cellphone to a stranger），尤其是在瘟疫蔓延的時代。即使是平常，也會問一下對方借用的目的（for what purpose）、要打給誰、要撥幾號再幫他撥（help him/her call sb.），等電話接通了，再把電話交給那個人，或者是你拿著電話，然後按擴音讓對方能溝通（let him/her talk on speakerphone）。不想借的話，你也可以直接說「不行，我又不認識你。那邊有公用電話（public phone），我給你十元去打」。

參考範例及中譯

❶ This is a hard question to answer. I will ask him why he needs to borrow my cellphone. If he needs to call the police or the ambulance, I will help him.
（這是個很難回答的問題。我會問他為什麼需要借我的手機用。如果他需要報警或叫救護車，我會幫他。）

❷ I don't think I will lend my cellphone to a stranger. What if he runs away with it? I will tell him to use the public phone.

（我不認為我會把手機借給陌生人。萬一他帶著手機跑了怎麼辦？我會叫他去用公共電話。）

字詞解釋

stranger [`strendʒɚ] **n.** 陌生人　**borrow** [`bɑro] **v.** 借入　**cellphone** [`sɛlfon] **n.** 行動電話　**police** [pə`lis] **n.** 警察，警方　**ambulance** [`æmbjələns] **n.** 救護車　**run away with** **phr.** 拿著～跑走　**public phone** **phr.** 公共電話

相關文法或用法補充

「借來、借給」，也是常考題型之一。關於「借」的重點如下。

❶ borrow... from + 人（向某人借某物）。例如：He has borrowed ten thousand dollars from his roommate.（他已經向室友借了一萬元了。）

❷ lend... to + 人（把某物借給某人）例如：He lent some money to his girlfriend.（他借了一些錢給女友。）→ lend 動詞三態：lend/lent/lent）

GEPT 全民英檢

初級複試

中譯＋解析

Writing ｜全民英檢初級寫作測驗

第一部分 單句寫作

第 1～5 題：句子改寫

1. John is the tallest boy in his class.

（John 是班上身高最高的男孩。）

_______________ than all the other _______________.

（John 比班上所有其他男孩都還要高。）

答題解說

答案：John is taller than all the other boys in his class. 第一句說 John 是班上最高的男孩，而第二句提示「比其他所有…（than all the other）」，顯然要改寫成「John 比班上所有其他男孩都還要高。」所以主詞與動詞照抄 John is，後面放形容詞比較級 taller，而 other 後面要放複數名詞 boys，最後再接 in his class 就完成了。

破題關鍵

第二句的 than all the other 正呼應第一句的 the tallest，所以本題考「將最高級改為比較級」，而 than 是與比較級搭的字眼，所以前面要放比較級形容詞 taller。因為比較的對象是「班上其他男孩」，也就是 all the other boys in his class。

相關文法或用法補充

另一個常見的用法是 ... than any other...，這時候 other 後面要接單數名詞。因此本句亦可改為：John is taller than any other boy in his class.。須注意的是，any 後面不接任何冠詞。

2. It is great to travel around the world.

（到世界各地旅遊是很棒的。）

To _______________ great.（到世界各地旅遊是很棒的。）

答題解說

答案：To travel around the world is great. 就和第一句的 to travel 一樣，看到 To，後面就要接原形動詞 travel，後面的 around the world 照抄，所以用 To travel around the world 當主詞。第一句是以 it 當虛主詞，主要的內容（真主詞）其實是 to travel around the world，而 is 是句子的動詞，所以第二句的動詞也一樣要用 is。最後，is 後面接補語，即 great。

破題關鍵

從第二句的 To... great. 以及第一句的 It is great to travel... 可知，這題考的是以不定詞 to-V 當主詞的用法，而這個不定詞片語就是直接將第一句的 to travel around the world 照抄擺在句首。

字詞解釋

around the world **phr.** 在全世界

相關文法或用法補充

若題目改用 V-ing（動名詞）當主詞，答題時就要把 Travel 改為 Traveling。例如：It is great to travel around the world. 可改為 Traveling around the world is great.。無論是動名詞或不定詞當主詞，動詞都是用第三人稱單數。

3. How can I get to Hualien?

（我要如何去花蓮？）

Can you tell me ______________?（你可以告訴我要如何去花蓮嗎？）

答題解說

答案：Can you tell me how I can get to Hualien? 第一、二句都是疑問句，差別在於第二句用 Can you tell me 開頭，而第一句用 How can I，句尾都是 Hualien，可知兩句的大意都是要表達「要如何到達花蓮」。Can you tell me...? 是「你可以告訴我～嗎？」的意思，「tell me」後面需接詢問的內容，也就是「如何去花蓮」，所以要先寫 how。How can I get to Hualien? 是疑問句，但要接在 Can you tell me 後面時，how 後面的語順就要改成 S + V，也就是 how I can get to Hualien。

破題關鍵

這題考的是間接問句（在一個問句中插入另一個問句，即名詞子句的 how + S + V⋯。要問「要如何到達花蓮」，有兩種表達方式：1) 直接說「我要怎麼去花蓮？」；2) 間接用「你可以告訴我要怎麼去花蓮嗎？」

字詞解釋

get to... phr. 前往（某地）

相關文法或用法補充

請試著做以下題目：
Where does he live?
Do you know ________________?
正確答案：Do you know where he lives?
在間接問句的地方不能再以疑問句的形式呈現，因此不能再寫 does，而且要把 live 要改為 lives，因為主詞 he 是第三人稱單數。

4. The government will build a new airport here.

（政府將在這裡蓋新的機場。）

A new airport ________________ government.

（一座新的機場將由政府在這裡建造。）

答題解說

答案：A new airport will be built here by the government. 從第二句是以 A new airport 當主詞，而第一句是以 The government 當主詞且以 a new airport 當受詞可知，這題考的是被動式（未來式的 will be p.p.）。一般來說，通常以人或單位作為主詞，所執行的動作為動詞，接受動作的受詞為物。當看到「機場」從受詞變主詞時，就要知道動詞要換成被動式，在這裡也就是 will be p.p.，原本的 will build 要改成 will be built。被動式後面接 by...（經由某某人…，被某某人…），所以 by 後面是原本的主詞（政府），即 by the government。

破題關鍵

主動語態改為被動語態時，應注意動詞時態的一致。例如這裡的 will build → will be built。另外，build 的過去分詞是不規則變化的 built。

字詞解釋

government [ˋgʌvɚnmənt] **n.** 政府　**airport** [ˋɛr͵port] **n.** 機場

相關文法或用法補充

被動語態主要用來強調原本主動語態中的受詞。例如：J.K. Rowling wrote this book.（J.K. 羅琳寫了這本書。）→ This book is written by J.K. Rowling.（這本書是由 J.K. 羅琳寫的。）這裡的被動式強調這本書的作者是誰。

5. She moved to Taipei ten years ago.

（她在十年前搬到台北。）

It ________________ since ________________ Taipei.

（自從她搬到台北已經十年了。）

答題解說

答案：It has been ten years since she moved to Taipei. 從第二句是以 it 當主詞，有用到連接詞 since（自從～），而第一句以 she 當主詞、用到「時間 + ago」（多久以前）可知，It 為虛主詞。因為第二句有 since，前面要用現在完成式，所以要寫下「It has been + 時間」，表示「已經多久的時間了」，所以是 It has been ten years，這時候就必須把 ago since 是「自從」的意思，後面接當時所做的事情，也就是「搬到台北」，所以寫下 since she moved to Taipei。

破題關鍵

本題考的是「It + has been + since 子句」，這裡的「be 動詞現在完成式」是 has been，後面接時間，即第一句的 ten years。

相關文法或用法補充

搭配完成式的字詞常見的有 so far（目前為止）、up to now（直到現在）、since（自從）、for + 一段時間、ever/never（曾經／從不）、already（已經）、just（剛才）、recently（最近）…等。

第 6～10 題：句子合併

6. Please tell me something.（請告訴我一件事。）
Why were you late again?（你為什麼又遲到了？）

Please tell me why you were late again.（請告訴我為什麼你又遲到了。）

答題解說

答案：Please tell me why you were late again. 從合併句的 Please tell me 可知，後面要接告知的內容，而從第二句（Why were you late again?）可知，要告知的內容是「你為什麼又遲到了」。所以 Please tell me（請告訴我）後面直接接 why（為什麼）子句，即 Please tell me why...。這時候 why 後面的主詞與動詞必須用肯定句，而非問句的形式，即 why you were late again。

破題關鍵

這題考的是將一般問句改成間接問句，Please tell me why... 後面須用肯定句形式。要把原本疑問句中的主詞與 be 動詞位置交換，即把 were you late again 改為 you were late again。也就完成 Please tell me why you were late again.。

相關文法或用法補充

「間接問句」是包含在句子當中的問句，基本句型為「主要子句+疑問詞+主詞+

動詞」。另外，句子的標點要用句號或是問號則視主要句而定！例如：Why is Taylor crying? → Do you know why Taylor is crying?（為什麼 Taylor 在哭？→你知道為什麼 Taylor 在哭嗎？）

7. **This painting was drawn by an artist.（這幅畫是一位藝術家所畫的。）**
It is very expensive.（它很貴。）

This painting (which was) drawn by an artist is very expensive.
（這幅由某一位藝術家所畫的畫非常昂貴。）

答題解說

答案：This painting (which was) drawn by an artist is very expensive. 從合併句的主詞 This painting 與句尾的形容詞 very expensive 可知，動詞是 be 動詞，即第二句 It is very expensive. 中的 is。所以腦海中先有 This painting ~ is very expensive. 的架構。第一句的 This painting was drawn by an artist. 可知，還要說明一下「This painting 是由一位藝術家畫的」這件事，這時就要用形容詞子句，即 which + V 或 which + S + V。如果直接寫 This painting was drawn by an artist is very expensive.，句中會出現兩個主要動詞，因此要使用 which 來連接，變成 This painting which was drawn by an artist is very expensive.，which 是用來代替前面的名詞，即 This painting（這幅畫）。which was drawn by an artist 作為形容詞子句功能。

破題關鍵

這題考的是形容詞子句。因為關係代名詞當主詞且關係子句的動詞是 be 動詞，所以兩者皆可省略，簡化成一個後位修飾的分詞片語。變成 This painting drawn by an artist is very expensive.。

字詞解釋

painting [ˋpentɪŋ] **n.** 油畫，水彩畫　**draw** [drɔ] **v.** 畫，繪製　**artist** [ˋɑrtɪst] **n.** 藝術家　**expensive** [ɪkˋspɛnsɪv] **adj.** 高價的，昂貴的

相關文法或用法補充

原本的這句 This painting (which was) drawn by an artist is very expensive.，主要是要強調「這幅畫非常昂貴」，(which was) drawn by an artist 作為形容詞修飾功能。請見以下例句，並看出差別：

This painting (which was) drawn by an artist is very expensive.
這幅由某一位藝術家所畫的畫，非常昂貴。← 強調這幅畫非常昂貴
This painting (which is) very expensive was drawn by an artist.

這幅非常昂貴的畫，當時是由某一位藝術家所畫的。←強調這幅畫由某位藝術家所畫

8. I came home today.（我今天回到家。）
My brother was using my computer.（我弟弟當時正在用我的電腦。）

My brother was using my computer when I came home today.
（我今天回到家時，我弟弟正在用我的電腦。）

答題解說

答案：My brother was using my computer when I came home today. 第一句提到「我今天回到家」，第二句提到「我弟弟當時正在用我的電腦」，以及從合併句中的 when 可以知道，主要是要表達事件同時發生。第三句的主詞為 My brother，when 用來連接此兩主詞所做的動作，My brother 後面直接接 was using my computer，表示弟弟當時持續的動作。when 後面接 I came home today，以表示過去的一個時間點。

破題關鍵

這題考的是「過去進行式 + when + 過去式」。兩句合併為一句，此結構為 My brother was V-ing when I V-ed...

相關文法或用法補充

「過去進行式」是指過去某個時刻正在發生或持續的動作。例如 Yesterday evening, when I drove on my way home, I was sending a message to my girlfriend.，這表示在「開車回家的路上」這個時間點，「正在使用手機發送訊息」。但必須注意的是，過去進行式不能「單獨使用」，也就是說，它必須有一個過去的時間參考點才行。所以不能說 I was doing homework.，而是應該說 "I was doing homework at three o'clock/when my mother came home...。

9. Mary can sing and dance.（Mary 會唱歌和跳舞。）
It is easy for her.（那對她來說很容易。）

It is easy for Mary to sing and dance.（對 Mary 來說，唱歌和跳舞很容易。）

答題解說

答案：It is easy for Mary to sing and dance. 第一句提到「Mary 會唱歌和跳舞」，而第二句提到「那對她來說很容易」，由此可知主要是要表達「唱歌和跳舞對 Mary 來說很容易」。從合併句的開頭 It 來看，就和第二句一樣，先完成 It is easy for Mary。「It's + 形容詞 + for + 人」後面接不定詞 to-V...，也就是把第一

第 1 回 第 2 回 第 3 回 第 4 回 第 5 回 第 6 回 第 7 回 第 8 回 第 9 回 第 10 回

句的 can sing and dance 改成 to sing and dance。

破題關鍵

從第三句的主詞 it 和「for + 人物（Mary）」可知，這題是考「It's + 形容詞 + for + 人 + to-V」的句型。所以只要一一填入即可：easy、Mary、to sing and dance。

相關文法或用法補充

「It's + 形容詞 + for + 人」句型也可以連接否定句。例如：The little girl can't understand this math question.（這位小女孩無法理解這道數學題。）以及 It is hard for her.（對她來說很難。）可合併成：It is hard for the little girl to understand this math question.（對這位小女孩來說，要理解這道數學題很困難。）

10. The little girl is too short.（這位小女孩太矮了。）
She can't reach the doorbell.（她按不到門鈴。）

The little girl is <u>not tall</u> enough <u>to reach the doorbell</u>.
（這小女孩身高不夠高到能按到門鈴。）

答題解說

答案：The little girl is not tall enough to reach the doorbell. 和第一句一樣，合併句的主詞和動詞也是 The little girl is，但合併句當中有 enough（足夠地），且從第二句的意思（她按不到門鈴）來看，顯然要表達「不夠高，無法按到門鈴」，所以合併句 be 動詞 is 後面要再加 not，以「不夠高（not tall enough）」來取代「太矮（too short）」，所以是 The little girl is not tall enough...。接著要表達的是「按不到門鈴」，就類似 too... to-V（太…而不能…）的句型，要用不定詞（to-V）取代 can't。所以 enough 後面直接加 to reach the doorbell 即可。

破題關鍵

從合併句的 not... enough 可推測，這題考的是「not + 形容詞 + enough to-V」的句型。就第一句和第二句的關係來看：「小女生太矮了，無法按到門鈴」，「太矮(too short)」也就是「不夠高(not tall enough)」的意思，所以合併之後前半段為 The little girl is not tall enough。enough 後面加不定詞 to-V，表示「足以做…」的意思，所以直接加 to reach the doorbell，不需要再寫 can't。

字詞解釋

doorbell [ˋdorˏbɛl] **n.** 門鈴

相關文法或用法補充

「enough to-V」的句型也可以用「too... to」或「so... that」的句型來改寫。例如

The little girl is too short to reach the doorbell. 這句話可改成 The little girl is so short that she can't reach the doorbell.（這位小女孩很矮，以致於無法按到門鈴。）

第 11～15 題：句子重組

11. Dora is younger than any other girl in her class.

（Dora 比班上任何一個女生都還年輕。）

答題解說

從提供的「Dora is ________________ class.」以及「any other / younger / girl / than / her / in」來看，Dora 為主詞，後面接動詞 is，所以後面可以接形容詞、名詞或 V-ing。選項中有形容詞比較級 younger 和名詞 girl，但 girl 前面要有冠詞 the 或 a，所以寫下 Dora is younger。形容詞比較級後面通常要接 than，所以再接 than 形成 Dora is younger than。than 後面接名詞，選項中有 any other 和 girl，而句尾是 class，由此可知，後半段是 any other girl in her class（在她班上的其他女生）。

破題關鍵

這題考的是「形容詞比較級 + than any other + 單數名詞」。「形容詞比較級」就是 younger，「名詞單數」是 girl，最後剩下 in 和 her，可以和句尾的 class 構成形容詞片語 in her class。

相關文法或用法補充

用「than all the other + 複數名詞」的句型也能表達出與此題相同的意思。例如本句可改為 Dora is younger than all the other girls in her class.（Dora 比班上其他所有女生都還要年輕。）

12. You can <u>watch TV as long as you finish your</u> homework.

（只要你把你的功課寫完就可以看電視。）

答題解說

從提供的「You can ________________ homework.」以及「you / your / finish / watch / TV / as long as」來看，已提供主詞與助動詞，因此後面要接原形動詞，選項中 finish 和 watch 都是動詞，這時就要來了解整句語意。因為 finish 需要有受詞，最有可能的受詞是 homework，因此先寫下 You can watch TV... finish homework（你可以看電視…完成功課）。選項中看到 as long as（只要～），可

第1回 第2回 第3回 第4回 第5回 第6回 第7回 第8回 第9回 第10回

知後面要接條件子句的內容，就語意上來看就是「你可以看電視，只要完成功課」，句意合理，所以後半段是 as long as you finish your homework。

破題關鍵

這題考的是連接詞 as long as 的用法。所以句子會有兩個動詞，只要將 watch 和 finish 兩個及物動詞後面的受詞搞定，答案就出來了。句尾的 homework 已經告訴你，它前面要放 finish，所以很容易推斷出句子大意是「可以看電視，只要完成作業」。

相關文法或用法補充

as soon as 用於連接幾乎同時發生的兩個動作，例如：As soon as I got home, Tom called me.（我一到家時，Tom 打電話給我），但主要子句為未來事實，從屬子句的時態需要用現在式，例如：As soon as he finishes the homework, he will play basketball with us.（一旦他做完功課後，他就會和我們一起打籃球。）

13. The doctor suggested that he give up drinking.

（醫生建議他戒酒。）

答題解說

從提供的「The doctor ________________.」以及「give / that / suggested / up / he / drinking」來看，可以知道主詞為 The doctor，所以後面要接動詞。因為 The doctor 是第三人稱單數，要注意適合的動詞，所以 give 就不適合，因此適合的動詞是 suggested。要注意到 suggested 後面要接子句，即「that + S + 原形動詞」，而且此子句的動詞必須用原形動詞，選項中適合的動詞是 give，因此就完成了 The doctor suggested that he give up。在這裡，give up 是動詞片語，為「放棄」的意思，後面接名詞或動名詞，即選項中的 drinking。

破題關鍵

這題考的是「某人 suggest that 另一人 + 原 V」的句型。這裡的「某人」已經告訴你是 The doctor，而另一人當然就是 he 了，至於原形動詞也只有 give 可選，後面接 up 形成 give up（放棄）這個動詞片語。

字詞解釋

suggest [sə`dʒɛst] **v.** 建議，暗示　**give up** **phr.** 棄絕

相關文法或用法補充

「某人 suggest that 另一人 + 原 V」的句型中，原 V 的前面原本是有助動詞 should，should 後面要接原形動詞。因為 should 通常被省略，所以很多人納悶為

什麼 he 後面是原形動詞。原本的句子是：The doctor suggested that he should give up drinking.

14. It was believed that there used to be ten suns.

（以前的人認為曾經有十個太陽。）

答題解說

從提供的「It was ________________ ten suns.」以及「to / used / that / there / believed / be」的內容來看，從一開始可知，用虛主詞 It 當主詞，後面接過去式 be 動詞 was，單字選項中有 that，顯然要用到「It + be 動詞 + p.p. + that~」的句型，這個 p.p. 只有 believed 這個字適合了，主要是表達「據說～，人們相信～」。that 後面要接「據說」的內容，且是個完整句子（名詞子句，要有主詞、動詞），選項中有 there，而句尾是名詞 ten suns（十個太陽），可以構成 there be 的句型。所以是 It was believed that there... ten suns.。接著要把子句的 be 動詞找出來。選項中有 be，所以前面要擺個助動詞 used to，there used to be 來表示「曾經有～」，便完成了 It was believed that there used to be ten suns.。

破題關鍵

這題主要考的是「It was believed that + S + V」以及 there be 的句型。而這裡的 be 是個原形動詞，所以前面要有助動詞，選項中能夠形成助動詞的是 used to（曾經～）。

字詞解釋

used to-V **phr.** 過去曾經～

相關文法或用法補充

在「It was believed that + S + V」的句型中，believed 可用 said（說）或 rumored（謠傳）代替，例如：It was believed that...（被相信是～；據說～）、It was said that...（據說～）、It was rumored that...（謠傳～）

15. The children were too shy to talk with one another.

（孩子們都太害羞了，彼此之間都不說話。）

答題解說

從提供的「The children were ________________.」以及「talk / with / too / one / to / shy / another」來看，一開始可知「主詞+動詞」是 The children were。選項中，能接在 be 動詞 were 後面的是形容詞 shy 和副詞 too，這時要知道 too 可修飾

第1回 第2回 第3回 第4回 第5回 第6回 第7回 第8回 第9回 第10回

shy。選項中又有 to，這時應立即想到運用的是「too... to」句型，所以要寫 The children were too shy to...。這裡的 to 後面接原形動詞，也就是 talk。剩下還有 with / one / another，正好形成 "talk with one another "（彼此交談）的表達，one another 也是個固定片語，表示「彼此」。

破題關鍵

這題考的是 too... to-V...（太～而無法～）的句型，句子的動詞是 be 動詞，所以 too 後面接形容詞，而 to 後面接原形動詞 talk。

字詞解釋

shy [ʃaɪ] **adj.** 害羞的　**one another phr.** 彼此

相關文法或用法補充

表示「彼此」，英文有兩種表達。當對話者只有兩個人時要用 each other，但有三個人或以上時，要用 one another。請見以下例句：

❶ My parents love each other.（我的父母彼此深愛著。）

❷ The students in the class know one another.（班上的學生們彼此之間都認識。）

第二部分段落寫作

寫作範例

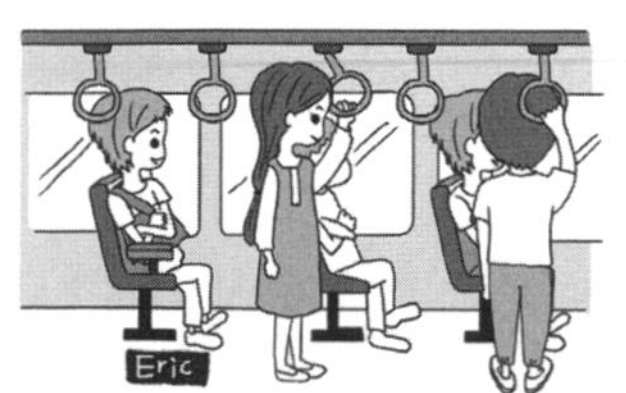

As usual, Eric took a bus to school today. The bus was full, and all the seats were occupied. Then, an old lady with many bags got on the bus. Eric found that she had no seat, so he gave her his seat. Although he had to stand, he was happy that he helped someone.

中文翻譯

就跟平時一樣，Eric 今天搭公車去上學。當時公車上坐滿了人，所有座位都有人坐。接著，一位手裡有好幾袋東西的老太太上了車。Eric 發現她沒有座位坐，所以就把自己的座位讓給這位老太太。雖然他必須站著，但很開心他幫助了別人。

答題解說

圖一顯示，場景是在公車上，Eric 坐在座位上，有一些人沒座位坐。根據題目文字的提示知，Eric 要去上學。可聯想的表達有：take a bus（搭公車）、on the bus（在公車上）、all the seats are occupied/taken up（座位都被坐滿了）等。圖二顯示，一位老太太上了車，手裡提著大包小包的，Eric 發現老太太沒座位坐，打算把自己的座位讓給這位老太太。可聯想的表達有：old lady（老太太）、get on the bus（上公車）、carry many things（提著很多東西）、look for seats（找座位）等；圖三顯示，老太太是坐在 Eric 所讓出來的座位上，而 Eric 站在老太太旁邊，題目一開始的提示也提到「雖然 Eric 必須站著，但是他很開心他幫助了別人」。可聯想的單字或表達有：be seated（有座位坐的）、stand（站著）、help someone（助人）。

關鍵字詞

take a bus **phr.** 搭公車　**to school** **phr.** 去學校　**full** [fʊl] **adj.** 滿（位）的　**seat** [sit] **n.** 座位　**occupy** [ˋɑkjə͵paɪ] **v.** 佔用（時間、空間）　**get on** **phr.** 登上（車、

船等）

相關文法或用法補充

以下是與本題相關的句型及片語：

❶ take a + 交通工具 + to + 地方 → 搭乘～（交通工具）到某處。例如：Eric took the MR to school.（Eric 搭了捷運到學校。）

❷ go to + 地方 + by + 交通工具 → 搭～（交通工具）到某處。例如：Eric went to school by bus.（Eric 搭公車去學校。）

❸ as usual → 一如往常，跟平常一樣。例如：Eric took a bus to school as usual today.（Eric 今天跟平時一樣，搭公車去上學。）

❹ be taken up（被動語態的用法）→ 被佔用。例如：All the seats were taken up.（所有的座位都被佔用了；所有的座位都坐滿了人。）

❺ He was happy + that + S + V（名詞子句的用法）→ 他很開心～。例如：He was happy that he helped someone.（他很開心他幫助了別人。）

Speaking | 全民英檢初級口說能力測驗

第一部分 複誦

1. Where's everyone?

（大家都到哪去了？）

答題解說

因為聽到的句子很短，所以更要特別注意，尤其是 wh- 開頭的疑問句，要聽清楚是 who、where、what 或是 when。這個句子的動詞是 's，是個縮寫的 be 動詞，因為可能念得很小聲，要特別注意。在語調方面，要模仿說話者的聲調與口氣。就本句而言，一般來說語調是下降，而非上升。

相關文法或用法補充

關於現在式 be 動詞的縮寫規則如下：

❶ 和主詞縮寫。例如： I am → I'm；you are → you're；she is → she's；he is → he's；it is → it's；we are → we're；you are → you're；they are → they're

❷ 和 not 縮寫。例如：is not → isn't；are not → aren't

❸ is 可以和疑問詞縮寫，但 am 和 are 則不行。例如：who is → who's where is → where's。但 who am / where am / who are/ where are 不可縮寫成 who'm/ where'm/ who're/ where're

❹ 現在式 be 動詞不可以和指示代名詞 this/these/those 縮寫。例如：this is / these are / those are 不可縮寫成 this's/ these're/ those're。但有個例外：that is 可縮寫成 that's。

2. Finish your breakfast quickly, will you?

（趕快把你的早餐吃完，好嗎？）

答題解說

這是個祈使句，或稱命令句，所以一開始聽到的是動詞 Finish，而非主詞。接著要注意後面的附加問句 will you，一般來說會連音，所以會聽到的是 [wɪlju] ，就像是一個單字一樣很快就唸過去了。另外，為了不讓發音聽起來卡卡的，不要把原本是兩個音節的 quickly 唸成三個音節，quickly 的 k 輕聲帶過即可。因為是祈使句，要注意後面附加問句 will you 的口氣，句尾的 you 可能會加重音，複誦時也要跟著加重。

相關文法或用法補充

附加問句用來確認前面提到的資訊，類似中文的「是嗎？不是吧？對吧？不會吧？」的口吻。附加問句會跟在直述句後面，如果前面是肯定句，那麼附加問句就會以否定形式呈現。相反地，如果前面是否定句，那附加問句就會以肯定形式呈現。結構會是「助動詞＋代名詞」，例如：

❶ She's back, isn't she?（她回來了，不是嗎？）

❷ She's not back, is she?（她還沒回來，對嗎？）

❸ You turned off the computer, didn't you?（你關掉電腦了，不是嗎？）

❹ You didn't turn off the computer, did you?（你沒把電腦關掉，對吧？）

但祈使句是個命令、強烈的建議，但表面看不到助動詞，這時候要怎麼造附加問句呢？我們可以用 will you / won't you。例如：

❺ Sit down, won't you?（坐下，好嗎？）

❻ Open the window, will you?（打開窗戶，好嗎？）

3. Oh no. We are running out of gas.

（不會吧，我們快沒有瓦斯／汽油了。）

答題解說

本句聽取時可分成 Oh no.、We are running out of 以及 gas 三部分來分辨。run out of 為動詞片語，介系詞 out of 會連在一起發音，聽起來就像是 [aʊ-təv]。要注意聽到句尾的 gas。聽到 running out of 之後，就要知道後面是名詞，表示什麼東西快用完了。另外，請根據說話者的說話方式，試著模仿其驚訝或擔心的語氣。要注意聽重音位置，並跟著強調，此句的重音位置最有可能是 no 和 gas。

字詞解釋

run out of phr. 用完～

相關文法或用法補充

「現在進行式」除了表示當下正在做或正在發生的事，也可以用來表示「未來」，特別是已經計畫好、安排好的事情。例如：

❶ I'm having a dinner party tonight.（我今天晚上要辦一場晚宴派對。）

❷ My dad's driving us to the concert tomorrow.（我爸明天要載我們去演唱會。）

4. It might snow in the mountains.

（山上可能會下雪。）

答題解說

本句聽取時可按 It might snow 及 in the mountains 來分段記憶。要注意到一開始的主詞為 it，聽起來會很小聲，注意句中有兩個單字（It、might）字尾的 [t] 音，不需要特別強調，輕輕帶過即可。might 為助動詞 may 的過去式，表示「有可能會…」，字尾的 [t] 音會唸得很小聲，要注意不要聽成 mike 或 mine 了。在複誦時要注意，根據說話者的說話方式，試著模仿其重音。一般來說，重音位置應為 snow 和 mountains。句尾的 mountains 雖然音標是 [`maʊntn̩z]，但許多美國人唸的時候，會把 [t] 音完全省略，留下 [n̩] 音。所以務必聽說話者的唸法。

字詞解釋

snow [sno] **v.** 下雪　**mountains** [`maʊntn̩z] 山區

相關文法或用法補充

我們時常會對未曾經歷的過去或未知未來做「推測假設」，在英文當中可以使用 may、might、could 等助動詞搭配不同的時態來表達。例如：

❶ Rowena must feel very tired after staying up late three nights in a row.
（連續三天熬夜下來，羅伊娜肯定累壞了。）

❷ It may have been Pam who forgot to lock the door.
（很有可能是潘忘了鎖門，她昨天是最後一個離開教室的人。）
→ may 的可能性比 might、could 還要高

5. Working part-time is a good experience.

（兼職工作是一個不錯的經驗。）

答題解說

本句聽取時可按 Working part-time 及 is a good experience 來分段記憶。首先要注意到一開始的主詞 Working part-time 有點長，用動名詞 V-ing 來作為此句主詞，動詞是 is，可以跟後面的 a 連音唸成 [ɪzə]，a 的 [ə] 音不需太過強調。若聽不出 experience 這個單字，可盡量記住子音，並模仿聽到的音節 [ks]、[pɪ]、[rɪən]、[s]。

字詞解釋

part-time [`pɑrt`taɪm] **adv.** 兼職地，部分時間地　**experience** [ɪk`spɪrɪəns] **n.** 經驗

相關文法或用法補充

動名詞（V-ing）是的性質是「名詞」，所以在句中只要可以擺放名詞位置的，都可以放 V-ing。例如：

❶ Eating fruit is good for health.（吃水果對身體很好。）
→動名詞 Eating 當主詞，後面的 be 動詞是單數 is。

❷ My hobby is collecting stamps.（我的興趣是集郵。）
→ 動名詞 collecting 放在 is 後面作 my hobby 的補語。

第二部分朗讀句子與短文

1. Respect others and you can get along well with anyone.

（尊重他人，跟任何人你都能相處得很好。）

答題解說

朗讀句子與短文時，考生只會看到英文文字，無法像「複誦」一樣聽到音檔，所以無法照樣模仿，得自己想像句子該怎麼唸，因此句子該如何斷句、哪幾個單字必須強調、語調的高低都要在唸的時候先考慮好。本句可分為 Respect others、and you can get along well 以及 with anyone 三個部分來唸。注意此句的連音：Respect others 要連音唸成 [rɪ`spɛk tʌðɚz]，get along 要唸成 [gɛ tə`lɔŋ]，with anyone 要唸成 [wɪ ðɛnɪ͵wʌn]。另外，切勿把 along [ə`lɔŋ] 唸成 alone [ə`lon]，請注意母音 o 的發音差異，以及鼻音 [n] 與 [ŋ] 的差異。

字詞解釋

respect [rɪ`spɛk] **v.** 尊重　**along** [ə`lɔŋ] **adv.** 向前，一起　**get along well** **phr.** 相處地很好

相關文法或用法補充

others 是「其餘的人（或物）」的意思，而 the other 是 other 的延伸，要注意的是，other(s) 沒有限定，但是 the other 是有指定「另外那個」或「另外那些」的。例如：

❶ Some boys like to play basketball, and the other boys (the others) enjoy playing football.（有些男孩喜歡打籃球。其他男孩喜歡踢足球。）

❷ One of his sons lives in Taipei. The other one lives with him in Hsinchu.
（他其中一個兒子住在台北。另一個兒子跟他一起住在新竹。）

另外，the other 可當代名詞用，表示單數，而 the others 表示複數。例如：She wore different colored socks today. One was red, and the other was blue.（她今天穿不同顏色的襪子。一隻是紅色，另一隻是藍色。）

2. Traveling is a great way to relax and gain knowledge.

（旅行是一個放鬆和增廣見聞的好方法。）

答題解說

本句可分為 traveling is a great way to relax 以及 and gain knowledge 兩部分來唸，句尾語調下降。請注意此句的連音：is a 要唸成 [ɪzə]，通常不需要特別強調冠詞 a。另外，跟許多 re 開頭的動詞一樣，relax 的重音會落在第二音節 [rɪ`læks]。

字詞解釋

traveling [`trævəlɪŋ] **n.** 旅行　**relax** [rɪ`læks] **v.** 放鬆，緩和　**gain** [gen] **v.** 得到，獲得　**knowledge** [`nɑlɪdʒ] **n.** 知識，學問

相關文法或用法補充

way 後面可以用不定詞（to-V）當（後位）修飾語，也可以用 of + ving，表示「（做某事）～的方法」。例如：They are trying to find ways to solve / of solving this problem.（他們正試圖找到解決此問題的方法。）

3. Could you please give me another chance?

（可以請您再給我一次機會嗎？）

答題解說

本句可分為 Could you please 以及 give me another chance 兩部分來唸，因為是問句，句尾語調上升。另外，唸 Could you 時要盡量連音唸成 [kudʒju]，而唸 give me 時，[v] 音不用太刻意強調，輕輕帶過即可，外國人在說話時，聽起來就像是 [gɪ mi]，中間像是稍作停頓一樣。至於 chance（機會）的唸法，美式發音是 [tʃæns]，而英式發音為 [tʃɑns]。

字詞解釋

chance [tʃæns] **n.** 機會

相關文法或用法補充

chance 是指機率、機會，大部份指「偶然的」機會，經常含有僥倖的意味。opportunity 多指「特定的」機會，含有「期待、願望」的意味。兩者有時可以互換，但當我們用 chance 來表達「可能性」時，不能用 opportunity 代替。

4. Nowadays, teenagers do not like to be told what to do.

（如今，青少年不喜歡被人家說他應該要做什麼。）

答題解說

本句可分為 Nowadays、teenagers do not like to be told 以及 what to do 三部分來讀，句尾語調下降。teenager（青少年）唸作 [`tin͵edʒɚ]，有三個音節，重音落在

第一音節。唸 like to 和 what to do 的 to 時，不需要刻意強調而唸成像是 two [tu] 的發音。另外在唸 what to 時，為了連音，通常是唸成 [hwɑ tə]，what 的 [t] 音幾乎聽不到，因為兩個 [t] 音的發音位置相同，以至於連音時會保留 to 的 [t] 音。

字詞解釋

nowadays [ˋnaʊəˏdez] **adv.** 現今，現在　**teenager** [ˋtinˏedʒɚ] **n.** 青少年

相關文法或用法補充

「疑問詞 (5W1H) + 不定詞 (to-V)」其實是從「疑問詞 + S + 助動詞+ 原形動詞」簡化而來，當名詞用，在句中扮演主詞或受詞的角色。例如：where to go（到哪兒去）、when to do it（什麼時候做這件事）、how to do it（如何做這件事）、what to do（做什麼）、whom to talk to（要跟誰說話）、which to buy（要買哪一個）

5. Many people were hurt in that terrible accident.

（很多人在那起嚴重的意外中受傷。）

答題解說

本句可分為 Many people were hurt 以及 in that terrible accident 兩段來朗讀，其中 be 動詞過去式 were 的發音是 [wɝ]，而非 [wɛr]，別唸成 wear（穿）的音了。在唸 that terrible 時，為了連音，通常是唸成 [ðæ ˋtɛrəbəl]，that 字尾的 [t] 幾乎聽不到，因為和 terrible 字首的 [t] 音發音位置相同，以至於連音時會保留第二個 [t] 音。另外要注意的是 accident 的發音，第一個 c 發 [k] 音，第二個 c 發 [s] 音。

字詞解釋

hurt [hɝt] **v.** 受傷　**terrible** [tɛrəbəl] **adj.** 嚴重的，可怕的　**accident** [ˋæksədənt] **n.** 意外

相關文法或用法補充

「指示形容詞」是用來指定事物的詞，通常包括 this、that、these 及 those。在本題 "Many people were hurt in that terrible accident." 這句中的 that 就是個例子。而 this、that、these、those 既是「指示形容詞」，也是「指示代名詞」：

❶ Those apples are rotten.（那些蘋果是爛的。）→ 指示形容詞

❷ Those are rotten apples.（那些是爛蘋果。）→ 指示代名詞

6. Once upon a time, there was a pretty girl named Cinderella. She was sad because she was not allowed to attend the prince's party. A fairyappeared and made Cinderella's wish come true. She went to the party and danced

with the handsome prince. They lived happily ever after.

（很久很久以前，有一位漂亮的女孩名叫 Cinderella。她很難過，因為她不被允許參加王子的派對。一個仙女出現，讓她的願望成真。她到了派對現場，並和英俊的王子跳舞。從此以後，她們過著幸福快樂的日子。）

答題解說

本句的斷句（以｜表示），強調單字（以粗體字及底線表示）及語調（↗表上升；↘表下降）如下：

Once upon↗a time, there was a pretty **girl**↗named Cinderella.↘She was sad because she was **not allowed** to attend the prince's **party**.↘A **fairy** appeared and made Cinderella's wish **come true**.↘She went to the **party** and **danced**↗with the handsome **prince**.↘They lived **happily**↗ever after.↘

Cinderella 通常翻作「灰姑娘」或是「仙杜瑞拉」，不過在唸的時候要拋開中文的發音，唸成 [ˌsɪndəˋrɛlə]，重音在第三音節。prince's 為 prince [prɪns] 的所有格，表示「王子的」，唸作 [prɪnsɪs]，ce 的[s] 音和 's 的 [s] 音因為同樣都是 [s] 音，需要有母音在中間連接，所以中間要插入母音 [ɪ]。至於 Cinderella's，因為 's 前面唸 went to 時，為了連音，通常唸成 [wen tu]，went 字尾的 [t] 幾乎聽不到，因為兩個 [t] 音的發音位置相同，以致於連音時會保留第二個 [t] 音。

字詞解釋

once upon a time **phr.** 從前，古時候　**pretty** [ˋprɪtɪ] **adj.** 漂亮的　**allow** [əˋlaʊ] **v.** 允許　**attend** [əˋtɛnd] **v.** 參加，出席　***fairy** [ˋfɛrɪ] **n.** 仙女　**appear** [əˋpɪr] **v.** 出現 / **wish** [wɪʃ] **n.** 願望　**come true** **phr.** 成真，實現　**handsome** [ˋhænsəm] **adj.** 英俊的　**ever after** **phr.** 從此以後

相關文法或用法補充

近來，dream come true 這三個字也快變成我們的母語了，大家都會唸，不懂英文的人可能也會唸。但有人可能會問：dream come true 的 come 為什麼沒有變化？事實上，這是用來祝福對方的話，但句首的助動詞 May 在口語上被省略掉了！。本來應該是 May your dream come true.

第三部分回答問題

1. What is your favorite hobby?

（你最喜歡的嗜好是什麼？）

答題解說

聽到 What ~ favorite hobby 可知，主要是問嗜好。一開始可以說 My favorite hobby is... 或是 ... is my favorite hobby.。除了說明是什麼樣的嗜好之外，如運動等等，也可以補充說明平時花多少時間在這個嗜好上，以及是否會跟其他人一起進行。無論是靜態或動態的嗜好都可以提，並可說明這個嗜好的好處。如果真的不知道要舉什麼例子，也可以說大部分時間都在用功讀書，因為每天都有考試，頂多有時間的話會看電視。例如：

My favorite hobby? I don't think I have one. I have tests at school every day, so I have to study hard. I don't have any hobby. I watch TV sometimes. Is that a hobby?（我最喜歡的嗜好？我不認為我有什麼嗜好。我每天在學校都要考試，所以我都得用功讀書。我沒有任何嗜好。我有時候會看電視。這是嗜好嗎？）

參考範例及中譯

❶ My favorite hobby is playing basketball. I play it with my friends after school. We play almost every day, even on Sunday mornings.
（我最喜歡的嗜好是打籃球。我放學後都跟朋友一起打。我們幾乎每天都打，即使是星期天的早上。）

❷ Reading novels is my favorite hobby. I usually read novels on my cellphone for free, so I don't have to buy any novel. It helps me learn more words.
（看小說是我得最喜歡的嗜好。我通常在手機上免費看小說，所以不需要花錢買。這幫助我學習更多詞彙。）

字詞解釋

favorite [`fevərɪt] **adj.** 特別喜愛的　**hobby** [`habɪ] **n.** 嗜好，業餘愛好　**after school** **phr.** 放學後　**for free** **phr.** 免費地　**novel** [`navl̩] **n.**（長篇）小說

相關文法或用法補充

認識新朋友時，可能會聊到彼此的嗜好，或是平常從事的休閒活動。比方說：collecting comic books / art（蒐集漫畫書 ／藝術品）、playing sports / cards / games（運動／玩牌／玩遊戲）、travelling（旅遊）、going to movies / the theater / the beach（去看電影／去看戲／去海邊）、baking / cooking（烘焙／烹飪）、reading / writing（閱讀／寫作）。另外，詢問對方的嗜好，除了 What are your hobbies / interests?（你的興趣/嗜好是什麼？）之外，你還可以說 What do you do in your downtime / with your spare time / when you have time off?

2. Do you have trouble sleeping at night?

（你晚上會有失眠的問題嗎？）

答題解說

聽到 Do you ~ trouble sleeping ~ night 可知，主要是問是否會有晚上睡不著覺的問題。選擇回答有的話，可以提到失眠的原因，例如燈光、噪音、煩惱…等等。假如你沒有這類問題，總是一覺到天明，可以提出一些建議。

參考範例及中譯

❶ I can't sleep when it is noisy. Sometimes my neighbors talk and laugh loudly, so I can't sleep. Sometimes I don't sleep well when there is a test the next day.
（當很吵時我就會無法入睡。有時候，我的鄰居講話很大聲、笑很大聲，所以我就會睡不著。有時候，隔天因為有測驗，我也會睡不好。）

❷ I usually fall asleep less than five minutes after I lie on the bed. Try not to drink water before you sleep. Make sure the room is dark and the bed is comfortable.
（我通常躺在床上不到五分鐘就睡著了。睡前盡量不要喝水。確保房間是暗的，不要有光，床要舒適。）

字詞解釋

noisy [`nɔɪzɪ] **adj.** 喧鬧的，嘈雜的 **neighbor** [`nebɚ] **n.** 鄰居 **loudly** [`laʊdlɪ] **adv.** 大聲地 **the next day phr.** 隔天 **fall asleep phr.** 入睡，睡著 **lie** [laɪ] **v.** 躺 **make sure phr.** 確認～ **dark** [dɑrk] **n.** 黑暗，暗處 **comfortable** [`kʌmfɚtəbl] **adj.** 舒適的，寬裕的

相關文法或用法補充

have trouble/difficulty/a hard time 表示「有困難」，後面常接 (in) V-ing，表示「做～有困難」。在此句型中，trouble/difficulty 皆用單數表示，其前面可加上 some、great、little... 等修飾語，例如：Many people, especially at the age of over 40, have difficulty falling asleep.（許多人，尤其 40 歲以上的，都有難以入睡的煩惱。）

3. What can you do to help protect the earth?

（你可以做什麼來保護地球？）

答題解說

聽到 What ~ do ~ protect the earth 可知，主要是問「保護地球」的方法。如果不知道節能減碳（energy saving and carbon reduction）的英文怎麼說，就不要勉強亂說。以符合自己程度、不會說錯的角度來思考，提出類似減少垃圾量、自備購物袋（plastic bag）或垃圾分類（recycle things）等等。

參考範例及中譯

❶ There are many things I can do. I use a shopping bag, so I don't need to use plastic bags. I recycle things that can be used again.
（有很多事情是我可以做的。我用購物袋，這樣就不需要用塑膠袋。我會回收一些可再利用的東西。）

❷ I can take the bus or MRT to school. Cars and scooters cause air pollution. There is only one earth. We must protect it.
（我可以搭公車或捷運去學校。車子和機車造成空氣汙染。地球只有一個。我們必須保護它。）

字詞解釋

protect [prə`tɛkt] **v.** 保護，防護 **shopping bag** **phr.** 購物袋 **plastic** [`plæstɪk] **adj.** 塑膠的，可塑的 **recycle** [ri`saɪkl̩] **v.** 使再循環，再利用 **cause** [kɔz] **v.** 導致 **pollution** [pə`luʃən] **n.** 汙染

相關文法或用法補充

如果單字不夠多，也沒什麼想法，也可以舉出一些課本上學過的汙染，來說明哪些事件是破壞地球的，並提到政府應該要有所動作來保護地球。例如：The air pollution, water pollution, plastic pollution, and the global warming. They are all bad to the earth. The government should do something about them.（空氣污染、水污染、塑膠污染和全球變暖，它們對地球來說都是不好的。政府應該要做一點事情來改善這些狀況。）

4. Which country do you love the most? Why?

（哪一個國家是你最喜愛的？為什麼？）

答題解說

諸如此類關於「喜愛」的題目，最好在考試前先想好口袋名單，這樣在考試中就能對答如流。一開始可以說「I love + 國家名稱」，接著可以提出喜歡的理由以及是否會想去該國家旅遊等等。

參考範例及中譯

❶ I love Japan. It is very clean and beautiful there. The people there are so polite. My mom says it is cheaper now if we buy things in Japan.
（我喜歡日本。那裡很乾淨也很漂亮。那裡的人很有禮貌。我媽媽說現在去日本買東西會比較便宜。）

❷ I love England. I read a lot about this country. The history, culture, streets, buildings, and people in this country are interesting to me. And, I want to see London with my

own eyes.
（我喜歡英國。我讀過很多關於這個國家的事物，它的歷史、文化、街道、建築與人都讓我感到興趣。而且我想要親眼看看倫敦。）

字詞解釋

beautiful [`bjutəfəl] **adj.** 美麗的，漂亮的 **polite** [pə`laɪt] **adj.** 有禮貌的，客氣的 **cheap** [tʃip] **adj.** 便宜的，價廉的 **history** [`hɪstərɪ] **n.** 歷史 **culture** [`kʌltʃə] **n.** 文化 **building** [`bɪldɪŋ] **n.** 建築物 **with one's own eyes** **phr.** 親眼地，親自

相關文法或用法補充

如果對國外沒有什麼憧憬也不是很了解，可以談談自己的國家，台灣。Taiwan is my favorite country. Food is yummy. People are nice. And, everything here is convenient. I love night markets here.（台灣是我最喜歡的國家。食物好吃，人都很好，而且一切都很方便。我愛這裡的夜市。）

5. When was the last time you went to see a doctor?

（你上次去看醫生是什麼時候？）

答題解說

這是個 when、問「何時」的問句。聽到 last time you ~ see a doctor 可知，主要是問上次去看醫生是什麼時候。不一定要講出確切日期（certain date），你也可以說不記得日期（can't remember the date）了。如果你有不愉快的經驗，可以如實說明，例如過程很痛（feel so hurt）、不舒服（uncomfortable）等。如果是感冒（catch a cold）而去看醫生，很多人的經驗是，等待的時間很久（take much time to wait）或是護士很有禮貌（very polite）等。

參考範例及中譯

❶ I can't remember the date. It was about a year ago. It was a terrible experience. I had a headache, and it hurt a lot, so I went to see the doctor.
（我不記得日期了。大約在一年前吧。是個可怕的經驗。我當時頭痛，而且痛得很厲害，所以就去看醫生了。）

❷ Last month, I went to see a doctor. I caught a cold. Many people caught a cold at that time and went to see the doctor, so it took me a long time to wait. The nurses there are nice and polite.
（我上個月去看醫生。我感冒了。很多人在那個時候都感冒，都去看醫生，所以花了我很長的時間等待。那裡的護士人都很好，很有禮貌。）

字詞解釋

remember [rɪˋmɛmbɚ] **v.** 記得，想起　**terrible** [ˋtɛrəbḷ] **adj.** 可怕的，嚇人的　**experience** [ɪkˋspɪrɪəns] **n.** 經驗　**headache** [ˋhɛdˏek] **n.** 頭痛　**catch a cold** **phr.** 感冒

相關文法或用法補充

如果不曾生病，沒看過醫生，也可以照實回答沒有這樣的經驗，也可以把你所知道的醫院診所印象說出來。例如：

I have never seen a doctor. People go to see a doctor when they feel ill or catch a cold. I am healthy and strong so I don't need to see a doctor.（我從來沒有看過醫生。人們會去看醫生，是當他們生病或感冒時。我很健康、強壯，所以我並不需要看醫生。）

6. You just bought some food but the vendor forgot to give you the change. Ask him for it.

（你剛買了一些食物，但攤販老闆忘了找你錢。試著向他要。）

答題解說

聽到 You ~ bought ~ food ~ vendor forgot ~ change. Ask ~.可知，主要是要你假設一個買東西、老闆卻忘了找錢的情境，並考你要怎麼反應。先稱呼對方一聲老闆（boss）或先生／小姐，然後說「我給你多少，你應該找我多少（I gave you... so you should return me...）」的內容。也可以先確認一下所購買的金額，再說出老闆忘了找錢的話（Did you forget to give me...）。如果你的單字量不夠多，也沒有這樣的經驗，不知怎麼想像此場景，就直接把老闆需要找你的金額說出來，想像你現在就在攤販前面，正在跟攤販老闆對話。例如：This bread is forty dollars. I gave you fifty dollars, so please return ten dollars to me. Thank you.（這個麵包四十元，我給了你五十元，所以請找我十元，謝謝。）

參考範例及中譯

❶ Excuse me, sir. I know you are busy. I gave you a thousand dollars. You should return me four hundred in change. I didn't get it.
（先生，抱歉。我知道你很忙。我給了你一千元，你應該找我四百。我還沒拿到。）

❷ Hey, boss. How much is this again? Four hundred? But I gave you five hundred dollars. Did you forget to give me the change?
（老闆。可以再確認一下這多少錢嗎？四百嗎？但是我給你五百。你是不是忘了找我錢？）

字詞解釋

vendor [`vɛndɚ] **n.** 小販，叫賣者　**forget** [fɚ`gɛt] **v.** 忘記　**change** [tʃendʒ] **n.** 零錢
ask sb. for sth. phr. 向某人要某物　**return** [rɪ`tɝn] **v.** 歸還，返回

相關文法或用法補充

change 當「零錢」時，是個不可數名詞。就中文的角度來說，零錢當然可以數，如一塊錢（a dollar）、兩塊美元（two dollars）、三毛錢（three dimes） 等。「不可數」這三個字是指 change 這個英文字不能數，因為我們不能說一個零錢（a change）、兩個零錢（two changes）。所以要問人家「你有多少零錢？」時，要說 How much change do you have?，而不是 How many changes do you have? (×)，回答時可以說 I have twenty dollars in change.。

7. A man called and asked to talk with your dad or mom, but both of them were not home. What would you say to the man?

（一位男士打電話來要跟你的爸爸或媽媽說話，但他們都不在家。你會跟這位男士說什麼？）

答題解說

這題的答案也可以利用辦公室電話笑話情境的句型，先跟對方說要找的人不在，提到爸媽大概幾點會回來（They will be back at about... o'clock），並問對方是否要留言或稍後再撥之類的（Would you like to leave a message...）。也可假設自己真的在電話中的樣子，對著麥克風當作在電話中對方在向你交代什麼事情，而你正在重複他所交代的。但如果沒聽到 called and asked to，並不知道是要你假設電話情境，只知道說有人要找你爸媽，但他們都不在，問你該怎麼辦時，就直接重複題目文字，提到爸媽不在家，再請對方留言、留電話之類的，再請爸媽打電話給他。例如：If a man wants to talk with my dad or mom, but they are not home, I will ask him to leave some messages or his phone number, and I will tell my dad or mom to call the man.（如果有一位男士想找我爸媽，但他們又不在家，我會請他留言或請他留下他的電話號碼，我會告訴我爸媽打電話給這位男士。）

參考範例及中譯

❶ My father and mother are not home. They will be back at about 10 o'clock. Would you like to leave a message or call back later?
（我爸媽都不在家。他們 10 點左右才會回來。你要留言還是稍後再撥呢？）

❷ My father or mother? Well, they are not home. Ask them to call Mr. Wang... About the lights...? OK, I got that down. Anything else? OK. Bye.
（我爸媽？嗯，他們都不在。請他們打電話給王先生⋯，關於燈光的事⋯。

好的，我寫下來了。還有其他的事嗎？好的，再見。）

字詞解釋

leave [liv] v. 留下　**message** [ˋmɛsɪdʒ] v. 訊息　**call back** phr. 回電話　**get sth. down** phr. 把～記下來

相關文法或用法補充

以下補充一些接／打電話時常用的問候語：

❶ Hello? → 非正式用語，通常用於準備接熟識親友的來電。

❷ 人 + speaking → 接電話時千萬別說 Hello, I'm Jack. 而要說 Hello, (This is/ It's) Jack speaking. 或是 Hello, it's/This is Jack.。

❸ 如果是打電話給對方，要先表明自己的身分時，可以說： It's/This is Jack calling。

❹ 指名要找某人時

① Is Jack there?/Jack, please. → 非正式用法，通常用於打電話給熟識的親友。

② May/Could/Can I speak to Jack, please? 或是 I'd like to speak to B, please. → 正式用法，通常用於公務往來通話的第一句。

10

GEPT
全民英檢

初級複試
中譯＋解析

第一部分 單句寫作

第 1~5 題：句子改寫

1. **If you lend me the money, I can buy that computer.**

（如果你借我錢，我就可以買那電腦。）

I ______________ unless ______________.

（我無法買那電腦，除非你借我錢。）

答題解說

答案：I can't buy that computer unless you lend me the money. 從改寫句中間的 unless 來看，這題考的是連接詞 if 與 unless（除非…，否則…）的替換。兩句的主詞都是 I。第一句用 if 連接，放在句首，表示「假設你借我錢，我就可以買」，而第二句用 unless 連接，要表達的就是「除非你借我錢，否則我無法買電腦」，有否定意味，所以主要子句（unless 前面）的動詞要用 can't buy，而 unless 後面只要照抄原題目 If 後面的句子即可。

破題關鍵

本題考 unless 與 if 的轉換，須注意兩個條件子句互換時，肯定與否定句的切換。unless 後面接可以接現在式、過去式或過去完成式，但沒有「假設語氣」的適用。unless 用來取代所有類型條件句的 if...not。

字詞解釋

lend [lɛnd] **v.** 借出，借給 **unless** [ʌn`lɛs] **conj.** 如果不，除非

相關文法或用法補充

「借東西」，也是常考題型之一。舉例說明重點如下。

❶ borrow money from + 人（向某人借錢）。例如：He has borrowed ten thousand dollars from his roommate.（他已經向室友借了一萬元了。）

❷ lend money to + 人（把錢借給某人）例如：He lent some money to his girlfriend（他借了一些錢給女友。）→ lend 動詞三態：lend/lent/lent

2. It won't be boring if you hang out with him.

（你和他出去的話，不會無聊的。）

You won't feel ______________.（如果你和他出去，你不會感到無聊的。）

答題解說

答案：You won't feel bored if you hang out with him. 注意第一句的主詞是虛主詞的 It，代替的是後面的條件句（If... him）也就是指「某件事情」，而第二句的主詞是「人」，且已經告訴你動詞用 feel，所以後面要接修飾人的形容詞，也就是將 boring 改為 bored，後面照抄 if... him 即可。

破題關鍵

這題考的是 bored 與 boring 的差別。It（指事物）當主詞時，要用 boring。「人」當主詞時，表達「人對～感到無趣」，句型是「be/feel bored」，表達「事情令人興奮」，句型是「be exciting to＋人」。

字詞解釋

hang out with phr. 與～（某人）出去閒晃／約會

相關文法或用法補充

-ed 分詞這個結構在英語中可以說相當常見，俯拾即是。它既可以當主詞或受詞結構，也可以表示被動語態。英文中的不及物動詞沒有被動態。但不及物動詞的過去分詞可以放在 be 動詞的後面作為主詞補語。在此結構中，過去分詞只表示動作已經完成，強調事物的狀態。常見的這種形式的不及物動詞有：gone, come, arrived, fallen, retired, startled, vexed, mistaken 等等。這些不及物動詞的 p.p. 或 -ed 形式都具有「描述性質」。例如：

❶ John worked as a volunteer was back to his hometown when he was retired.
（約翰退休後擔任志工。）

❷ David's fever is gone, but he's still feeling weak.
（大衛已退燒，但他仍感到虛弱。）

3. I clean my room every weekend.

（我每個週末都打掃房間。）

I have ______________ cleaned ______________.
（我每個週末都會請人來打掃房間）

答題解說

答案：I have my room cleaned every weekend. 請注意第一句和第二句的主詞

（I）相同，但動詞不同，且都出現 clean 這個動詞。不過第二句已經有 have 這個使役動詞，因此後面的 cleaned 應為過去分詞，表示「被動」。因此，別誤會本題要你改成現在完成式喔！

破題關鍵

本題考「make / have / get + 受詞 + p.p.」的句型。使役動詞的用法分為「主動」與「被動」語態。這裡是被動用法，因此前後兩句的句意是完全不同的。一個是「自己打掃」，一個是「別人來打掃」。

相關文法或用法補充

當我們要表達「被」叫去做什麼事的時候，就可以用被動語態來表示。要把使役動詞改為被動語態，記得將原形動詞改為過去分詞（p.p.）即可。（除了 let，過去分詞前還要加 be 喔！）例如：

❶ How could you let your girl friend be treated like that?
（你怎能讓你女友那樣被對待？）

❷ This mistake got Kevin fired.（這個失誤讓 Kevin 被炒鱿魚。）

4. My parents promised me a new iPad if I passed the exams.

（我父母答應給我一台新的 iPad，如果我通過考試。）

My parents ______________ to me ______________.

答題解說

答案：My parents promised a new iPad to me if I passed the exams. 兩句一開始的主詞都是 My parents，差別在句子中間 me 的前面，一個沒有 to，一個有 to。就題目句的動詞 promised 來看，它是個「授予動詞」，運用在「S + V + IO + DO」的句型，其中「間接受詞（IO）」是 me，直接受詞（DO）是 a new iPad，此句型也可以改成「S + V + DO + to + IO」，因此動詞 promised 不變，接在主詞 My parents 後面，受詞一樣是 a new iPad ，然後 to me 後面照抄 if I passed her exam 即可。

破題關鍵

題目句動詞 promised 後面有兩個受詞（me 與a new iPad），很明顯已經透露出「授予動詞」的用法，所以只要熟悉它的兩種慣用句型（「S + V + IO + DO」及「S + V + DO + prep. + IO」）即可。

相關文法或用法補充

有一些搭配介系詞 for 的授與動詞：buy、choose、cook、find、get、make、order、pick、reserve、save... 等。例如：He cooked a delicious meal for us.（他給

我們做了一頓佳餚。）

5. There is no person in the classroom.

（教室裡沒人。）

There are ______________ any ______________.（教室裡沒有任何人。）

答題解說

答案：There are not any people/persons in the classroom. no 跟 any 都有「否定」、「沒有」的意思，no 後面接（可數或不可數）名詞，而 any 必須與否定詞連用。故本題必須把原句中的 no 改成否定的 not any，而 any 已經提示了，所以前面只要放 not 即可。另外要注意的是，改寫句的動詞是複數的 are，所以後面的名詞要用複數的 persons 或 people。

破題關鍵

因為改寫句已提示用 any，所以本題要考你的是「no 與 not... any 的轉換」，另外，要注意原本的 There is 改成 There are 之後，後面的名詞也要跟著做變化。

相關文法或用法補充

no 是形容詞，可直接放在名詞之前。但若名詞前已有 the, a(n)，any, much, enough 等詞，則要用副詞 not。例如：

I have no (= not any) money. 可以改寫成 I have not much money.，但不能寫成 I have no much money. 或是 I have no any money.

第 6～10 題：句子合併

6. David can run fast.（David 可以跑很快。）
Eric can run fast, too.（Eric也可以跑很快。）

Both David and Eric can run fast.（David 和 Eric 倆都可以跑很快。）

答題解說

答案：Both David and Eric can run fast. 第一句提到「David 可以跑很快。」，第二句提到「Eric 也可以跑很快。」所以要合併成「David 和 Eric 倆都可以跑很快。」Both 的意思是「兩者都～」，後面分別放主詞 David 和 Eric ，運用的句型，表示「A 與 B 兩者都」，最後再把 can run fast 照抄即可。

破題關鍵

從合併句可知，本題考 Both... and... 的用法。這是個對等連接詞，意指「A 與 B 兩者都～」，A 與 B 必須是對等的結構（名詞、片語或句子），且動詞必須是複數。

相關文法或用法補充

both 也可以單純用來修飾名詞，且必須是複數可數名詞。例如：Both children were born in Taipei.（兩個小朋友都在台北出生。）另外，both of 可接所有格（my / your / our / their /...）再接名詞，此時 of 可省略。例如：Both of my friends can speak Mandarin Chinese. = Both my friends can speak Mandarin Chinese.（我的兩位朋友都會說中文。）

7. My son finished his summer homework today.
I made him do it.

（今天我兒子完成了他的暑假作業。）
（我要他這麼做的。）

I made my son finish his summer homework today.
（今天我要我兒子完成他的暑假作業。）

答題解說

答案：I made my son finish his summer homework today. 當第一句、第二句要合併為第三句時，先看一下有什麼樣的提示，尤其是主詞、動詞部分。主詞、動詞部分重複了第二句的 I made，而第二句的 him 和 do it 分別表示第一句的 my son 和 finish his summer homework。所以為了要合併，就要把 my son 和 finish his summer homework 一起寫進來，而非照抄第二句而已。讓（make）某人做某件事，make 是使役動詞，後面加受詞與原形動詞，因此 made 的受詞在這裡是 my son，同時要把過去式的 finished 改為 finish。所以就完成了 I made my son finish his summer homework today.。

破題關鍵

本題考的是「使役動詞」的句型，即「使役動詞 + 受詞 + 原形動詞」。關鍵點在於，made出現時，要將過去式的 finished 改為原形的 finish。

相關文法或用法補充

除了make，have 和 let 也是使役動詞。另外 help 雖然不屬使役動詞，但它後面可以加原形動詞或不定詞（to-V）。例如：I helped my son (to) clean his room today.

8. **He likes the girl.（他喜歡那女孩。）**
She is wearing white shoes.（她穿著白色鞋子。）

He likes the girl in white.（他喜歡穿白色鞋子的那女孩。）

答題解說

答案：He likes the girl in white shoes. 第一句是「他喜歡那女生」，第二句是「她穿著白色鞋子」，所以合併起來就是「他喜歡穿白色鞋子的那女孩」。合併句提示要用介系詞in 合併，表示「（某人）穿著～的」，因此這裡的in 要取代第二句的動詞is wearing，其餘照抄即可。

破題關鍵

本題考的重點是介系詞片語「in + 名詞」的後位修飾用法，這裡的名詞可以是顏色或是衣服的相關名詞。第三句的主詞是 He，動詞是 likes，因此受詞是 the girl。in 後面接 white shoes 即可，整個受詞是 the girl in white shoes。

相關文法或用法補充

若題目改用關係代名詞 who 合併句子，答案就是：He likes the girl who is wearing white shoes.

9. **Alice asked Tom something.（Alice 問 Tom 某件事。）**
Helen was crying.（Helen 在哭。）

Alice asked Tom why Helen was crying.（Alice 問 Tom 為什麼 Helen 在哭。）

答題解說

答案：Alice asked Tom why Helen was crying. 合併句的主詞與動詞跟第一句一樣，都是 Alice asked...，合併句還提示用 why，所以兩句合併是「Alice 問 Tom 為什麼 Helen 在哭。」所以一開始先寫下 asked 的受詞 Tom，然後接 why。後面只要照抄第二句即可，因為 why 後面必須是肯定句，而非問句的語態。

破題關鍵

本題考的是疑問詞 why 引導名詞子句，後面必須接「肯定的」完整句，也就是 why Helen was crying，這也是間接問句的用法之一。

相關文法或用法補充

這裡的 why 其實也可解釋為「關係副詞」，表「原因、理由」，相當於 for which，一般來說，它的先行詞是 reason，但往往 reason 是被省略掉的。例如：That is the reason why I hate him.（那是我討厭他的理由。）= That is the reason for which I hate him.= That is why I hate him.

10. My teacher has a dog.（我的老師有一隻狗。）
It is very cute and friendly.（牠很可愛也很友善。）

My teacher has a dog which is very cute and friendly.
（我的老師有一隻很可愛也很友善的狗。）

答題解說

答案：My teacher has a dog which is very cute and friendly. 從第三句的提示來看，重複了第一句的主詞、動詞和受詞，所以空格處要填進的是與第二句合併的部分。先看一、二句的關係，老師有一隻狗（dog），牠（it）很可愛，這裡的 it 指的就是 dog，所以合併時要用「牠（it）很可愛」來修飾狗（dog）。這時就要用到關係代名詞 which 來代替第二句的 it，變成 which is very cute and friendly 這個形容詞子句，接在 dog 後面。因為 which is very cute and friendly 這個子句形容的是名詞 dog，所以稱為形容詞子句。形容詞子句也叫做關係子句，代替 dog 的 which 就是關係代名詞。

破題關鍵

本題考的是用關係代名詞 which 引導形容詞子句。形容詞子句的功能就是把原本的兩句話合併成一句，用 which 代替前面要說明的名詞。

字詞解釋

friendly [`frɛndlɪ] **adj.** 友善的，友好的

相關文法或用法補充

關係代名詞指稱的對象，是「人」時要用 who，是「事物」時，則用 which，而一般情況下，that 可代替 who 和 which。例如：

❶ I have a friend who is rich.＝I have a friend that is rich.（我有一位有錢的朋友）
❷ I have a car which is new.＝I have a car that is new.（我有一部新車。）

第 11～15 題：句子重組

11. What were you doing at home at that time?

（那時候你正在家裡做什麼？）

答題解說

從提供的「What ________________?」以及「at that time / you / were / at home / doing」來看，句子以 What 開頭，後面有問號（?），馬上就可以推定這個題目

在考疑問詞引導的問句。you are 的過去式為 you were，改成疑問句則是 were you，所以 What 後面要接 were you。「過去進行式」的公式為「be 動詞 + V-ing」，因此 What were you 後面接 doing。最後，時間副詞通常接在地方副詞後面，所以要先寫地方 at home 再寫時間 at that time。

破題關鍵

這題考的是「過去進行式」的「肯定疑問句」，所以動詞是 were doing，最後再把時間副詞與地方副詞接上即可。通常是先放地方，再放時間。

相關文法或用法補充

at home 是固定用法，表示「在家」，要用 in 的話，一定要說 in sb's home（在某人家裡）。另外，home 本身也可以當副詞用，表示「在家」或「往家的方向」。所以「回家」才會直接說 go home，而不像其他地點都至少要加個介系詞 to（例如 go to work、go to school）

12. Can you send an email to me?

（你可以寄一封電子郵件給我嗎？）

答題解說

從提供的「Can ________________?」以及「send / to / you / me / an / email」來看，這是個以助動詞 can 引導的疑問句。選項中有兩個代名詞 me 和 you，我們會用 Can you + 原形動詞...?，而不會說 Can me...，因此 Can 後面接主詞 you，再接動詞 send。雖然 an email 也可當主詞，但句子組起來之後不合常理。用「send（寄）to（給）」時，通常表示「把物寄給人」，「物」an email 是直接受詞，「人」me 是間接受詞。因為有介系詞，其結構為「send 物 to 人」，所以先寫物才寫人，例如 send a card to me。

破題關鍵

這題考的是 send 這個授予動詞用法及助動詞引導的疑問句。授予動詞有兩種句型，這裡看到 to 之後，應直覺聯想是 send... to... 的用法。send 後面接「物」，to 後面接「人」。

相關文法或用法補充

如果沒有介系詞，其結構就會是「send＋人＋物」，如同「give + 人 + 物」的用法，即先寫人再寫物。例如：

❶ Can you send me an email?（你能寄一封電子郵件給我嗎？）

❷ Can you give me a cake?（可以給我一個蛋糕嗎？）

13. I am <u>not sure whether I need this or not.</u>

（我不確定我是否需要這個。）

答題解說

從提供的「I am ________________.」以及「or not / whether / need / I / sure / this / not」來看，句子先提供了主詞（I）及動詞（be 動詞 am），接著要放的是主詞補語，其中只有 sure 可以當補語。接著看到 whether，就要把 or not 拉進來擺在一組。另外，因為 sure 和 whether 同時出現，所以 sure 前面一定要再加 not，形成「我不確定是否…」的語意，如果沒有 not，會形成「我確定是否…」這樣不合邏輯的語意。whether 後面要接完整句，所以剩下的單字可以構成 I need this 的完整句意。

破題關鍵

這題考的是「whether... or not」的名詞子句，搭配 not sure 的用法。or not 可以緊接在 whether 後面，或是放在 whether 子句句尾都可以。

字詞解釋

whether (...) **or not** phr. 是否～

相關文法或用法補充

if 與 whether 這兩個字都有「是否」的意思，都是連接詞，一般是可以互換使用。但還是有一些區別和限制。例如，whether 可用於句首，所引導的子句當主詞，但 if 不行；if 放句首會被認為表示條件或假設。例如：

Whether you still love me (or not) is not important now.（◯）

If you still love me (or not) is not important now.（×）

14. To play online games is a hobby.

（玩線上遊戲是一種嗜好。）

答題解說

從提供的「To play ________________.」以及「is / a / games / hobby / online」的內容來看，句首 To play 是個不定詞當主詞，所以動詞是 is，而看到 To play，就要想到是「玩」什麼？當然是 online games 線上遊戲，所以用 To play online games 當主詞，補語則是 a hobby。

破題關鍵

本題考的是用不定詞 to-V 當主詞，此時動詞必須用單數。接著掌握 play 與 online games 的搭配即可。

相關文法或用法補充

除了不定詞當主詞，動名詞也可當主詞，所以題目這句也可以改成 Playing online games is a popular hobby.。主詞是 Playing online games，所以別看到 games 用複數，就為要搭配複數動詞喔！

15. David is almost as tall as his father.

（David 幾乎跟他父親一樣高了。）

答題解說

從提供的「David ________________.」以及「is / tall / as / almost / as / father / his」來看，主詞是 David，所以後面要有動詞，只有 is 可當動詞，所以先寫下 David is...。be 動詞後面要接主詞補語，可以接 V-ing（表示正在進行）、形容詞、副詞、名詞或介系詞。先看到形容詞 tall，但也有兩個 as 以及副詞 almost，可以馬上知道這裡可以組成 as tall as 句型。可以搭配副詞 almost 來表示「幾乎一樣高」，後面接 as tall as。那麼跟誰一樣高呢？單字選項剩下 father 和 his，當然就是 his father 了。

破題關鍵

從單字選項中看到兩個 as，就知道本題考的是 as... as（和～一樣）的用法。動詞是 be 動詞的 is，因此兩個 as 的中間要放形容詞 tall。第二個 as 後面必須是與主詞 David 對等的「人」。

相關文法或用法補充

「as... as」的題型也經常出現在句子合併的部分。例如：

Amy is 150 cm tall.

Betty is also 150 cm tall.

Amy is ________________ Betty.

正確答案為：

Amy is as tall as Betty.

第二部分 段落寫作

寫作範例

Mother's Day is coming next week. Mary didn't know what to buy for her mom. Mom doesn't like flowers and she doesn't like expensive things, either. Mary decided to make a card by herself. On Mother's Day, she will put the card on the kitchen table. She hopes to give her mom a surprise.

中文翻譯

下個星期母親節就要到了，Mary 原本不知道要買什麼禮物給媽媽。媽媽不喜歡花也不喜歡貴重的東西。Mary 決定自己製作一張卡片。母親節當天，她會把卡片放在廚房餐桌上，她希望給媽媽一個驚喜。

答題解說

英檢初級的這道題，幾乎都是看圖描述的題目，所以有必要先把圖案裡面出現的人事物英文表達用語準備好。從題目文字已知，主角是 Mary，而日曆顯示今天是 5 月的第一個星期天，所以下星期日是 母親節，可推敲她在煩惱要送什麼禮物給媽媽。根據圖一，可聯想的單字有：Mother's Day、Sunday、gift... 等等。就第一張圖而言，可使用的字詞或句子有 Mother's Day is next week、what to buy for her ... 等。根據圖二，從手寫卡片可判斷，女孩應該是想要寫卡片給媽媽。可聯想的詞彙有：decide to make a card by oneself（決定自己做一張卡片）、thank her mom for taking care of her（感謝她媽媽照顧她）；根據圖三的內容，可以看到女孩寫好一張卡片放在餐桌上，並讓她媽媽發現女孩送的卡片。可聯想的詞會有：put the card on the kitchen table（把卡片放在廚房餐桌上）、give her mom a surprise（給媽媽一個驚喜）等。

關鍵字詞

Mother's Day **phr.** 母親節　**expensive** [ɪk`spɛnsɪv] **adj.** 高價的，昂貴的

make a card **phr.** 做卡片　**by oneself** **phr.** 靠自己　**surprise** [sə`praɪz] **n.** 驚奇，訝異

相關文法或用法補充

動詞 hope 後面可以接不定詞（to-V），也可以接名詞子句，作為其受詞。例如：

❶ She hopes to give her mom a surprise.（她希望給媽媽一個驚喜。）

❷ She hopes that her mom will get a surprise.（她希望媽媽會得到驚喜。）

第一部分 複誦

1. **Please remind me to call my mom.**

（請提醒我打電話給我媽。）

答題解說

注意這句話是為了要提醒對方的祈使句，請盡可能模仿提醒意味的口氣，若語調平平反而會很奇怪。本句在聽取時可按 please remind me 以及 to call my mom 兩段來記憶。就算有單字聽不懂也沒關係，照樣模仿發音就行了。例如，假設沒學過或聽不出 remind（提醒），可按照聽到的 re 和 mind 來唸。to 和 my 會唸得比較小聲，但不要漏了唸。外國人說話時常會省略單字的尾音，例如 remind 的字尾 d 會聽不到，只是單純停頓一下，聽起來像 re-mine me。

字詞解釋

remind [rɪˋmaɪnd] v. 提醒

相關文法或用法補充

remind 這個動詞常用於 remind sb. of/about sth. 的句型，不過搭配 of 是比較普遍的用法；另外，remind 也常與不定詞（to-V）搭配使用。例如：

❶ Did you remind him of/about that book he borrowed?
（你提醒過他借的那本書了嗎？）

❷ Please remember to remind him to return me the money.
（請記得提醒他還我錢。）

2. **I plan to visit the U.K. this summer.**

（我計畫今年夏天去英國。）

答題解說

本句在聽取時可按 I plan、to visit the U.K. 以及 this summer 三段來記憶。一般來說，一些沒有具體意思的功能詞，例如 to，通常會「輕輕帶過」。這句話中，不定詞 to visit 中的 to，你可能只聽到小聲的 [tə] 而不是 [tu]。另外是 the 這個字，一般來說，the 有兩種唸法，當後面接以子音開頭的名詞時，the 唸作 [ðə]，如 the car [ðə kɑr]。本題的 U.K. 為以子音開頭的單字，所以唸作 [ðə juˋke]，但如果題目有特別強調 the U.K.，以確認是英國這個國家，就會大聲地唸做 [ði ju`ke]。另外，summer 由兩個音節組成，即 [`sʌ,mɚ] 字尾要捲舌

相關文法或用法補充

有些動詞以不定詞或動名詞為其受詞。後面須接不定詞的動詞包括：want、plan、decide、agree、hope、wish、expect... 等。後面須接動名詞的動詞則有：enjoy、keep、avoid、mind、finish、practice、quit... 等。另外，有些動詞之後可以接不定詞或動名詞，但是表達的意思不同，甚至完全相反。

3. This cake tastes really delicious.

（這蛋糕嚐起來真的很美味。）

答題解說

本句聽取時可分成 This cake、tastes really delicious 兩部分來記憶。cake 為第三人稱單數，所以動詞 taste 的字尾要加 -s，複誦時也要念 [tests]，[ts] 要發類似ㄘ的音，不能省略為 [test]。另外，這個句子有五個單字，要注意說話者說話的目的和語調，重音會放在不同的單字。若聽到說話者特別強調 really，複誦時就照做。

字詞解釋

taste [test] **v.** 吃起來，嚐起來　**really** [`rɪəlɪ] **adv.** 確實，實際上　**delicious** [dɪ`lɪʃəs] **adj.** 美味的

相關文法或用法補充

在英文裡，有些跟視覺、聽覺、嗅覺、味覺、觸覺相關的動作，例如 sound（聽起來）、taste（嚐起來）、look（看起來）、feel（感覺起來）、smell（聞起來）…等，皆歸類為「感官動詞」，常用於「S + V + SC」的句型，此時的 S 通常是「物」。例如：Your new dress looks nice.（妳的新洋裝很好看。）

4. Could you pass me the salt?

（你可以把鹽巴遞給我嗎？）

答題解說

本句聽取時可按 Could you、pass me、the salt 三個分段來記憶。saw 跟 salt 的發音有點接近，saw 可以當名詞使用，意思是鋸子。要注意聽到 salt 後面唸得小小聲的 t，不然就會誤以為是「把鋸子拿給我」。另外，此句為提出請求的疑問句，尾音要稍微上揚。

字詞解釋

pass [pæs] **v.** 傳遞，傳達 **salt** [sɔlt] **n.** 鹽

相關文法或用法補充

pass 在這裡是授予動詞的用法，表示「傳遞」，所以後面有兩個受詞（me 及 the salt）。不過 pass 通常表示「經過，通過」，是完全及物動詞的用法。例如：pass an exam（通過一項考試）、pass several blocks（經過幾個街區）

5. I can't believe you made it.

（我不敢相信你辦到了。）

答題解說

本句聽取時可按 I can't believe、you made it 兩個分段來記憶。另外要注意的是，can't 的尾音的 [t]，幾乎聽不到，只是暫時停頓而已。made it 通常要連音，且 it 的 [t] 音幾乎聽不到，會唸成 [medɪ]，不是 [med]、[ɪt]。這句話表示驚訝或鼓勵，複誦時可儘量把這樣的反應表達出來，避免像念課文那樣聲調毫無起伏。

字詞解釋

believe [bɪ`liv] **v.** 相信

相關文法或用法補充

動詞 believe 後面也常接 it 這個無性代名詞，像是 I can't believe it.，表示「我真不敢相信」。當然，believe 後面也可以接 that 子句，例如本題這句就是。另外，believe... to be + adj.... 表示「相信～是～」。例如：I originally believed him to be innocent.（我原本相信他是無辜的。）

第二部分 朗讀句子與短文

1. May I have another bowl of soup?

（我可以再喝一碗湯嗎？）

答題解說

朗讀句子與短文時，考生只會看到英文文字，無法像「複誦」一樣聽到音檔，所以無法照樣模仿，得自己想像句子該怎麼唸，因此句子該如何斷句、哪幾個單字必須強調、語調的高低都要在唸的時候先考慮好。就本句而言，強調單字是 have 與 soup，因為是問句，句尾語調要上揚。另外，another 由 an 和 other 組成。把

mother 的子音 m 改唸成 n，前面再加上母音 [ə]，就能正確念出 another。但要注意的是，重音在第二個音節 [ə`nʌðɚ]。

字詞解釋

bowl [bol] **n.** 碗 **soup** [sup] **n.** 湯

相關文法或用法補充

雖然我們都知道「喝」的英文是 drink，但是「喝湯」在英文的動詞應該要用eat而不是 drink。因為西方的湯品主要以濃湯居多，而不像我們是清湯居多，而且通常喝湯時我們是用湯匙，所以才要用 eat 這個動詞。另外，當我們要形容湯很濃稠，可以使用 thick 這個形容詞。

2. Please clean up your desk because it looks so untidy.

（請清理你的桌子，因為它看起來很亂。）

答題解說

本句可分為 Please clean up your desk 以及 because it looks so untidy 兩段來朗讀。首先要注意，連音的部分。clean up 是字尾子音 [n] 遇到母音 [ʌ] 的狀況，會連音唸作 [kli-nʌp]。looks so 是兩字的尾和頭都是 [s]，所以只唸一個 [s]，唸成 [lʊk-so]，而非分開唸，不要唸成 [looks-so]。至於 untidy，從字首 un- 即可知，它是 tidy（整齊的）的反義字，如果一時之間聽不出來，只要模仿這個字的發音 [ʌn - taɪ dɪ] 即可。

字詞解釋

clean up **phr.** 清理 ***untidy** [ʌn`taɪdɪ] **adj.** 凌亂的，不整齊的

相關文法或用法補充

以un- 為字首的否定詞，通常是形容詞的否定，但也有動詞前否定。 有「否定」、「排除」、「偏離」的意思。例如：unwilling 不願意的、unsafe 不安全的、unlikely 不太可能的、unbelievable 令人難以置信的、undress 脫下、uncover 揭開…等。

3. Nobody likes to be told that they're wrong.

（沒有人喜歡被說自己是錯的。）

答題解說

本句可分為Nobody likes to be told that 以及 they're wrong 兩段來朗讀。nobody 一般唸作 [`nobɑdɪ]，但有時候聽外國人唸到這個字時，聽起來會像是 [`nobədɪ]，把

[ɑ] 唸作 [ə]。另外，they're 是 they are 的縮寫，唸成 [ðe-ɝ]。

字詞解釋

wrong [rɔŋ] **adj.** 錯誤的

相關文法或用法補充

nobody 是個不定代名詞，意指「沒有特別指定對象」的代名詞，常見如 anybody、another、anyone、everyone、no one、someone、somebody... 等皆屬此類代名詞。這些代名詞都是「第三人稱單數」，所以必須搭配單數動詞。例如：

❶ Nobody knows you better than I.（沒以人比我更了解你。）

❷ Everyone should be responsible for their own acts.
（每個人必須為他們自己的行為負責。）
→ 注意後面提到「自己的行為」時的所有格用 their，也可以用 "his/her" 來表示。

4. Make sure you won't repeat the same mistakes.

（確保你不會再重複一樣的錯誤。）

答題解說

本句可分為Make sure、you won't 以及 repeat the same mistakes 三段來朗讀。其中唸到 won't 時音調應加重，強調「不會犯同樣的錯」。唸 won't 時不需要特別把字尾的 [t] 音唸出來，可以先唸 [won]，接著暫時停頓，再順接 repeat，聽起來就像是 [won rɪ`pit]。

字詞解釋

repeat [rɪ`pit] **v.** 重複 **mistake** [mɪ`stek] **n.** 錯誤

相關文法或用法補充

make sure 是個很常見的動詞片語，且常用於祈使句，表示「確認，確保～（某件事情會發生）」，後面常接一個句子，其實就是一個省略 that 的名詞子句。不過，另一個具有類似意義的動詞 confirm（確認，確定），後面可以接名詞，也可以接名詞子句，但 make sure 則不行。例如，「確認預訂」可以說 confirm a booking，但不能說 make sure a booking。

5. English is an important subject, and so is math.

（英文是一個重要的科目，數學也是。）

答題解說

本句可分為 English is an important subject 以及 and so is math 兩段來朗讀。唸 subject 的 b 時只要把嘴巴合起來就可以，不用很刻意把 sub 念成 [sʌbə] 或「撒ㄅ」。一開始的“English is an...”要唸成 [`ɪŋglɪ-ʃɪ-sən] 的連音。如果分成 English、is an important subject 以及 and so is Math 三段來唸的話，那就只要 is an 連音即可。

字詞解釋

important [ɪm`pɔrtənt] **adj.** 重要的　**subject** [`sʌbdʒɪkt] **n.** 科目

相關文法或用法補充

這裡的 so is math 就是所謂「附和句」，主要分成肯定與否定兩種用法：

1. 肯定用法：
   - ❶ A: I'm Taiwanese.（我是台灣人。）
     B: Me too. / I am, too. / So am I.（我也是。）
   - ❷ A: I like tea.（我喜歡茶。）
     B: I do, too. / So do I.（我也是。）
     而如果第一句用助動詞（will / would / can / could / may / might / should / shall...）或是完成式（have / had + V-pp）時，則附和句就要使用同樣的時態做回覆。例如：A: I have been to Japan.（我去過日本。）B: I have, too. / So have I.（我也去過。）
2. 否定用法：
   - ❶ A: I'm not Taiwanese.（我不是台灣人。）
     B: Me either. / I am not, either. / Neither am I.（我也不是。）
   - ❷ A: I don't like tea.（我不喜歡茶。）
     B: I don't, either. / Neither do I.（我也不喜歡。）
   - ❸ A: I haven't been to Japan.（我沒去過日本。）
     B: I haven't, either. / Neither have I.（我也沒去過。）

6. Life will be easy if we work hard. Life will be hard if we are too easy on ourselves. One thing can be sure though, there will be problems along the way. If we choose the easy way out, we will never be successful. Learn to solve problems and our dreams will come true.

如果我們認真工作，人生將會輕鬆點。假如對自己不太嚴格要求，人生會變得很辛苦。儘管如此，有一點是確定的，在人生這條路上一直會遇到許多問題。如果我們都選擇容易的事情來做，我們絕對不會成功。學著去解決問題，我們的夢想才會成真。

答題解說

首先，第一、二句的 Life、easy 以及 hard 為強調單字，應加重音。第三句的強調字詞是 One thing、sure、will 以及 problems；最後兩句應於 easy way out、never、solve problems 以及 come true 特別重讀強調。另外，though 在句尾可理解為「儘管如此」，在句首為「雖然」，不過兩者發音時一樣是 [ðo]，ugh 不發音。choose （選擇）唸作 [tʃuz]，過去式為 chose [tʃoz]。

字詞解釋

hard [hɑrd] **adv.** 努力地；**adj.** 困難的　**though** [ðo] **adv.** 不過　**choose** [tʃuz] **v.** 選擇　**successful** [sək`sɛsfəl] **adj.** 成功的　**learn** [lɝn] **v.** 學會　**solve** [sɑlv] **v.** 解決

相關文法或用法補充

if 是一個從屬連接詞，可以引導條件子句，意思是「假設，如果」。這個條件子句可置於句首，也可以置於句末。if 引導的條件句可用來表達「假設語氣」，也可以用來表達「直述句」。由於「假設語氣」牽涉的範圍較廣且難度較高，在此僅列舉「假設直述句」的例子做說明：

❶ I won't go out if it rains tomorrow.
（要是明天下雨我就不出門。）
→ 條件句和主句都用現在簡單式時，表示陳述一件事實。

❷ If you don't study hard, you won't pass the exam.
（如果你不努力，就無法通過考試。）
→ 條件句用現在簡單式，主句用未來式（will、won't），表示「很有可能發生的事」。

第三部分 回答問題

1. What's your favorite type of music?

（你最喜歡哪一種音樂類型？）

答題解說

聽到 What kind ~ music ~ like 可知，主要是問喜歡的音樂種類。看起來不容易回答，因為你可能想到古典音樂、搖滾樂、抒情樂、爵士樂等等，這些詞彙對於現階段的你可能需要想個老半天，但其實可以把音樂當作歌曲來回答。說你喜歡什麼樣風格的歌曲應該比較容易，例如 popular songs（流行歌曲）。假如不喜歡聽音樂，也可以直接說明。解釋說自己很少聽音樂，例如做功課時聽音樂無法專心等等理由。

參考範例及中譯

❶ I like different kinds of music. I listen to popular music, and my favorite band is Mayday because their music makes me happy. I also like rap because it is really cool.
（我喜歡不同類型的音樂。我都聽時下流行的歌，我最喜歡的樂團是五月天，因為他們的音樂都會讓我開心。我也喜歡饒舌，因為聽起來很酷。）

❷ I am not sure because I seldom listen to music. I tried to listen to music when I was doing my homework but I couldn't focus.
（我不確定，因為我很少聽音樂。我曾試著在做功課的時候聽一些音樂，但是我沒辦法專心。）

字詞解釋

different [ˋdɪfərənt] **adj.** 不同的 **popular** [ˋpɑpjələ] **adj.** 流行的，受歡迎的 **favorite** [ˋfevərɪt] **adj.** 最喜愛的 **band** [bænd] **n.** 樂隊 **rap** [ræp] **n.** 饒舌音樂，饒舌歌 **seldom** [ˋsɛldəm] **adv.** 不常，很少 **focus** [ˋfokəs] **v.** 專心，聚焦

相關文法或用法補充

音樂，常常能代表自己的個人風格，在剛認識一個人時，肯定會問：你喜歡什麼樣的音樂？要回答這個問題前，你需要知道不同類型音樂的英文單字：
classical 古典樂、folk music 民歌、country music 鄉村歌曲、electronic dance music (EDM) 電音、hip-hop 嘻哈樂、rap 饒舌樂、rock music 搖滾樂、R&B / blues 藍調、jazz 爵士樂、pop 流行樂…等。

2. Who does the dishes at home?

（在家都是誰在洗碗的？）

答題解說

從 Who does ~ dishes 可知，主要是問在家洗碗的人通常是誰。可以根據家中的實際情況如實說明，像是提到因為媽媽是 housewife（家庭主婦），所以負責所有的 housework（家事），包括洗碗盤（do the dishes）。當然，也可以說明是自己自願（或被逼）幫忙的。另外，除了說明家人是如何分配家務事的之外，也可以提到說這麼做是公平（fair）的。如果現在一個人住在外面，且經常外食，也可以如實說明。例如：Because of work, I rent a house and live alone. I often eat out. Sometimes I cook for myself and of course, I need to do the dishes by myself.（因為工作的關係，我租房子且一個人住。我經常外食。有時候我自己煮飯，當然，我得自己洗碗了。）

參考範例及中譯

❶ Honestly speaking, it is my mother who always does the dishes. She is a full-time housewife, and she likes to keep the kitchen clean all the time. Sometimes I help to do the dishes and take out the trash.
（老實說，都是我媽媽在洗碗的。她是全職的家庭主婦，她喜歡讓廚房隨時保持乾淨。有時候我也會幫忙洗碗以及倒垃圾。）

❷ My mother is an office worker, so she is very busy. She still cooks dinner and does the dishes after work, but my sister and I also help with other housework. It is our home so it is quite fair.
（我媽媽是上班族，所以她很忙。她下班後還要煮晚飯以及洗碗，但是我和我姊也會幫忙其他家事。這是我們的家，所以這是很公平的。）

字詞解釋

do the dishes phr. 洗碗盤　**housewife** [ˋhaʊsˌwaɪf] n. 家庭主婦　**housework** [ˋhaʊsˌwɝk] n. 家事　**rent** [rɛnt] v. 租用，租入，租出　**eat out** phr. 外食　**honestly** [ˋɑnɪstlɪ] adv. 誠實地，如實地　**take out the trash** phr. 倒垃圾　**office worker** phr. 上班族　**help with** phr. 幫忙做（某事）　**fair** [fɛr] adj. 公正的，公平的

相關文法或用法補充

dish 這個名詞本來指 「盤子、碟子」。在不同的文化當中，人們的用餐方式和習慣是不大一樣的。比如說，中國人的餐桌上通常會有很多盤子，盤子裡的菜餚是大家可以享用的。但通常英國人在餐桌上吃飯時，是自己吃自己的，通常用一個盤子盛這頓飯要吃的食物。所以，表示 「碟子、盤子」 的 dish，後來被就引申為 「菜餚，菜色」 的意思，也就是說，不論是冷盤、熱炒、美食還是小吃，都可以被稱作 a dish。比如，我們想問別人：「你最愛吃的一道菜是什麼？」，就可以說 What's your favorite dish?。

3. Where do you usually go on weekends?

（你週末時通常去哪裡？）

答題解說

從 Where ~ go ~ weekends 可知，主要是問週末會去哪裡。大家週末會去的地方可能是夜市、圖書館、海邊、購物中心…等。一開始可以說 “I usually go to... (with...) (for...) on weekends.”，除了說明去的地方，記得要交代為什麼，通常跟誰去。如果你經常是個宅男或宅女，可以說自己通常待在家也行。可提到不喜歡出門的原因，例如週末外面人潮擁擠，文靜的你比較喜歡在家裡陪伴家人，或做

自己的事等等。那如果你是週末工作，平日放假的人，也可以如實說明。

參考範例及中譯

❶ It depends. Sometimes my family and I go to the night market. Sometimes I go shopping with my friends. But in summer, I like to go to the beach on the weekend.
（要看情況。有時候我會和家人一起去逛夜市。有時候我會跟朋友去逛街購物。但在夏天，週末時我喜歡去海邊。）

❷ I don't like to go out on weekends because many places are crowded. I prefer to stay at home and spend time with my family. I can do what I like, for example, reading a novel.
（我不喜歡在週末出去，因為很多地方都很擁擠。我比較喜歡待在家裡，花時間陪伴家人。我可以做我喜歡的事，例如看小說。）

❸ I work on weekends, so I go to the supermarket every weekend. I work there to help my mom. I am often busy on weekends because many people go shopping at the supermarket.
（我在週末工作，所以我每週末都去超市。我去那裡工作幫我媽媽的忙。週末我常常很忙，因為很多人去超市購物。）

字詞解釋

night market phr. 夜市　**go shopping** phr. 去購物　**crowded** [ˋkraʊdɪd] adj. 擁擠的　**prefer** [prɪˋfɝ] v. 寧可，較喜歡（+ **to-V**）　**spend time with** phr. 與～（某人）共度時光　**supermarket** [ˋsupɚˏmɑrkɪt] n. 超市

相關文法或用法補充

weekend（週末）是指星期六加星期日的週休二日（five-day work week 或 Saturdays and Sundays off），如果是「平日」，也就是「工作日」，英文是 workday(s)。如果是「連假」呢？通常會接在週末前後，因此可以說 a long weekend，表示「很長的週末」。另外也可以用天數來說明連假，如果是連休四天，就可以說 a four-day vacation。

4. Are you popular at school?

（你在學校受歡迎嗎？）

答題解說

從 Are you popular ~ school 可知，主要是問在學校是否受歡迎。如果回答自己很受歡迎，好像有點自我吹噓，但若說自己不受歡迎，似乎又有點可憐，所以可以朝「沒有很受歡迎，但跟同學相處得還不錯」來回答。一開始可以回答：I don't think I'm that popular at school, but I...。接下來會用到的詞彙可能有 get along well with...（與～相處融洽）如果自己屬於害羞內向的人，可以照實說，然後談談受歡迎的同學通常有什麼特質。要是你已經不是學生了，也可以聊聊以前在學校的狀況，一開始可以說 I am not a student anymore. But in the school years... 再附加說明現在在工作環境上是否是受歡迎的人物，也可說明自己是不是那種想要受人注目的人。

參考範例及中譯

❶ I am not sure. A little, maybe. I get along well with my classmates. We all have the same hobbies, and sometimes we go out together.
（我不確定。或許有一點吧。我跟同學相處得很好。我們都有同樣的嗜好，而且有時候會一起出去。）

❷ Not really. I am shy, and I seldom talk. The more popular students like to tell jokes and are very active. Some can sing and dance well.
（不盡然。我很害羞且很少說話。比較受歡迎的學生喜歡說笑話也很活潑。有些人很會唱歌、跳舞。）

❸ I am not a student anymore. But in the school years, I was not popular because I didn't talk much. I didn't want to be noticed by many people.
（我已經不是學生了。但在學期間，我不是那種受歡迎的人，因為我話不多。我不想被許多人關注。）

字詞解釋

get along well with phr. 與～相處融洽　**hobby** [ˋhɑbɪ] **n.** 癖好，嗜好　**go out together phr.** 一起出去　**shy** [ʃaɪ] **adj.** 怕羞的，羞怯的　**seldom** [ˋsɛldəm] **adv.** 不常，很少，難得　**tell a joke phr.** 說笑話　**notice** [ˋnotɪs] **v.** 注意到，通知

相關文法或用法補充

at school 中的 at 表達的是「整個校園的含義，它包括：操場、餐廳、自行車庫和圖書館等，只要是屬於學校的地方都涵蓋在內。 在這個校園內所做的任何活動都可以用「at school」表達。但 in school 指的是「在學習的過程中（抽象概念），而不是在某個校園裡。」例如：

❶ I can get some work done while the kids are at school.
（當孩子們在學校的時候，我能完成一些工作。）

❷ He has two daughters in school.
（他有兩個女兒在上學。）

5. Have you ever made an online purchase?

（你曾經在網路上購物嗎？）

答題解說

從 Have you ~ online purchase 可知，詢問上網購物的經驗。make an online purchase 就是「網購」的意思，相當於 buy... on the Internet 或是 buy... online。基本上，大部份人都有上網購物的經驗。要是真的不曾利用網路買過東西，可以說自己很少上網，而且比較喜歡到實體店面（go to a store）買東西，特別是衣服、鞋子，在店裡可以試穿（try on），比較沒有退貨的麻煩（no need to bother about returning a product）。如果買的東西不會用英文說，可以不用說，趕緊把話題轉移到在網路上購物很方便、也很便宜等優點。例如：I just bought something on the Internet last week. I think it is very convenient and cheaper. I save both time and money.（我上個星期才剛買了東西。我認為在網路上買東西很方便，也比較便宜。我可以節省時間和金錢。）

參考範例及中譯

❶ Yes, I bought a book on the Internet last week. I bought this book for my sister. She has always wanted to learn to draw. This book will teach her how to draw. I bought it online because there was a special discount.
（有，我上週在網路上買了一本書。我買這本書給我妹妹，她一直想學畫畫。這本書會教她怎麼畫畫。我在網路上買這本書，是因為當時有特別折扣。）

❷ I never tried it before. I seldom surf the Internet. I think it is better to go to a store, especially for things like clothes and shoes.
（我從來沒嘗試過。我很少上網。我認為去店裡面買比較好，特別是要找像是衣服、鞋子之類的東西。）

字詞解釋

online [ˋɑnˏlaɪn] **adj.** 線上的，網上的 **purchase** [ˋpɝtʃəs] **n.** 買，購買，所購之物 **discount** [ˋdɪskaʊnt] **n.** 折扣，優惠 **surf the Internet** **phr.** 上網 **especially** [əˋspɛʃəlɪ] **adv.** 特別，尤其

相關文法或用法補充

buy 與 purchase 都可以當及物動詞，其後可直接加上購買的物品（名詞），在日常生活的口語中比較廣泛使用 buy，而正式場合較常用 purchase。另外，purchase 名詞的用法更常見：

❶ buy 通常是指日常生活用品等小物或是一般性消費。例如：I bought a pair of

pants yesterday.（我昨天買了一件長褲。）

❷ purchase 用以正式的場合像是商務的合約交易或是金額龐大的消費。例如：He worked very hard to save money for the purchase of a car.（他非常努力工作，為了存錢買一輛車。）

6. You are at a night market. You like a watch, but it is too expensive. Try asking the vendor to give you a better price.

（假設你人在夜市。你喜歡一支手錶，但是太貴了。試著要求攤販給你一個比較好的價格。）

答題解說

從 night market ~ like a watch ~ too expensive ~ Try asking ~ a better price 可知，這題的情境是在夜市中，考你如何向攤販老闆殺價（ask for a better/lower price）。常聽到的討價還價慣用語有 Can you reduce/lower the price by + 金額數字?，或是 What about + 金額數字?。也可以用哀兵策略，表示雖然自己很喜歡，但是卻沒有能力，動之以情。例如：I really like it and I'm afraid I can't afford it...（我很喜歡這棟西，但我恐怕買不起…）。如果你是那種不太會、也不太敢殺價的人，同時又有許多單字不太會講，也是可以先誇獎商品，說明為何要買這支手錶，接著說太貴了，只好去別家看看了。

參考範例及中譯

❶ I really like it. It's beautiful. But it is too expensive. I am just a student. Can you give me a better price? I will tell my friends to buy from you.
（我真很喜歡。它很漂亮。但是太貴了。我只是一個學生。你可以給我一個比較好的價格嗎？我會告訴我朋友都跟你買。）

❷ This is a good watch. I want to buy this for my Dad. I think he will love it, but this watch is too expensive. I think I will look around here to see if there is any cheaper watch.
（這是一支很好的手錶。我想買給我爸爸。我想他一定會很喜歡的，但這支錶太貴了。我想我會再四處看看是否有更便宜的手錶。）

字詞解釋

expensive [ɪk`spɛnsɪv] **adj.** 高價的，昂貴的 **lower** [`loə] **v.** 降下，降低 **look around** **phr.** 四處看看 **see if** **phr.** 看看是否有… **cheap** [tʃip] **adj.** 便宜的

相關文法或用法補充

提出「邀請或建議」可以用「What/How about + Ving」。此外，也可以用「Why

not + 原形動詞」或是「Let's + 原形動詞」來表達：

❶ What/How about + Ving → 表示「～（做某事）如何？」，例如：What/How about going for a biking trip?（我們騎腳踏車出去逛逛如何？）

❷ Why not + 原形動詞～→ 表示「我們何不～（做某事）吧」，例如：Why not go for a biking trip?（我們何不騎腳踏車出去逛逛？）

❸ Nice weather, right? Let's go biking!（天氣不錯。我們去騎腳踏車吧！）

7. Your friend just came back from a camping trip. Ask him or her some questions.（你的朋友露營去剛回來。問他／她一些問題。）

答題解說

從 Your friend ~ back from ~ camping ~ Ask ~ some questions 可知，主要是要你假設你有朋友露營回來，問對方一些關於此次露營的相關問題。一般來說，都是針對「好不好玩啊？」、「開不開心啊？」、「傳些照片來看看吧」、「有什麼特別的體驗？」等等來提出問題。至於「露營」的相關問題，可以想到「晚上的景色好嗎？」、「有沒有認識新朋友？」、「自己做飯、生火很好玩吧」等等。

參考範例及中譯

❶ So, how was it? Was it fun? Did you do anything special? It must be a wonderful experience, right? Show me the pictures you took.
（所以如何呢？好玩嗎？有做什麼特別的事情嗎？一定是一個美妙的經驗，對吧？讓我看看你拍的照片。）

❷ Did you see a lot of stars at night? Did you have trouble sleeping? Did you make any new friends? Did they teach you how to cook and make a fire?
（晚上有看到很多星星嗎？會睡不著嗎？你有交到任何新朋友嗎？他們有教你如何煮飯和生火嗎？）

字詞解釋

camping [ˋkæmpɪŋ] **n.** 露營 **wonderful** [ˋwʌndɚfəl] **adj.** 美好的，精彩的 **experience** [ɪkˋspɪrɪəns] **n.** 經驗，體驗 **take a picture phr.** 照相 **have trouble -Ving phr.** 做～（某事）有困難 **make a fire phr.** 生火

相關文法或用法補充

have trouble/difficulty/a hard time 表示「有困難」，後面常接 (in) V-ing，表示「做～有困難」。在此句型中，trouble/difficulty/a hard time 皆用單數表示，trouble/difficulty 前面可加上 some、great、little... 等修飾語，例如：Many people, especially at the age of over 40, have difficulty falling asleep.（許多人，尤其是超過 40 歲的，都有睡眠方面的問題。）

台灣廣廈國際出版集團 Taiwan Mansion International Group

國家圖書館出版品預行編目（CIP）資料

NEW GEPT 新制全民英檢初級聽力＆閱讀題庫大全／國際語言中心委員會 著. -- 初版. -- 新北市：國際學村, 2020.10
面； 公分
ISBN 978-986-454-160-7（平裝附光碟片）
1.英語.學習 2.英檢測驗

805.1892　　110007756

國際學村

NEW GEPT 新制全民英檢初級寫作＆口說題庫大全

作　　者／國際語言中心委員會
編輯中心編輯長／伍峻宏・**編輯**／許加慶
封面設計／何偉凱・**內頁排版**／菩薩蠻數位文化有限公司
製版・印刷・裝訂／皇甫・秉成

行企研發中心總監／陳冠蒨
媒體公關組／陳柔彣
整合行銷組／陳宜鈴
綜合業務組／何欣穎

發 行 人／江媛珍
法律顧問／第一國際法律事務所 余淑杏律師・北辰著作權事務所 蕭雄淋律師
出　　版／國際學村
發　　行／台灣廣廈有聲圖書有限公司
地址：新北市235中和區中山路二段359巷7號2樓
電話：（886）2-2225-5777・傳真：（886）2-2225-8052

代理印務・全球總經銷／知遠文化事業有限公司
地址：新北市222深坑區北深路三段155巷25號5樓
電話：（886）2-2664-8800・傳真：（886）2-2664-8801
郵政劃撥／劃撥帳號：18836722
劃撥戶名：知遠文化事業有限公司（※單次購書金額未達1000元，請另付70元郵資。）

■出版日期：2021年7月
2024年7月9刷

ISBN：978-986-454-160-7

NEW GEPT 新制全民英檢

10回試題完全掌握最新內容與趨勢！

初級 寫作＆口說 題庫大全

試題冊

全書MP3一次下載

9789864541607.zip

「iOS系統請升級至iOS13後再行下載，
下載前請先安裝ZIP解壓縮程式或APP，
此為大型檔案，建議使用WIFI連線下載，以免佔用流量，
並確認連線狀況，以利下載順暢。」

CONTENTS

目錄

全民英語能力分級檢定測驗

初級寫作能力測驗

TEST 01

第一回　寫作能力測驗答題注意事項

1. 本測驗共有兩部分。第一部份為單句寫作，第二部份為段落寫作。測驗時間為 **40 分鐘**。

2. 請利用試題紙空白處及背面擬稿，但正答務必書寫在「寫作能力測驗答案紙」上。在答案紙以外的地方作答，不予計分。

3. 第一部分單句寫作請自答案紙第一頁開始作答，第二部份段落寫作請在答案紙第二頁作答。

4. 作答請勿隔行書寫，請注意字跡應清晰可讀，並保持答案紙之清潔，以免影響評分。

5. 未獲監試人員指示前，請勿翻閱試題紙。

6. 測驗時，不得在准考證或其他物品上抄題，亦不得有傳遞、夾帶小抄、左顧右盼或交談等違規行為。

7. 意圖或已經將試題紙攜出試場者，五年內不得報名參加本測驗。請人代考者，連同代考者，三年內不得報名參加本測驗。

8. 測驗結束時，須立即停止作答，在原位靜候監試人員收回全部試題紙及答案紙，請點無誤後，宣佈結束始可離場。

9. 應試者入場、出場及測驗中如有違反上列規則或不服監試人員之指示者，監試人員得取消其應試資格並請其離場，且作答不予計分。

第一部分：單句寫作（50%）

請將答案寫在答案紙上對應的題號旁，如有文法、用字、拼字、標點符號、大小寫等之錯誤，將予扣分。

第 1～5 題句子改寫

請依題目之提示，將原句依指定型式改寫，並將改寫的句子<u>完整</u>地寫在答案紙上。***注意：須寫出提示之文字及標點符號。***

> 例：題目：I received a letter from her.
> She ________________ me.
> 在答案紙上寫：***<u>She sent a letter to me.</u>***

1. Sarah will go to the zoo tomorrow.
   Where ____?

2. Peter is going to play tennis this afternoon.
   What ____?（用 do 改寫）

3. "I don't like people who break promises," Sue says.
   Sue says ____?

4. Jane: Is there any English homework today?
   John: No, there isn't.
   They ____?

5. Waiter: How would you like your steak?
   Tom: Well-done, please.
   Tom would like to ________________________________.

第 6～10 題：句子合併

請依照題目指示，將兩句合併成一句，並將合併的句子<u>完整</u>地寫在答案紙上。***注意：須寫出提示之文字及標點符號。***

> 例：He goes swimming.
> He does it once a week.
> 題目：He ________________ once a week.
> 在答案紙上寫：***<u>He goes swimming once a week.</u>***

6. Mary was studying English last night.
Mary was busy last night.
Mary was ________________ last night.

7. Joe ate lunch at noon.
Joe went to the movies in the afternoon.
________________, Joe went to the movies.

8. Jack plays the violin.
Jack plays it well.
Jack is good at ________________.

9. The T-shirt cost me two hundred dollars.
The short skirt cost me three hundred dollars.
I ________________ the T-shirt and the short skirt.

10. John is saving money.
John wants to buy a computer.
John is ________________ buy a computer.

第 11～15 題：重組

請將題目中所有提示的字詞整合成一個有意義的句子，並將重組的句子<u>完整</u>地寫在答案紙上。***注意：每題均須寫出完整的句子。答案中必須使用所有提示的字詞，且不能隨意增減字詞及標點符號，否則不予計分。***

> 例：題目：You ________________?
> didn't / did / job / a / good / you
> 在答案紙上寫：***You did a good job, didn't you?***

11. ________________________________ every day.
on time / my boss / me / to / asks / be

12. ________________________________ some day.
and / come true / dream / your / will / work hard

13. I ________________________________.
my / bring / forgot / to / lunch box

14. ________________________________ tonight.
TV / movie / on / there / is / good / a

15. ________________________________?
mind / slower / you / speaking / would

第二部分：段落寫作（50%）

題目：夏天到了，馬克（Mark）常常在夏天的時候從事許多喜愛的活動，請依據下面的圖片，寫一篇約 50 字的短文。***注意：未依提示作答者，將予扣分。***

口說能力測驗答題注意事項

1. 本測驗問題由耳機播放，回答則經由麥克風錄下。分複誦、朗讀句子與短文、回答問題三部分，時間共約十分鐘，連同口試說明時間共需約五十分鐘。

2. 第一部分複誦的題目播出兩次後，立即複誦一次。第二部分朗讀句子與短文有一分鐘準備時間，請勿唸出聲音，待聽到「請開始朗讀」，再將句子與短文唸出來。第三部分回答問題的題目播出兩次，聽完第二次題目後請在作答時間內盡量表達。

3. 錄音設備皆已事先完成設定，請勿觸動任何機件，以免影響錄音。測驗時請戴妥耳機，將麥克風調到嘴邊約三公分處，聽清楚說明，依指示以適中音量回答。

4. 請注意測驗時不可在試題紙上畫線、打√或作任何記號；不可在考試通知或其他物品上抄題；亦不可有傳遞、夾帶小抄、左顧右盼或交談等違規行為。

5. 意圖或已將試題紙或試題影音資料攜出或傳送出場者，視同侵犯本中心著作財產權，限五年內不得報名參加「全民英檢」測驗。請人代考者，連同代考者，三年內不得參加本測驗。

6. 測驗結束時，須立即停止作答，在原位靜候監試人員收回全部試題紙並清點無誤，等候監試人員宣布結束後始可離場。

7. 入場、出場及測驗中如有違反上列規則或不服監試人員之指示者，監試人員將取消您的應試資格並請您離場，且測驗成績不予計分，亦不退費。

Speaking｜全民英檢初級口說能力測驗

請在 15 秒內完成並唸出下列自我介紹的句子，請開始：
My seat number is (複試座位號碼), and my test number is (准考證號碼).

第一部分 複誦

共 5 題。題目不印在試卷上，由耳機播出，每題播出兩次，兩次之間大約有 1～2 秒的間隔。聽完兩次後，請馬上複誦一次。

第二部分 朗讀句子與短文

共有 5 個句子及 1 篇短文。請先利用 1 分鐘的時間閱讀試卷上的句子與短文，然後在 1 分鐘內以正常的速度，清楚正確的朗讀一遍，閱讀時請不要發出聲音。

1. The people were unfriendly.

2. I usually go for a walk in the evening.

3. Everyone calls her Little Angel.

4. Dad speaks French very well.

5. The Roberts are feeding their kids in the kitchen.

6. In traditional Chinese culture, families were very large. But in mainland China before 2016, the government used to have a one-child policy: in most places, a family can have only one child.

第三部分 回答問題

共 7 題。題目不印在試卷上，由耳機播出，每題播出兩次，兩次之間大約有 1～2 秒的間隔。聽完兩次後，請馬上回答，每題回答時間為 15 秒，回答時不一定要用完整的句子，但請在作答時間內盡量表達。
請將下列自我介紹的句子再唸一遍：
My seat number is (複試座位號碼), and my test number is (准考證號碼).

第二回　寫作能力測驗答題注意事項

1. 本測驗共有兩部分。第一部份為單句寫作，第二部份為段落寫作。測驗時間為 **40 分鐘**。

2. 請利用試題紙空白處及背面擬稿，但正答務必書寫在「寫作能力測驗答案紙」上。在答案紙以外的地方作答，不予計分。

3. 第一部分單句寫作請自答案紙第一頁開始作答，第二部份段落寫作請在答案紙第二頁作答。

4. 作答請勿隔行書寫，請注意字跡應清晰可讀，並保持答案紙之清潔，以免影響評分。

5. 未獲監試人員指示前，請勿翻閱試題紙。

6. 測驗時，不得在准考證或其他物品上抄題，亦不得有傳遞、夾帶小抄、左顧右盼或交談等違規行為。

7. 意圖或已經將試題紙攜出試場者，五年內不得報名參加本測驗。請人代考者，連同代考者，三年內不得報名參加本測驗。

8. 測驗結束時，須立即停止作答，在原位靜候監試人員收回全部試題紙及答案紙，請點無誤後，宣佈結束始可離場。

9. 應試者入場、出場及測驗中如有違反上列規則或不服監試人員之指示者，監試人員得取消其應試資格並請其離場，且作答不予計分。

第一部分：單句寫作

請將答案寫在答案紙上對應的題號旁，如有文法、用字、拼字、標點符號、大小寫等之錯誤，將予扣分。

第 1～5 題：句子改寫

請依題目之提示，將原句依指定型式改寫，並將改寫的句子完整地寫在答案紙上。***注意：須寫出提示之文字及標點符號。***

> 例：題目：I received a letter from her.
>
> She sent ________.
>
> 在答案紙上寫：***She sent a letter to me. / She sent me a letter.***

1. There are 29 days in February this year.
   How many ____________________?

2. A typhoon hit Taiwan last month.
   Taiwan ____________________.

3. Serena will go to the States this summer.
   What ____________________?

4. A: What is Peter's sister doing in the living room?
   B: She is playing the piano.
   Peter's ____________________.

5. Mr. Lee: Aren't you going to the concert?
   Joyce: Why not?
   Joyce will ____________________.

第 6～10 題：句子合併

請依照題目指示，將兩句合併成一句，並將合併的句子完整地寫在答案紙上。***注意：須寫出提示之文字及標點符號。***

> 例：題目：He goes swimming.
>
> He does it once a week.
>
> He ________ once a week.
>
> 在答案紙上寫：***He goes swimming once a week.***

6. My mother is a music teacher.
   My mother teaches in a junior high school.
   My mother teaches ______________________________.

7. He moved to Yilan in 2018.
   He is still living there now.
   He ______________________________ since 2018.

8. We need a plastic bucket.
   It must be a large one.
   We ______________________________.

9. Helen is twelve years old.
   Alan is fifteen years old.
   Helen ______________ than ______________ Alan.

10. Amy is very young.
    Amy can not go to school.
    Amy is too ______________________________ school.

第 11～15 題：句子重組

請將題目中所有提示的字詞整合成一個有意義的句子，並將重組的句子完整地寫在答案紙上。***注意：須寫出提示之文字及標點符號。（答案中必須使用所有提示的字詞，且不能隨意增減字詞，否則不予計分。）***

例：題目：You ______________ ? didn't / did / job / a / good / you 在答案紙上寫：***You did a good job, didn't you?***

11. ______________________________.
    problem / the / be / fixed / should

12. Always ______________________________.
    find / by yourself / try to / ask / and / answers / questions

13. The ______________________________.
    costs / dollars / hundred / dictionary / three / me

14. ______________________________ much.
    very / arm / hurts / my

15. ______________________________ Japan?
    you / ever / have / to / been

第二部分：段落寫作

題目：Jack 從小就愛幫助別人，長大後成為了醫生，請根據以下三張圖，寫一篇約 50 字的短文。

口說能力測驗答題注意事項

1. 本測驗問題由耳機播放，回答則經由麥克風錄下。分複誦、朗讀句子與短文、回答問題三部分，時間共約十分鐘，連同口試說明時間共需約五十分鐘。

2. 第一部分複誦的題目播出兩次後，立即複誦一次。第二部分朗讀句子與短文有一分鐘準備時間，請勿唸出聲音，待聽到「請開始朗讀」，再將句子與短文唸出來。第三部分回答問題的題目播出兩次，聽完第二次題目後請在作答時間內盡量表達。

3. 錄音設備皆已事先完成設定，請勿觸動任何機件，以免影響錄音。測驗時請戴妥耳機，將麥克風調到嘴邊約三公分處，聽清楚說明，依指示以適中音量回答。

4. 請注意測驗時不可在試題紙上畫線、打√或作任何記號；不可在考試通知或其他物品上抄題；亦不可有傳遞、夾帶小抄、左顧右盼或交談等違規行為。

5. 意圖或已將試題紙或試題影音資料攜出或傳送出場者，視同侵犯本中心著作財產權，限五年內不得報名參加「全民英檢」測驗。請人代考者，連同代考者，三年內不得參加本測驗。

6. 測驗結束時，須立即停止作答，在原位靜候監試人員收回全部試題紙並清點無誤，等候監試人員宣布結束後始可離場。

7. 入場、出場及測驗中如有違反上列規則或不服監試人員之指示者，監試人員將取消您的應試資格並請您離場，且測驗成績不予計分，亦不退費。

Speaking｜全民英檢初級口說能力測驗

請在 15 秒內完成並唸出下列自我介紹的句子，請開始：
My seat number is (複試座位號碼), and my test number is (准考證號碼).

第一部分 複誦

共 5 題。題目不印在試卷上，由耳機播出，每題播出兩次，兩次之間大約有 1～2 秒的間隔。聽完兩次後，請馬上複誦一次。

第二部分 朗讀句子與短文

共有 5 個句子及 1 篇短文。請先利用 1 分鐘的時間閱讀試卷上的句子與短文，然後在 1 分鐘內以正常的速度，清楚正確的朗讀一遍，閱讀時請不要發出聲音。

1. If I had time, I would spend a month abroad.

2. Paul is such a terrible cook that no one recommends his food.

3. There were some birds singing in a tree.

4. It is Sam's dream to travel around the world.

5. I'm meeting some old friends in a restaurant after work.

6. The traditional greetings in Asia could be a nod or a bow. However, there are several types of greeting throughout Asia. For instance, people bow in Japan, China, and Korea, but in Japan the bow is often much lower.

第三部分 回答問題

共 7 題。題目不印在試卷上，由耳機播出，每題播出兩次，兩次之間大約有 1～2 秒的間隔。聽完兩次後，請馬上回答，每題回答時間為 15 秒，回答時不一定要用完整的句子，但請在作答時間內盡量表達。
請將下列自我介紹的句子再唸一遍：
My seat number is (複試座位號碼), and my test number is (准考證號碼).

全民英語能力分級檢定測驗

初級寫作能力測驗

第三回　寫作能力測驗答題注意事項

TEST 03

1. 本測驗共有兩部分。第一部份為單句寫作，第二部份為段落寫作。測驗時間為 **40 分鐘**。

2. 請利用試題紙空白處及背面擬稿，但正答務必書寫在「寫作能力測驗答案紙」上。在答案紙以外的地方作答，不予計分。

3. 第一部分單句寫作請自答案紙第一頁開始作答，第二部份段落寫作請在答案紙第二頁作答。

4. 作答請勿隔行書寫，請注意字跡應清晰可讀，並保持答案紙之清潔，以免影響評分。

5. 未獲監試人員指示前，請勿翻閱試題紙。

6. 測驗時，不得在准考證或其他物品上抄題，亦不得有傳遞、夾帶小抄、左顧右盼或交談等違規行為。

7. 意圖或已經將試題紙攜出試場者，五年內不得報名參加本測驗。請人代考者，連同代考者，三年內不得報名參加本測驗。

8. 測驗結束時，須立即停止作答，在原位靜候監試人員收回全部試題紙及答案紙，請點無誤後，宣佈結束始可離場。

9. 應試者入場、出場及測驗中如有違反上列規則或不服監試人員之指示者，監試人員得取消其應試資格並請其離場，且作答不予計分。

第一部分：單句寫作

請將答案寫在答案紙上對應的題號旁，如有文法、用字、拼字、標點符號、大小寫等之錯誤，將予扣分。

第 1～5 題：句子改寫

請依題目之提示，將原句依指定型式改寫，並將改寫的句子完整地寫在答案紙上。***注意：須寫出提示之文字及標點符號。***

> 例：題目：I received a letter from her.
> She sent ________________.
> 在答案紙上寫：***She sent a letter to me. / She sent me a letter.***

1. The boys play basketball for 45 minutes after school.
   How long ________________________________?
2. I like to take a walk every evening.
   My grandmother ___________________________.
3. What is your favorite dish?
   Tell me _________________________________?
4. A: Does it ever snow in Kaohsiung?
   B: No, never.
   It ____________________________________.
5. Summer vacation will be over.
   I will study hard.
   When ___________________________ study hard.

第 6～10 題：句子合併

請依照題目指示，將兩句合併成一句，並將合併的句子完整地寫在答案紙上。***注意：須寫出提示之文字及標點符號。***

> 例：題目：He goes swimming.
> He does it once a week.
> He _______________ once a week.
> 在答案紙上寫：***He goes swimming once a week.***

6. I saw Mary.

   She was watching TV.

   I saw ______________________________.

7. I don't like swimming.

   My sister doesn't like swimming, either.

   Neither ______________________________.

8. The dog is running there.

   The dog can catch a Frisbee.

   The dog ________________ can catch a Frisbee.

9. Mandy lives on South Street.

   Her door number is 269.

   Mandy lives __________________________.

10. Vince is promoted.

    The news surprises everyone.

    It ________________________________.

第 11～15 題：句子重組

請將題目中所有提示的字詞整合成一個有意義的句子，並將重組的句子完整地寫在答案紙上。***注意：須寫出提示之文字及標點符號。（答案中必須使用所有提示的字詞，且不能隨意增減字詞，否則不予計分。）***

> 例：題目：You ____________?
>
> didn't / did / job / a / good / you
>
> 在答案紙上寫：***You did a good job, didn't you?***

11. I ________________________________.

    my sister / don't / does / dance / nor

12. ________________________________.

    my / is / Lisa / friends / one / best / of

13. ________________________________ girl.

    him / saw / the / kissing / I

14. My ________________________________.

    is / that / you / advice / her / alone / leave

15. ________________________________?

    give / you / I / with / arguing / up

第二部分：段落寫作

題目：前天 Daniel 開車時，因為違規撞倒路人，到了警察局，請根據以下三張圖，寫一篇約 50 字的短文，描寫圖片的情節。

口說能力測驗答題注意事項

1. 本測驗問題由耳機播放，回答則經由麥克風錄下。分複誦、朗讀句子與短文、回答問題三部分，時間共約十分鐘，連同口試說明時間共需約五十分鐘。

2. 第一部分複誦的題目播出兩次後，立即複誦一次。第二部分朗讀句子與短文有一分鐘準備時間，請勿唸出聲音，待聽到「請開始朗讀」，再將句子與短文唸出來。第三部分回答問題的題目播出兩次，聽完第二次題目後請在作答時間內盡量表達。

3. 錄音設備皆已事先完成設定，請勿觸動任何機件，以免影響錄音。測驗時請戴妥耳機，將麥克風調到嘴邊約三公分處，聽清楚說明，依指示以適中音量回答。

4. 請注意測驗時不可在試題紙上畫線、打√或作任何記號；不可在考試通知或其他物品上抄題；亦不可有傳遞、夾帶小抄、左顧右盼或交談等違規行為。

5. 意圖或已將試題紙或試題影音資料攜出或傳送出場者，視同侵犯本中心著作財產權，限五年內不得報名參加「全民英檢」測驗。請人代考者，連同代考者，三年內不得參加本測驗。

6. 測驗結束時，須立即停止作答，在原位靜候監試人員收回全部試題紙並清點無誤，等候監試人員宣布結束後始可離場。

7. 入場、出場及測驗中如有違反上列規則或不服監試人員之指示者，監試人員將取消您的應試資格並請您離場，且測驗成績不予計分，亦不退費。

Speaking | 全民英檢初級口說能力測驗

請在 15 秒內完成並唸出下列自我介紹的句子，請開始：
My seat number is (複試座位號碼), and my test number is (准考證號碼).

第一部分：複誦

共 5 題。題目不印在試卷上，由耳機播出，每題播出兩次，兩次之間大約有 1～2 秒的間隔。聽完兩次後，請馬上複誦一次。

第二部分：朗讀句子與短文

共有 5 個句子及 1 篇短文。請先利用 1 分鐘的時間閱讀試卷上的句子與短文，然後在 1 分鐘內以正常的速度，清楚正確的朗讀一遍，閱讀時請不要發出聲音。

1. These buses don't run on Sundays.
2. Can the dog come into this room?
3. The boy sitting next to you has a bad record.
4. I usually watch TV or listen to music when Im bored.
5. Since it was cold outside, we decided not to go hiking.
6. Paul always forgot things. Sometimes he forgot his keys, and sometimes he forgot his wallet. One day when he was reading a book at home, his friends came to his house with a big cake. "Surprise!" they said. Paul felt really surprised. Suddenly, he realized that day was his birthday!

第三部分：回答問題

共 7 題。題目不印在試卷上，由耳機播出，每題播出兩次，兩次之間大約有 1～2 秒的間隔。聽完兩次後，請馬上回答，每題回答時間為 15 秒，回答時不一定要用完整的句子，但請在作答時間內盡量表達。
請將下列自我介紹的句子再唸一遍：
My seat number is (複試座位號碼), and my test number is (准考證號碼).

全民英語能力分級檢定測驗

初級寫作能力測驗

第四回　寫作能力測驗答題注意事項

1. 本測驗共有兩部分。第一部份為單句寫作，第二部份為段落寫作。測驗時間為 **40 分鐘**。

2. 請利用試題紙空白處及背面擬稿，但正答務必書寫在「寫作能力測驗答案紙」上。在答案紙以外的地方作答，不予計分。

3. 第一部分單句寫作請自答案紙第一頁開始作答，第二部份段落寫作請在答案紙第二頁作答。

4. 作答請勿隔行書寫，請注意字跡應清晰可讀，並保持答案紙之清潔，以免影響評分。

5. 未獲監試人員指示前，請勿翻閱試題紙。

6. 測驗時，不得在准考證或其他物品上抄題，亦不得有傳遞、夾帶小抄、左顧右盼或交談等違規行為。

7. 意圖或已經將試題紙攜出試場者，五年內不得報名參加本測驗。請人代考者，連同代考者，三年內不得報名參加本測驗。

8. 測驗結束時，須立即停止作答，在原位靜候監試人員收回全部試題紙及答案紙，請點無誤後，宣佈結束始可離場。

9. 應試者入場、出場及測驗中如有違反上列規則或不服監試人員之指示者，監試人員得取消其應試資格並請其離場，且作答不予計分。

第一部分：單句寫作

請將答案寫在答案紙上對應的題號旁，如有文法、用字、拼字、標點符號、大小寫等之錯誤，將予扣分。

第 1～5 題：句子改寫

請依題目之提示，將原句依指定型式改寫，並將改寫的句子完整地寫在答案紙上。***注意：須寫出提示之文字及標點符號。***

> 例：題目：I received a letter from her.
> She sent ________________.
> 在答案紙上寫：***She sent a letter to me. / She sent me a letter.***

1. Learning a second language is not easy.
   It ________________ to ____________________.
2. We don't have to fill in this form.
   There's no need ____________________________.
3. Sue swims quickly, but Jane swims more quickly.
   Sue ________________ quickly ________________.
4. Bill is a good boy, and so is Paul.
   Both ______________________________________.
5. The weather is cold, so I don't want to go biking.
   If ________________, I would ________________.

第 6～10 題：句子合併

請依照題目指示，將兩句合併成一句，並將合併的句子完整地寫在答案紙上。***注意：須寫出提示之文字及標點符號。***

> 例：題目：He goes swimming.
> He does it once a week.
> He ________________ once a week.
> 在答案紙上寫：***He goes swimming once a week.***

6. Alice moved to California two years ago.
Alice still lives in California now.
Alice has ______________________________.

7. Mr. Chen is old.
Mr. Chen is healthy.（用 although 合併）
______________________________.

8. They are golf players.
One of them is Thomas.
One ______________________________.

9. The T-shirt is too small.
I can't wear it.
__________ too __________ to __________.

10. You can clean the floor.
You can use this vacuum cleaner.（用 to 合併）
You ______________________________.

TEST 04

第 11～15 題：句子重組

請將題目中所有提示的字詞整合成一個有意義的句子，並將重組的句子完整地寫在答案紙上。***注意：須寫出提示之文字及標點符號。（答案中必須使用所有提示的字詞，且不能隨意增減字詞，否則不予計分。）***

例：題目：You ______________?
didn't / did / job / a / good / you
在答案紙上寫：***You did a good job, didn't you?***

11. If he ______________, ______________.
would / gone / asked / had / him / I / me / have /with

12. ______________________________ away.
all / textbooks / put / your

13. Neither ______________________________.
I / geography / nor / John / am / interested / in

14. My ______________________________.
like / drives / someone / parents / carefully / who

15. There's ______________________________.
neighbor / noise / my / coming / too / from / much

第二部分：段落寫作

題目：假設你在暑假跟朋友去了一趟遊樂園，你玩了許多刺激的遊樂設施，請根據以下三張圖，寫一篇約 50 字的短文。

口說能力測驗答題注意事項

1. 本測驗問題由耳機播放，回答則經由麥克風錄下。分複誦、朗讀句子與短文、回答問題三部分，時間共約十分鐘，連同口試說明時間共需約五十分鐘。

2. 第一部分複誦的題目播出兩次後，立即複誦一次。第二部分朗讀句子與短文有一分鐘準備時間，請勿唸出聲音，待聽到「請開始朗讀」，再將句子與短文唸出來。第三部分回答問題的題目播出兩次，聽完第二次題目後請在作答時間內盡量表達。

3. 錄音設備皆已事先完成設定，請勿觸動任何機件，以免影響錄音。測驗時請戴妥耳機，將麥克風調到嘴邊約三公分處，聽清楚說明，依指示以適中音量回答。

4. 請注意測驗時不可在試題紙上畫線、打√或作任何記號；不可在考試通知或其他物品上抄題；亦不可有傳遞、夾帶小抄、左顧右盼或交談等違規行為。

5. 意圖或已將試題紙或試題影音資料攜出或傳送出場者，視同侵犯本中心著作財產權，限五年內不得報名參加「全民英檢」測驗。請人代考者，連同代考者，三年內不得參加本測驗。

6. 測驗結束時，須立即停止作答，在原位靜候監試人員收回全部試題紙並清點無誤，等候監試人員宣布結束後始可離場。

7. 入場、出場及測驗中如有違反上列規則或不服監試人員之指示者，監試人員將取消您的應試資格並請您離場，且測驗成績不予計分，亦不退費。

請在 15 秒內完成並唸出下列自我介紹的句子，請開始：
My seat number is (複試座位號碼), and my test number is (准考證號碼).

第一部分：複誦

共 5 題。題目不印在試卷上，由耳機播出，每題播出兩次，兩次之間大約有 1~2 秒的間隔。聽完兩次後，請馬上複誦一次。

第二部分：朗讀句子與短文

共有 5 個句子及 1 篇短文。請先利用 1 分鐘的時間閱讀試卷上的句子與短文，然後在 1 分鐘內以正常的速度，清楚正確的朗讀一遍，閱讀時請不要發出聲音。

1. They joined the soccer team.

2. Could you tell me which is your apartment?

3. The handsome guy playing piano is my brother.

4. It’s dangerous to drive in bad weather.

5. If you call the office in the morning, the boss will be there.

6. Yao Ming was born on September 12, 1980. He grew up in a small apartment in Shanghai, China. Yao doesn’t have any brothers or sisters. He is an only child. When he was nine, he attended the Youth Sports School in Shanghai.

第三部分：回答問題

共 7 題。題目不印在試卷上，由耳機播出，每題播出兩次，兩次之間大約有 1～2 秒的間隔。聽完兩次後，請馬上回答，每題回答時間為 15 秒，回答時不一定要用完整的句子，但請在作答時間內盡量表達。
請將下列自我介紹的句子再唸一遍：
My seat number is (複試座位號碼), and my test number is (准考證號碼).

第五回　寫作能力測驗答題注意事項

1. 本測驗共有兩部分。第一部份為單句寫作，第二部份為段落寫作。測驗時間為 **40 分鐘**。

2. 請利用試題紙空白處及背面擬稿，但正答務必書寫在「寫作能力測驗答案紙」上。在答案紙以外的地方作答，不予計分。

3. 第一部分單句寫作請自答案紙第一頁開始作答，第二部份段落寫作請在答案紙第二頁作答。

4. 作答請勿隔行書寫，請注意字跡應清晰可讀，並保持答案紙之清潔，以免影響評分。

5. 未獲監試人員指示前，請勿翻閱試題紙。

6. 測驗時，不得在准考證或其他物品上抄題，亦不得有傳遞、夾帶小抄、左顧右盼或交談等違規行為。

7. 意圖或已經將試題紙攜出試場者，五年內不得報名參加本測驗。請人代考者，連同代考者，三年內不得報名參加本測驗。

8. 測驗結束時，須立即停止作答，在原位靜候監試人員收回全部試題紙及答案紙，請點無誤後，宣佈結束始可離場。

9. 應試者入場、出場及測驗中如有違反上列規則或不服監試人員之指示者，監試人員得取消其應試資格並請其離場，且作答不予計分。

第一部分：單句寫作

請將答案寫在答案紙上對應的題號旁，如有文法、用字、拼字、標點符號、大小寫等之錯誤，將予扣分。

第 1～5 題：句子改寫

請依題目之提示，將原句依指定型式改寫，並將改寫的句子完整地寫在答案紙上。***注意：須寫出提示之文字及標點符號。***

> 例：題目：I received a letter from her.
> She sent ________________.
> 在答案紙上寫：***She sent a letter to me. / She sent me a letter.***

1. This electronic dictionary is Pam's.
   ____________________________________ is this?
2. Father bought milk and bread yesterday.（改成否定句）
   ____________________________________.
3. No student in the class is as clever as Rita.
   Rita ____________________________________.
4. The teacher came early.
   How ____________________________________!
5. I didn't know either of the two girls.（用 neither 改寫）
   ____

第 6～10 題：句子合併

請依照題目指示，將兩句合併成一句，並將合併的句子完整地寫在答案紙上。***注意：須寫出提示之文字及標點符號。***

> 例：題目：He goes swimming.
> He does it once a week.
> He ________________ once a week.
> 在答案紙上寫：***He goes swimming once a week.***

6. Reading is a good hobby.
   So is exercising.
   Not only ______________________________.

7. I wasn't able to pass the test.
   I needed your help to pass the test.（用 without）
   ______________________________.

8. It is summer.
   My sister wears shorts and sandals.
   ______________________________ summer.

9. You speak with your mouth full.
   It is impolite.
   Speaking ______________________________.

10. The little boy has big eyes.
    They are brown.
    The little boy ________________.（合併形容詞）

TEST 05

第 11～15 題：句子重組

請將題目中所有提示的字詞整合成一個有意義的句子，並將重組的句子完整地寫在答案紙上。***注意：須寫出提示之文字及標點符號。（答案中必須使用所有提示的字詞，且不能隨意增減字詞，否則不予計分。）***

> 例：題目：You ________________?
> didn't / did / job / a / good / you
> 在答案紙上寫：***You did a good job, didn't you?***

11. ______________________________?
    are / going / eat / what / we / to / tonight

12. ______________________________ father.
    by / garden / was / my / that / built

13. ______________________________.
    I / Grandmother / an / to / email / have / sent

14. Wash ______________________________.
    before / wash / you / your / hands / eat

15. ______________________________ news.
    is / excited / the / about / everybody / good

第二部分：段落寫作

題目：你的朋友體重超過標準，進行減重計畫，請根據以下三張圖，寫出一篇約 50 字的短文描述他的減重過程。

口說能力測驗答題注意事項

1. 本測驗問題由耳機播放，回答則經由麥克風錄下。分複誦、朗讀句子與短文、回答問題三部分，時間共約十分鐘，連同口試說明時間共需約五十分鐘。

2. 第一部分複誦的題目播出兩次後，立即複誦一次。第二部分朗讀句子與短文有一分鐘準備時間，請勿唸出聲音，待聽到「請開始朗讀」，再將句子與短文唸出來。第三部分回答問題的題目播出兩次，聽完第二次題目後請在作答時間內盡量表達。

3. 錄音設備皆已事先完成設定，請勿觸動任何機件，以免影響錄音。測驗時請戴妥耳機，將麥克風調到嘴邊約三公分處，聽清楚說明，依指示以適中音量回答。

4. 請注意測驗時不可在試題紙上畫線、打 √ 或作任何記號；不可在考試通知或其他物品上抄題；亦不可有傳遞、夾帶小抄、左顧右盼或交談等違規行為。

5. 意圖或已將試題紙或試題影音資料攜出或傳送出場者，視同侵犯本中心著作財產權，限五年內不得報名參加「全民英檢」測驗。請人代考者，連同代考者，三年內不得參加本測驗。

6. 測驗結束時，須立即停止作答，在原位靜候監試人員收回全部試題紙並清點無誤，等候監試人員宣布結束後始可離場。

7. 入場、出場及測驗中如有違反上列規則或不服監試人員之指示者，監試人員將取消您的應試資格並請您離場，且測驗成績不予計分，亦不退費。

Speaking | 全民英檢初級口說能力測驗

請在 15 秒內完成並唸出下列自我介紹的句子，請開始：

My seat number is (複試座位號碼), and my test number is (准考證號碼).

第一部分：複誦

共 5 題。題目不印在試卷上，由耳機播出，每題播出兩次，兩次之間大約有 1~2 秒的間隔。聽完兩次後，請馬上複誦一次。

第二部分：朗讀句子與短文

共有 5 個句子及 1 篇短文。請先利用 1 分鐘的時間閱讀試卷上的句子與短文，然後在 1 分鐘內以正常的速度，清楚正確的朗讀一遍，閱讀時請不要發出聲音。

1. Never cheat and steal.

2. What do you think of the weather in Taiwan?

3. Ken didn't finish his homework; neither did I.

4. It's time for lunch, isn't it?

5. It is pleasant walking along the beach.

6. Last summer, my husband and I went to Paris for the first time. It was wonderful; we did so many things. Every night, we listened to music and went to bed late. And every morning, we got up late. During the day, we walked on the streets, sat in cafes, drank coffee, and watched the world go by.

第三部分：回答問題

共 7 題。題目不印在試卷上，由耳機播出，每題播出兩次，兩次之間大約有 1～2 秒的間隔。聽完兩次後，請馬上回答，每題回答時間為 15 秒，回答時不一定要用完整的句子，但請在作答時間內盡量表達。

請將下列自我介紹的句子再唸一遍：

My seat number is (複試座位號碼), and my test number is (准考證號碼).

第六回　寫作能力測驗答題注意事項

1. 本測驗共有兩部分。第一部份為單句寫作，第二部份為段落寫作。測驗時間為 **40 分鐘**。

2. 請利用試題紙空白處及背面擬稿，但正答務必書寫在「寫作能力測驗答案紙」上。在答案紙以外的地方作答，不予計分。

3. 第一部分單句寫作請自答案紙第一頁開始作答，第二部份段落寫作請在答案紙第二頁作答。

4. 作答請勿隔行書寫，請注意字跡應清晰可讀，並保持答案紙之清潔，以免影響評分。

5. 未獲監試人員指示前，請勿翻閱試題紙。

6. 測驗時，不得在准考證或其他物品上抄題，亦不得有傳遞、夾帶小抄、左顧右盼或交談等違規行為。

7. 意圖或已經將試題紙攜出試場者，五年內不得報名參加本測驗。請人代考者，連同代考者，三年內不得報名參加本測驗。

8. 測驗結束時，須立即停止作答，在原位靜候監試人員收回全部試題紙及答案紙，請點無誤後，宣佈結束始可離場。

9. 應試者入場、出場及測驗中如有違反上列規則或不服監試人員之指示者，監試人員得取消其應試資格並請其離場，且作答不予計分。

第一部分：單句寫作

請將答案寫在答案紙上對應的題號旁，如有文法、用字、拼字、標點符號、大小寫等之錯誤，將予扣分。

第 1～5 題：句子改寫

請依題目之提示，將原句依指定型式改寫，並將改寫的句子完整地寫在答案紙上。***注意：須寫出提示之文字及標點符號。***

> 例：題目：I received a letter from her.
> She sent ______________.
> 在答案紙上寫：***She sent a letter to me. / She sent me a letter.***

1. The child asked, "Why can planes fly in the sky?"
   The child asked ______________________________

2. Is that your ring or his ring?
   Is ______________________________ his?

3. She has no relatives in Taipei.
   She ________________ any ________________.

4. I drove to work yesterday.
   I ________________ by ________________.

5. I have never seen such a wonderful view.
   This ________________________ I have ever seen.

第 6～10 題：句子合併

請依照題目指示，將兩句合併成一句，並將合併的句子完整地寫在答案紙上。***注意：須寫出提示之文字及標點符號。***

> 例：題目：He goes swimming.
> He does it once a week.
> He ______________ once a week.
> 在答案紙上寫：***He goes swimming once a week.***

6. You have fifty dollars.
   I have fifty dollars, too.
   I ____________ as ____________ as ____________.

7. My sister dances in her bedroom.
   We often see her do so.
   We ____.

8. Amy is very young.
   Amy cannot go to school.
   Amy is too __________________________________.

9. Aunt Susan is supposed to make breakfast.
   She doesn't feel like doing it today.
   Aunt Susan __________________________________.

10. When Kevin woke up, he found something.
    The door was open.
    When Kevin woke up, _________________________.

第 11～15 題：句子重組

請將題目中所有提示的字詞整合成一個有意義的句子，並將重組的句子完整地寫在答案紙上。***注意：須寫出提示之文字及標點符號。（答案中必須使用所有提示的字詞，且不能隨意增減字詞，否則不予計分。）***

例：題目：You ________________?
didn't / did / job / a / good / you
在答案紙上寫：***You did a good job, didn't you?***

11. choose / one / are / to / either / allowed
    You ____.

12. The ____.
    terrible / soup / I / which / tastes / made / so

13. ____ yellow.
    young / the / dyeing / her / girl / hair / considered

14. Whether ____________________________________.
    eat / not / it / or / rains / we're / the / garden / going / to / in

15. __________________________________ the machine.
    let's / technician / fix / have / a

第二部分：段落寫作

題目：瑪莉（Mary）的同學生病住院了，瑪莉前往探病，請根據以下三張圖，寫一篇約 50 字的短文。

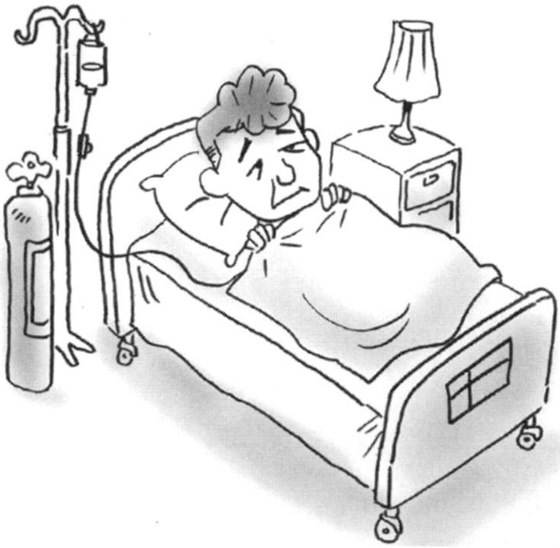

口說能力測驗答題注意事項

1. 本測驗問題由耳機播放，回答則經由麥克風錄下。分複誦、朗讀句子與短文、回答問題三部分，時間共約十分鐘，連同口試說明時間共需約五十分鐘。

2. 第一部分複誦的題目播出兩次後，立即複誦一次。第二部分朗讀句子與短文有一分鐘準備時間，請勿唸出聲音，待聽到「請開始朗讀」，再將句子與短文唸出來。第三部分回答問題的題目播出兩次，聽完第二次題目後請在作答時間內盡量表達。

3. 錄音設備皆已事先完成設定，請勿觸動任何機件，以免影響錄音。測驗時請戴妥耳機，將麥克風調到嘴邊約三公分處，聽清楚說明，依指示以適中音量回答。

4. 請注意測驗時不可在試題紙上畫線、打√或作任何記號；不可在考試通知或其他物品上抄題；亦不可有傳遞、夾帶小抄、左顧右盼或交談等違規行為。

5. 意圖或已將試題紙或試題影音資料攜出或傳送出場者，視同侵犯本中心著作財產權，限五年內不得報名參加「全民英檢」測驗。請人代考者，連同代考者，三年內不得參加本測驗。

6. 測驗結束時，須立即停止作答，在原位靜候監試人員收回全部試題紙並清點無誤，等候監試人員宣布結束後始可離場。

7. 入場、出場及測驗中如有違反上列規則或不服監試人員之指示者，監試人員將取消您的應試資格並請您離場，且測驗成績不予計分，亦不退費。

Speaking｜全民英檢初級口說能力測驗

請在 15 秒內完成並唸出下列自我介紹的句子，請開始：
My seat number is (複試座位號碼), and my test number is (准考證號碼).

第一部分：複誦

共 5 題。題目不印在試卷上，由耳機播出，每題播出兩次，兩次之間大約有 1～2 秒的間隔。聽完兩次後，請馬上複誦一次。

第二部分：朗讀句子與短文

共有 5 個句子及 1 篇短文。請先利用 1 分鐘的時間閱讀試卷上的句子與短文，然後在 1 分鐘內以正常的速度，清楚正確的朗讀一遍，閱讀時請不要發出聲音。

1. Kevin usually gets up at six-thirty on weekdays.
2. I live far away from your home.
3. He wrote a story about the French.
4. You're not coming, are you?
5. I make it a rule to practice speaking English every day.
6. Joyce not only works hard, but keeps early hours every day. Besides, she is friendly to everyone in her trade company and likes to help others. After work, she goes to a language center to learn English two days a week, because she thinks that English is very important for her job.

第三部分：回答問題

共 7 題。題目不印在試卷上，由耳機播出，每題播出兩次，兩次之間大約有 1～2 秒的間隔。聽完兩次後，請馬上回答，每題回答時間為 15 秒，回答時不一定要用完整的句子，但請在作答時間內盡量表達。
請將下列自我介紹的句子再唸一遍：
My seat number is (複試座位號碼), and my test number is (准考證號碼).

全民英語能力分級檢定測驗

初級寫作能力測驗

第七回　寫作能力測驗答題注意事項

1. 本測驗共有兩部分。第一部份為單句寫作，第二部份為段落寫作。測驗時間為 **40 分鐘**。

2. 請利用試題紙空白處及背面擬稿，但正答務必書寫在「寫作能力測驗答案紙」上。在答案紙以外的地方作答，不予計分。

3. 第一部分單句寫作請自答案紙第一頁開始作答，第二部份段落寫作請在答案紙第二頁作答。

4. 作答請勿隔行書寫，請注意字跡應清晰可讀，並保持答案紙之清潔，以免影響評分。

5. 未獲監試人員指示前，請勿翻閱試題紙。

6. 測驗時，不得在准考證或其他物品上抄題，亦不得有傳遞、夾帶小抄、左顧右盼或交談等違規行為。

7. 意圖或已經將試題紙攜出試場者，五年內不得報名參加本測驗。請人代考者，連同代考者，三年內不得報名參加本測驗。

8. 測驗結束時，須立即停止作答，在原位靜候監試人員收回全部試題紙及答案紙，請點無誤後，宣佈結束始可離場。

9. 應試者入場、出場及測驗中如有違反上列規則或不服監試人員之指示者，監試人員得取消其應試資格並請其離場，且作答不予計分。

第一部分：單句寫作

請將答案寫在答案紙上對應的題號旁，如有文法、用字、拼字、標點符號、大小寫等之錯誤，將予扣分。

第 1～5 題：句子改寫

請依題目之提示，將原句依指定型式改寫，並將改寫的句子完整地寫在答案紙上。***注意：須寫出提示之文字及標點符號。***

> 例：題目：I received a letter from her.
> She sent _______________.
> 在答案紙上寫：***She sent a letter to me. / She sent me a letter.***

1. Did the children take a nap just now?
   Were ____________________________ a nap just now?

2. He is excited about the good news.
   The good news is ____________________________.

3. My mom asked me to take out the trash.
   My mom had me ____________________________.

4. My friend sent me a birthday card.
   My friend ____________________________ me.

5. We can go out if it stops raining.
   We _______________ unless _______________.

第 6～10 題：句子合併

請依照題目指示，將兩句合併成一句，並將合併的句子完整地寫在答案紙上。***注意：須寫出提示之文字及標點符號。***

> 例：題目：He goes swimming.
> He does it once a week.
> He _______________ once a week.
> 在答案紙上寫：***He goes swimming once a week.***

6. Derek can't swim.

Eric can't swim, either.

Neither ____________ nor ______________________.

7. I saw him.

He was cheating on the test.

I saw him ________________________________ test.

8. He likes a girl.

A girl has long hair.

He likes ____________ with ____________________.

9. This is the shop.

I bought the phone here.

This is ____________ where ______________ phone.

10. Sam went to bed.

He didn't take a shower.

Sam went ____________ without ________________.

第 11～15 題：句子重組

請將題目中所有提示的字詞整合成一個有意義的句子，並將重組的句子完整地寫在答案紙上。***注意：須寫出提示之文字及標點符號。（答案中必須使用所有提示的字詞，且不能隨意增減字詞，否則不予計分。）***

例：題目：You ________________?

didn't / did / job / a / good / you

在答案紙上寫：***You did a good job, didn't you?***

11. Can someone _________________________ machine?

me / this / how / to / show / use

12. It is _____________________________________ me.

you / kind / of / help / to / so

13. The restaurant _______________________________.

full / people / during / always / of / is / lunchtime

14. The Internet is a place __________________________.

you / where / information / can / free / get

15. The birds ____________________________ morning.

in / be / singing / can / heard / the

TEST 07

第二部分：段落寫作

題目：陳小姐（Miss Chen）到百貨公司去買了一雙她喜歡的鞋子，但回到家後卻發現兩隻鞋子的尺寸不一樣。請根據以下三張圖，寫一篇約 50 字的短文。

口說能力測驗答題注意事項

1. 本測驗問題由耳機播放，回答則經由麥克風錄下。分複誦、朗讀句子與短文、回答問題三部分，時間共約十分鐘，連同口試說明時間共需約五十分鐘。

2. 第一部分複誦的題目播出兩次後，立即複誦一次。第二部分朗讀句子與短文有一分鐘準備時間，請勿唸出聲音，待聽到「請開始朗讀」，再將句子與短文唸出來。第三部分回答問題的題目播出兩次，聽完第二次題目後請在作答時間內盡量表達。

3. 錄音設備皆已事先完成設定，請勿觸動任何機件，以免影響錄音。測驗時請戴妥耳機，將麥克風調到嘴邊約三公分處，聽清楚說明，依指示以適中音量回答。

4. 請注意測驗時不可在試題紙上畫線、打√或作任何記號；不可在考試通知或其他物品上抄題；亦不可有傳遞、夾帶小抄、左顧右盼或交談等違規行為。

5. 意圖或已將試題紙或試題影音資料攜出或傳送出場者，視同侵犯本中心著作財產權，限五年內不得報名參加「全民英檢」測驗。請人代考者，連同代考者，三年內不得參加本測驗。

6. 測驗結束時，須立即停止作答，在原位靜候監試人員收回全部試題紙並清點無誤，等候監試人員宣布結束後始可離場。

7. 入場、出場及測驗中如有違反上列規則或不服監試人員之指示者，監試人員將取消您的應試資格並請您離場，且測驗成績不予計分，亦不退費。

請在 15 秒內完成並唸出下列自我介紹的句子，請開始：

My seat number is (複試座位號碼), and my test number is (准考證號碼).

第一部分：複誦

共 5 題。題目不印在試卷上，由耳機播出，每題播出兩次，兩次之間大約有 1～2 秒的間隔。聽完兩次後，請馬上複誦一次。

第二部分：朗讀句子與短文

共有 5 個句子及 1 篇短文。請先利用 1 分鐘的時間閱讀試卷上的句子與短文，然後在 1 分鐘內以正常的速度，清楚正確的朗讀一遍，閱讀時請不要發出聲音。

1. This song was sung by many popular singers.
2. The girl cried out as soon as she saw the cockroach.
3. Tell me what you want, and I'll get it for you.
4. Will you be free to join us for dinner tomorrow night?
5. Please do not talk during the test.
6. Susan is in seventh grade. This is her first year in junior high school. She is worried because her parents keep telling her that life in junior high school is very different from life in elementary school. There are more subjects to study and the tests are more difficult.

第三部分：回答問題

共 7 題。題目不印在試卷上，由耳機播出，每題播出兩次，兩次之間大約有 1～2 秒的間隔。聽完兩次後，請馬上回答，每題回答時間為 15 秒，回答時不一定要用完整的句子，但請在作答時間內盡量表達。

請將下列自我介紹的句子再唸一遍：

My seat number is (複試座位號碼), and my test number is (准考證號碼).

全民英語能力分級檢定測驗

初級寫作能力測驗

第八回　寫作能力測驗答題注意事項

1. 本測驗共有兩部分。第一部份為單句寫作，第二部份為段落寫作。測驗時間為 **40 分鐘**。

2. 請利用試題紙空白處及背面擬稿，但正答務必書寫在「寫作能力測驗答案紙」上。在答案紙以外的地方作答，不予計分。

3. 第一部分單句寫作請自答案紙第一頁開始作答，第二部份段落寫作請在答案紙第二頁作答。

4. 作答請勿隔行書寫，請注意字跡應清晰可讀，並保持答案紙之清潔，以免影響評分。

5. 未獲監試人員指示前，請勿翻閱試題紙。

6. 測驗時，不得在准考證或其他物品上抄題，亦不得有傳遞、夾帶小抄、左顧右盼或交談等違規行為。

7. 意圖或已經將試題紙攜出試場者，五年內不得報名參加本測驗。請人代考者，連同代考者，三年內不得報名參加本測驗。

8. 測驗結束時，須立即停止作答，在原位靜候監試人員收回全部試題紙及答案紙，請點無誤後，宣佈結束始可離場。

9. 應試者入場、出場及測驗中如有違反上列規則或不服監試人員之指示者，監試人員得取消其應試資格並請其離場，且作答不予計分。

第一部分：單句寫作

請將答案寫在答案紙上對應的題號旁，如有文法、用字、拼字、標點符號、大小寫等之錯誤，將予扣分。

第 1～5 題：句子改寫

請依題目之提示，將原句依指定型式改寫，並將改寫的句子完整地寫在答案紙上。***注意：須寫出提示之文字及標點符號。***

> 例：題目：I received a letter from her.
> She sent _______________.
> 在答案紙上寫：***She sent a letter to me. / She sent me a letter.***

1. What you need is here.
   Here _________________________________.

2. It took us two days to decorate the house.
   How __________________ to decorate the house?

3. A lady said, "Could you give me a hand?"
   The lady asked me if __________________ hand.

4. I can't help you because I am very busy right now.
   I am _______________, so _________________.

5. There are more than two hundred languages in the world.
   How many ____________________________?

第 6～10 題：句子合併

請依照題目指示，將兩句合併成一句，並將合併的句子完整地寫在答案紙上。***注意：須寫出提示之文字及標點符號。***

> 例：題目：He goes swimming.
> He does it once a week.
> He _______________ once a week.
> 在答案紙上寫：***He goes swimming once a week.***

6. Mr. Wang is a dentist.
Mrs. Wang is a dentist, too.
Both ________________________________.

7. This diamond ring is so cheap.
It can't be real.
This __________ too __________ to ____________.

8. Sandy is 165 cm tall.
Her mother is also 165 cm tall.
Sandy __________ as __________ as ____________ .

9. Study hard for the test.
You may fail it.
Study ________________ or ____________________.

10. He is happy today.
He got many presents.
Because ________________, ____________________.

第 11～15 題：句子重組

請將題目中所有提示的字詞整合成一個有意義的句子，並將重組的句子完整地寫在答案紙上。***注意：須寫出提示之文字及標點符號。（答案中必須使用所有提示的字詞，且不能隨意增減字詞，否則不予計分。）***

例：題目：You ________________ ?
didn't / did / job / a / good / you
在答案紙上寫：***You did a good job, didn't you?***

11. Give ________________________________ problem.
there / if / a call / a / is / me

12. The house ________________________________.
dollars / more than / ten / him / cost / million

13. Never __________________________________ food!
delicious / have / tasted / such / I

14. My mother ________________________________.
housework / herself / the / all / does / by

15. His boss ____________________________________.
him / work / until / had / midnight

第二部分：段落寫作

題目：有一天，一位外國女生問 Peter 一個問題，她提到想要買滑鼠（mouse）。結果 Peter 帶她到寵物店，並指著籠子裡的老鼠。那位外國女生看起來很疑惑。她解釋說她要買的是電腦滑鼠，不是真的老鼠。請根據以下三張圖，寫一篇約 50 字的短文。

口說能力測驗答題注意事項

1. 本測驗問題由耳機播放，回答則經由麥克風錄下。分複誦、朗讀句子與短文、回答問題三部分，時間共約十分鐘，連同口試說明時間共需約五十分鐘。

2. 第一部分複誦的題目播出兩次後，立即複誦一次。第二部分朗讀句子與短文有一分鐘準備時間，請勿唸出聲音，待聽到「請開始朗讀」，再將句子與短文唸出來。第三部分回答問題的題目播出兩次，聽完第二次題目後請在作答時間內盡量表達。

3. 錄音設備皆已事先完成設定，請勿觸動任何機件，以免影響錄音。測驗時請戴妥耳機，將麥克風調到嘴邊約三公分處，聽清楚說明，依指示以適中音量回答。

4. 請注意測驗時不可在試題紙上畫線、打√或作任何記號；不可在考試通知或其他物品上抄題；亦不可有傳遞、夾帶小抄、左顧右盼或交談等違規行為。

5. 意圖或已將試題紙或試題影音資料攜出或傳送出場者，視同侵犯本中心著作財產權，限五年內不得報名參加「全民英檢」測驗。請人代考者，連同代考者，三年內不得參加本測驗。

6. 測驗結束時，須立即停止作答，在原位靜候監試人員收回全部試題紙並清點無誤，等候監試人員宣布結束後始可離場。

7. 入場、出場及測驗中如有違反上列規則或不服監試人員之指示者，監試人員將取消您的應試資格並請您離場，且測驗成績不予計分，亦不退費。

請在 15 秒內完成並唸出下列自我介紹的句子，請開始：
My seat number is (複試座位號碼), and my test number is (准考證號碼).

第一部分：複誦

共 5 題。題目不印在試卷上，由耳機播出，每題播出兩次，兩次之間大約有 1～2 秒的間隔。聽完兩次後，請馬上複誦一次。

第二部分：朗讀句子與短文

共有 5 個句子及 1 篇短文。請先利用 1 分鐘的時間閱讀試卷上的句子與短文，然後在 1 分鐘內以正常的速度，清楚正確的朗讀一遍，閱讀時請不要發出聲音。

1. Something's wrong with that sign on the door.
2. Passengers are not allowed to eat or drink on the MRT train.
3. My sister is always reading and sending messages on her smartphone.
4. How can you believe such a silly story?
5. We'd better hurry or we will be late for school.
6. Do girls have to wear skirts to school? This question used to lead to a lot of discussion on the Internet. Many people thought that girls had the right to wear either pants or skirts. Schools should not make wearing skirts a rule. However, others thought it is reasonable.

第三部分：回答問題

共 7 題。題目不印在試卷上，由耳機播出，每題播出兩次，兩次之間大約有 1～2 秒的間隔。聽完兩次後，請馬上回答，每題回答時間為 15 秒，回答時不一定要用完整的句子，但請在作答時間內盡量表達。
請將下列自我介紹的句子再唸一遍：
My seat number is (複試座位號碼), and my test number is (准考證號碼).

全民英語能力分級檢定測驗

初級寫作能力測驗

第九回　寫作能力測驗答題注意事項

1. 本測驗共有兩部分。第一部份為單句寫作，第二部份為段落寫作。測驗時間為 **40 分鐘**。

2. 請利用試題紙空白處及背面擬稿，但正答務必書寫在「寫作能力測驗答案紙」上。在答案紙以外的地方作答，不予計分。

3. 第一部分單句寫作請自答案紙第一頁開始作答，第二部份段落寫作請在答案紙第二頁作答。

4. 作答請勿隔行書寫，請注意字跡應清晰可讀，並保持答案紙之清潔，以免影響評分。

5. 未獲監試人員指示前，請勿翻閱試題紙。

6. 測驗時，不得在准考證或其他物品上抄題，亦不得有傳遞、夾帶小抄、左顧右盼或交談等違規行為。

7. 意圖或已經將試題紙攜出試場者，五年內不得報名參加本測驗。請人代考者，連同代考者，三年內不得報名參加本測驗。

8. 測驗結束時，須立即停止作答，在原位靜候監試人員收回全部試題紙及答案紙，請點無誤後，宣佈結束始可離場。

9. 應試者入場、出場及測驗中如有違反上列規則或不服監試人員之指示者，監試人員得取消其應試資格並請其離場，且作答不予計分。

第一部分：單句寫作

請將答案寫在答案紙上對應的題號旁，如有文法、用字、拼字、標點符號、大小寫等之錯誤，將予扣分。

第 1～5 題：句子改寫

請依題目之提示，將原句依指定型式改寫，並將改寫的句子完整地寫在答案紙上。***注意：須寫出提示之文字及標點符號。***

> 例：題目：I received a letter from her.
> She sent ______________.
> 在答案紙上寫：***She sent a letter to me. / She sent me a letter.***

1. John is the tallest boy in his class.
   ______________ than all the other ______________.

2. It is great to travel around the world.
   To ______________________________ great.

3. How can I get to Hualien?
   Can you tell me ______________________________?

4. The government will build a new airport here.
   A new airport ______________________ government.

5. She moved to Taipei ten years ago.
   It ______________ since ______________ Taipei.

第 6～10 題：句子合併

請依照題目指示，將兩句合併成一句，並將合併的句子完整地寫在答案紙上。***注意：須寫出提示之文字及標點符號。***

> 例：題目：He goes swimming.
> He does it once a week.
> He ______________ once a week.
> 在答案紙上寫：***He goes swimming once a week.***

6. Please tell me something.
   Why were you late again?
   Please tell me ______________________________.

7. This painting was drawn by an artist.
   It is very expensive.
   This painting __________________ very expensive.

8. I came home today.
   My brother was using my computer.
   My brother _____________ when _____________.

9. Mary can sing and dance.
   It is easy for her.
   It _______________ for Mary ________________.

10. The little girl is too short.
    She can't reach the doorbell.
    The little girl is _____________ enough _________ .

第 11～15 題：句子重組

請將題目中所有提示的字詞整合成一個有意義的句子，並將重組的句子完整地寫在答案紙上。***注意：須寫出提示之文字及標點符號。（答案中必須使用所有提示的字詞，且不能隨意增減字詞，否則不予計分。）***

例：題目：You _______________ ? didn't / did / job / a / good / you 在答案紙上寫：***You did a good job, didn't you?***

11. Dora is _______________________________ class.
    any other / younger / girl / than / her / in

12. You can __________________________ homework.
    you / your / finish / watch / TV / as long as

13. The doctor ______________________________.
    give / that / suggested / up / he / drinking

14. It was _____________________________ ten suns.
    to / used / that / there / believed / be

15. The children were __________________________.
    talk / with / too / one / to / shy / another

TEST 09

第二部分：段落寫作

題目：今天早上 Eric 跟平時一樣搭公車去上學。公車上坐滿了人。一位手裡提著大包小包的老太太上了車。Eric 把自己的座位讓給老太太。雖然他必須站著，但是他很開心他幫助了別人。請根據這些圖片寫一篇約 50 字的短文。

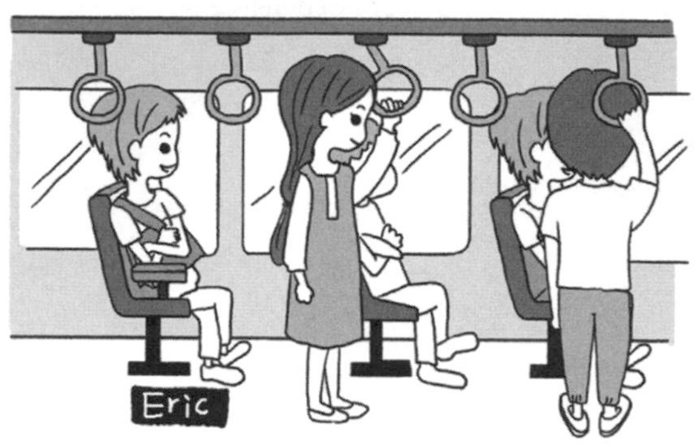

口說能力測驗答題注意事項

1. 本測驗問題由耳機播放，回答則經由麥克風錄下。分複誦、朗讀句子與短文、回答問題三部分，時間共約十分鐘，連同口試說明時間共需約五十分鐘。

2. 第一部分複誦的題目播出兩次後，立即複誦一次。第二部分朗讀句子與短文有一分鐘準備時間，請勿唸出聲音，待聽到「請開始朗讀」，再將句子與短文唸出來。第三部分回答問題的題目播出兩次，聽完第二次題目後請在作答時間內盡量表達。

3. 錄音設備皆已事先完成設定，請勿觸動任何機件，以免影響錄音。測驗時請戴妥耳機，將麥克風調到嘴邊約三公分處，聽清楚說明，依指示以適中音量回答。

4. 請注意測驗時不可在試題紙上畫線、打√或作任何記號；不可在考試通知或其他物品上抄題；亦不可有傳遞、夾帶小抄、左顧右盼或交談等違規行為。

5. 意圖或已將試題紙或試題影音資料攜出或傳送出場者，視同侵犯本中心著作財產權，限五年內不得報名參加「全民英檢」測驗。請人代考者，連同代考者，三年內不得參加本測驗。

6. 測驗結束時，須立即停止作答，在原位靜候監試人員收回全部試題紙並清點無誤，等候監試人員宣布結束後始可離場。

7. 入場、出場及測驗中如有違反上列規則或不服監試人員之指示者，監試人員將取消您的應試資格並請您離場，且測驗成績不予計分，亦不退費。

Speaking｜全民英檢初級口說能力測驗

請在 15 秒內完成並唸出下列自我介紹的句子，請開始：

My seat number is (複試座位號碼), and my test number is (准考證號碼).

第一部分：複誦

共 5 題。題目不印在試卷上，由耳機播出，每題播出兩次，兩次之間大約有 1～2 秒的間隔。聽完兩次後，請馬上複誦一次。

第二部分：朗讀句子與短文

共有 5 個句子及 1 篇短文。請先利用 1 分鐘的時間閱讀試卷上的句子與短文，然後在 1 分鐘內以正常的速度，清楚正確的朗讀一遍，閱讀時請不要發出聲音。

1. Respect others and you can get along well with anyone.
2. Traveling is a great way to relax and gain knowledge.
3. Could you please give me another chance?
4. Nowadays, teenagers do not like to be told what to do.
5. Many people were hurt in that terrible accident.
6. Once upon a time, there was a pretty girl named Cinderella. She was sad because she was not allowed to attend the prince's party. A fairy appeared and made Cinderella's wish come true. She went to the party and danced with the handsome prince. They lived happily ever after.

第三部分：回答問題

共 7 題。題目不印在試卷上，由耳機播出，每題播出兩次，兩次之間大約有 1～2 秒的間隔。聽完兩次後，請馬上回答，每題回答時間為 15 秒，回答時不一定要用完整的句子，但請在作答時間內盡量表達。

請將下列自我介紹的句子再唸一遍：

My seat number is (複試座位號碼), and my test number is (准考證號碼).

全民英語能力分級檢定測驗

初級寫作能力測驗

第十回　寫作能力測驗答題注意事項

1. 本測驗共有兩部分。第一部份為單句寫作，第二部份為段落寫作。測驗時間為 **40 分鐘**。

2. 請利用試題紙空白處及背面擬稿，但正答務必書寫在「寫作能力測驗答案紙」上。在答案紙以外的地方作答，不予計分。

3. 第一部分單句寫作請自答案紙第一頁開始作答，第二部份段落寫作請在答案紙第二頁作答。

4. 作答請勿隔行書寫，請注意字跡應清晰可讀，並保持答案紙之清潔，以免影響評分。

5. 未獲監試人員指示前，請勿翻閱試題紙。

6. 測驗時，不得在准考證或其他物品上抄題，亦不得有傳遞、夾帶小抄、左顧右盼或交談等違規行為。

7. 意圖或已經將試題紙攜出試場者，五年內不得報名參加本測驗。請人代考者，連同代考者，三年內不得報名參加本測驗。

8. 測驗結束時，須立即停止作答，在原位靜候監試人員收回全部試題紙及答案紙，請點無誤後，宣佈結束始可離場。

9. 應試者入場、出場及測驗中如有違反上列規則或不服監試人員之指示者，監試人員得取消其應試資格並請其離場，且作答不予計分。

第一部分：單句寫作（50%）

請將答案寫在答案紙上對應的題號旁，如有文法、用字、拼字、標點符號、大小寫等之錯誤，將予扣分。

第 1～5 題句子改寫

請依題目之提示，將原句依指定型式改寫，並將改寫的句子<u>完整</u>地寫在答案紙上。***注意：須寫出提示之文字及標點符號。***

> 例：題目：I received a letter from her.
> She sent ________________.
> 在答案紙上寫：***She sent a letter to me. / She sent me a letter.***

1. If you lend me the money, I can buy that computer.
   I ________________ unless ____________________.
2. It won't be boring if you hang out with him.
   You won't feel ______________________________.
3. I clean my room every weekend.
   I have ______________ cleaned ________________.
4. My parents promised me a new iPad if I passed the exams.
   Her parents ____________ to me ________________.
5. There is no person in the classroom.
   There are ______________ any ________________.

第 6～10 題：句子合併

請依照題目指示，將兩句合併成一句，並將合併的句子<u>完整</u>地寫在答案紙上。***注意：須寫出提示之文字及標點符號。***

> 例：He goes swimming.
> He does it once a week.
> 題目：He ________________ once a week.
> 在答案紙上寫：***He goes swimming once a week.***

6. David can run fast.
   Eric can run fast, too.
   Both ______________________________________.

7. My son finished his summer homework today.
I made him do it.
I made ______________________________ today.

8. He likes the girl.
She is wearing white shoes.
He likes ______________ in ________________.

9. Alice asked Tom something.
Helen was crying.
Alice asked ____________ why ____________.

10. My teacher has a dog.
It is very cute and friendly.
My teacher has a dog ________________________.

第 11～15 題：重組

請將題目中所有提示的字詞整合成一個有意義的句子，並將重組的句子完整地寫在答案紙上。***注意：須寫出提示之文字及標點符號。***（答案中必須使用所有提示的字詞，且不能隨意增減字詞，否則不予計分。）

> 例：題目：You ______________?
> didn't / did / job / a / good / you
> 在答案紙上寫：***You did a good job, didn't you?***

11. What ____________________________________?
at that time / you / were / at home / doing

12. Can ____________________________________?
send / to / you / me / an / email

13. I am ____________________________________.
or not / whether / need / I / sure / this / not

14. To play ____________________________________.
is / a / games / hobby / online

15. David ____________________________________.
is / tall / as / almost / as / father / his

TEST 10

第二部分：段落寫作（50%）

題目：下個星期日就是母親節了，Mary 原本不知道要送什麼禮物給媽媽，後來她想到了一個好辦法。請根據以下圖片寫一篇約 50 字的短文。***注意：未依提示作答者，將予扣分。***

口說能力測驗答題注意事項

1. 本測驗問題由耳機播放，回答則經由麥克風錄下。分複誦、朗讀句子與短文、回答問題三部分，時間共約十分鐘，連同口試說明時間共需約五十分鐘。

2. 第一部分複誦的題目播出兩次後，立即複誦一次。第二部分朗讀句子與短文有一分鐘準備時間，請勿唸出聲音，待聽到「請開始朗讀」，再將句子與短文唸出來。第三部分回答問題的題目播出兩次，聽完第二次題目後請在作答時間內盡量表達。

3. 錄音設備皆已事先完成設定，請勿觸動任何機件，以免影響錄音。測驗時請戴妥耳機，將麥克風調到嘴邊約三公分處，聽清楚說明，依指示以適中音量回答。

4. 請注意測驗時不可在試題紙上畫線、打√或作任何記號；不可在考試通知或其他物品上抄題；亦不可有傳遞、夾帶小抄、左顧右盼或交談等違規行為。

5. 意圖或已將試題紙或試題影音資料攜出或傳送出場者，視同侵犯本中心著作財產權，限五年內不得報名參加「全民英檢」測驗。請人代考者，連同代考者，三年內不得參加本測驗。

6. 測驗結束時，須立即停止作答，在原位靜候監試人員收回全部試題紙並清點無誤，等候監試人員宣布結束後始可離場。

7. 入場、出場及測驗中如有違反上列規則或不服監試人員之指示者，監試人員將取消您的應試資格並請您離場，且測驗成績不予計分，亦不退費。

請在 15 秒內完成並唸出下列自我介紹的句子，請開始：
My seat number is (複試座位號碼), and my test number is (准考證號碼).

第一部分 複誦

共 5 題。題目不印在試卷上，由耳機播出，每題播出兩次，兩次之間大約有 1～2 秒的間隔。聽完兩次後，請馬上複誦一次。

第二部分 朗讀句子與短文

共有 5 個句子及 1 篇短文。請先利用 1 分鐘的時間閱讀試卷上的句子與短文，然後在 1 分鐘內以正常的速度，清楚正確的朗讀一遍，閱讀時請不要發出聲音。

1. May I have another bowl of soup?

2. Please clean up your desk because it looks so untidy.

3. Nobody likes to be told that they're wrong.

4. Make sure you won't repeat the same mistakes.

5. English is an important subject, and so is math.

6. Life will be easy if we work hard. Life will be hard if we are too easy on ourselves. One thing can be sure though, there will be problems along the way. If we choose the easy way out, we will never be successful. Learn to solve problems and our dreams will come true.

第三部分 回答問題

共 7 題。題目不印在試卷上，由耳機播出，每題播出兩次，兩次之間大約有 1～2 秒的間隔。聽完兩次後，請馬上回答，每題回答時間為 15 秒，回答時不一定要用完整的句子，但請在作答時間內盡量表達。
請將下列自我介紹的句子再唸一遍：
My seat number is (複試座位號碼), and my test number is (准考證號碼).

全民英語能力分級檢定測驗

初級寫作能力測驗答案紙（不夠請自行影印）

座位號碼：　　　　　　　　　　　　　　　試卷別：__________

第一部分：單句寫作（50%），請依題目序號並於框線內作答，寫出完整的句子。

1. ______________________________

____

2. ______________________________

____

3. ______________________________

____

4. ______________________________

____

5. ______________________________

____

6. ______________________________

____

7. ______________________________

____

8. ______________________________

____

9. ______________________________

____

10. ______________________________

____

請翻至第 2 頁繼續作答

11.

12.

13.

14.

15.

座位號碼：

第二部分：段落寫作（50%），請於框線內作答，勿隔行書寫。

評分用識別碼：____

全民英語能力分級檢定測驗

初級寫作能力測驗答案紙（不夠請自行影印）

座位號碼：　　　　　　　　　　試卷別：＿＿＿＿＿

第一部分：單句寫作（50%），請依題目序號並於框線內作答，寫出完整的句子。

1. ＿＿＿＿＿＿＿＿＿＿＿＿＿＿＿＿＿＿＿＿

2. ＿＿＿＿＿＿＿＿＿＿＿＿＿＿＿＿＿＿＿＿

3. ＿＿＿＿＿＿＿＿＿＿＿＿＿＿＿＿＿＿＿＿

4. ＿＿＿＿＿＿＿＿＿＿＿＿＿＿＿＿＿＿＿＿

5. ＿＿＿＿＿＿＿＿＿＿＿＿＿＿＿＿＿＿＿＿

6. ＿＿＿＿＿＿＿＿＿＿＿＿＿＿＿＿＿＿＿＿

7. ＿＿＿＿＿＿＿＿＿＿＿＿＿＿＿＿＿＿＿＿

8. ＿＿＿＿＿＿＿＿＿＿＿＿＿＿＿＿＿＿＿＿

9. ＿＿＿＿＿＿＿＿＿＿＿＿＿＿＿＿＿＿＿＿

10. ＿＿＿＿＿＿＿＿＿＿＿＿＿＿＿＿＿＿＿＿

請翻至第 2 頁繼續作答

11. ____________________

12. ____________________

13. ____________________

14. ____________________

15. ____________________

座位號碼：

第二部分：段落寫作（50%），請於框線內作答，勿隔行書寫。

評分用識別碼：____

全民英語能力分級檢定測驗

初級寫作能力測驗答案紙（不夠請自行影印）

座位號碼：　　　　　　　　　　　　　　試卷別：__________

第一部分：單句寫作（50%），請依題目序號並於框線內作答，寫出完整的句子。

1. ______________________________

____

2. ______________________________

____

3. ______________________________

____

4. ______________________________

____

5. ______________________________

____

6. ______________________________

____

7. ______________________________

____

8. ______________________________

____

9. ______________________________

____

10. ______________________________

____

請翻至第 2 頁繼續作答

11. ______

______

12. ______

______

13. ______

______

14. ______

______

15. ______

______

座位號碼：

第二部分：段落寫作（50%），請於框線內作答，勿隔行書寫。

評分用識別碼：____

全民英語能力分級檢定測驗

初級寫作能力測驗答案紙（不夠請自行影印）

座位號碼：　　　　　　　　　　　　　　試卷別：__________

第一部分：單句寫作（50%），請依題目序號並於框線內作答，寫出完整的句子。

1. ______________________________

____

2. ______________________________

____

3. ______________________________

____

4. ______________________________

____

5. ______________________________

____

6. ______________________________

____

7. ______________________________

____

8. ______________________________

____

9. ______________________________

____

10. ______________________________

____

請翻至第 2 頁繼續作答

11. ____________________

12. ____________________

13. ____________________

14. ____________________

15. ____________________

座位號碼：

第二部分：段落寫作（50%），請於框線內作答，勿隔行書寫。

評分用識別碼：____

全民英語能力分級檢定測驗

初級寫作能力測驗答案紙（不夠請自行影印）

座位號碼：　　　　　　　　　　試卷別：__________

第一部分：單句寫作（50%），請依題目序號並於框線內作答，寫出完整的句子。

1. ______________________________

____

2. ______________________________

____

3. ______________________________

____

4. ______________________________

____

5. ______________________________

____

6. ______________________________

____

7. ______________________________

____

8. ______________________________

____

9. ______________________________

____

10. ______________________________

____

請翻至第 2 頁繼續作答

11. ____________________

____

12. ____________________

____

13. ____________________

____

14. ____________________

____

15. ____________________

____

座位號碼：

第二部分：段落寫作（50%），請於框線內作答，勿隔行書寫。

評分用識別碼：____